本书为教育部人文社科资助项目
"京都洛阳与东汉文学研究"（12YJC751075）研究成果

东汉洛阳与文学演进

田瑞文◎著

中国社会科学出版社

图书在版编目（CIP）数据

东汉洛阳与文学演进/田瑞文著. —北京：中国社会科学出版社，2015.12

ISBN 978 - 7 - 5161 - 6689 - 5

Ⅰ.①东… Ⅱ.①田… Ⅲ.①中国文学—古典文学研究—洛阳（历史地名）—东汉时代 Ⅳ.①I206.2

中国版本图书馆 CIP 数据核字（2015）第 166939 号

出 版 人	赵剑英
选题策划	郭晓鸿
责任编辑	慈明亮
责任校对	王佳玉
责任印制	戴 宽

出 版	中国社会科学出版社
社 址	北京鼓楼西大街甲 158 号
邮 编	100720
网 址	http://www.csspw.cn
发 行 部	010 - 84083685
门 市 部	010 - 84029450
经 销	新华书店及其他书店

印刷装订	三河市君旺印务有限公司
版 次	2015 年 12 月第 1 版
印 次	2015 年 12 月第 1 次印刷

开 本	710×1000 1/16
印 张	16.5
插 页	2
字 数	279 千字
定 价	62.00 元

凡购买中国社会科学出版社图书，如有质量问题请与本社营销中心联系调换
电话：010 - 84083683

目　录

序

巩本栋

洛阳在中国历史上的地位是很特别的。

中国古代历来有以中国为"天下"之中心、文明之中心的观念，而建都立国，也要居于天地之中，所谓"王者京师必择土中"（《白虎通义》卷四《京师》），"王者受命，创始建国，立都必居中土，所以总天地之和，据阴阳之正，均统四方，以制万国者也。"（《太平御览》卷一五六《州郡部》二引《五经要义》）这个中国之"中"，就是洛阳。《尚书·召诰》中说周成王"来绍上帝，自服于土中。"《孔传》便解释道："王今来居洛邑，继天为治，躬自服行教化于地势正中。"这样就能"时配皇天"，"自时中乂"，"治民今休"，天下太平。东汉立国，上追周制，建都洛阳。班固颂之曰："绍百王之荒屯，因造化之荡涤，体元立制，继天而作。系唐统，接汉绪，茂育群生，恢复疆宇。勋兼乎在昔，事勤乎三五，岂特方轨并迹，纷纶后辟，治近古之所务，蹈一圣之险易云尔哉？"（《两都赋》）赞誉汉德，充满了对本朝建都洛阳的自信。其后洛阳为"土中"的观念，虽遭到来自不同方面的质疑和挑战，然这一传统深厚，往往难以动摇。自魏晋起，洛阳数为帝都。北魏孝文帝舍邺城而都洛，因为"洛阳九鼎旧所，七百攸基，地则土中，实均朝贡，惟王建国，莫尚于此"（《魏书·李宝附李韶传》）。唐则天武后追踪成周营洛，则称"山鸣鸶鸶，爰彰受命之祥；洛出图书，式兆兴王之运"（武后《升仙太子碑》），甚而僧侣也承认"洛州无影"（释义净《南海寄归内法传》）。这都是以洛阳为文化正统的所在。

在这样一个"天下"政治、文化的中心，究竟上演过多少动人心魄、场面宏大的历史剧，又给士人们内心带来过多少希望与失望、自信与沮丧、喜悦与忧伤，谁也难以说清，故而千百年来也每每吸引着众多学者探索的目光。瑞文博士的这部著作：《东汉洛阳与文学演进》，便是一部代表着当今学术界在这一领域所进行的新探索的力作。

书稿以东汉洛阳为中心或纽带，不只是涉及文学作品中的京都影像，更着眼于京都影像背后所反映的东汉一代的政治、文化景观，着眼于政治与文学的内在联系，进而揭示出作为政治文化中心的京都洛阳，在东汉文学发展演进的过程中所起的重要作用。其眼光较之前人已更为敏锐，也更为细致、深刻和独到。比如，他指出从东汉京都赋中对洛阳形象的仁德意蕴的书写，到五言诗中京都奢侈浮华形象的变化，所反映的实是士人对东汉政权认同程度的衰变。又指出，东汉郎官的文学创作截然不同于西汉，是因为东汉郎官制度的建立，原是为国家提供后备人才，而西汉文士为郎则多被视同倡优的缘故。京都洛阳为文人们施展自己的政治怀抱，提供了一个不可或缺的平台。他们或充任郎官，或入幕为僚佐，或被选进鸿都门学，其身份、地位和环境不同，创作上也或规谏或颂扬，呈现出不同的风貌。这些看法，都能见出作者对东汉文学发展的深入体察。

瑞文博士在学术上是有很高追求的。他在研究中既注重文史的结合，又不忽略对文学作品的深度解析；严密的逻辑思维固然是他的特点，然而同时他也并不缺少形象思维的能力，尤其值得称道的是，在他的学术研究中，能让人感到总有一种对中国传统思想文化传承与开新的自觉担当。他选择上述课题进行研究，实与他本科阶段曾在洛阳学习生活，登北邙山，游伊洛二水，因而感受、呼吸着那里特有的历史文化气息大有关系。他热爱古都洛阳，也深爱着日渐融入其日常生活并业已成为其赖以安身立命之地的优秀的中国传统思想文化，故其所著书，格局既大，笔下亦常饱含深情。此尤难得。

以传承中国优秀的传统思想文化为己任，正可谓"任重而道远"。瑞文博士有此志向和雄心，又青春年少，在今后的学术道路上，锐意进取，努力开拓，当能取得更大的成就，是可以期待的。

是为序。

甲午岁杪于钟山东麓有容斋

绪　　论

一　研究缘起

长期以来，在政治史、文化史、文学史等的研究中，学界多关注西汉一朝，而对东汉时期则所论甚少①。这一倾向近些年稍有改观，一些学人开始注意将东汉作为一个独立的研究对象。就文学研究而言，较以前有了很大的进步，东汉家族、豪族文学研究②、士风与文学关系研究③、作家专题研究④等都有了较为深入的讨论。在这些研究中，虽然也有学者涉及地域文学与文化研究，但对京城洛阳之于文学发展之关系却缺少系统而完整的论述，实际上，作为京城的洛阳对东汉文学的发展起到了非常重要的推动作用。

洛阳古称天下之中，人文荟萃，图书渊薮，历史上洛阳作为一个富有丰厚文化底蕴的城市，为生活于其间文人的文学创作提供了一个浓郁的文

---

① 钱志熙先生在《东汉社会变迁与文学演进·序》中认为在五四以来的文学观念中，东汉文学在"文学史研究中更加不受重视"，"东汉文学的研究向来是一个薄弱环节。"同书傅刚先生的序也说："两汉文学给后人的认识往往是西汉武帝时的乐府和辞赋的创作，而东汉似乎没有太大的成就。其实在文学特性逐渐清晰，文学地位逐渐凸显并独立的过程中，东汉文学毫无疑问是重要的发展时期。"陈君：《东汉社会变迁与文学演进》，中国社会科学出版社2012年版。

② 吴桂美：《豪族社会的文学折光：东汉家族文学生态透视》，黑龙江人民出版社2008年版；邓桂姣：《汉代扶风班氏家族文化与文学研究》，博士学位论文，扬州大学，2014年；司尚羽：《东汉崔氏家族文学研究》，硕士学位论文，郑州大学，2007年；等等。

③ 蓝旭：《东汉士风与文学》，人民文学出版社2004年版；聂济冬：《东汉士风与文人文学》，山东大学出版社2011年版；于迎春：《汉代文人与文学观念的演进》，东方出版社1997年版；胡旭：《汉魏文学嬗变研究》，厦门大学出版社2004年版；等等。

④ 孙亭玉：《班固文学研究》，湖南人民出版社2008年版；吴崇明：《班固文学思想研究》，上海古籍出版社2010年版；孙亭玉、王渭清：《张衡诗文研究》，中国社会科学出版社2010年版；陈海燕：《蔡邕研究》，清华大学出版社2013年版；金璐璐：《班昭及其著述研究》，博士学位论文，首都师范大学，2009年，等等。

化氛围。西汉时期，文学中关涉洛阳的地方还不是太明显，东汉时期，洛阳成了帝国的都城，一时文人咸集，佳作纷呈，特别是班固的《两都赋》开创了汉赋文学发展的新局面，具有重要的文学史意义。东汉末年，曹操挟汉献帝自洛阳迁都许昌，文学中心虽一时转移到洛阳之外，但很快随着曹丕称帝，复都洛阳，洛阳又成了政治文化中心。自此之后，洛阳作为文学活动中心的局面直到西晋结束方才告一段落①。至唐，以白居易为核心的文人群体，在洛阳诗酒狂放，追步中隐，"体现出中晚唐文人精神世界的重要变化……这一诗坛现象，是整个唐诗史的一部分，影响着以后尤其是北宋洛阳文坛"②。而且唐五代在洛阳开科取士对唐宋文学的发展也曾起到过积极的作用③。宋代以钱惟演、谢绛为首，以尹洙、梅尧臣、欧阳修为主要成员的洛阳的文人集团对宋诗、宋文、宋词的时代特点的形成和发展起着导夫先路的重要作用④。洛阳的文人集团至明清仍然不绝如缕，如明代的八耆会、惇谊会、澹逸会、初服会、五老会、崇雅会、中原奇社、芝泉会、伊洛大社等文人集团，虽然明代洛阳的政治、经济、文化地位与前代相比已经不可同日而语，然而这一地区丰厚的文化积淀对文学的发展仍然起着重要的作用⑤。因此，洛阳的文学发展在中国文学发展史上占有着极其重要的地位。

近些年，学界对洛阳与文学的发展关注给予了一些关注，但从研究时段上来看，主要集中在魏晋唐宋时期，比如罗宗强的《汉魏文章与洛阳》、周祖譔的《武后时期之洛阳文学》[《厦门大学学报》（哲学社会科学版）1991 年第 1 期]、王水照的《北宋洛阳文人集团与地域环境的关系》，等等。其中有一些博硕论文也以不同时期洛阳文学的发展作为研究对象，比如赵建梅的《唐大和初至大和中的洛阳诗坛——以晚年白居易为中心》（博士学位论文，中国社会科学院研究生院，2002 年）、杨为刚的《唐代

---

① 罗宗强：《汉魏文章与洛阳》，《文史知识》1994 年第 3 期。
② 赵建梅：《唐大和初至会昌年间洛阳闲适文人群形成的原因》，《上海大学学报》2005 年第 4 期。
③ 郭绍林：《唐五代洛阳的科举活动与河洛文化的地位》，《洛阳大学学报》2001 年第 1 期。
④ 王水照：《北宋洛阳文人集团与宋诗新貌的孕育》，《中华文史论丛》第 48 辑。又见《北宋洛阳文人集团与地域环境的关系》，《文学遗产》1994 年第 3 期。
⑤ 杨晓塘、扈耕田：《明代洛阳的文人集团》，《洛阳大学学报》2002 年第 3 期。

"长安—洛阳"文学地理与文学空间研究》（博士学位论文，复旦大学，2009年）、焦尤杰的《白居易洛诗研究》（硕士学位论文，郑州大学，2006年）、刘磊的《北宋洛阳钱幕文人集团与诗文革新》（硕士学位论文，陕西师范大学，2000年）。这些研究都是以某个文学家或文学集团的文学活动为研究对象，对作为文化之城的洛阳与文学发展却缺乏深入的研究。此外，刘跃进先生最近的一些文章也在关注秦汉文学区域研究，研究成果已结集出版①。不过，就目前的研究成果来看，尚未有比较有影响力的关于东汉洛阳与文学关系系统而全面的研究。

洛阳是东汉王朝的帝都，是当时政治和文化活动的中心，作为名士云集之地，洛阳对东汉文学的发展起着举足轻重的作用。东汉初年，京都赋的兴起，使得陷入发展窘境的汉大赋重新焕发出生机；而东汉后期，五言诗的发展则成为后世诗歌繁荣的源头，在中国文学发展史上，以洛阳为文学活动中心的东汉文学有着承前启后的重要作用，东汉洛阳文学理应得到重视和系统的研究。

二　研究思路

本书研究的基本思路是，首先讨论洛阳在东汉文学发展中的地位和作用，然后具体讨论文人对洛阳的认同之于文学发展的意义、文人在京城的主要身份与文学活动的关系、主要活动场所与文学创作的关系、文人参与的重要政治事件所折射出的文学发展状况等问题。这一专题形式的章节安排，不以追求结构上的完整与宏大为目的，而旨在更为集中地从几个点的讨论来说明文人入洛与东汉文学的发展关系，显然这是串联各个章节的一条主线，在这条主线贯穿下，本书力求从东汉一朝特定的政治、经济、思想、制度、文人心态与社会风气等文化现象入手具体分析文学发展演变的深层原因。

洛阳在东汉文学的发展中具有重要的意义。为了揭示洛阳与东汉文学的发展关系，本书借鉴近年文学地理的研究模式，从文学家的籍贯分布入

---

① 刘跃进：《秦汉文学论丛》，凤凰出版社2008年版；《秦汉文学编年史》，商务印书馆2006年版，等等。

手，具体分析东汉一朝京城洛阳与州郡文学地理空间的关系，并以班固为中心来具体讨论东汉初年洛阳文学史地位的凸显过程。

文人对京城的认同态度对文学思想的形成与演变起着重要的决定作用。新莽末年，在"兴辅刘宗"的社会思潮下，士人从符命与人事两个层面考虑，多倾向于归附定都洛阳的刘秀政权，士人的这种态度对刘秀东汉政权的建立和中兴局面的出现起到了重要的作用，这种认同思想在以班氏父子为代表的东汉早期文人的文学书写中有着具体的体现。为了更好地讨论东汉一朝士人这种认同思想之于文学发展的深远影响，本书以东汉文学对洛阳形象的书写为观察点，通过对东汉一朝洛阳形象演变的分析，来研究东汉文人与政权关系的亲疏之于文学书写主题变化的影响。

文人在京城的主要身份、主要活动场所以及参与的重大政治事件都与文学的发展关联甚大。

就东汉一朝来看，文人会集京城，主要目的还是为仕途上的升迁。东汉王朝官制中，郎官虽然地位不是很高，但却是非常重要的一个职位，东汉王朝的许多高级官吏都是由这个职位升迁上来的，可以说，郎官是东汉官员的储备库。许多文人也集于郎官之位，他们在这个职位上的表现既然关涉未来的仕途，便不免有着各种各样卖力的表演。有的郎官迅速升迁，而有的则常年沉滞于此。他们满腹经纶，才华横溢，在郎官这个职位或议论时政，或书写情怀，从而为东汉学术及文学的发展留下了一抹浓浓的色彩。

东汉文人在洛阳的活动场所主要是东观和太学，前贤先哲对此已经有了充分地研究，本书不打算再对此进行过多的研究，而是将注意力集中在东汉文人活动的另一个场所——幕府。两汉的幕府具有独有的特征，它是军幕组织形式与官府组织形式相结合组成的一种新的组织体系。与军幕不同，两汉的幕府多在京城，而其幕主多为在朝权官，这种幕府组织形式到汉魏之际则演变成了霸府。由于文人在幕府中的活动对文学本身的发展有着重要的影响，因此，循此而下，由东汉至魏晋，便可以勾勒出文学在汉魏时期发展演变的另一条轨迹。

东汉后期的党锢之祸与鸿都门学事件是两起重要的政治事件，但它们与东汉末年的文学发展却有着千丝万缕的关系，围绕着它们所展开的各种争论间接地反映了文学在东汉末年所遭遇的处境，从文学角度对它们进行研究，能够更为清楚地揭示出东汉末年文学发展变化的种种细微之处。

本书主要围绕以上几点，从文人入洛与对东汉政权的认同与接受，洛阳形象的书写，郎官与东汉学术及文章，幕府与东汉文学的发展演变，党锢之祸与士、君对话修辞方式的改变，鸿都门学与东汉文学格局重构的关系等来论述洛阳对东汉文学发展的重要意义。

三　概念申说

在进行正式研究之前，笔者还想就两个令人不安的概念——"文学"与"文人"——做一番交代。显然，对这两个名词纯粹学理上的概念厘定不是本书的目的，本书只不过是想通过对这两个概念在汉代文化中的适用情况做一说明，以便读者能更好地理解本书的行文逻辑与研究意图。

今之所谓"文学"并不是中国本土固有的概念，它只是随着中国近代化进程被引入的一个生长于西方文化土壤中的概念，在用来描述中国古代"文学"发展的实际时，扞格常存。在 20 世纪前 30 年学者的努力讨论中，确立了作为学科和作为研究范式的文学。这一稳定的研究格局直到 20 世纪八九十年代才再次引起人们的讨论。在众多学者研究的基础上，我们发现"现已建构的成熟的文学史格局实质上与中国传统的诗学体系差别甚大，主要表现为：中国古代诗学的主体精神是诗言志而非单纯的文学意义上的以情为胜；中国古代诗学的形式特征是以体论文而非'文学'一词的综揽众体；中国传统经、史、子、集四部分类与文学学科的研究对象之间既有暧昧的交叉又有严重的乖离。"[①] 在这一研究背景下，虽然新的学术范式尚未建立，但对曾经学术范式的批评却从未停歇，理论化的讨论是一种批评方式，回归中国诗学本体的实证研究也是一种批评方式，本书的研究显然属于后一种情况。

"文学"在汉代的意涵与今之"文学"概念多有出入，汉人言"文

---

① 参见田瑞文《中国文学史的建构：基于经典名著的讨论》，《重庆社会科学》2013 年第 11 期。

学"多指儒学,如"上(武帝)乡儒术,招贤良,赵绾、王臧等以文学为公卿。"① 又"天子(武帝)方招文学儒者。"② 又"延文学儒者数百人,而公孙弘以《春秋》白衣为天子三公。"③ 又"是时,上方乡文学,(张)汤决大狱,欲传古义,乃请博士弟子治《尚书》、《春秋》,补廷尉史。"④ 等等。以上诸例皆可明证汉代"文学"一词内涵的稳定指向,即儒家之道。

汉代在"文学"外,尚有"文章"、"文辞"说,然而时人之论,"文章"之虚辞多归旨于文学之至道。如"(扬)雄少而好学,不为章句,训诂通而已。……顾尝好辞赋。……又怪屈原文过相如,至不容,作《离骚》,自投江而死,悲其文,读之,未尝不流涕也。"⑤ 又如"(桓谭)博学多通,遍习《五经》,皆诂训大义,不为章句。能文章,好古学,数从刘歆扬雄,辨析疑异。"⑥ 郭绍虞先生据此认为:"以'学'与'文'分别并言,更可看出其分用之迹,所以吾谓两汉所用的术语,用单字则称'文'与'学',用连语则称文为'文章'或'文辞',而称学为'文学'。"⑦ 郭氏所论,过于强调两者之分,而没有意识到汉人虽分而言之,但文章之辞多归之于文学之道。即以上文所举扬雄例而言,扬雄早年喜赋,而"壮年不为",其原因是赋不能很好地起到讽的作用。司马迁曾评说:"相如虽多虚辞滥说,然其要归引之节俭,此与《诗》之风谏何异。"⑧ 时人攻击相如赋"虚辞滥说"的依凭正是辞赋不能与诗同义,而司马迁为之所作的辩说也正是将之提高到提倡节俭,与《诗》之讽谏功能相同的高度。由此可见,文章的存在价值尚不能离开"文学"的价值而单独言说,换句话说,文章此时尚不具有独立性。"文学"一词仍包含有文章与学术两层意义。

---

① 司马迁:《史记》卷十二《孝武本纪》,中华书局1959年版,第452页。
② 司马迁:《史记》卷一百二十《汲黯列传》,中华书局1959年版,第3106页。
③ 司马迁:《史记》卷一百二十一《儒林列传》,中华书局1959年版,第3118页。
④ 班固:《汉书》卷五十九《张汤传》,中华书局1962年版,第2639页。
⑤ 班固:《汉书》卷八十七《扬雄传》,中华书局1962年版,第3515页。
⑥ 范晔:《后汉书》卷二十八《桓谭列传》,中华书局1965年版,第955页。
⑦ 郭绍虞:《中国文学批评史》,商务印书馆2010年版,第58页。
⑧ 司马迁:《史记》卷一百一十七《司马相如列传》,中华书局1959年版,第3037页。

本书对"文学"一词的使用，侧重与今之"文学"概念类似的"文章"这一层面，但显然本书对"文学"的理解与使用自然内含着学术层面的"道"之意义以及建基其上的官方意识形态。实际上，在尚未普遍出现以纯文学创作为旨归的东汉文学中，文学书写与政治意识形态的关系一直胶着难分，傅刚先生就认为两汉文学的"产生与当时的政治、制度有着密切的关系。故此研究两汉时期的辞赋、诗歌，必要研究这一时期的政治事件和典章制度，这也就是两汉文学不能同于后世的纯粹研究某种文体的原因所在。对于习惯于文学史研究的学者来说，这个研究视角和方法有些困难，但这恰恰是两汉文学研究的魅力所在。"① 本书基于以上文学观念的理解，故此在具体的研究中，既兼顾文本的文学性分析，又注重对观念、制度、文化等与文学书写关系的讨论。

接下来，我们想谈谈本书对"文人"一词在东汉文化语境中的认识。文人是东汉文学发展的主体。在汉代的文化背景中，所谓文人，其实只是士人中的一种，更确切地说，"文人"只是士人活动中专属于与文字交关那部分的活动所构成的一种身份特征。以往的研究从文学本身出发去探求文学在那个时代的发展和演变，而忽略了对"文人"本身的反思，以及基于此的"文学"本身性质的重新审视。我们今之所津津乐道的文人身份确认，在汉代"文人"看来却非他们所渴望获得的一种身份认同，枚皋"言为赋乃俳，见视如倡，自悔类倡。"② 扬雄也有"壮夫不为"之叹。即使是辞赋大家司马相如，死后留给皇帝的也不是他赖以成名的大赋，而是充满了政治意义的封禅书。东汉后期五言诗的发展被看作汉魏六朝文学发展新变的重要导源之一，然而，对那些创作五言诗的文人来说，并非是他们没有留下姓名，而是他们压根对在五言诗上题名就没有什么兴趣，这只不过是他们游戏之作的意外收获而已③。读书求仕、致君尧舜才是他们毕生努力的追求所在。

"文人"在东汉时期的身份首先是士人，其次才是文人。从这层意义上说，汉代文人的文学观念实际上是裹挟在士人的价值理念中的，郭绍虞

---

① 傅刚：《东汉社会变迁与文学演进·序》，中国社会科学出版社 2002 年版，第 1 页。
② 班固：《汉书》卷五十一《枚皋传》，中华书局 1962 年版，第 2367 页。
③ 详见田瑞文《从东汉五言诗的社会地位看其形成的原初形态》，《船山学刊》2009 年第 3 期。

先生在《中国文学批评史上的文与道的问题》一文中说，中国文学批评史上最重要问题之一是道，"由文的内容而言，总不离一道字……从前一般人的文学观似乎都以道为中心，在中国全部文学批评史上彻头彻尾，都不外文与道的关系之讨论。"他进而申论道："文学批评中之道的观念，其大部分固是受儒家思想之影响，实则道的含义至不一致，有儒家所言之道，也有释老所言之道，各人道其所道，故昔人之文学观，其于道的问题，虽以儒家思想为中心，而也未尝不受释老言道之影响。"① 郭氏立足文学，对道之影响文学似乎颇为不满，然而也正是在这不满中，笔者看到道之于文学的深刻影响。郭氏的话换成另外一种说法就是，在中国全部文学批评史上，文与道的关系是一个最主要的关系②。

从 20 世纪的文学观念去看，道的功利性因素影响了文学的审美因素，然而，从汉代文学发展的实际状况来看，道则是文学的核心概念。东汉文人的文学创作中内含着强烈的宣道冲动，从枚乘的《七发》开始，汉大赋的创作就以讽谏为其作文的终极目的，而讽谏的背后则是士人社会价值导向责任的自觉承担，这种自觉的社会价值的建构、导向与维护表现在汉大赋上就是"劝百讽一"创作技巧的成熟运用。他们固然能够熟练地运用各种写作技巧来进行赋的创作，然而文学的创作却不是他们真正想要达到的目的，他们更在意文字背后的道的表达，尽管这种道在势的威胁下，已经隐藏到难以察觉的地步——在帝王那里，绝大多数时候它们确实被忽略不见了，但这并不妨碍他们前赴后继华山一条道地努力，这种坚持的内在精神动力就是道的力量。他们创作的出发点是道的表达，希望君王能够在娱乐之中体会到他们的良苦用心，从而使得势的发展能够受到道的导向，但通常情况下，它不是被帝王所忽视，就是被帝王巧言搪塞：

---

① 郭绍虞：《照隅室古典文学论集》，上海古籍出版社 1983 年版，第 170—171 页。
② 文韬认为："中国历代的文学改革运动莫不是高举'道'这面旗帜，原因其实很简单：只有当文章写作与政治、道德产生关联时，才不至被视为无关痛痒的'末业'和'壮夫不为'的雕虫小技，正是'文以载道'、'文为世用'的传统确保了文学的社会地位。……由文章而经史，由经史而道德，文章维系着整个中国传统社会的命脉，这正是中国文学的特殊之处，也是文章革新何以步履维艰的原因之所在。剔除了'道'，文人便没有了干预社会的能力。中国传统对文人士大夫的定位本来就不同于西方文化格局中的知识分子，视文学为专门，以学术为职业本非中国传统文化的题中之意。"详见《散文的转换与文章的裂变——关于"文学之文"与"应用之文"的论争》（《中山大学学报》2009 年第 1 期）。

　　上令褒与张子侨等并等诏，数从褒等放猎，所幸宫馆，辄为歌颂，第其高下，以差赐帛。议者多以为淫靡不急，上曰："'不有博弈者乎，为之犹贤乎已！'辞赋大者与古诗同义，小者辩丽可喜。辞如女工有绮縠，音乐有郑卫，今世俗犹皆以此虞说耳目，辞赋比之，尚有仁义风谕，鸟兽草木多闻之观，贤于倡优博弈远矣。"①

　　当赋仅仅只是用来描写景物风情，以供帝王娱乐之用而置道的责任承担于不顾时，那么赋在士人那里赖以存在的价值也丧失殆尽，是以"议者多以为淫靡不急"。显然，"议者多以……"是士人群体的反应，换言之，对赋应当承担道的讽谏责任是汉代士人群体的共同认识。在这种认识下，文章本身的文学意义并不是士人们关注的主要对象，他们所关注的只是道的表达及其与表达的实际效果的关系。

　　雄以为赋者，将以风也，必推类而言，极丽靡之辞，闳侈巨衍，竞于使人不能加也，既乃归之于正，然览者已过矣。……又颇似俳优淳于髡、优孟之徒，非法度所存，贤人君子诗赋之正也，于是辍而不复为。②

又

　　或问"吾子少而好赋"。曰："然。童子雕虫篆刻。"俄而，曰："壮夫不为也。"或曰："赋可以讽乎？"曰："讽乎！讽则已，不已，吾恐不免于劝也。"或曰："雾縠之组丽。"曰："女工之蠹矣。"（案：李轨注曰："雾縠虽丽，蠹害女工；辞赋虽巧，惑乱圣典。"）

　　或问："景差、唐勒、宋玉、枚乘之赋也，益乎？"曰："必也，淫。""淫，则奈何？"曰："诗人之赋丽以则，辞人之赋丽以淫。如

---

①　班固：《汉书》卷六十四下《王褒传》，中华书局 1962 年版，第 2829 页。
②　班固：《汉书》卷八十七《扬雄传》，中华书局 1962 年版，第 3575 页。

孔氏之门用赋也，则贾谊升堂，相如入室矣。如其不用何？"①

　　在扬雄看来，今之赋非法度所存，有失贤人君子诗赋之正，所谓"正"，师古注"归之于正"曰："言其末篇反从之正道"；又"诗人之赋丽以则"，李轨注："陈威仪，布法规"，汪荣宝疏曰："《尔雅》释诂云：'则，法也。''诗人之赋丽以则'者，谓古诗之作，以发情止义为美。即自序所谓'法度所存，贤人君子诗赋之正也。'故其丽也以则。"师古以为"正"为"正道"，李轨以为是"法规"，而汪荣宝则"正"、"则"互训，以为"发情止义"之义。然而观扬雄之本意，所谓"正"、"则"均为孔门之道，"如孔氏之门用赋也，则贾谊升堂，相如入室矣，"这是一个设问句，假设孔门用赋，贾谊初窥门径，而相如得其堂奥，但孔门是不用赋的，汪荣宝疏曰："颜云：'言孔子之门，既不用赋，不可如何。谓贾谊、相如无所施也。'"因此，"如其不用何？"的反问就昭示了扬雄"归之于正"的思想路径。对他来说，当赋不能承担起宣道的责任时，只有弃赋归本，也即回归孔门之道，这是典型的士人的儒家思想情怀的表现。所以，就汉代士人来看，道与文的关系实际上是很清楚的，如果文不能承担起道的责任，那么道对文的抛弃及其对本元思想的回归就是必然的事情了。由此可见，汉代文学思想的社会存在并不具有独立的特性，它是依附于士人主体价值体系的，是士人主体精神外化的一种形式。当这种形式不能承担起对士人主体精神的折射时，汉赋的衰落也就是必然的结果了。从这个层面上看，汉代文人的社会身份首先是士人，其次才是文人，才是文学家，缺少了对士人身份的体认，则文人身份的存在就显得虚无缥缈了。因此，本书在具体的论述中，并不太过分区分士人、文人、文学家，而是根据具体的语境灵活选择。这也是需要特别说明的。

---

① 汪荣宝：《法言义疏》，中华书局1987年版，第45—50页。

第一章　洛阳与东汉文学地理的变化

洛阳作为东汉的都城，对东汉文学的发展起了重要的作用。从文学地域空间的角度上看，东汉时期，在文学由西向东的转移过程中，洛阳是一个重要的环节。东汉初年，文人由关中向洛阳的转移，是这个转移过程的第一步，而东汉一朝，洛阳始终是文人最为集中的地区，是东汉文学发生发展的重要场所，同时，也是东汉文学书写的一个重要对象，从文学创作的地域空间和作为文学形象的塑造对象两个方面，已深入到东汉文学的发展过程中。东汉后期，随着邺下文人集团的崛起，文学创作活动中心开始由洛阳向邺下转移，洛阳作为文学活动中心的位置至此方告一段落。

然而东汉时期，作为文学活动中心的洛阳，其本土文人并不是很多，其中著名的文人大多来自周边地区。为了更好地揭示这种现象产生的原因，对文人籍贯分布与文学创作活动中心之间的关系进行研究成了接近这一问题的重要途径。因此，本章将通过对东汉文人的统计及其地理分布特征的研究来解决这一问题。

第一节　东汉文人的地理分布

文学地理研究是近年来古代文学研究领域的一个热点，以文人的地理分布作为研究基础是惯常的做法。然而在文人判定标准问题上，却是众说纷纭，莫衷一是。曾大兴的《中国历代文学家之地理分布》被认为是最早对文学采用统计学和人文地理学方法进行研究的学术著作，据该书封面上的内容提要说"本书系海内外第一部研究文学家之地理分布的学术专著"①。而

---

① 曾大兴：《中国历代文学家之地理分布》，湖北教育出版社1995年版。

作者在《前言》中说，他早在 1989 年就曾发表了同名单篇论文①。是书主要以中国历代文学家的地理分布作为研究对象，作者颇为讨巧地采用了谭正璧《中国文学家大辞典》收录的文学家作为其研究对象的统计来源，所以该书并没有涉及文学家判定标准的问题。因此，我们不得不循此追溯谭正璧文学家的判定标准，他在该书《例言》中说：

> 本书所录，以中国文学家为主，上起李耳以迄近代。凡姓名见于各家文学史及各史文苑传，或其文学著作为各史艺文志及四库全书所收者，靡不录入。其以经学、理学名家，而有诗文集传世，但无影响于当时文坛者，因人数过多，概从割爱。②

这个标准在今天看来是很粗糙的，在具体的操作上不免带有一定的主观性。综而论之，谭书的标准大致是各史文苑传的传主或作品被各史艺文志及四库收录。在这个标准中，第一条较易把握，而第二条中，文学作品如何判定显然是一个仁者见仁、智者见智的问题，何为文学作品的认定就不免具有一定的主观性。在科学主义的学术背景下，这种模糊的范围界定在实际的操作中让人难以把握。不过谭书中交代的"姓名见于各家文学史"也是一个重要的标准，它提示了我们实际上该书文学观念和当时的文学史观念是相一致的，因此，要想深入地研究这种文学标准的生成路径，就必须将之放置到当时文学史书写的背景中来考察。（限于本书的体例问题，此一点不再展开论述。）

曾书虽然对此没有进行详细地辨析，但曾氏的研究在文学地理研究中确实起到了开先河的作用，对后来文学地理研究的发展和深入做出了重要的贡献，不过他却把文学家的判定标准这个非常棘手的问题留给了后来的研究者。显然何为文学家是进行文学地理研究无法回避的一个重要前提，胡阿祥的《魏晋本土文学地理研究》直面了这个问题，他给出了一个文学家的判定标准：

---

① 　实际上 1935 年刘经庵《中国纯文学史纲》一书的结论就是《中国文学之南北观及文化中心之迁移》，并且附录了《中国文学家的地理分布表》及《中国历代文学家籍贯生卒年表》。

② 　谭正璧：《中国文学家大辞典》，北京图书馆出版社 1998 年版。

本表创设下列条件，凡符合条件者，均予表录：

［1］正史艺文志、补正史艺文志集部著录其人有别集（诗文集）行世。

［2］逯钦立《先秦汉魏晋南北朝诗》录有其人诗作。

［3］严可均《全上古三代秦汉三国六朝文》录有其人赋作；又据程章灿《魏晋南北朝赋史》附录《先唐赋辑存》、《先唐赋存目考》补严书之缺漏。

［4］《文选》、《玉台新咏》选录其人作品。

［5］《文心雕龙》、《诗品》论及其人创作经历、作品或文学地位。

［6］《后汉书·文苑传》、《晋书·文苑传》及《三国志·王卫二刘傅传》、《续后汉书·文苑传》列入其人。

以上六项条件，含四类文献资料：文学作品目录、文学作品汇编、文学批评著作、文学家传记。符合任一条件者，即认作"文学家"。①

这个标准是否客观，先暂置不论。

事实上，文学家的判定标准问题一直是一个争议不断的话题，争议的深层原因是"文学"概念浮动不居的问题，它和学术界近些年关于"文学自觉"学说的争论具有内在的同构性②。1947年，陆侃如在撰写《中古文学系年》一书时也遇到了同样的问题，

怎样才算文人，很难确定。我现在假定下列四种条件：

第一，《汉书艺文志·诗赋略》或《隋书·经籍志》集部著录他的作品的。

---

① 胡阿祥：《魏晋本土文学地理研究》，南京大学出版社2001年版，第9页。

② 在关于"文学自觉"相关的讨论中，研究者总是自觉或不自觉地要对"文学"概念进行一番定义，比如詹福瑞《从汉代人对屈原的批评看汉代文学的自觉》一文中说："关于文学的自觉，其标志似有以下三个方面：其一，是观念的自觉，即从认识上可辨清文学与非文学；其二，是创作的自觉，作家对文学作品的艺术特征有比较清醒的认识，并能成为比较自觉的追求；其三，是作家的自觉，文人开始把著文作为一种生活的目标或人生的理想。"（《文艺理论研究》2000年第5期）这种定义的冲动充分地说明了在讨论文学自觉这个问题时"文学"概念的不确定性。详见拙文《"文学自觉说"的争论及其理论困惑》，《黔南民族师范学院学报》2011年第2期。

第二，正史列入《文苑传》，或本传提到他的文学作品的。

第三，《文心雕龙》或《诗品》论及他的作品的。

第四，《文选》或《玉台新咏》选录他的作品的。

这些人，未必每个都在文学史上有地位。但是这几部早期的选本、文评、史传和目录，可以证明他们在当时的文坛上确曾活跃过。①

一直到 20 世纪 90 年代，这个问题仍然没有得到很好的解决，曹道衡、沈玉成在编撰《中国文学家大辞典》时依然面临着同样的问题，他们也不得不给研究对象的确定制定一个具体的、可操作的标准：

本卷收录作家范围从宽，凡下列情况概予收录：

1. 有诗作或辞赋等文学作品存世者；

2. 有文学批评著作存世者；

3. 无作品传世而据传文或史志记其文而生平可考者；

4. 许穆夫人、寺人孟子等传统记载中以之为诗人者。②

从陆侃如到曹、沈，再到胡氏，三个标准，近半个世纪的时间。然而三者在细节上虽有所不同，但本质上并无太大的区别，正史《艺文志》、文章选本、文学批评是三个重要的考察标准，而这三个标准的出现都是在 20 世纪 40 年代后，事实上，中国成熟的文学观念在 20 世纪 30 年代已经形成，此后几乎再也没人去讨论文学的标准问题③。笔者在前贤研究的基

---

① 陆侃如：《中古文学系年·序例》，人民文学出版社 1985 年版。（序例写作时间是 1947 年 7 月 7 日）

② 曹道衡、沈玉成：《中国文学家大辞典·先秦汉魏晋南北朝卷·凡例》，中华书局 1996 年版。

③ "（20 世纪）前 30 年大家比较注意讨论'文学是什么'，以便确定研究对象和范围，研究者们在传统和现代之间都颇费踌躇，说明二者不是那么容易融合。而企图用一种统一的文学观念来描述中国文学的历史，实际上已经掩藏着用今人的成见歪曲历史和虚构历史的巨大危险。20 世纪 30 年代以后，学者们不再关心'文学是什么'的问题，因为他们自认为已经有了'现代的进化的正确的文学观念'，他们所理解的文学'专指诉之于情绪而能起美感的作品'的狭义的文学，也即人们常说的'纯文学'。这样，文学史的范围似乎明确了，对象也就固定下来，中国文学史著作也就千篇一律了。"王齐洲：《中国文学观念论稿》，湖北教育出版社 2004 年版，第 11 页。

础上，结合东汉文学的实际，特制定文学家判别、选定的标准，并在此基础上制定出东汉文学家表及东汉文学家地理分布表，以之为进一步讨论东汉文学地理变迁的基础。

东汉文学家表、东汉文学家地理分布表

凡 例

一 本表收录东汉一朝的文学家，共179人。时间以作者卒年在公元25年后、生年在200年前为断限。

二 根据所涉及的研究对象，拟定以下几条原则作为判定文学家的标准，凡符合下列条件之一的，均被作为文学家收录：

1.《后汉书·文苑传》、《三国志·王卫二刘傅传》中录入的文学家以及本传中特别提到传主"所著诗、赋、颂……"者。

2.《隋书·经籍志》、清钱大昭撰《补续汉书艺文志》、清顾櫰三撰《补汉书艺文志》、清姚振宗撰《后汉艺文志》、清曾朴撰《补汉书艺文志并考》、清姚振宗撰《三国艺文志》中录有其别集者。

3.《文心雕龙》中论及的文学家。

4.《文选》中录有其作品者、逯钦立《先秦汉魏晋南北朝诗》录有其诗作者。

5. 严可均《全上古三代秦汉三国六朝文》录有其赋作者。

三 条目内容包括籍贯、生卒年以及判定其为文学家的文献出处。

1. 籍贯。

（1）其中有籍可考者168人，无籍可考者11人，无籍可考者附于表末。

（2）皇室成员的籍贯与光武帝的出生地统一为南阳蔡阳。

（3）不注今址进行对照。

2. 生卒年。

采用公元纪年，公元前以"BC"标识。本表按照生卒年先后顺序排列。生卒年无确考者，加"?"予以标识。生卒年无考者，根据其活动的大致年代进行排列。无法判定其活动年代的附于表末。

3. 文献出处。

（1）《文选》。《文选》按照诗、文分别统计，其中数字指该文学家的作品被《文选》收入的篇数。

（2）《全诗》。《全诗》指逯钦立的《先秦汉魏晋南北朝诗》，其中数字指该文学家的作品被此著作收入的篇数。

（3）《文心》。《文心》即《文心雕龙》，后标有☆者是该作者在《文心雕龙》中被提及，其中数字表明该文学家在书中出现的篇目序列数，在同一篇中多次出现按一篇记。

（4）《全文》。《全文》指严可均的《全上古三代秦汉三国六朝文》。其中数字为《全文》收入该文学家的赋的篇数并经费振刚等辑校的《全汉赋》补充后的数量。

（5）别集。"别集"中字母所指分别是：A 栏指《隋书·经籍志》"集部"中有其别集。栏内 A 指《隋志》中东汉文人别集有目有书；A1指《隋志》中后汉文人别集有目无书；A2 指《隋志》中三国文人别集有目有书；A2·1指《隋志》中三国文人别集有目无书。B 指清钱大昭《补续汉书艺文志》著录其别集；C 指清顾櫰三《补续汉书艺文志》著录其别集；D 指清姚振宗《后汉艺文志》著录其别集；E 指清曾朴《补汉书艺文志并考》著录其别集；F 指清姚振宗《三国艺文志》著录其别集。

（6）史传。"史传"中的四种符号分别代表四种不同的情况：▲代表《后汉书·文苑传》中的传主；●代表《三国志·魏志·王卫二刘传》中的传主；□代表《后汉书·文苑传》中著录有其各种文体；■代表《后汉书·文苑传》之外的传记中记录有其各种文体。

关于以上内容的几点说明：

一　时间断限。

东汉从公元 25 年建国到 220 年曹丕代汉共 196 年，本表收录作家年限也依此范围，但对于建国初期的文学家，凡卒年在 25 年后的均予收入，卒年不可考者，而事迹见于东汉朝的也予以收入。对后期，凡生年在 200 年后的则不予收入。生年模糊不可确考在 200 年前的也不予收入。这种处理的原因是：光武帝建立东汉王朝基本上得到了当时知识分子的认可，故他们对东汉一朝能倾入感情。东汉后期朝政腐败，各地诸侯互相混战，

200 年后出生的士人待其成人后已经是东汉的覆亡，他们中绝大多人的文学创作反映的都是下一个朝代的社会状况。

二　史传收录标准。

由于许多建安时期的文人被《三国志·王卫二刘傅传》收录，此传大致相当于《三国志·魏志》的文苑传，故将其作为史传收录的标准之一。

又，郭英德先生认为："从东汉中期起，人们已开始自觉地将经学与文辞相对称，显示出经学之外文辞的独立性，这正是文学自觉观念的最初表现。《后汉书》著录传主的著述，区分经、史、子与文辞，正是东汉中期以来经学与文辞相对称的时代观念的延续和强化。"他认为《后汉书》非常突出的新特点就是它在列传中详细著录了传主的各种文体著述，并形成了较为规范的著录体例，据此，他在《后汉书》中统计出共有 48 人具有这种情况①。

三　小说不予收录。

谭正璧在《中国文学家大辞典》中收录了汉代的一些小说家。比如郭宪《汉武洞冥记》，赵晔《吴越春秋》，吴平、袁康《越绝书》，小说之体，"盖出于稗官，街谈巷语，道听途说之所造也。"② 在注重道统的传统学术视野中，小说向来不登大雅之堂，再者，《吴越春秋》、《越绝书》或更近史著，故本表对小说作者采取不予收录的态度。此为一家之见，或有可商。

四　皇室成员的籍贯问题。

由于皇室子孙的出生地、成长地和祖籍多不一致，故很难确定他们是哪里人。曾大兴在《中国历代文学家之地理分布》中的处理是"把历代皇室文学家的籍贯大都确定在皇室第一代人（开国皇帝）的出生地"③。梅新林的处理是根据具体的出生地来判断皇室成员的籍贯的④。而东汉皇室成员的作品多为歌功颂德之类，他们的文学创作和他们的皇室背景有着密切的关系，因此，本书将他们的籍贯统一为光武帝的出生地。

---

① 郭英德：《中国古代文体学论稿》，北京大学出版社 2005 年版，第 87、62 页。
② 班固：《汉书》卷三十《艺文志》，中华书局 1962 年版，第 1745 页。
③ 曾大兴：《中国历代文学家之地理分布·序》，河北教育出版社 1995 年版，第 7 页。
④ 梅新林：《中国古代文学地理形态与演变》，复旦大学出版社 2006 年版，第 49 页。

五 《文心雕龙》篇目与序列数对照表。①

1. 原道 2. 征圣 3. 宗经 4. 正纬 5. 辨骚 6. 明诗

7. 乐府 8. 诠赋 9. 颂赞 10. 祝盟 11. 铭箴 12. 诔碑

13. 哀吊 14. 杂文 15. 谐隐 16. 史传 17. 诸子 18. 论说

19. 诏策 20. 檄移 21. 封禅 22. 章表 23. 奏启 24. 议对

25. 书记 26. 神思 27. 体性 28. 风骨 29. 通变 30. 定势

31. 情采 32. 镕裁 33. 声律 34. 章句 35. 丽辞 36. 比兴

37. 夸饰 38. 事类 39. 练字 40. 隐秀 41. 指瑕 42. 养气

43. 附会 44. 总术 45. 时序 46. 物色 47. 才略 48. 知音

49. 程器 50. 序志

根据上面的讨论，我们制定了《东汉文学家表》，并在此基础上制定了《东汉文学家籍贯分布表》。

东汉文学家表

序号	姓名	籍贯	生卒年	文选	全诗	全文	文心	史传	别集 A	B	C	D	E	F
1	桓谭	沛国相县	BC40？—32？			1	☆4；13；26；29；30；34；47；48；50	■		B	C	D	E	
2	苏竟	扶风平陵	BC40—30？									D		
3	崔篆	涿郡安平				1					C	D		
4	夏恭	梁国蒙	BC20？—29？					▲□		B		D	E	
5	王隆	冯翊云阳						▲□	A1	B	C	D	E	
6	张劭	汝南											E	
7	卫宏	东海						■		B		D	E	
8	陈元	苍梧广信							A1	B	C	D	E	
9	朱勃	扶风平陵	BC11—？						A1	B	C	D	E	
10	朱浮	沛国萧	1文											
11	马援	扶风茂陵	BC14—49		1		☆19							
12	夏牙	梁国蒙						□		B		D	E	

---

① 本表中篇目数本于朱迎平《文心雕龙索引》（上海古籍出版社 1987 年版）。

续表

序号	姓名	籍贯	生卒年	文选	全诗	全文	文心	史传	别集 A	B	C	D	E	F
13	冯衍	京兆杜陵	1?—76?			2	☆11；18；47；49	■	A	B	C	D	E	
14	班彪	扶风安陵	3—54	2文		3	☆13；16；18；45；47	■	A	B	C	D	E	
15	刘复	南阳蔡阳											E	
16	刘睦	南阳蔡阳	?—74					■		B		D	E	
17	刘苍	南阳蔡阳	?—83			1	☆45	■		B	C	D	E	
18	杜笃	京兆杜陵	?—78		1	5	☆12；14；38；45；47；49	▲□	A	B	C	D	E	
19	刘京	南阳蔡阳										D		
20	梁竦	安定乌氏	?—83			1				B				
21	王景	乐浪	?—85?									D		
22	班固	扶风安陵	23—92	10文	8	9	☆5；8；9；10；11；14；15；16；21；27；36；38；45；47；48；49	■	A	B	C	D	E	
23	崔骃	涿郡安平	?—92		5	7	☆11；12；14；38；45；47	■	A	B	C	D	E	
24	袁安	汝南汝阳	?—92			1								
25	曹褒	鲁国薛	?—102				☆4；42	■						
26	梁鸿	扶风平陵	25?—104		3				A1	B	C	D	E	
27	王充	会稽上虞	27—100?			1	☆26；42；45							
28	贾逵	扶风平陵	30—101				☆14；45；47	■	A	B	C	D	E	
29	傅毅	扶风茂陵	47?—92?	1文	2	7	☆6；9；12；14；39；45；47；48	▲□	A	B	C	D	E	
30	李尤	广汉雒	55?—135?		2	6	☆11；47	▲□	A1	B	C	D	E	
31	刘毅	南阳蔡阳	58?—125					▲					E	
32	黄香	江夏安陆	58?—124?			1	☆25；49	▲□	A1	B	C	D	E	
33	杨终	蜀郡成都	?—100?									D	E	
34	班昭	扶风安陵	50—116?	1文		4	☆19	■		B	C	D	E	
35	李胜	广汉雒						□		B		D	E	
36	苏顺	京兆霸陵				1	☆12；13	▲□	A1	B	C	D	E	
37	曹众	扶风						□		B		D	E	

序号	姓名	籍贯	生卒年	文选	全诗	全文	文心	史传	别集 A	B	C	D	E	F
38	葛龚	梁国宁陵				1		▲□	A	B	C	D	E	
39	刘騊駼	南阳蔡阳			1	1		■	A	B	C	D	E	
40	史岑	沛国	69?—148	1文			☆9	□		B	C			
41	刘珍	南阳蔡阳	?—126?		1		☆14	▲□	A	B	C	D	E	
42	杨厚	广汉新都	72—153									D	E	
43	王符	安定临泾	76?—157				☆17							
44	崔瑗	涿郡安平	77—142	1文		1	☆9；12；13；14；25；41；45；47	■	A	B	C	D	E	
45	张衡	南阳西鄂	78?—139	6文	9	16	☆4；6；8；13；14；16；18；23；26；27；29；35；36；37；38；45	■	A	B	C	D		
46	马融	扶风茂陵	79—166	1文		7	☆9；29；36；45；47；49；50	■	A	B	C	D	E	
47	马芝	扶风茂陵				1			A	B		D		
48	王逸	南郡宜城	89?—158			2	☆5；47	▲□	A1	B	C	D	E	
49	窦章	扶风平陵	?—144?						A1	B	C	D	E	
50	桓麟	沛国龙亢	?—148?	2文		1		■	A1	B	C	D	E	
51	胡广	南郡华容	91—172				☆11；12；13；22	■	A1`	B	C	D	E	
52	李固	汉中南郑	94—147					■	A	B	C	D	E	
53	郎𫖮	北海安丘									C			
54	陈蕃	汝南平舆	?—168				☆23							
55	朱穆	南阳宛	100—163		1	1	☆11	■	A1	B	C	D	E	
56	陈寔	颍川许	104—187				☆12							
57	张奂	敦煌酒泉	104—181			1		■	A1	B	C	D	E	
58	皇甫规	安定朝郡	104—174			1		■	A1	B	C	D	E	
59	崔琦	涿郡安平	104?—158			2		▲□	A	B	C	D	E	
60	应奉	汝南南顿								B			E	
61	边韶	陈留浚仪				1		▲□	A1	B	C	D		
62	赵岐	京兆长陵	108?—201		1	1						D		
63	张纲	犍为武阳	108—144									D	E	

续表

序号	姓名	籍贯	生卒年	文选	全诗	全文	文心	史传	别集					
									A	B	C	D	E	F
64	秦嘉	陇西			6							D		
65	徐淑	陇西				1			A1	B		D	E	
66	张俭	山阳高平	115—198				☆12							
67	延笃	南阳犨县	?—167					■	A	B	C	D	E	
68	崔寔	涿郡安平	?—170			2	☆14；17；25；45；47	■	A1	B	C	D	E	
69	刘陶	颍川颍阴					☆12	■	A	B	C	D	E	
70	张升	陈留尉氏	121—169				☆13	▲	A1	B	C	D	E	
71	王延寿	南郡宜城	124?—148?	1文		3	☆8；47		A1	B	C	D	E	
72	郑玄	北海高密	127—200			1	☆18；25；50		A1	B	C	D	E	
73	荀爽	颍川颍阴	128—190						A	B	C	D	E	
74	郭泰	太原介休	128—169				☆12							
75	服虔	河南荥阳						■		B		D	E	
76	韩说	会稽山阴								B				
77	高彪	吴郡无锡	?—148					▲	A1	B	C	D	E	
78	邯郸淳	颍川颍阴	132—?		1	1	☆21；45；47	●	A2					F
79	桓彬	沛国龙亢	133—178			1				B		D	E	
80	刘婉	广陵				2								
81	刘梁	东平宁阳	?—181?			1		▲	A	B	C	D	E	
82	蔡邕	陈留圉	133—192	2文	7	17	☆9；11；12；13；14；23；35；38；45；47	■	A	B	C	D	E	
83	士燮	苍梧广信	137—226						A2·1					F
84	赵壹	汉阳西县			2	4	☆47	▲□	A1	B	C	D	E	
85	应劭	汝南南顿	140?—200?				☆24；41		A		C	D	E	
86	卢植	涿郡涿	?—192					■	A1	B	C	D	E	
87	崔烈	涿郡安平	?—195					■		B		D	E	
88	士孙瑞	扶风茂陵	?—195						A1	B	C	D	E	
89	荀悦	颍川颍阴	148—209				☆4			B	C		E	
90	石勖	清河甘陵			1									
91	仇靖	武都下辨			1									
92	郦炎	涿郡范阳	150—177		2			▲	A1	B	C	D	E	

续表

序号	姓名	籍贯	生卒年	文选	全诗	全文	文心	史传	别集 A	B	C	D	E	F
93	许靖	汝南平舆	150—222					A2·1			C			F
94	张超	河间鄚	150?—200?			1		▲□	A1	B	C	D	E	
95	侯瑾	敦煌			2	1		▲	A1	B	C	D	E	
96	边让	陈留浚仪	?—208			1		▲				D		
97	张纮	广陵	152?—211?			1			A	B				
98	孔融	鲁国	153—208	2文		4	☆12；18；19；22；23；25；28；47；49	■	A	B	C	D	E	
99	曹操	沛国谯县	155—220	2诗	21	2	☆7；13；19；20；22；34；38；42；45	A2			C			F
100	王朗	东海郯	155?—228				☆11；23；47	A2						F
101	卫觊	河东安邑	155?—229				☆19	●						F
102	刘宏	南阳蔡阳	156—189			1								
103	张昭	彭城	156—236			1							E	
104	华歆	平原高唐	157—231					A2·1						F
105	管宁	北海朱虚	158—241					A2·1						F
106	阮瑀	陈留尉氏	?—212	1文	13	4	☆13；22；25；26；45；47	●	A	B	C	D		
107	路粹	陈留	?—214			1	☆23；45；47；49	●	A1		C	D		
108	潘勖	河南中牟	?—215	1文		1	☆11；14；19；28；47	●	A	B	C	D		
109	刘桢	东平	?—217	5诗	21	6	☆6；25；27；28；30；36；40；47；45；50	●	A		C	D		
110	陈琳	广陵	160?—217	4文	4	12	☆20；22；25；38；45；47；48；49	●	A	B	C	D		
111	杜夔	河南					☆7							
112	蔡琰	陈留圉	162?—239			3				B		D	E	
113	虞翻	会稽余姚	164—233						A	B				F
114	暨艳	吴郡	?—224					A2						F
115	应场	汝南南顿	?—217	1诗	5	15	☆6；15；45；47；50	●	A		C	D		
116	繁钦	颍川	170?—218	1文	8	13	☆45	●	A	B	C	D		

续表

序号	姓名	籍贯	生卒年	文选	全诗	全文	文心	史传	别集					
									A	B	C	D	E	F
117	王修	北海营陵	？—218						A1			D		
118	袁涣	陈郡扶乐	？—218						A1			D		
119	丁仪	沛国谯	170？—220？				☆47；49	●	A	B		D		
120	高堂隆	泰山平阳	170？—238				☆23		A2					F
121	卞兰	琅邪平阳	？—237？			2			A2·1					F
122	徐干	北海	171—218	5		12	☆6；8；13；28；45；47；49	●	A		C	D		
123	祢衡	平原般	173—198	1文		1	☆13；22；25；26；47；49	▲	A1	B	C	D	E	
124	杨修	弘农华阴	173—217	1文		6	☆45；47	●■	A	B	C	D		
125	傅干	北地泥阳	175？—？								C	D	E	
126	丁廙	沛国谯	175？—？			2	☆48	●	A	B		D		
127	孟达	扶风	？—228						A2·1		C			F
128	焦先	河东				1								
129	麋元	东海				2			A2·1					F
130	吴质	济阴	177—230	3文	1	1		●	A2·1					F
131	严苞	冯翊												F
132	王粲	山阳高平	177—217	8诗1文		27	☆6；8；13；14；18；26；27；35；45；47；49	●	A	B	C	D		
133	刘修	山阳高平					☆48							F
134	刘辩	南阳蔡阳				1								
135	唐姬	颍川				1								
136	刘放	涿郡	？—250				☆19							
137	司马懿	河内温	179—251			1								
138	韦诞	京兆杜陵			1	2	☆49	●	A2·1					F
139	仲长统	山阳高平	180—220			3	☆16；17	●						
140	刘廙	南阳安众	180—221				☆25	●	A2·1					F
141	王象	河内	180？—221					●	A2·1					F
142	薛综	沛国竹邑	180？—243			1	☆15；41							F

序号	姓名	籍贯	生卒年	文选	全诗	全文	文心	史传	别集					
									A	B	C	D	E	F
143	刘劭	广平邯郸	180?—245?			5	☆38；47；45	●	A2·1					F
144	傅巽	北地泥阳				2			A2·1					F
145	刘协	南阳蔡阳	181—234			1								F
146	陈群	颍川许	?—236						A2·1					F
147	诸葛亮	琅邪阳都	181—234	1文			☆19；22		A2					
148	夏侯霸	沛国谯	181?—260						A2·1		C			F
149	甄氏	中山无极	182—221		1									
150	荀纬	河内	182—223					●						F
151	胡综	汝南固始	183—			1			A2					F
152	缪袭	东海兰陵	186—245	1诗	1	5	☆7；45	●	A2					F
153	曹丕	沛国谯	187—226	4诗4文	41	28	☆6；7；11；15；19；25；28；44；45；47；48；49；50		A2					F
154	应璩	汝南南顿	190—252	1诗4文		5	☆6；25；47；45	●	A2					F
155	谢承	会稽山阴	190?—240?				☆16		A2·1					F
156	李康	中山	190?—240?			1	☆18		A2·1					F
157	杜挚	河东闻喜	190?—240?		2	1		●	A2					F
158	何晏	南阳宛	190—249	1文	1	1	☆6；18；45；47		A2					F
159	桓范	沛国谯	?—249						A2·1					F
160	曹羲	沛国谯	?—249						A2·1					F
161	曹植	沛国谯	192—232	25诗14文	114	56	☆6；7；9；10；12；14；15；18；21；22；26；30；33；36；38；39；40；41；45；47；48；50		A2					F
162	曹衮	沛国谯	?—235											F
163	骆统	会稽乌伤	193—228											F
164	张温	吴郡吴县	193—230											F
165	王肃	东海兰陵	195—256			1			A2					F
166	周不疑	零陵	196—212									D	E	

续表

序号	姓名	籍贯	生卒年	文选	全诗	全文	文心	史传	A	B	C	D	E	F
									\多列别集					
167	陆凯	吴郡吴县	198—269					A2						
168	王昶	太原晋阳	?—259					A2						F
169	籍顺									B				
170	廉品					1			A1	B	C	D	E	
171	曹朔							▲		B				F
172	刘广世					1								
173	邓耽					1								
174	王吉				1									
175	应季先	汝南			1									
176	辛延年				1									
177	宋子候				1									
178	丁㢞妻					1								
179	孔氏									A1					F

东汉文学家籍贯分布表

部	郡	人数	时段			
			25—88	89—146	147—189	190—220
		168	33	29	40	66
		32	13	4	4	11
司隶校尉部	河南	3			服虔	潘勖、杜袭
	河东	3			卫觊	焦先、杜挚
	京兆	5	冯衍、杜笃、苏顺		赵岐	韦诞
	扶风	15	苏竟、朱勃、马援、班彪、班固、梁鸿、贾逵、傅毅、班昭	曹众、马融、马芝、窦章	士孙瑞	孟达
	河内	3				司马懿、王象、荀纬
	弘农	1				杨修
	冯翊	2	王隆			严苞

续表

部	郡	人数	时段			
			25—88	89—146	147—189	190—220
		38	7	6	12	13
豫州刺史部	颍川	8		陈寔	刘陶、荀爽、邯郸淳、荀悦	繁钦、唐姬、陈群
	梁国	3	夏恭、夏牙	葛龚		
	陈国	1			袁涣	
	汝南	9	张劭、袁安	陈蕃、应奉	应劭、许靖	应场、胡综、应璩
	沛国	15	桓谭、朱浮	史岑、桓麟	桓彬、曹操、丁仪、丁廙	薛综、夏侯霸、曹丕、桓范、曹羲、曹植、曹衮
	鲁国	2	曹褒		孔融	
冀州刺史部		5	0	0	2	3
	魏郡					
	常山					
	安平					
	清河	1			石勖	
	渤海					
	巨鹿	1				刘劭
	中山	2				甄氏、李康
	河间	1			张超	
	赵国					
兖州刺史部		15	0	0	5	10
	陈留	7			边劭、张升、蔡邕	边让、阮瑀、路粹、蔡琰
	东郡					
	东平	2			刘梁	刘桢
	泰山	1				高堂隆
	山阳	4			张俭	王璨、刘修、仲长统
	任城					
	济北					
	济阴	1				吴质

续表

部	郡	人数	时段			
			25—88	89—146	147—189	190—220
徐州刺史部		11	1	0	1	9
	东海	5	卫宏			王朗、麋元、缪袭、王肃
	彭城	1				张昭
	下邳					
	琅邪	2				卞兰、诸葛亮
	广陵	3			刘婉	张纮、陈琳
青州刺史部		7		1	1	5
	济南					
	乐安					
	东莱					
	平原	2				华歆、祢衡
	北海	5		郎顗	郑玄	管宁、王修、徐干
	齐国					
荆州刺史部		20	5	8	2	5
	南阳	15	刘复、刘睦、刘苍、刘京	刘毅、刘驹骎、刘珍、张衡、朱穆、延笃	刘宏	刘辩、刘协、刘廙、何晏
	江夏	1	黄香			
	桂阳					
	长沙					
	南郡	3		王逸、胡广	王延寿	
	零陵	1				周不疑
	武陵					
扬州刺史部		9	1	1	2	5
	九江					
	庐江					
	吴郡	4		高彪		暨艳、张温、陆凯
	丹阳					
	会稽	5	王充		韩说、虞翻	谢承、骆统
	豫章					

部	郡	人数	时段			
			25—88	89—146	147—189	190—220
益州刺史部		6	1	5	0	0
	汉中	1		李固		
	广汉	3		李尤、李胜、杨厚		
	犍为	1		张纲		
	牂牁					
	永昌					
	蜀郡属国					
	巴蜀					
	蜀郡	1	杨终			
	越嶲					
	益州					
	广汉属国					
	犍为属国					
凉州刺史部		11	1	2	6	2
	陇西	2			秦嘉、徐淑	
	汉阳	1			赵壹	
	武都	1			仇靖	
	金城					
	安定	3	梁竦	王符	皇甫规	
	北地	2				傅干、傅巽
	武威					
	张掖					
	酒泉					
	敦煌	2		张奂	侯瑾	
	张掖属国					
	张掖居延属国					

部	郡	人数	时段			
			25—88	89—146	147—189	190—220
并州刺史部		2	0	0	1	1
	上党					
	太原	2			郭泰	王昶
	上郡					
	西河					
	五原					
	云中					
	定襄					
	雁门					
	朔方					
幽州刺史部		10	3	2	4	1
	涿郡	9	崔篆、崔骃	崔瑗、崔琦	崔寔、卢植、崔烈、郦炎	刘放
	广阳					
	代郡					
	上谷					
	鱼阳					
	右北平					
	辽西					
	辽东					
	玄菟					
	乐浪	1	王景			
	辽东属国					
交州刺史部		2	1	0	0	1
	南海					
	苍梧	2	陈元			士燮
	郁林					
	合浦					
	交趾					
	九真					
	日南					

第二节　洛阳在东汉文学发展中的地位

一　洛阳在文学地理空间转移中的作用

西汉时期，关中长安是当时文人辐辏的政治文化中心，随着东汉王朝定都洛阳，这种文学地理格局便发生了由长安向洛阳的转移，这种转移从当时文人具体的活动空间来看是迅速的，而从文学家籍贯的地理分布上看，这种转移却是相对缓慢的。从"东汉文学家表"及"东汉文学家籍贯分布表"的统计数据来看①，文学家籍贯分布最为密集的三个地区分别是扶风、南阳和沛国，其中扶风与京兆、冯翊又有三辅之称，通常它被看作关中地区的代称，一般不会严格区分，那么三辅作为一个单位的话，文

---

① 本书主要关注的是东汉一朝活动于洛阳的文学家及其文学创作。在对洛阳与东汉文学的关系进行区域史的研究中，注重借鉴近年来文学地理研究的一些成果和方法，文学地理研究中所使用的数据统计、时空还原等方法对传统的文学研究起到了很好的补充甚至纠误作用，本书在研究的过程中也尝试使用这些研究方法，但对文学地理研究中只重视文学家籍贯的地理分布而较少关注文学家的行踪对文学创作影响的问题，在研究的过程中则予以特别关注，一般来说，按照籍贯进行研究，更能全面地揭示出本土文学的发展情况，但是这种研究策略在本土文学和文学创作活动中心大体相一致的前提下是有效的，而在文学家流动性较强的情况下似乎无法揭示文学创作的真实状况，前者比如胡阿祥的《魏晋本土文学地理研究》，由于"东汉以来逐渐形成的家族社会，以及特定地域与特定家族之间相对稳固的联系，使得这一时期籍贯观念既十分浓重，各别家族的家风也呈比较稳定的状态……故由该时期文学家籍贯的地理分布，认定相关地区本土文学的发展程度，无疑是成立的。"但是这种本土文学与文学创作活动中心相统一的情况在整个文学史上毕竟是极少的，以这种思维去研究别的时段的文学显然是不太合适的，比如梅新林的《中国古代文学地理形态与演变》认为"沛郡和南阳郡都拥有较多著名文学家，则是因为此二郡是西汉刘邦与东汉刘秀的故里，是由于二刘王族集团影响所致"。实际情况是东汉沛国文学家确实很多，但多出于东汉中后期，而且文学家主要出于曹氏家族，它更多是和后来曹魏文学的发展有着直接的关系，而不是受到刘邦集团的影响所致。

本书在对文学家籍贯分布进行整体把握的基础上，特别强调文学家的行踪对文学创作的影响，具体到本书的研究对象来说，特别关注文学家在洛阳的活动及其与创作的关系，并注意入洛和去洛对他们文学创作心态的影响。在借鉴当代文学地理研究的方法时，注意动（行踪）静（籍贯）结合，力图用一种开放的研究思路对洛阳与东汉文学的关系做出一个更切合当时文学创作实际的勾勒与还原。袁行霈先生曾对文学地理有着如下理解：一、在某个时期，同一地区集中出现一批文学家使这个地区成为人文荟萃之地；二、在某个时期，文学家们集中活动于某一地区，使这里成为文学的中心；三、在某个时期，各地区出现的作家数量的统计分析。（袁行霈：《中国文学概论》，高等教育出版社 1990 年版）袁先生的三条论述主要强调的是文学家在某一时期集中出现在某一地区（文学家出现及其活动的集中性），和我们今天理解的文学的区域研究和地方史研究还有所不同，但是他提出的静态、动态和数量统计的方法对我们进行文学地理的研究具有重要的意义。

学家的人数达到 22 人，这个分布是非常密集的。具体来看一下这几个地区文学家的分布情况：

东汉文学家籍贯分布统计表

郡	人数	时段			
		25—88	89—146	147—189	190—220
京兆	5	冯衍、杜笃、苏顺		赵岐	韦诞
扶风	15	苏竟、朱勃、马援、班彪、班固、梁鸿、贾逵、傅毅、班昭	曹众、马融、马芝、窦章	士孙瑞	孟达
冯翊	2	王隆			严苞
南阳	15	刘复、刘睦、刘苍、刘京	刘毅、刘騊駼、刘珍、张衡、朱穆、延笃	刘宏	刘辩、刘协、刘廙、何晏
沛国	15	桓谭、朱浮	史岑、桓麟	桓彬、曹操、丁仪、丁廙	薛综、夏侯霸、曹丕、桓范、曹羲、曹植、曹衮

　　先抛开他们具体的活动空间不谈，单从籍贯分布上看，三辅地区——旧京所在地；南阳——东汉光武帝的祖籍[①]；沛国——东汉末期丞相曹操的故里。这三个地区成为东汉文人分布最为密集的地区看上去似乎是文献故意设定的阴谋，不过仔细分析，它确实反映了东汉文学地理空间转移的大体走向。

　　首先看看三辅地区的情况，东汉前三朝，三辅地区的文学家有 13 位，占东汉时期三辅地区文人数量的一半之多，在这 13 人中，第一代文人所占数目是非常多的，所谓第一代文人是指定都洛阳后，由全国各地云集而来的文人，他们在进入洛阳之前通常已经盛名在外。在洛阳刚刚定为都城后，正是第一代文人的到来，使得东汉初年的学术和文学创作迅速地达到一个较高的水平，为东汉初年的文化中兴做出了重要的贡献。第一代文人

---

　　① 从东汉皇室成员的文学影响上看，将南阳列为文学家分布最为密集的区域之一似乎很难获得人们的认同。尽管实际上东汉皇室成员很多都出生、生活在洛阳，似乎应当算是洛阳本土的文学家，但本表为了体例的统一，仍然将之同于光武帝的籍贯归属。这样的情况在班固、贾逵等人身上都是做如是处理的。这种处理的目的在于凸显籍贯分布与文学活动的具体地点的差别，从而更好地揭示具体时段上文学活动中心的迅速转移现象以及文学地理空间整体发展上缓慢但不可逆转的趋势。

中很多都是来自三辅地区，比如苏竟、冯衍、朱勃、马援、班彪、王隆等人。出现这种情况的根本原因是西汉时期三辅地区政治、经济、文化的繁荣发展。虽然高祖本意想比隆周室将都城定在洛阳，但是由于西汉初年各地军事力量仍然威胁着中央的统治，因此，在娄敬的建议下，高祖最终西迁长安（详见后论）。作为前朝旧都，长安在秦末诸强的征伐中几乎焚毁殆尽，尤其是楚人一炬，可怜焦土，西汉初年长安的残破是不难想象的。高祖迁都长安后面临的一个主要问题就是重新营建长安城。为了更好地牵制山东世族，高祖采取了娄敬的建议，将山东六国强族齐田、楚昭、燕、赵、韩、魏世家大族以及豪杰名家迁徙于长安，一方面牵制了山东世家大族的军事力量，另一方面也充实了关中之地，不管是经济上还是文化上，这些世家大族举家迁徙到长安，对关中地区的文化建设和发展都具有很强的推动作用。

从统治者的角度上看，高祖刘邦虽然对儒者颇不为重，但面对陆贾"马上得之，宁可以马上治之？"的质问，粗鄙无文的高祖不免面露惭色，及陆贾上书，高祖称善，便也因此改变了对儒士的看法。武帝时期，"公孙弘以治《春秋》为丞相封侯，天下学士靡然乡风"①，自是以后，儒学大兴，为后来关中文化的繁荣发展奠定了坚实的基础。与此相应的是国家对图书文献的重视，"汉兴，改秦之败，大收篇籍，广开献书之路。迄孝武世，书缺简脱，礼坏乐崩，圣上喟然而称曰：'朕甚闵焉！'于是建藏书之策，置写书之官，下及诸子传说，皆充秘府。至成帝时，以书颇散亡，使谒者陈农求遗书于天下。诏光禄大夫刘向校经传诸子诗赋，兵部校尉任宏校兵书，太史令尹咸校数术，侍医李柱国校方技。每一书已，向辄条其篇目，撮其指意，录而奏之"②。由此可见，不管是在国家兴盛的武帝时代还是日趋衰落的西汉末年，西汉统治者都对文献的整理、文化的发展非常重视，这种自上而下的对文化的重视在西汉时期一以贯之，促使了西汉时期文化的繁荣发展，是西汉文学兴盛以及本土作家层出不穷的一个重要原因。

---

① 班固：《汉书》卷八十八《儒林传》，中华书局 1962 年版，第 3593 页。
② 班固：《汉书》卷三十《艺文志》，中华书局 1962 年版，第 1701 页。

　　王莽乱，长安残破。更始败，三辅大乱。文人纷纷出离长安，逃亡各处。以班彪为例，元始四年（4），二岁的班彪随父亲班稚入京，建武元年（25），逃离长安，避难天水。"彪性沈重好古，年二十余，更始败，三辅大乱。时隗嚣拥众天水，彪乃避难从之。"① 当时逃归天水的并不止班彪一人，"三辅耆老士大夫皆奔归嚣。"② 西汉末年的战乱，在葬送了长安曾经繁华富庶的同时，也毁坏了它文化繁荣发展的根基，文人的逃离，等于宣告了三辅文化中心地位的终结。东汉中兴，文人奔归洛阳，文化中心也随之由长安转向了洛阳。从文人籍贯分布上也可以看出这种趋势，在东汉初年，三辅籍的文人还很多，但和帝之后，三辅籍的文人数量便急剧减少，而著名的文学家除马融、赵岐之外，似乎再也没有什么特别突出的人物了。

　　南阳籍的文人，更多的是皇室的成员，皇室成员中，除了刘苍、刘睦、刘毅、刘騊駼、刘珍、刘宏之外，刘复、刘京、刘辩、刘协似乎并没有特别突出的文学成就，但是刘复被曾朴《补汉书艺文志并考》集部收录，而刘京则被姚振宗《后汉艺文志》所收录，刘辩、刘协虽然是皇帝，不过他们却有诗文存世，逯钦立《先秦汉魏晋南北朝诗》中收录了刘辩临终前的《悲歌》，费振刚《全汉赋》从《北堂书钞》中辑录了刘协的《星德赋》。这样看来，皇室成员中的文学创作肯定是存在的，而文学成就应当也不会太低。

　　从刘苍、刘京、刘毅、刘騊駼等人的文学活动来看，他们的文学创作目的主要是为了歌颂东汉王朝的。姚振宗在《后汉艺文志》别集前特列文史类，收录12家13部，只是这里的"文史"不是诗文评的意思，而是指歌功颂德之作：

　　　　按《隋书·经籍志》以诗文中之解释评论者并附见于总集篇，《崇文总目》始于别集后立为文史类，《唐·艺文志》又兼用《隋志》之例，次总集末。今变其例，以诗、赋、论、颂之关乎史事者，类为

① 范晔：《后汉书》卷四十《班彪列传》，中华书局1965年版，第1323页。
② 范晔：《后汉书》卷十三《隗嚣列传》，中华书局1965年版，第521页。

此篇，其文皆发扬盛美，润色鸿业，朝夕论思，日月献纳，非私家编录可比，故冠于别集类之首焉。①

本此精神，姚振宗在此类中收录了刘苍的《光武受命中兴颂》、班固的《典引》、刘复的《汉德颂》、刘京的《颂德诗赋》、傅毅的《显宗颂》、王景的《金人论》、杨终的《封禅书》和《嘉瑞颂》、崔骃的《四巡颂》、史岑的《和熹邓后颂》、刘毅的《汉德论》并《宪论》、王逸的《汉诗》、曹朔的《汉颂》，在 12 人中，有 4 位都是皇室成员，这至少说明，皇室成员的文学创作多为歌颂刘氏皇室的。永平十五年（72）春，明帝"行幸东平，赐苍钱千五百万，布四万匹。帝以所作《光武本纪》示苍，苍因上《光武受命中兴颂》。帝甚善之，以其文典雅，特令校书郎贾逵为之训诂。"② 临邑侯刘复是光武兄伯升之孙，当朝廷重用了不能言说但性情沈正的王扶时，刘复著《汉德颂》盛称王扶为名臣，以肯定王扶的方式，来标榜东汉王朝重贤用才的美德③。刘京"数上诗赋颂德，帝嘉美，下之史官。"④ "（刘）毅少有文辩称，元初元年，上《汉德论》并《宪论》十二篇。时刘珍、邓耽、尹兑、马融共上书称其美，安帝嘉之，赐钱三万，拜议郎。"⑤ 从以上 4 位皇室子弟的文学活动来看，他们文学创作的目的都是为了歌颂刘氏王室的，其中不乏才情卓著如刘毅、刘苍等人。除了皇室子弟颂美汉室外，其他如班固、傅毅、王景、崔骃等人，他们在京城的文学活动中，歌颂王朝的中兴或者帝王的美德显然也是一个重要的创作主旨。这也说明了京城洛阳虽然本土并没有什么著名的文学家，但天下著名的文学家集中在京城，作为文学活动的重要场所，洛阳对东汉文学发展的重要意义是不言而喻的。本表统计中，之所以没有把皇室成员的籍贯归属到他们的封地或者直接确定为洛阳，目的也正在于凸显洛阳本土文学家的稀少与其作为东汉文学发生的重要场所之间的矛盾，从对这一

---

① 姚振宗：《后汉艺文志》卷四，《续修四库全书》第 914 册，上海古籍出版社 1995 年版，第 372 页。

② 范晔：《后汉书》卷四十二《光武十王列传》，中华书局 1965 年版，第 1436 页。

③ 范晔：《后汉书》卷三十九《王扶列传》，中华书局 1965 年版，第 1298 页。

④ 范晔：《后汉书》卷四十二《光武十王列传》，中华书局 1965 年版，第 1451 页。

⑤ 范晔：《后汉书》卷八十《文苑列传》，中华书局 1965 年版，第 2616 页。

矛盾的细致分析中揭示洛阳之于东汉文学发展所起作用的角度。

沛郡文学家的分布之所以如此密集，和曹氏家族多文学家的现象有关，沛国虽然有 15 位文学家，但在东汉前中期只有 4 位，从曹操起，沛国的文学家大多都是曹氏家族的人员或者与曹氏家族有密切关系的人员。这和东汉末期曹操逐渐掌控了东汉政权的局势有关，后来随着曹操在邺下奠定基业后，东汉文学的活动中心则从洛阳转移到邺下。

单纯从这三郡文学家的分布上，可以看出东汉文学活动中心转移的大概面貌，它起于长安，中间在洛阳发展，形成了东汉文学繁荣发展的局面，其中京都赋的出现更是丰富了"一代有一代之文学"的汉大赋的内容，而沉沦下寮、仕不得进的文人的浅唱低吟又在客观上促使了五言诗的萌芽和发展，为后世五言诗的发展奠定了基础。这些都是东汉洛阳作为文学活动中心对中国文学发展所做出的巨大贡献。东汉后期，由于曹操掌控了政权，因此，文学活动中心开始了向邺下的转移。从长安中经洛阳最后到邺下，这个文学地域空间的转移虽然缓慢，但却坚定而不可逆转，东汉洛阳的文学史意义也正借此得以凸显。

二　地方文化中心与京都洛阳之关系

东汉文学地域空间的转移不仅仅表现在这三郡文学家分布的简单比照上，从总体文学家的地域分布上也可以清晰地看出这种转移。

东汉初年，文学家虽然在数量上有 33 人之多，但是分布区域较为集中，其中司隶校尉部 13 人[①]，豫州刺史部 7 人，荆州刺史部 5 人，幽州刺史部 3 人，这四州人数共有 28 人，占 13 州总人数的 84.8%，这个比例是非常高的。如果进一步深入下去，在各个州中分布又较为集中在某些郡中，司隶校尉部 13 人全部出自三辅地区，豫州则集中在梁国、汝南、沛国，荆州则主要是南阳，幽州为涿郡的崔氏家族，除了幽州的涿郡之外，三辅地区、梁郡、汝南、沛国的分布主要在关中、中原地区，而南阳所在的荆楚地区也是有着悠久文化传统的区域。从东汉初年的文学家分布状况

---

① 《后汉书·光武帝纪》李贤注引《汉官仪》曰："司隶校尉部河南、河内、右扶风、左冯翊、京兆、河东、弘农七郡于河南洛阳，故谓东京为'司隶'。"（范晔：《后汉书》卷一《光武帝纪》，中华书局 1965 年版，第 49 页。）

来看，主要分布在传统的文化区域中，新的文化生长点尚未出现。以洛阳为观察点，关中文化区、荆楚文化区开始向洛阳转移，这种状况主要体现在关中文人和荆楚文人在洛阳成为都城后，很快来到京城。比如冯衍、杜笃、马援、班彪、傅毅、桓谭、刘复、刘睦、刘苍等人，在东汉定都洛阳不久，他们就先后以各种不同的方式来到京城。这些文人的到来，推动了京城的文化建设和文学创作，因此，东汉王朝的中兴不仅仅是政治的中兴而且也是文化的中兴。

东汉中后期，文学家的地理分布主要集中在中东部地区，传统的关中文化区和荆楚文化区的文学家分布明显减少，著名的文学家也几乎很少出现。先看一下具体各州的分布情况：

州	豫州	司隶	兖州	徐州	青州	荆州	扬州	冀州	凉州	幽州	交州	益州	并州
人数	13	11	10	9	5	5	5	3	2	1	1	0	0

从上表各州的分布情况看，豫州、司隶仍然是主要分布区，但与东汉初年相比，兖州、徐州、青州、荆州、扬州、冀州的分布则明显上升，这就改变了东汉初年文学家分布主要集中在关中、中原、荆楚地区三足鼎立的局面，而兖州、徐州、青州、扬州文学家的逐渐增多，则说明东汉时期文学发生了从西向东的转移。这是一个大体的走势，尚难看出内容具体的细节变化。

进入各州郡的具体分布来看，这种转移的痕迹更为明显，司隶校尉部虽然总的人数并没有发生太大的变化，但东汉前期主要分布在三辅地区的情况则已经不复重现，东汉后期，司隶校尉部中文学家主要分布在河南（2）、河东（2）、河内（3）地区，而三辅地区只有3人，弘农郡的杨氏家族虽然在文学家的统计上只有杨修一人，但事实上，杨氏家族仍然足以代表弘农郡的文化水平。从这样的一个对比中，可以看出传统三辅地区的衰落以及河内、弘农以东地区文化水平的逐渐提高。

兖州、豫州、青州、徐州、扬州地区的文学家逐渐增多，不过却相对集中某些郡国中。豫州主要集中在传统的文化区汝南（3）和新兴的文化区沛国（7），沛国文学家人数的激增，一方面固然与曹氏家族成员多从事文学创作有关，但另一方面，它也充分地说明了洛阳以东地区文学家人数增多的现实。这种情况在兖州、青州、徐州地区表现得尤为明显，兖州的陈留、东平、山阳在东汉初年没有出过一位文学家，而东汉中后期却出现许多文学家，其中不乏一些著名的文学家，比如陈留的蔡邕、边让、阮瑀、路粹、蔡琰，东平的刘桢，山阳的王粲、仲长统等。徐州在东汉前中期只有2位文学家，而东汉后期则有9位文学家，集中分布在东海（4）与琅邪（2），青州人数虽然很少，但较为集中地分布在平原（2）与北海（3），荆州的南阳与扬州的吴郡（3）、会稽（2）是文学家分布较为集中的区域。根据以上讨论的情况可以看出，山东齐鲁文化区与东南的吴越文化区成为东汉后期文学家分布的主要区域之一。相对于东汉初年，文学家主要分布在关中、中原、荆楚文化区的情况来看，文学家地域分布已经发生了很大的转移。在这个转移的过程中，东汉都城洛阳起到了重要的承传作用。这个承传作用主要表现在东汉洛阳作为京城对文人的吸引以及为文人的文学创作活动提供的地域空间。这个空间因其为当时的京都而具有独特性，它不仅仅是一个简单的地理空间，而且还是文学书写的对象。

三　洛阳文学史地位的凸显——以班固为中心的讨论

洛阳对于文学史发展的意义不在它本土产生了多少文学家，而在于它是东汉文学发生发展的重要活动区域。东汉初年，由于光武帝对文士采取拉拢的政策，其"未及下车，而先访儒雅"的行为所导致的直接结果就是四方学士"抱负坟策，云会京师"[1]。这些来自四方的学士，对东汉初年京城洛阳的文化建设做出了重要的贡献，他们的到来使得洛阳的文化中兴与政治中兴几乎同步实现，造就了东汉初年政治文化的繁荣景象。伴随着王朝政治的日趋稳定和中兴局面的出现，第一代文人也相继离世，夏恭大约卒于建武五年（29），苏竟大约卒于建武六年（30），桓谭大约卒于建武八年（32）[2]，班彪卒于建武三十年（54），冯衍卒于永平三年（60），杜笃卒于建初三年（78）。基本上在光武帝、明帝时期，第一代文人已经

---

① 范晔：《后汉书》卷七十九《儒林列传》，中华书局1965年版，第2545页。

② 陆侃如认为桓谭应当卒于中元元年（56）。详见陆侃如《中古文学系年》，人民文学出版社1985年版，第78—80页。

去世。紧随其后活跃在文坛上的是第二代文人。第二代文人是东汉建立后成长起来的文人。他们没有经过西汉末年的乱世之象，也没有太多历史遗留的问题，所以他们在文坛上的活动较少受到过往历史政治因素的影响。他们的成长伴随着王朝的中兴，盛世景象所造就的文人的盛世豪情在他们的文章中有着充分地展示。班固《东都赋》中对洛阳不遗余力地赞美，背后所依凭的正是东汉王朝的盛世局面，曾经的那个已经远逝的西汉王朝，尽管在皇室血缘上仍然与此保有联系，但是行走在盛世中的人们，因为历史的距离并不是太在意前朝的荣光，他们充分地感受着眼下盛世景象带给人们内心意气风发的豪迈之情，表现在文学中，便是讽西都而颂东都，对东都洛阳的正确选择充满无限的自信。这种时代情绪对文学的影响在于它使汉大赋在东汉的发展找到了一个新的支点，以夸饰为主要特征的汉大赋在西汉末年的发展因与时代的严重脱节而陷入难以为继的窘局，东汉京都赋的出现，挽救了行将消亡的汉大赋。同时，出于对新兴王朝的歌颂，汉大赋的夸饰特征得以与具体的社会实践相结合，从而实现了文学创新与社会宣传的双重目的，这对汉大赋的发展来说，未尝不是一种幸运。班固对王朝的歌颂，得到了当时社会的认同，傅毅、王景等人都通过赋论文章来支持班固的看法，这种意气风发的豪迈气概革新了文学的精神面貌，推动了东汉文学的发展。

与上述第一代文人试图忠君导主、进言劝谏不同，第二代文人对东汉王朝的统治几乎完全采取认同的态度，这两种不同的心态，源自于他们不同的生活体验。宋弘之所以推荐桓谭到光武帝的身边，目的在于让桓谭践行忠君导主的士人价值追求，而光武帝只是看到了桓谭在音乐方面的才能，"帝每谯，辄令鼓琴，好其繁声"①。虽然光武帝好乐的行为被宋弘所纠正，但桓谭也因此不再为给事中。也许，桓谭很想"辅国家以道德"，所以他对皇帝事事皆决于谶的行为表达了自己的看法，但他所上的奏章却让光武帝更加不悦。士人非谶并不只是桓谭一人，尹敏也很不相信谶纬，这些前朝来的士人，似乎在谶纬的问题与信谶的皇帝较量上了，光武帝拿桓谭开刀，其用意也许正在于杀鸡儆猴。"其后有诏会议灵台所

---

① 范晔：《后汉书》卷二十六《宋弘列传》，中华书局1965年版，第904页。

处，帝谓谭曰：'吾欲谶决之，何如？'谭默然良久，曰：'臣不读谶。'帝问其故，谭复为极言谶之非经。帝大怒，曰：'桓谭非圣无法，将下斩之。'叩头流血，良久乃得解出。出为六安郡丞，意忽忽不乐，道病卒。"① 桓谭在反谶问题上的失败以及最终郁郁寡欢地死去，正是第一代文人在洛阳遭遇的象征，他们试图对这个新兴的国家有所帮助，但他们却很难获得王朝统治者的信任，所以，他们虽然在王朝甫一建立即来到京城，但等待他们的并不一定就是一个大展身手的光明前景。后来文人在京城洛阳的境遇与此有着很大的不同。虽然他们也离开自己的家乡来到京城，但他们却很容易与这个新兴的王朝寻找到共同的兴趣点，他们对王朝的赞扬与颂美，在得到统治者的赞许与认同时，也成就了东汉文学的繁荣与发展。

　　洛阳在文学发展史的意义，在于它作为当时文化最为发达的京城为文人的文学创作提供了一个非常重要的场所。文人从四面八方来到京城，他们在京城的文学活动是推动东汉文学发展的内在动力。在这个问题上，班氏家族的京城文学活动最具有代表性。

　　班固虽然在《汉书·叙传》中将班氏祖先追溯到楚国令尹子文，但班氏家族真正有确切历史记载的人物是秦末的班壹，自是之后，代代经营，西汉成帝时，班婕妤入侍，班家始与刘氏王室有着密切的关系。班婕妤的三位兄长，班伯、班斿、班稚。班伯、班斿都很有政绩，班斿更是才学卓著，曾与刘向一同校订秘书。而班稚在平帝时因为没能采风俗以颂上，得罪了朝廷，论罪当杀，但由于太后说情，而免于一死，不过也因此阴差阳错地避免了与王莽新朝同流合污。这个事件成了后来班固向刘氏表明自己家族历史清白的最好证明。班固对东汉王室历史渊源的追溯增强了班固对东汉刘氏王室的认同感。两汉之际，班彪由长安避乱到天水，后又依窦融，成为窦融最得力的幕僚之一，窦融东归洛阳后，"光武问曰：'所上奏章，谁与参之？'融对曰：'皆从事班彪所为。'帝雅闻彪材，因召入见，举司隶茂才。"② 建武十二年（36），5 岁的班固也随父来到洛阳。次年，

① 范晔：《后汉书》卷二十八《桓谭列传》，中华书局 1965 年版，第 961 页。
② 范晔：《后汉书》卷四十《班彪列传》，中华书局 1965 年版，第 1324 页。

班彪出为徐令，七年后，班彪重新回到洛阳，讲学太学，上《奏事》、参议"大司马"的命名问题，等等。①

　　班彪在洛阳的活动中，修史是最为重要的一项活动。"彪既才高而好述作，遂专心史籍之间。武帝时司马迁著《史记》，自太初以后，阙而不录，后好事者颇或缀集时事，然多鄙俗，不足以踵继其书。彪乃继采前史遗事，傍贯异闻，作后传数十篇。"② 尽管班彪生前并没有修出一部完整的史书，但他所做的工作为后来班固撰述《汉书》奠定了坚实的基础。建武二十年（44），这一年班固只有 13 岁，不过善于识人的王充已经预见到了班固的未来。《后汉书》本传注引："《谢承书》曰：固年十三，王充见之，拊其背，谓彪曰：'此儿必记汉事。'"也许这只是 28 岁的王充面对着 42 岁的老师称赞年仅 13 岁的世兄能子承父业的一席话③，本不必考证王充本人是否真的善于识人，倒是可以看出王充对自己老师修史行为的敬意与赞许。尽管班固其间因私撰国史而深陷牢狱，但在皇帝的授意下，班固最终完成了《汉书》的撰述，这也是班固在京城洛阳最重要的功绩，它开创的断代纪传体史书编撰体例，成了后世正史撰述的不二法则。如果没有京城兰台、东观的丰富图书资料，班固也许很难在短时间内写出这样一部著作。班固的妹妹班昭也是《汉书》书写中的一个重要人物，班固撰《汉书》，"其八表及《天文志》未及竟而卒。和帝诏昭就东观藏书阁踵而成之。"④ 如果没有班氏一门两代的努力，也就可能不会有《汉书》在东汉的出现，如果没有京城的文化环境和丰富的藏书，《汉书》的撰写也可能不会这么快就能完成。

　　除了修史，文学创作活动也是他们日常生活中的重要事项，班固许多经典的文学作品都是在洛阳创作的，作为政治与文化中心的洛阳，政治的动向就必然会反映在文学创作中，东汉初年的论都之争，促使了京都赋在东汉的崛起，如果没有京城的政治斗争环境，被《文选》冠于其首的京都

　　① 以上史事详参班固《汉书》卷一百《叙传》（中华书局 1962 年版，第 4197—4231 页）、范晔《后汉书》卷四十《班彪列传》（中华书局 1965 年版，第 1323—1329 页）及陈启泰、赵永春《班固生平大事件年表》，《班固评传》（南京大学出版社 2002 年版，第 416—420 页）。

　　② 范晔：《后汉书》卷四十《班彪列传》，中华书局 1965 年版，第 1324 页。

　　③ 陆侃如：《中古文学系年》，人民文学出版社 1985 年版，第 67 页。

　　④ 范晔：《后汉书》卷八十四《列女传》，中华书局 1965 年版，第 2784 页。

赋就可能不会产生。京都的生活不仅仅为文人打开仕进之门取得方便，还深刻地影响到了文学的创作，扩大了文学的描述范围，丰富了文学创作的主题，使得以夸饰为特征，远离现实生活的汉大赋在东汉时期得到了创新性的发展，不仅增强了文章对现实生活的参与能力，而且使得东汉初年的盛世豪情也极其自然地实现了与夸饰描写手法的完美结合。

在京城的文人除了主动对王朝的统治或者天子的行为进行歌颂外，受诏作赋也是他们文学活动的一项主要内容。"时有神雀集宫殿官府，冠羽有五采色。……帝敕兰台给笔札，使（贾逵）作《神雀颂》。"① 贾逵只是上颂者之一，《论衡》中载有百官上颂的盛况，"永平中，神雀群集，孝明诏上神爵颂。百官颂上，文皆比瓦石，惟班固、贾逵、傅毅、杨终、侯讽五颂金玉，孝明览焉。"② 由此可见，虽然百官颂上，但能够进入皇帝法眼的还是那些具有文学色彩的文章，文人这种同题相作的行为，客观上促进了文学创作水平的发展和进步，而这一切的发生在很大程度上则依赖于文化氛围浓厚的京城为其所提供的条件，班固的文学水平正是在这种环境下得以展示和提升的。

班氏父子的史学成就和文学成就的取得多少具有代表性的意义，文学创作一方面固然和文人的天生才性有关，但同时和文学创作的环境也有很大的关系，这在班固身上有着非常突出的表现，如果没有东汉初年的论都之争，就可能不会有《两都赋》的出现；如果没有同题相作的相互切磋与较量，文学创作水平的提高可能就不会那么明显，而这一切都有赖于这一最大的文化中心京城洛阳为其提供的创作环境。

在文化尚还不是非常发达的东汉时期，洛阳作为国家的都城所在，不仅有全国最为丰富的藏书之所兰台、东观等，而且也是文人云集的场所，文人之间的相互交流和文章来往，也在客观上有利于文人文学创作水平的提高。所以，东汉洛阳虽然其本土并没有出现什么大的文学家，但它作为全国文化的中心，也是文学活动中心，对东汉文学的发展有着重要的推动作用。

---

① 范晔：《后汉书》卷三十六《贾逵列传》，中华书局 1965 年版，第 1235 页。
② 王充：《论衡》卷二十《佚文》，上海人民出版社 1974 年版，第 321 页。

第二章　符命与人事:光武都洛与士人的认同

在群雄并起的西汉末年，刘秀脱颖而出并最终建立东汉王朝，既是诸将浴血奋战的结果，也是士人众心所向的结果。这些士人饱读诗书，洞晓史事，在对历史演变规律认知的基础上，对现实政治走向做出了自己的基本判断。这一判断大体从两个方面入手：一是当时社会的符命宣传，二是实际的人事关系。符命又称符瑞、祥瑞等，是说某些物象的神异性是天命于君的征兆。符命是两汉时期谶验观念流行的反映，而谶验观念"都不过是带有神秘色彩的政治思想（主张）的表述。因此，谶验思潮最大最根本的实用属性，便是包藏在谶验思想观念中的鲜明的政治性"①。符命出现的目的既是为王朝政治主张的施行进行舆论宣传，也为王朝代嬗提供神学意义上的理论支持。在两汉时期，这一点主要表现在汉德归属这一问题的争论上。与符命以神秘的天命来进行政治活动不同，本书中人事这一概念主要是指人间世事，指个体与政治以及政治利益集团之间的相互关系。

符命与人事在东汉王朝的建设中起到了重要的作用。光武即位（25），在是否东依光武的问题上，犹豫不决的河西窦融召开了一次由当地豪杰和士人参加的会议，在这次会议上，有远见卓识的人都比较清楚地看到了历史的发展走向：

> 其中智者皆曰："汉承尧运，历数延长。今皇帝姓号见于图书，自前世博物道术之士谷子云、夏贺良等，建明汉有再受命之符，言之久矣，故刘子骏改易名字，冀应其占。及莽末，道士西门君惠言刘秀当为天子，遂谋立子骏。事觉被杀，出谓百姓观者曰：'刘秀真汝主

---

① 　张峰屹:《两汉经学与文学思想》，生活·读书·新知三联书店 2013 年版，第 324 页。

也。'皆近事暴著，智者所共见也。除言天命，且以人事论之：今称帝者数人，而洛阳土地最广，甲兵最强，号令最明。观符命而察人事，它姓殆未能当也。"诸郡太守各有宾客，或同或异。融小心精详，遂决策东向。①

符命与人事是社会思潮与政治军事实力的一种形象表达，也是士人选择新政权的两个重要标准，在窦融召开的这次会议中，"智者皆曰"刘秀在天命与人事上都具有天子之象，这也充分地表明了士人群体的价值选择标准。而在实际的政治运作中，天命与人事两者又是相互关联的，天命思想在社会思潮上对民众与士人的价值取向起着引导作用，这种社会思潮的导向又对整个政治军事之间的较量起着重要的支持作用。但思潮的导向还必须依靠政治军事势力的支撑，在称帝者数人中，洛阳土地最广，甲兵最强，号令最明，也是士人倾向于东向洛阳的一个重要的、现实的因素。尽管在光武定都洛阳的问题上，后来发生了论都之争的事件，但在这个事件中，士人对东都洛阳的肯定是士人在此前从符命与人事两个角度对刘秀当为天子这一认识的延续。因此，我们必须从符命和人事这两个角度上去认识士人对刘秀称帝的认同，因为这种认同感直接延续到王朝建立的政治实践中，在当时士人与政权之间的分合关系中起着重要的内在作用，东汉前期，士人在洛阳的活动以及他们文学作品的思想倾向都与此相关。

第一节　符命与东汉王朝的中兴

不管是王莽的篡位还是光武等各地的起义军，他们在舆论宣传中的一个核心问题便是王朝德运的代嬗，王莽认为汉德已尽，而刘秀等认为汉之德运可以中兴，即再受命，刘秀正是在中兴刘氏政权的口号下逐渐建立起东汉王朝的。在汉的德属问题上，他以行政的手段将汉德确立为火德，从而结束了在整个西汉时期悬而未决的汉德之争，汉德的确定对于刘秀称帝具有重要的意义，它从符命的角度解释了东汉政权的正统

---

① 范晔：《后汉书》卷二十三《窦融列传》，中华书局1965年版，第798页。

性，这一正统性获得了当时社会的广泛认同，从而为刘秀统一天下奠定了良好的社会基础。

一　符命与王朝正统性关系的建立

王夫之在《读通鉴论》中说："正统之说，不知其所自昉也。自汉之亡，曹氏、司马氏乘之以窃天下。而为之名曰禅。于是为之说曰：'必有所承以为统，而后可以为天子。'义不相授受，而强相缀系以揜篡夺之迹；抑假邹衍五德之邪说与刘歆历家之绪论，文其诐辞，要岂事理之实然哉？"① 王夫之认为正统之说本出于邹衍五德终始说，但是邹衍五德终始说的原意并非如此，它之所以衍生出后来王朝代嬗的正统性问题，和秦始皇对五德终始说的改造有关，正统之说实际上是秦始皇利用五德终始的部分理论来为自己统治的合法性进行辩说时所形成的一种新的理论。

五德终始说是邹衍在阴阳、五行的基础上创设的一种用来解释世界发展的学说。阴阳、五行原是用来解释宇宙的两种不同的哲学思想，邹衍将这两种朴素的哲学思想进行了加工和改造，用来说明世事的代谢，提出了五行相胜的"五德终始说"。这一学说被秦始皇所利用，用来为自己统治的合法性张目，汉承秦好，也用五德终始的理论来论证自己王朝存在的合法性，后世的一些统治者为了自己政权来源的合法性也多寻求五德终始理论的支持，因此，邹衍创设五德终始的最初动机便在这种后世的使用中遭到掩盖。我们现在无法看到邹衍五德终始说的原始文本②，现在所能看到

① 王夫之：《读通鉴论》，中华书局 1975 年版，第 1106 页。

② 《文选》左太冲《魏都赋》注引《七略》："《邹子》有'终始五德'，言从所不胜，木德继之，金德次之，火德次之，水德次之。"又《淮南子·齐俗》高诱注引《邹子》曰："五德之次，从所不胜，故虞土，夏木，殷金，周火。"从这两则材料来看，虽然都讲到《邹子》中从所不胜（五行相克）的理论构造原则，但是从论述的实际情况来看，《七略》中只是讲述了五德相克的情况，并没有具体指出这一理论创设的目的是为了论述政治上王朝代嬗的合理性，也就是说从《七略》中的论述，我们无法确切地知道五德终始理论是否仅仅为了政治上的需要，从后文中所引司马迁关于五德终始的论述看，五德终始创设的现实刺激是"邹衍睹有国者溢淫奢，不能尚德"，因此，我们就无法排除邹衍的五德终始理论在秦后所呈现出的单一的王朝代嬗政治目的之外是否还有其他目的存在的可能性，比如道德的劝化。以此观之，则东汉人高诱所谓"五德之次，从所不胜，故虞土，夏木，殷金，周火"就更不能全然信之了。也就是说，把司马迁、刘向、歆、高诱的观点进行对比，则这一理论的旨归由最初"止乎仁义节俭"的普泛化发展到了具体帝王代嬗的单一化。所以说，高诱时的五德观念已与最初的五德观念大不相同了。

的比较完整的关于驺衍五德终始创设的记载保留在《史记·孟子荀卿列传》中:

> 驺衍睹有国者益淫侈,不能尚德,若《大雅》整之于身,施及黎庶矣。乃深观阴阳消息而作怪迂之变,《终始》、《大圣》之篇十余万言。其语闳大不经,必先验小物,推而大之,至于无垠。先序今以上至黄帝,学者所共术,大并世盛衰,因载其祥度制,推而远之,至天地未生,窈冥不可考而原也。先列中国名山大川,通谷禽兽,水土所殖,物类所珍,因而推之,及海外人之所不能睹。称引天地剖判以来,五德转移,治各有宜,而符应若兹。……然要其归,必止乎仁义节俭,君臣上下六亲之施,始也滥耳。王公大人初见其术,惧然顾化,其后不能行之。①

从《史记》的记载来看,驺衍最初的动机并不是为统治者统治的合法性提供一种理论上的支持,而是为了告诫统治者远离淫侈,尊尚道德。把人事和天运连接起来,目的还是为了建构人事秩序的合理性,"大并盛世衰",《索隐》曰:"言其大体随代盛衰,观时而说事。"② 从《索隐》的解释来看,尽管驺衍这一理论建构的基本逻辑是"先验小物,推而大之,至于无垠",而在论述自己的理论主张时所采用的材料主要是历史上王朝代嬗的盛衰,也就是说,驺衍五德终始理论的生成是依据一定的历史事实为基础的,而不是凭空的虚构。建立在一定历史发展事实上的五德终始,让列国诸侯在看到历史实践有益结果的前提下,对五德终始的理论表现了足够的兴趣和好感,这应该就是后来驺衍之所以在列国受到热烈欢迎的原因。③ 虽然司马迁说:"岂与仲尼菜色陈蔡,孟轲困于齐梁同乎哉?"但就连司马迁也不得不承认:"驺衍其言虽不轨,傥亦有牛鼎之意乎?"④ 可见

---

① 司马迁:《史记》卷七十四《孟子荀卿列传》,中华书局1959年版,第2344页。

② 同上书,第2345页。

③ "驺子重于齐。适梁,惠王郊迎,执宾主之礼。适赵,平原君侧行撤席。如燕,昭王拥彗先驱,请列弟子之座而受业,筑碣石宫,身亲往师之。作《主运》,其游诸侯见尊礼如此。"(司马迁:《史记》卷七十四《孟子荀卿列传》,中华书局1959年版,第2345页。)

④ 司马迁:《史记》卷七十四《孟子荀卿列传》,中华书局1959年版,第2345页。

五德终始说无论在理论建构过程中所使用的材料还是其实际的功用指向上，都是指向现实的社会生活尤其是王朝的建设的。

司马迁对"五德终始"理论批评的一个着眼点是其理论形式的"怪迁"，"驺衍以阴阳主运显于诸侯，而燕齐海上之方士传其术不能通，然则怪迁阿谀苟合之徒自此兴，不可胜数也。"① 从司马迁的这句话中可以看出，驺衍及其门徒对五德终始理论的解说存在两个完全不同的层次，所谓怪迁，只是其理论的形式问题，而非驺衍原初的本意，明人董浔阳认为："（司马迁）此前叙衍见尊礼，言其术能动列国诸侯，与孔、孟困厄不同。然孔、孟实不为此也，故又引伯夷、卫灵、梁惠之事，见孔、孟虽困厄，而不肯阿世苟容，以取尊礼也，其论甚正。然又引奚尹之事，为衍解释，言其迁怪之术，虽一时以充观听，而实欲行其仁义节俭之道，譬之尹之负鼎、奚之饭牛，皆作先合而引之大道也。前以抑衍，后复解之，此太史公极妙处。"② 司马迁之所以对五德终始形式"怪迁"进行批评，原因是驺衍之后，五德终始学说在传承中只追求形式上的"怪迁"而忽略了理论原初的道德说教指向，也就是说司马迁批评的是将五德终始说神秘化作为唯一追求的驺衍的门徒，而不是驺衍本人，然而这一批评在后世关于五德终始的批评中并没有得到认真地对待，以至于其理论创始者驺衍首当其冲地成了被抨击的对象。实际上驺衍在"怪迁"的形式背后深藏的是一种道德启蒙的冲动，"然要其归，必止乎仁义节俭，君臣上下六亲之施，始也滥耳。"这正是驺衍成功的原因所在，它实际上是儒家"尚德"的另一种表现③，这一理论所指向的是一个王国的建设，他所谓的从所不胜应当是为了告诫君王不守王道，其气必败，而非改造后的五德终始说所强调的王朝天命的先验性。

如果说驺衍坚持的还是道德启蒙立场的话，那么秦王朝对五德终始说的政治利用就彻底改变了五德终始说的学术定位，而将之改造成了为王朝来源合法性进行说理的政治统治工具。这个改变对五德终始学说的发展来说具有非同寻常的意义，它是五德终始说沦为天命先验的阴阳灾异学说的

---

①　司马迁：《史记》卷二十八《封禅书》，中华书局 1959 年版，第 1369 页。

②　凌稚隆：《史记评林》卷七十四，天津古籍出版社 1998 年版，第 290—291 页。

③　阎静：《〈史记〉所记邹衍学说的渊源和流变》，《古籍整理研究学刊》2009 年第 1 期。

一个转折点。因此，秦王朝对五德终始说的改造和利用也就昭示了秦对先秦王朝发展系统的建构路径：

> 始皇推终始五德之传，以为周得火德，秦代周德，从所不胜。方今水德之始，改年始，朝贺皆自十月朔。衣服旄旌节旗皆上黑。数以六为纪，符、法冠皆六寸，而舆六尺，六尺为步，乘六马。更名河曰德水，以为水德之始。刚毅戾深，事皆决于法，刻削毋仁恩和义，然后合五德之数。于是急法，久者不赦。①

秦始皇用"从所不胜"的原则来推论秦朝为灭周之火德的水德，为了符合五德之应，秦始皇在统治的过程中过分强调了水德"主阴，阴刑杀"的一面②，造成了专制统治局面的出现，秦始皇对五德终始的这种实践也许远远超出了驺衍当初的预想。

和驺衍五德终始理论最大不同的是，秦始皇所讲的符瑞实际上是在预设的理论前提下进行选择的，而非王朝的发展应占了符瑞。《史记·封禅书》载："或曰：'……秦文公出猎，获黑龙，此其水德之瑞。'"③ 这样的事件叙述便构成了对理论的回应，从而加强了理论本身的可信度。如果《封禅书》中的记载还只是一个孤证的话，我们还可以从《吕氏春秋》中看到类似的记载：

> 凡帝王者之将兴也，天必先见祥乎下民。黄帝之时，天先见大螾大蝼。黄帝曰："土气胜。"土气胜，故其色尚黄，其事则土。及禹之时，天先见草木秋冬不杀。禹曰："木气胜。"木气胜，故其色尚青，其事则木。及汤之时，天先见金刃生於水。汤曰："金气胜。"金气胜，故其色尚白，其事则金。及文王之时，天先见火赤乌衔丹书集于

---

① 司马迁：《史记》卷六《秦始皇本纪》，中华书局1959年版，第237—238页。

② 关于秦为水德这一历史事件的真实性，栗原朋信《秦汉史研究》、镰田重雄《秦汉政治制度的研究》都持怀疑态度，但卜德认为他们"讨论的论题不能得到有说服力的证实，而只能仍是一个有吸引力的可能的假设。"（详见［英］崔瑞德、［英］鲁惟一《剑桥中国秦汉史》，中国社会科学出版社1992年版，第114—115页。）

③ 司马迁：《史记》卷二十八《封禅书》，中华书局1959年版，第1366页。

周社。文王曰："火气胜。"火气胜，故其色尚赤，其事则火。代火者
必将水，天且先见水气胜。水气胜，故其色尚黑，其事则水。水气至
而不知数备，将徙于土。①

　　从这段材料中，我们可以看到黄帝之土德、禹之木德、汤之金德、文
王之火德的德属确立都和一定祥瑞的出现有关，虽然叙述者并没有直接在
叙述中表明从所不胜的王朝代嬗规律，但是事件叙述的次序不能不引起接
受者对叙述动机的怀疑和警惕②。关于这段文字，俞樾认为："'水气胜，
故其色尚黑，其事则水'此十二字当为衍文，乃浅人不察文理，以上文之
例增入，而不知不可通也。当吕氏著此书时，秦尤未并天下，所谓尚黑者
果何代乎？吕氏之意，以为周以火德王，至今七百有余岁，则火气之衰久
矣，其中间天已见水气胜矣，但无人起而当之耳，故曰：'水气至而不知，
数备将徙于土。'一言后之有天下者，又当以土德王也。今增入'故其色
尚黑，其事则水'二语，则与'水气至而不知'文不相属矣。厥后秦始
皇有天下，推五德之运，以为水德之始，此由其时不韦已死故也；若不韦
犹在朝用事，则必以为水数已备，秦得土德矣。"③ 俞樾从"水气胜，故
其色尚黑，其事则水"为衍文推断《吕氏春秋》并不是对秦为水德既成
事实的叙述④，而是当德运到来的时候，要及时地符应德运，如果不能适
时地符应，德运就会转移。因此，在《吕氏春秋》的原文意中，并没有设
定秦一定为水德，而秦之克周的五行相克也就不是所强调的重点了。从这
个角度上看，从所不胜的五德运行和秦水代周的关系并不是那么必然，因
此，秦为水德的符应叙述在这个意义上便显得有些虚无了。
　　所以，后来关于五德终始的运用中强调后一王朝对前一王朝的颠

---

　　①　王利器：《吕氏春秋注疏》，巴蜀书社 2002 年版，第 1277—1281 页。
　　②　王利器认为："此不啻为秦皇设计也，《吕氏春秋》大可作秦典读也。"（《吕氏春秋注
疏》，第 1281 页。）案：后来推测驺衍五德终始理论的材料大多是依此为据的，但是从俞樾对这
段材料的校读上来看，显然五德终始的王朝代嬗的学术指向是被窜改后的文意，而非驺衍原初的
本意。详见后论。
　　③　详见王利器《吕氏春秋注疏》注引，巴蜀书社 2002 年版，第 1281 页。
　　④　徐复观认为："《吕氏春秋》的初稿成于秦政八年，但其补缀之功，直至秦统一天下之
后。"（《两汉思想史》卷二，台北：学生书局 1979 年版，第 45 页。）因此，俞樾认为此处为衍文
的推理在理论上是存在可能的。

覆，就在一定程度上改变了驺衍到《吕氏春秋》之间五德终始所强调的侧重点——德属的确定更多地和祥瑞有关，而不是后来强调的和历史发展中王朝的相胜相克、相互表里。

衍文的出现，改变了《吕氏春秋》的叙述立场，将对五德运转的叙述归结到"故其色尚黑，其事则水"上，这种叙述的目的显然是为秦王朝存在的合法性进行张目的。这样的一个逻辑变化，便把王朝的代嬗和德运的转变联系了起来，使得王朝的代嬗与五德终始的运行构成了一种绝对对应的关系，五德之运中五行相胜的推演，至此则使五德终始说由对普世规律的描述走向了单纯为王朝代嬗所利用的政治统治工具。五行相胜的绝对性在这里得到了强化和凸显，从而成为为王朝代嬗合理性进行辩护和粉饰的理论工具。

秦王朝对这一理论的改造，一定程度上为自己王朝的建立和存在寻找到了一个思想上的依据，即秦的兴起并最终代替周的统治符合五德终始的运转，秦之克周也就获得了历史的合法性。但也正是在这一点上，汉代统治者在利用五德终始说来为自己政权的存在寻求合理性时，打出了"伐秦继周"的口号。秦王朝将五德终始问题政治绝对化，以秦克周的认识就为后来西汉刘氏王朝"伐秦继周"的说法提供了一个可资利用的理论背景。

二　西汉德属问题的争论

西汉统治者关于自己王朝的德属认定有一个曲折的过程。《汉书·郊祀志》对这一变化进行了详细地描述：

> 汉兴之初，庶事草创，唯一叔孙生略定朝廷之仪。若乃正朔服色郊望之事，数世犹未章焉。至于孝文，始以夏郊，而张苍据水德，公孙臣、贾谊更以为土德，卒不能明。孝武之世，文章为盛，太初改制，而儿宽、司马迁等犹从臣、谊之言，服色数度，遂顺黄德。彼以五德之传从所不胜，秦在水德，故谓汉据土而克之。刘向父子以为帝出于《震》，故包羲氏始受木德，其后以母传子，终而复始，自神农、黄帝下历唐虞三代而汉得火焉。故高祖始起，神母夜号，著赤帝之符，旗章遂赤，自得天统矣。昔共工氏以水德间于木火，与秦同运，

非其次序，故皆不永。由是言之，祖宗之制盖有自然之应，顺时宜矣。究观方士祠官之变，谷永之言，不亦正乎！不亦正乎！①

汉高祖皇帝，著《纪》，伐秦继周。木生火，故为火德。天下号曰"汉"。②

《史记》记载孝文之前的符命问题较《汉书》更为详细：

汉兴，高祖曰："北畤待我而起"，亦自以为获水德之瑞。虽明习历及张苍等，咸以为然。是时天下初定，方纲纪大基，高后女主，皆未遑，故袭秦正朔服色。至孝文时，鲁人公孙臣以终始五德上书，言："汉德土德，宜更元，改正朔，易服色。当有瑞，瑞黄龙见。"事下丞相张苍，张苍亦学律历，以为非是，罢之。③

从《汉书》和《史记》的记载可以看出在整个西汉时期，对于汉的德属先后有水德、土德、火德之说，德属的混乱无定说明了五德终始理论在西汉时期的歧义纷繁。以刘歆为分界，之前的五德终始是遵循五行相胜（克）的运行逻辑的，而刘歆将之改为五行相生，重新推衍了汉的德属。

首先来讨论五行相胜原则下汉的德属问题。高祖及张苍认为汉为水德，承继周室而来，短暂的秦王朝并不具有完全占有一个德属的资格，这个认识的前提是，周为火德是确定的，而承继周的水德也是确定的，所以，后来的王朝——秦与汉——在继承周之火德的问题，两者具有同等的权利，正是在这样的一个前提下，高祖"亦自以为获水德之瑞"。但是后来的儒生严格遵循五德终始的运转原则，承认秦为水德的历史事实，认为汉当克秦，宜为土德。争论由此而起。

争论的问题是秦是否具有水德的资格，由此衍生的问题则是汉德是继承秦的水德还是继承周的火德。高祖和张苍认为秦不具有水德的资格，但

①　班固：《汉书》卷二十五《郊祀志》，中华书局1962年版，第1270—1271页。
②　班固：《汉书》卷二十一《律历志》，中华书局1962年版，第1023页。
③　司马迁：《史记》卷二十六《历书》，中华书局1959年版，第1260页。

两者关于秦之水德的认识却内有不同，从高祖"亦自以为获水德之瑞"的表达来看，高祖在认为自己为水德的同时并没有否定秦的水德，汉与秦是同为水德的。高祖对汉为水德的认识并不是从五行相胜的角度来看的，而是从天命予汉的角度来为汉的建立寻求符命的支持的。

> （高祖）二年，东击项籍而还入关，问："故秦时上帝祠何帝也？"对曰："四帝，有白、青、黄、赤帝之祠。"高祖曰："吾闻天有五帝，而有四，何也？"莫知其说。于是高祖曰："吾知之矣，乃待我而具五也。"乃立黑帝祠，命曰北畤。①

天有五帝，已具其四，剩余的一个就是为新王朝所准备的，高祖认为自己的王朝正好符合这样的一个要求，他对汉为水德的认识，目的是通过对符命的认同来获得天下臣民对自己称帝的支持，这是他最直接、最现实的动机。

张苍虽然也认为汉为水德，但他是遵循五行相胜的运转逻辑推算出来的，是经过理论论证后的结论，这是他和高祖的不同之处。在张苍的五德终始的运转逻辑中，秦是被排除在五德循环之外的，汉代秦承周而为水德。

在汉之前，秦为水德已经是个历史事实，可为什么汉儒不顾历史事实敢于否定秦为水德？在汉看来，秦对水德的理解有误，汉的行政才真正体现了水德的精神。秦以水德主阴，重刑杀，从而造成了统治者与臣民之间的紧张关系，而在汉初实行的无为而治、休养生息的政策中，则"重新强调水德中的道德要求和顺应自然、浸润万物的特性，实行无为而治"②。张苍否定秦王朝的德运之应虽然并没有得到其后公孙臣、贾谊、倪宽、司马迁等人的认可，但却被西汉末年刘歆重新整理五德循环系统所借鉴。也为"伐秦继周"、"汉承尧运"的说法提供了理论上的支持。

接下来再来讨论"五行相生"理论下汉为火德的问题。刘向父子对汉之德属的修改，目的是为王莽篡权提供舆论上的支持，这种变化将五德终

---

① 司马迁：《史记》卷二十八《封禅书》，中华书局 1959 年版，第 1378 页。

② 王绍东、张玉祥：《五德终始学说中的水德与秦汉政治》，《中国社会科学院研究生院学报》2005 年第 4 期。

始中"五行相胜"的运行逻辑改变成了"五行相生","这种改变与王莽
篡汉有密切的关系。相胜与相生本质的不同,正好适应得天下两种方法的
不同。周继殷,是用征诛的手段;虞继唐,是用禅让的方法。王莽正是要
效仿唐、虞的故事,'五德'相生的次序对他来说是最合适的。"① 正是出
于这样的缘故,王莽才支持刘歆重新整理古史系统,将汉的德属确定为火
德。五行相生的理论并不始于刘歆,但却在刘歆的手里得到充分的发挥。
刘歆五行相生的思想主要体现在《世经》中②,正是这个《世经》被班固
收录在《汉书·律历志》中,但是班固并非完全的抄录,而是在《世经》
的基础上对部分内容进行了重新叙述,这种叙述的选择鲜明地体现了班固
对刘歆五行思想的继承和扬弃。从《汉书》中的《世经》来看,王朝发
展的五行次序为:

帝号	太昊	炎帝	黄帝	少昊	颛顼	帝喾	唐帝	虞帝	伯禹	成汤	武王	高祖
德运	木	火	土	金	水	木	火	土	金	水	木	火

　　在这个五行运转的次序中,汉为火德并不是刘歆的努力所在,他所要
强调的是王莽新朝的德属问题,按照五行相生的次序,刘歆将新朝的德属
确定为土德,也就是说刘歆所排列的这个五行相生次序,实际的指向是新
朝代嬗刘氏汉室的合理性。但是班固在选录《世经》入《汉书》的过程
中对王莽新朝的叙述却是:"王莽居摄,盗袭帝位,窃号曰新室。"③ 这就
等于否定了新朝存在的合理性。而刘、班两人的叙述分歧正是研究东汉初
年人们对刘歆五行思想接受的切入点。

　　刘歆在论述汉为火德时选择的祥瑞是"高祖被酒斩蛇"的故事,司马
迁在《史记》中也记载了这个故事:

---

　　① 蒋善国:《尚书综述》,上海古籍出版社 1988 年版,第 117 页。
　　② 顾颉刚认为:"《世经》这部书,在别的地方从没有引用过,只见于刘歆的《三统历》。
以那时的学风而论,伪书是大批地出现,刘歆又是造伪书的宗师,则此书颇有亦出于刘歆的可
能。话说得宽一点,此书也有出于刘歆的学派的可能。"(《五德终始说下的政治和历史》,《清华
大学学报》1930 年第 1 期。)案:退一步讲,《世经》即使不是刘歆所为,刘歆在《三统历》中
大量的引用实际上也表明了他对《世经》的认同。
　　③ 班固:《汉书》卷二十一《律历志》,中华书局 1962 年版,第 1024 页。

高祖被酒，夜径泽中，令一人行前。行前者还报曰："前有大蛇当径，愿还。"高祖醉，曰："壮士行，何畏！"乃前，拔剑击斩蛇。蛇遂分为两，径开。行数里，醉，因卧。后人来至蛇所，有一老妪夜哭。人问何哭，妪曰："人杀吾子，故哭之。"人曰："妪子何为见杀？"妪曰："吾子，白帝子也，化为蛇，当道，今为赤帝子斩之，故哭。"人乃以妪为不诚，欲告之，妪因忽不见。后人至，高祖觉。后人告高祖，高祖乃心独喜，自负。诸从者日益畏之。①

从司马迁对这个故事的叙述来看，他并没有将之看作汉之德属的祥瑞，而是为了突出高祖微时的神异性。如前所论司马迁是秉持五行相胜的观念的，他认为秦为水德，汉为土德，色尚黄，而非尚赤。

最早对高祖斩蛇的祥瑞进行解释的是刘向父子，他们认为"帝出于《震》，故包羲氏始受木德，其后以母传子，终而复始，自神农、黄帝下历唐虞三代而汉得火焉。故高祖始起，神母夜号，著赤帝之符，旗章遂赤，自得天统矣。"虽然刘向父子率先对这个故事按照五行相生的逻辑来解释，但是最终确定汉为火德却是到了东汉建武二年（26），《汉书·郊祀志》注引邓展曰："向父子虽有此议，时不施行，至光武建武二年，乃用火德，色尚赤耳。"②

三 光武帝解决汉之德属问题的现实意义

光武帝在解决汉之德属问题时，采用的是一种行政手段。我们可以从光武帝"宣布图谶于天下"的举动中窥知个中消息。图谶对光武帝来说具有非常重要的意义，在一定程度上，"刘秀发兵捕不道，四夷云集龙斗野，四七之际火为主"③ 的图谶宣传是东汉得以建立的一个重要的舆论支持，而当时流行的《春秋演孔图》中也说："卯金刀，名为刘，赤帝后，次代周"，这些图谶宣传不仅在王朝血统传继上为刘秀的称帝提供了舆论支持，而且在天道循环的符命上为刘氏王朝的中兴提供了"合理"的依据。刘秀

---

① 司马迁：《史记》卷八《高祖本纪》，中华书局 1959 年版，第 347 页。
② 班固：《汉书》卷二十五《郊祀志》，中华书局 1962 年版，第 1271 页。
③ 范晔：《后汉书》卷一《光武本纪》，中华书局 1965 年版，第 21 页。

对图谶的信奉，遭到了当时一些士人的反对，桓谭因"臣不读谶"而惹恼光武帝，"帝大怒曰：'桓谭非圣无法，将下斩之！'谭叩头流血，良久乃得解。"① 在这场较量中，我们可以看到图谶在王权的支持下得到了自己存在的合法地位，因此，当光武帝"宣布图谶于天下"时，《春秋演孔图》中所说的"赤帝后，次代周"的汉承周后的五行思想便理所当然地获得了存在的合理性，而桓谭的遭遇也表明了反对的声音在图谶甚嚣尘上的社会氛围中的无奈和微不足道。我们还可以从《白虎通》的记载中看出东汉初年汉的德属问题已经得到了很好的解决。"五行所以更王何？以其转相生，故有终始也。木生火，火生土，土生金，金生水，水生木。"②在这里，"五行"中关于王朝代嬗的记载已经有了非常明确的表达。也就是说，在《白虎通》成书的时候，五行中关于王朝更迭的符命之争的问题已经得到了解决，并且成为当时社会的共识。

光武帝为什么将汉的德属确定为火德，而不是其他？这和西汉末刘歆新的五德终始说的社会接受有关。刘歆采用五行相生的五德终始说来为王莽的篡位提供舆论支持，将之前只有四个朝代一个轮回的五德终始说延展到十四朝三个轮回，其中共公氏、帝挚、秦王朝因失其序而为闰统，《汉书·律历志》《世经篇》曰："《祭典》曰：'共公氏伯九域。'言虽有水德，在火木之间，非其序也。任知刑以强，故伯而不王。秦以水德，在周、汉木火之间。"③ 这样，汉就成了唐尧之后④，在五德循环上跨越秦朝直接上继周朝，所以后来汉承尧运与伐秦继周的社会思潮都是缘此而来。尽管刘歆对汉的德属的重新叙述并非其最终目的，但由于王莽新朝

---

① 范晔：《后汉书》卷二十八《桓谭列传》，中华书局 1965 年版，第 961 页。
② 陈立：《白虎通疏证》，中华书局 1994 年版，第 187 页。
③ 班固：《汉书》卷二十一《律历志》，中华书局 1962 年版，第 1012 页。
④ 昭帝元凤三年，眭孟首创"汉家尧后，有传国之运"。但被霍光以"妖言惑众，大逆不道"罪杀。因此，"汉家尧后"的观念并没有得以流行，至刘歆阐说后，方才流行开来。建初元年，贾逵在《条奏左氏长义》中说："建平中，侍中刘歆欲立《左氏》，不先暴论大义，而轻移太常，恃其义长，诋挫诸儒，诸儒内怀不服，相与排之。孝哀皇帝重违众心，故出歆为河内太守。从是攻击《左氏》，遂为重仇。至光武皇帝，奋独见之明，兴立《左氏》、《谷梁》，会二家先师不晓图谶，故令中道而废。……又《五经》家皆无以证图谶明刘氏为尧后者，而《左氏》独有明文。《五经》家皆言颛顼代黄帝，而尧不得为火德。《左氏》以为少昊代黄帝，即图谶所谓帝宣也。如令尧不得为火，则汉不得为赤。"从这段话中可以看出，汉为尧后进入图谶之中始自刘歆当属无疑。

统治的混乱，王莽篡位之说在新朝后期成为社会的主流思潮，与此相应的是人心思汉，则汉为火德广为人们所接受。这种情况在班彪与隗嚣的一次谈话中不难看出，当隗嚣让班彪为其分析一下时局时，班彪认为当前的局势是各地起义军"假号云合，咸称刘氏"，同时"百姓讴吟，思仰汉德"。可是隗嚣并没有听进班彪的劝说，"彪既疾嚣言，又伤时方艰，乃著《王命论》，以为汉德承尧，有灵命之符。王者兴祚，非诈力所致，欲以感之。"① 各地雄杰咸称刘氏，也从另一个方面说明汉得人心，而汉承唐尧火德，也是王者兴祚的一个符命之征。因此，光武帝以中兴汉室的名义起兵，也是为了顺应社会思潮的整体趋势。在具体的操作上，就是承认汉为火德，这样既否定王莽新朝存在的合理性，同时又塑造了新建的东汉王朝与西汉刘氏王室之间政统和血统上紧密相连的形象，从而为东汉王朝的正统性寻求到一种舆论的支持。在这个认识前提下，新建的东汉王朝与西汉王朝之间并没有必然的区别，因此，东汉王朝对西汉德属的认定实际上也是对自己王朝德属认定，德属的认定，将臣民对西汉王朝的认同心理转移到对新建的东汉王朝的认同上，从而巩固了新建的东汉王朝的社会基础。

光武帝利用汉为火德为自己树立正统的形象，在这个舆论宣传中，汉为火德所蕴含的汉为尧后的认识深入人心，"百姓讴吟，仰思汉德"。在窦融是否东向归依光武的决策中，汉承尧运的认识是当时大多数士人的共识，而班彪离开隗嚣转依窦融也同样是因为隗嚣的行为偏离了"汉德承尧"的思想轨道。

与"汉德承尧"一体两面的另一个问题是"伐秦继周"，如果说"汉德承尧"是为刘氏宗室寻找圣王同祖的源流的话，那么"伐秦继周"所要面对的问题是刘氏王朝的直接承继对象为周还是秦。从历史实际上来看，秦王朝虽然短命而亡，但其德属为水却是不争的事实，可这在刘歆所定的五德终始循环中却并没有得到应有的地位，这主要和西汉的摒秦思想有关。摒秦思想肇始于董仲舒，中经眭孟的发挥，至刘歆而至极致，雷家骥先生说:"汉出尧后乃是遥继观念之始，其目的主要在申明汉室乃先圣之后，克承尧之火德而复兴，为班固《汉书·序传》所谓尧舜之盛，德冠

---

① 范晔:《后汉书》卷四十《班彪列传》，中华书局1965年版，第1324页。

百王。'汉绍尧运，以建帝业'不应'偏于百王之末，厕于秦、项之列'
所由本。亦即尊汉室、屈百王、摒秦、项以争正统之意也。"① 由此可见，
否定秦王朝并不是刘歆的心血来潮，而是渊源有自，在五德终始的运转
中，上继周室而非暴秦，对汉室的正统性来说，似乎具有不证自明的宣
传效果。

第二节　光武定都洛阳的人事因素

汉为火德中所包含的"伐秦继周"思想在光武定都洛阳的过程中也
起着非常重要的作用。自高祖起，就有比隆周室、定都洛阳的想法，当
时迫于形势不得已而西迁。光武称帝，形势发生了新的变化，光武欲继
高祖的愿望定都洛阳，则"伐秦继周"社会思潮是其得以定都洛阳的一
个重要原因。

一　比隆周室的凤愿

《史记》载：汉五年（前202）五月，"高祖欲长都洛阳，齐人刘敬
说，及留侯劝上入都关中，高祖是日驾，入都关中。"② 卷九十九《刘敬
列传》中详细地交代了高祖欲都洛阳的原因和娄敬对高祖的劝辞③：

> 娄敬说曰："陛下都洛阳，岂欲与周室比隆哉？"上曰："然。"
> 娄敬曰："陛下取天下与周室异，周之先自后稷，尧封之邰，积德累
> 善十有余世。公刘避桀居豳，太王以狄伐故，去豳，杖马箠居岐，国
> 人争随之，及文王为西伯，断虞芮之讼，始受命。吕望、伯夷自海滨
> 来归之。武王伐纣，不期而会孟津之上八百诸侯，皆曰纣可伐矣，遂
> 灭殷。成王即位，周公之属傅相焉，乃营成周洛邑，以此为天下中
> 也，诸侯四方纳贡职，道里均矣。有德则易以王，无德则易以亡。凡

---

① 雷家骥：《两汉至唐初的历史观念与意识》，书目文献出版社1987年版，第93页。
② 司马迁：《史记》卷八《高祖本纪》，中华书局1959年版，第381页。
③ 《史记》卷九十九《刘敬列传》："《索隐》：敬本姓娄，《汉书》作'娄敬'。高祖曰
'娄即刘也'，因姓刘耳。"（中华书局1959年版，第2715页。）

居此者，欲令周务以德致人，不欲依阻险，令后世骄奢以虐民也。及
周之盛时，天下和洽，四夷向风，慕义怀德，附离而并事天子。不屯
一卒，不战一士，八夷大国之民莫不宾服，效其贡职。及周之衰也，
分而为两，天下莫朝，周不能制也。非其德薄也，而形势弱也。今陛
下起丰沛，收卒三千人，以之径往而卷蜀汉，定三秦，与项羽战荥
阳，争成皋之口，大战七十，小战四十，使天下之民肝脑涂地，父子
暴骨中野，不可胜数，哭泣之声未绝，伤夷者未起，而欲比隆于成康
之时，臣窃以为不侔矣。且夫秦地被山带河，四塞以为固，卒然有
急，百万之众可具也。因秦之故，资甚美膏腴之地，此所谓天府者
也。陛下入关而都之，山东虽乱，秦之故地可全而有也。夫与人斗，
不搤其亢，拊其背，未能全其胜也。今陛下入关而都，案秦之故地，
此亦搤天下之亢而拊其背也。"

高帝问群臣，群臣皆山东人，争言周王数百年，秦二世即亡，不
如都周。上疑未能决。及留侯明言入关便，即日车驾西都关中。[1]

从娄敬与高祖的对话中可以看出，高祖欲长都洛阳的原因是比隆周
室，而且是比隆周室成康之盛世，这种思想与汉家尧后的思想是一致的，
汉家尧后的思想，目的是为了美化刘氏家族的圣统渊源，而比隆周室则是
对西汉王朝发展至鼎盛局面的现实期待，这种鼎盛局面既是一个新建王朝
意气风发的梦想与追求，同时也是对族源圣统的一个积极回应。显然这并
不是刘邦一个人的看法，从"（群臣）争言周王数百年，秦二世即亡，不
如都周"来看，定都洛阳的一个主要原因就是欲比隆周室，在五德终始循
环的系统中，通过对周王朝的继承，来实现符命中理应出现的后一王朝的
盛世景象。这种政治上的想象催生了他们试图通过定都周都来完成这一追
求的行为。因此，刘歆的五德终始说中，对秦的闰统处理所形成的"伐秦
继周"意识，实际上是对汉室"欲比隆周室"这一现实愿望的积极回应。
然而作为都城的洛阳，其显著的特点是"有德则易以王，无德则易以亡。"
刘邦取天下既与周异，则"有德"者周文王、周武王，能居此有成康之

---

① 司马迁:《史记》卷九十九《刘敬列传》，中华书局 1959 年版，第 2715—2717 页。

盛，而"无德"者汉刘邦，若都此则易以亡。因此，以武力取天下的刘邦
在听取留侯张良的意见后，"即日车驾西都关中"。

高祖当年欲都洛阳而不得的无奈到了东汉光武时则不复存在。在人心
思汉的社会环境中，"伐秦继周"的社会思潮逐渐复兴了人们比隆周室的
夙愿。以中兴刘氏王朝为己任的光武帝对此更是充满期待。最为重要的是
光武与高祖得天下异而与周则略同，即颇得民心。虽然光武也是通过大战
小战而得天下的，但是太学生出身的光武帝更注重礼仪形象的展示。

> 更始将北都洛阳，以光武行司隶校尉，使前整修官府。于是置僚
> 属，作文移，从事司察，一如旧章。时三辅吏士东迎更始，见诸将
> 过，皆冠帻，而服妇人衣，诸于绣镼，莫不笑之，或有畏而走者。及
> 见司隶僚属，皆欢喜不自胜。老吏或垂涕曰："不图今日复见汉官威
> 仪！"由是识者皆属心焉。[1]

更始帝刘玄为刘秀族兄，在反莽诸路军中先被推举为更始将军，后因
"众虽多而无所统一"又被议立为天子，但其"素懦弱"[2]，不能治下，故
此，诸将衣冠不类，为人所笑。而在与更始诸将的对比中，刘秀及其僚属
动皆中礼的形象在民众的心里留下了深刻的印象，"不图今日复见汉官威
仪"是洛阳民众对刘秀中兴汉室的最大期待，也预示了各地起义队伍在臣
民心目中的亲疏倾向。这是刘秀在民众面前的一次公开亮相，但其知晓礼
仪的形象却深入人心，这为其后来征战天下定都洛阳打下了深厚的群众基
础。光武帝的仁厚形象不仅表现在民众面前，对待士人也是如此，"光武
中兴，爱好经术，未及下车，而先访儒雅，采求阙文，补缀漏逸"。这种
行为所产生的直接效果就是四方学士"自是莫不抱负坟策，云会京师"[3]。

以柔道治国是东汉初年的一个基本治国思想，建武十七年（41），光
武幸章陵，"置酒作乐，赏赐。时宗室诸母因酺悦，相与语曰：'文叔少时
谨信，与人不款曲，唯直柔耳。今乃能如此！'帝闻之，大笑曰：'吾理天

---

① 范晔：《后汉书》卷一《光武帝纪》，中华书局 1965 年版，第 10 页。
② 范晔：《后汉书》卷十一《刘玄列传》，中华书局 1965 年版，第 469 页。
③ 范晔：《后汉书》卷七十九《儒林列传》，中华书局 1965 年版，第 2545 页。

下,亦欲以柔道行之.'"① 这种以柔道理天下的治国思想所取得的社会效果和周室初建时的情况相近。因此,光武帝建都洛阳,虽然受到一部分西土耆老的抱怨,但就整个社会而言,还是得到了充分的肯定。

以柔道治国不仅表现在皇帝一个人身上,在光武诸将身上,这种儒雅的气质也多有表现,相对于西汉开国功臣多出于亡命无赖,"东汉中兴,则诸将皆有儒气象,亦一时风会不同也。……是光武诸功臣,大半多习儒术,与光武一起相孚合,盖一时之兴,其君与臣本皆一气所钟,故性情嗜好之相近,有不期然而然者,所谓有是君即有是臣也。"② 东汉君臣身上的这种儒雅气质,建构了一个仁厚的王朝形象,按照娄敬的分析,东汉初年的政权统治应当属于有德者,则其定都洛阳也易以王。

光武定都洛阳,不仅仅是完成了高祖当年欲长都洛阳,比隆周室的愿望,同时也是对"伐秦继周"思想的一个巩固和推进,它对后来论都之争中社会舆论一边倒地支持东都的情况有着重要而深远的影响。

二　吸取西汉迁都的教训

然而光武都洛并不仅仅是符命上的因素,一些人事上的现实因素所起的作用可能更大。

刘邦西迁长安,看重的正是关中的地形显要,而这种看重则是基于对山东强族的防范。山东强族的势力范围在关东之地,因而不愿都城西迁长安,这种矛盾的存在正是刘邦迁都的主要原因。出于军事上战略利益的考虑,刘邦"即日车驾西都关中"。但是迁都长安后,刘邦又面临着"北近胡寇"的威胁以及山东"六国强族"随时有可能兵起的风险③,同时,关中经过战争的破坏,人口锐减,人丁稀少,基于此刘邦采取了娄敬的建议"徙齐诸田,楚昭、屈、景,燕、赵、韩、魏后,及豪杰名家居关中,无事,可以备胡;诸侯有变,亦足以率以东伐"④。并使娄敬徙所言关中十

---

① 范晔:《后汉书》卷一《光武帝纪》,中华书局1965年版,第68页。

② 赵翼著,王树民校证:《廿二史劄记校证》,中华书局1984年版,第90—91页。

③ 事实上,刘氏皇室的这种担心也不是没有道理,高祖十二年,韩信、彭越相继谋反。这种担心直到刘邦死的时候也没有消除,刘邦死时,"吕后与审食其谋曰:'诸将故与帝为编户民,背面称臣,心常怏怏,今乃事少主,非尽族是,天下不安'故不发丧。"(《汉书·高祖纪》)后罢。

④ 司马迁:《史记》卷九十九《刘敬列传》,中华书局1959年版,第2720页。

余万人。这种策略的目的具有双重性，一方面，充实了关中的人口；另一方面，把山东强族从其属地上分离开来，置于京师，大大降低了王公诸侯拥兵自重、威胁中央的风险。西汉的这种迁徙政策在西汉一朝基本上得到了贯彻执行，虽然在不同的时期有松紧的区别，但总体上区别不大。

　　然而，西汉的这种迁徙政策是以损害王公和诸侯的既得利益为代价的，毫无疑问，它遭到了诸侯们的强烈反对。到了文帝时，"各诸侯国与中央争夺民户的现象已经相当严重，正在加紧策划叛乱的关东各国诸侯是绝不容许自己的剥削对象和兵力来源移入中央政权直接统治区的。"① 这对中央的统治来说也是一个很大的冲击，造成了中央和地方关系的紧张。

　　这种人口迁徙政策的执行所造成的另一个后果是人为地造成了经济重心和人口重心的不平衡。刘邦大量迁徙人口进入长安，直接的后果就是粮食供给的问题。虽然三辅也是一个土地肥厚的产粮区，但是人口和本土供养能力之间的比例还是严重失调。为了解决这个问题，西汉不得不从外地征调大量的粮食入关中。而其主要的粮食征调区还是富庶的关东之地（主要指山东和江浙一带）。在粮食征调的过程中，主要有两种运输方式，陆路和水路，受地域因素的限制，一般在洛阳以东的地区主要是陆路运输，而洛阳以西的地方则改为水路运输，为了解决在陆路和水路的转换中粮食保存的问题，在偃师修建了大型的储粮仓库敖仓，敖仓在西汉乃至东汉都是十分重要的粮食储备仓，王莽在天下大乱、群雄四起的时候，还曾专门派人看守。这种转换十分不便，还耗费了大量的人力、物力和财力。另外，根据对京师仓的考古发掘，也证明了粮食问题确实是定都长安最头疼的问题。京师仓的遗址在今距西安 130 公里处的华阴市，是过去黄河、渭河、洛河三河的交界处，从出土的遗物和遗迹上可以"断定京师仓修建年代应在西汉中期武帝时"，"下限在东汉初年应该大致不误"②。京师仓修建的目的就是为了解决长安的粮食供给问题。和京师仓配套的工程是漕渠的开凿，但是由于渭河泥沙过多，大约在宣帝时这条人工开凿的运河已经很不好使了。这就直接限制了京师仓对长安的粮食供给。这种人口的过分

---

① 葛剑雄：《西汉人口地理》，人民出版社 1986 年版，第 135 页。
② 陕西省考古研究所：《西汉京师仓》，文物出版社 1990 年版，第 57 页。

集中和粮食主产区的分离所造成的矛盾在京师仓的修建上得到了充分的体现，而京师仓在东汉定都洛阳即被废弃足以表明这个矛盾在西汉时期的尖锐程度。

西汉人口迁徙的主要对象是山东的势族，实行的根本原因是为了解决诸侯王对中央的威胁。到了东汉，诸侯尤其是山东大族的力量已经不再是中央统治的威胁，因此，在刘秀看来，西汉人口迁徙这个事件的性质便被定性为应当予以避免的教训而非可资借鉴的经验。

刘邦定都长安是迫于刘氏皇族与关东大族之间的关系不稳定上，但是到了东汉这种情况几乎不再存在，基于对刘邦定都长安所造成的经济重心和人口重心人为地造成的不平衡关系认识，也是促使光武都洛的原因之一。

三　宗室阴影下的焦虑与抗争

西汉末年，各地起义军都是打着兴复汉室的口号进行革命运动的，刘秀同样也是如此。尽管在后来的血统追溯上，刘秀确实是宗室子弟，但刘秀和西汉的王室已经没有任何经济关系了。刘秀微时，宗室的背景也并没有给他带来任何帮助，如果说《后汉书·光武本纪》所载他"性勤于稼穑"还只是史书为尊者讳的委婉表达，那么"卖谷于宛"确是经济拮据的真实表现了。因此，及其登基称帝，他对刘氏宗室的感情并不是像表面那样充满亲切感。他希望自己的政权能在历史上取得独立存在的资格，但其起义初期中兴刘氏的口号又给他留下了无法摆脱的原罪，这种焦虑的心理在他对西巡长安和南巡南阳的不同心态中有着鲜明地表现。作为皇帝的刘秀，先后七次行幸南阳，而只有五次行幸长安，如果把行幸沛也算作一次的话，也只是六次。兹分别引录于下：

（一）行幸南阳

［建武三年（27）］冬十月壬申，幸春陵，祠园庙，因置酒旧宅，大会故人父老。十一月乙未，至自春陵。

［建武四年（28）］十一月丙申，幸宛。

　　[建武十一年（35）] 三月己酉，幸南阳；还，幸章陵，① 祠园陵。

　　[建武十七年（41）] 夏四月乙卯，南巡狩，皇太子及右翊公辅、楚公英、东海公阳、济南公康、东平公苍从，幸颍川，进幸叶、章陵。五月乙卯，车驾还宫。

　　[建武十七年（41）] 冬十月甲申，幸章陵。修园庙，祠旧宅，观田庐，置酒作乐，赏赐。时宗室诸母因酬悦，相与语曰：“文叔少时谨信，与人不款曲，唯直柔耳。今乃能如此！”帝闻之，大笑曰：“吾理天下，亦欲以柔道行之。”乃悉为舂陵宗室起祠堂。有五凤皇见于颍川之郏县。

　　[建武十八年（42）] 冬十月庚辰，幸宜城。还，祠章陵。十二月乙丑，车驾还宫。

　　[建武十九年（43）] 秋九月，南巡狩。壬申，幸南阳，进幸汝南南顿县舍，置酒会，赐吏人，复南顿田租岁。

　　（二）行幸长安

　　[建武五年（29）] 秋七月丁丑，幸沛，祠高原庙。诏修复西京园陵。

　　[建武六年（30）] 夏四月丙子，幸长安，始谒高庙，遂有事十一陵。遣虎牙大将军盖延等七将军从陇道伐公孙述。

　　[建武十年（34）] 秋八月己亥，幸长安，祠高庙，遂有事十一陵。进幸汧。隗嚣将高峻降。

　　[建武十八年（42）] 春二月，蜀郡守将史歆叛，遣大司马吴汉率二将军讨之，围成都。甲寅，西巡狩，幸长安。三月壬午，祠高庙，遂有事十一陵。

　　[建武二十二年（46）] 春闰月丙戌，幸长安，祠高庙，遂有事十一陵。

---

① （建武）六年春正月丙辰，改舂陵乡为章陵县。

［中元元年（56）］夏四月行幸长安。戊子，祀长陵。①

从西巡和南巡的对比中，我们可以清楚地看到刘秀对南阳和长安的态度。建武六年、十年、十八年光武三次西幸长安都是因为战争路过，即使是五年"幸沛，祠高原庙，诏修复西京园陵"。也同样是如此，"（五年）六月，建义大将军朱佑拔黎丘，获秦丰；而庞萌、苏茂围桃城。帝时幸蒙，因自将征之。先理兵任城，乃进救桃城，大破萌等。"②光武幸沛就是在这次回兵的途中顺道拜祭的。光武在西都拜祭先祖时，礼仪威严，声势显赫，透着一种庄严肃穆的凝重感；而在南阳的刘秀则谈笑自若，舒适自得。盖其于西都乃礼制所然，于南阳则性情使然。刘秀借助皇室贵胄的身份起于乱兵之中，这种皇室身份的号召力是其成功的一个重要原因，在其得天下都洛邑后不得不继续维持，从而保证其权力来源的正统性与合理性，这是其不得不西巡的理由。而南巡则是故园家思之情的流露，在刘秀的情感认同上，他的故乡在宛而不在长安，"礼制"和"情性"的分离中昭示了光武西巡的程式化和南巡的亲切性。兵起于南阳的刘秀对南阳有着一种天然的亲切感，而借助皇室贵族称谓夺得天下的刘秀对西都则有着本能的敬畏和制度延续表面一致性的追求。

因此，光武定都洛阳，从他个人的角度来看，一个主要的原因是为了摆脱身处长安时被刘氏宗室身份所困扰的焦虑心理，从这个意义上讲，光武都洛也是对宗室阴影下焦虑心情的一种无声反抗了。

第三节 士人对东汉新兴政权的认同及其表现

符命的舆论宣传和人事关系的倾向不仅推动刘秀建立了东汉王朝，登上了帝王的宝座，而且在王朝建立之后，符命与人事两方面的力量仍然在持续地推动王朝的建设，并最终促推了东汉中兴局面的出现。这种符命思想和人事关系是东汉初年文人讨论的一个热门话题，无论官方还是个人，

---

① 以上引文皆来自《后汉书》卷一《光武帝纪》。
② 范晔:《后汉书》卷一《光武帝纪》，中华书局 1965 年版，第 39 页。

无论认同还是反对，讨论都十分激烈，建武五年（29），班彪在陇右写就的《王命论》是较具代表性的一篇讨论文章，它系统而理论地分析了符命与人事之于东汉王朝建立和发展的重要作用。

始于前汉，尤经王莽力倡的符命问题，一直是东汉建立和早期发展过程的一个重要话题，刘秀的称帝即与之有着直接的关系。

> 光武先在长安时同舍生彊华自关中奉《赤伏符》，曰："刘秀发兵捕不道，四夷云集龙斗野，四七之际火为主。"群臣因复奏曰："受命之符，人应为大，万里合信，不议同情，周之白鱼，曷足比焉？今上无天子，海内淆乱，符瑞之应，昭然著闻，宜答天神，以塞群望。"①

这年的六月己未，刘秀在群臣以应占符命的劝说下登上了帝王的宝座，在他祭祖告神的祝文里，应占符命之说再一次严肃地论述了一番：

> 皇天上帝，后土神祇，眷顾降命，属秀黎元，为人父母，秀不敢当。群下百辟，不谋同辞，咸曰："王莽篡位，秀发愤兴兵，破王寻、王邑于昆阳，诛王郎、铜马于河北，平定天下，海内蒙恩。上当天地之心，下为元元所归。"谶记曰："刘秀发兵捕不道，卯金修德为天子。"秀犹固辞，至于再，至于三。群下佥曰："皇天大命，不可稽留。"敢不敬承。②

利用符命称帝建国的王莽在群雄并起的混战中死于非命，而兴辅刘宗的社会思潮迅速地将他的称帝行为叙述为谋权篡位，属于王莽的时代倏然而过。但王莽走向帝王宝座的策略却并未过时，随之而来的各路群雄仍然在利用符命宣传的策略为自己的起义行为进行造势，明乎此，则我们也就不难理解光武帝曾经在太学里的同学彊华奉《赤帝符》东来的原因了。只有当王莽的行为是"不道"的，"卯金修德为天子"的行为才顺理成章被

---

① 范晔：《后汉书》卷一《光武帝纪》，中华书局1965年版，第21页。
② 同上书，第22页。

理解为应天顺民，而这种宣传也进一步反过来再次重温了兴辅刘宗的反莽思潮和强调了中兴刘氏的革命导向。显然对各路起义军来说，这种社会舆论是最有利于刘秀的，因此，在其登基称帝，祭祖告神的祝文中再一次强调了符命对形势走向的导引作用，而以"敢不敬承"作结的祝文无疑为自己称帝的合理性寻找到了一个看似理所当然的借口。当这种"卯金修德为天子"的符命宣传和"仰思汉恩"的人事相结合时，人们对刘秀政权的认同感便大大加强。

　　虽然当时社会上也有人反对图谶，但笃信符命意识的光武帝对之进行了不遗余力的打压①。光武初即帝位，桓谭针对"帝方信谶，多以决定嫌疑"的做法上了一道奏章，这道奏章中说："观先王之所记述，咸以仁义正道为本，非有奇怪虚诞之事。盖天道性命，圣人所难言也。"这道奏章让光武帝很是不快。此后在灵台的一次会议中，光武帝再次和桓谭讨论"以谶决之"的做法，而"谭复极言谶之非经"，这个回答彻底地惹怒了光武帝，曰："桓谭非圣无法，将下斩之。"桓谭"叩头流血，良久乃得解。"② 建武二年（26）光武帝令待诏公车的尹敏校定图谶，"使蠲去崔发所为王莽著录次比。"而尹敏则对曰："谶书非圣人所作，其中多近鄙别字，颇类世俗之辞，恐疑误后生。"后来尹敏按他所理解的图谶的制作方式增谶阙文："君无口，为汉辅"，帝问而非之，"虽不竟罪，而亦以此沉滞。"③ 稍后，曾在隗嚣处的郑兴也于建武六年（30）东依光武，而他的"臣不为谶"也让光武帝大为恼火，"卿之不为谶，非之邪？""兴惶恐曰：'臣于书有所未学，而无所非也。'帝意乃解。"④

　　与反谶相对的是信谶的行为。群臣劝说刘秀即帝位的劝辞是："受命之符，人应为大……宜答天神，以塞群望。"本章开头提及的窦融召开的那次会议中，智者皆曰："观符命而察人事，它姓殆未能当也。"这些智者

---

　　① 樊树志认为："王莽虽然迂腐，但是为了政治目的而利用谶纬时，心里很明白那是假的，实际上并不相信谶纬。刘秀为了政治目的利用谶纬，却是发自内心的，他对谶纬深信不疑。"（樊树志：《国学十六讲》，中华书局 2006 年版，第 69 页。）

　　② 范晔：《后汉书》卷二十八《桓谭列传》，中华书局 1965 年版，第 961 页。《资治通鉴》认为光武与桓谭的两次讨论，时间分别是建武元年（25）和中元元年（56）。

　　③ 范晔：《后汉书》卷七十九《儒林列传》，中华书局 1965 年版，第 2558 页。

　　④ 范晔：《后汉书》卷三十六《郑兴列传》，中华书局 1965 年版，第 1223 页。

中应当包括"以《春秋》见称于世"的孔奋等①。大约在建武五年（29）的时候，还在陇右的班彪和隗嚣进行了一次谈话，在这次谈话中，班彪仍然意在强调符命之于光武称帝的重要作用，但班彪的建议并没有得到隗嚣的认可，他退而复作《王命论》集中而系统地论述他所理解的符命思想。这篇文章不仅被班固写进成书于永平中的《汉书·叙传》里，而且在班固大约成于章帝初年的《典引》里再次被回应和申说。

从反谶和信谶的言论中，我们能够捕捉到的信息是，基于学术理性的反谶行为在官方的强制打压下，都无奈地选择了妥协，尽管这种妥协是表面上的。而从两者的人数比例上也可看出，反谶可能只是极少数人的行为，而群臣劝说、"智者皆曰"的群众行为以及孔奋、班彪、班固等学者的言论都表明了信谶人数的庞大。我们还可从班彪与隗嚣的那次谈话的内容中找到普通民众对这一问题的反应：

> 世祖即位于冀州。时隗嚣据垄拥众，招辑英俊，而公孙述称帝于蜀汉，天下云扰，大者连州郡，小者据县邑。嚣问彪曰："往者周亡，战国并争，天下分裂，数世然后乃定，其抑者从横之事复起于今乎？将承运迭兴在于一人也？愿先生论之。"对曰："周之废兴与汉异。昔周立爵五等，诸侯从政，本根既微，枝叶强大，故其末流有从横之事，其势然也。汉家承秦之制，并立郡县，主有专己之威，臣无百年之柄。至于成帝，假借外家，哀、平短祚，国嗣三绝，危自上起，伤不及下。故王氏之贵，倾擅朝廷，能窃号位，而不根于民。是以即真之后，天下莫不引领而叹，十余年间，外内骚扰，远近俱发，假号云合，咸称刘氏，不谋而同辞。方今雄桀带州城者，皆无七国世业之资。《诗》云：'皇矣上帝，临下有赫，鉴观四方，求民之莫。'今民皆讴吟思汉，乡仰刘氏，已可知矣。"嚣曰："先生言周、汉之势，可也，至于但见愚民习识刘氏姓号之故，而谓汉家复兴，疏矣！昔秦失其鹿，刘季逐而掎之，时民复知汉乎！"既感嚣言，又愍狂狡之不息，

---

① 《孔丛子·连丛上》载："王莽之末，君鱼（孔奋）避地大河之西，以大将军窦融为家，常为上宾，从容以论道为事。"

乃著《王命论》以救时难。①

　　班、隗的这次谈话是在刘秀、隗嚣、公孙述各自称霸，割据一方的背景下进行的，显然对隗嚣和公孙述来说，他们不愿看到社会舆论中"汉家复兴"的观念成为社会的主流思想，因此，对于承运迭兴在于一人（一姓）的观念，隗嚣希望能听听班彪的意见。班彪的回答其实是从人事和符命两个方面入手的：从人事的方面，周汉废兴各异，周时诸侯权重，故称终成割据之势，而西汉则"主有专己之威，而臣无百年之柄"。故虽然西汉末年"危自上起"，但"伤不及下"，而"伤不及下"既是王莽败亡的一个主要原因，也是新莽末年人心思汉社会思潮形成的一个主要原因。而各地起义队伍皆以"兴辅刘宗"为旗号也正是充分地意识到这股社会思潮存在的现实意义，起义的初期阶段，这股社会思潮给隗嚣的发展带来了重要的帮助，"三辅耆老士大夫皆奔归嚣"②。但当隗嚣想自立山头时，这股社会思潮却成了他发展的一个重大障碍，曾经"民皆讴吟思汉，乡仰刘氏"的社会现实在隗嚣这里也成了"愚民习识刘氏姓号之故，而谓汉家复兴，疏矣!"因此，从东汉初年整体的社会舆论来看，人们对符命观念的接受鲜明地表达了人们对刘氏新兴政权的认同，这也是刘秀政权建立并发展的社会舆论基础。在此背景下，我们再去看班彪的《王命论》就自然理解班彪对刘氏政权的真诚认同了。

　　这篇文章创作的目的是继续劝说隗嚣归汉，针对隗嚣"但见愚人习识刘氏姓号之故，而谓汉家复兴，疏矣。"的认识，班彪在文章的开头就鲜明地提出了自己的观点："遭遇异时，禅代不同，至于应天顺民，其揆一也。是故刘氏承尧之祚，氏族之世，著乎《春秋》。唐据火德，而汉绍之，始起沛泽，则神母夜号，以章赤帝之符。"③ 这段话不能简单地认为是班彪在为刘秀政权寻求神学依据，他实际上是当时"汉为尧后"社会思潮的一个反映，他们对汉室的忠诚不能仅仅看作对刘氏一家的忠诚，而是对圣王圣统的敬畏，所以他在这里追溯刘氏承尧之祚，就不仅仅是他自

---

①　班固:《汉书》卷一百《叙传》，中华书局1962年版，第4207页。
②　范晔:《后汉书》卷十三《隗嚣列传》，中华书局1965年版，第521页。
③　范晔:《后汉书》卷四十《班彪传》，中华书局1965年版，第1324页。

己观点的简单表达，而是欲与隗嚣共同温习圣王圣统的经典价值观念，目的是为了劝说隗嚣放弃与刘秀的对抗，所谓"神器有命，不可以智力求也"。接着通过陈婴与王陵不王的例子来反衬高祖称帝的必然性，最后文章归之于若"苟昧于权利，越次妄据，外不量力，内不知命，则必丧保家之主，失天年之寿，遇折足之凶，伏鈇钺之诛"①。在这篇文章中，他对高祖得天命的颂扬和对隗嚣的警告源自于他对汉为尧后圣王圣统思想的认同。

符命观念不仅在东汉建国前后成为社会思潮的主流，成为社会绝大多数人对刘氏新兴政权认同的表征，而且在东汉王朝的中兴中继续发挥着思想导引的巨大作用。这些影响鲜明地体现在成长在洛阳城的第二代士人贾逵、班固等人的身上。章帝建初元年（76），贾逵在《左传》的学术研究中，大论图谶，而同时期班固创作的《典引》则可以看作对班彪《王命论》的一个回应与申说②，当然我们还可以说永平十七年（74）以班固、贾逵等百官应诏集体创作《神雀颂》的行为是一次以图谶为主题内容的文学盛会。

符命思想在学术研究的体现主要表现为贾逵的《左传》研究。章帝即位，降意儒术，令贾逵入宫宣讲，贾逵在承命所作的《条奏左氏长义》中说："臣以永平中上言《左氏》与图谶合者，先帝不遗刍荛，省纳臣言，写其传诂，藏之秘书。……又《五经》家皆无以证明图谶明刘氏为尧后者，而《左氏》独有明文。《五经》家皆言颛顼代黄帝，而尧不得为火德。《左氏》以为少昊代黄帝，即图谶所谓帝宣也。如令尧不得为火，则汉不得为赤。其所发明，补益实多。"③贾逵主动将图谶问题引入学术研究中，表明此时士人对符命思想的自觉认同，并希望将这一颇受人诟病的"奇怪虚诞"之论进行学理化的整理和描述。

与贾逵同时期的班固，则在《典引篇》里详论了符命的重要性。班固作《典引》的目的就是要"述叙汉德"，诸家注释都对班固这一创作目的

---

① 班固：《汉书》卷一百《叙传》，中华书局 1962 年版，第 4212 页。
② 关于《典引》的创作时间，详见刘跃进《秦汉文学编年史》，商务印书馆 2006 年版，第 411 页。
③ 范晔：《后汉书》卷三十六《贾逵列传》，中华书局 1965 年版，第 1237 页。

进行了申说。李贤注曰："典谓《尧典》，引犹续也。汉承尧后，故述汉德以续《尧典》。"① 蔡邕的注释更为详细，"《典引》者，篇名也。典者，常也，法也。引者，伸也，长也。《尚书》疏尧之常法，谓之《尧典》。汉绍其绪，伸而长之也。"② 李周翰注："典者，《尧典》也，汉为尧后，故班生将引尧事以述汉德。"③ 观其三注，则李贤注最当，班固作《典引》之本意在于颂扬汉室，所以续《尧典》并不是他作文的重点，而引尧事以述汉德则更不合班固之本意了，他在《典引序》中对自己作《典引》的交代已经非常清楚了，"臣固才朽不及前人，盖咏《云门》者难为音，观隋和者难为珍。不胜区区，窃作《典引》一篇，虽不足雍容明盛万分之一，犹启发愤满，觉悟童蒙，光扬大汉，轶声前代，然后退入沟壑，死而不朽。"④ 由此观之，虽然士人强调"汉承尧后"，但其真正的落脚点却是在颂扬本朝的盛世景象。这种阐释的转向，可以看作符命思想在东汉王朝建设时期所呈现出的新特点。

符命思想的颂汉转向在百官同题共作的《神雀颂》中有着较为集中的体现。永平十七年（74）春，有甘露降于甘陵，这一年稍后的时间，甘露仍降，同时芝草生于殿前，有神雀五色翔集京师。大约与之同时，西南夷哀牢、儋耳、僬侥、白狼等边远之地的少数民族"前后慕义贡献"⑤，西域诸国也遣子入侍。这年前半段时间发生的这些事情，在最初并没有引起人们太大的注意，这几件事情在绝大多数人那里也并没有什么联系。将这几件事情联系起来并进行演说的是贾逵。对于甘露和芝草的祥瑞之征，汉人想必已经较为熟悉，但对五色神雀该作何理解，似乎并没有人能说得清楚。因为当汉明帝对此颇感奇异垂问博学的临邑侯刘复时，刘复竟也"不能对"，于是刘复向汉明帝推荐了更为"博物多识"的贾逵，贾逵认为："昔武王终父之业，鸑鷟在岐，宣帝威怀戎狄，神雀仍集，此胡降之征也。"⑥ 贾逵的解释使人们很自然地将神雀来集与诸种慕义联系起来，在

---

① 范晔：《后汉书》卷四十《班彪列传》，中华书局 1965 年版，第 1375 页。
② 萧统编：《文选》，中华书局 1977 年影印本，第 682 页。
③ 萧统编，李善、吕延济等注：《六臣注文选》，中华书局 1987 年版，第 916 页。
④ 萧统编：《文选》，中华书局 1977 年影印本，第 682 页。
⑤ 范晔：《后汉书》卷二《明帝纪》，中华书局 1965 年版，第 121 页。
⑥ 范晔：《后汉书》卷三十六《贾逵列传》，中华书局 1965 年版，第 1235 页。

武、宣历史的比附下，这显然是王朝兴盛、万民来贺的征兆，历史的故事与当下的现实被神雀来翔一事自然地联系了起来，而历史的繁盛自然也被移来指称当前的社会。当人们发现这个普通的神雀来集事件竟然与王朝兴盛存有如此关系，人们颂汉的热情一下子被点燃了起来。是年五月戊子这一天，"公卿百官以帝威德怀远，祥物显应，乃并集朝堂，奉觞上寿。"汉明帝显然也比较高兴，在制书中，他表现了一贯的谦逊作风，将这种功劳归之于高祖、光武，制书中说："天生神物，以应王者；远人慕化，实由有德。朕以虚薄，何以享斯？唯高祖、光武圣德所被，不敢有辞。其敬举觞，太常择吉日策告宗庙。"① 汉明帝对神物来降的开心还表现为诏令百官作《神雀颂》，不过"百官颂上，文皆瓦石，惟班固、贾逵、傅毅、杨终、侯讽五颂金玉，孝明览焉"②。其实，对汉明帝来说，瓦石金玉之较并不是最为重要的，最重要的是百官在颂作的过程中分享了王朝兴盛的欢悦，并在这种参与分享的过程中，加强了对这个被后来史学家称为王朝中兴时代的认同感。

让我们再次回到《王命论》这篇文章上，《王命论》虽然主要是从符命的角度论述天命予汉的问题，但也论及人事之于汉之长兴的深层原因。

> 世俗……岂徒暗于天道哉？又不睹之于人事矣！……天子之贵，四海之富，神明之祚，可得而妄处哉？故虽遭罹厄会，窃其权柄，勇如信、布，强如梁、籍，成如王莽，然卒润镬伏质，亨醢分裂！又况么么，不及数子，而欲暗奸天位者虖？

> 盖在高祖，其兴也有五：一曰帝尧之苗裔，二曰体貌多奇异，三曰神武有征应，四曰宽明而仁恕，五曰知人善任使。加之以信诚好谋，达于听受，见善如不及，用人如由己，从谏如顺流，趣时如向赴。当食吐哺，纳子房之策；拔足挥洗，揖郦生之说。寤戍卒之言，

---

① 范晔：《后汉书》卷二《明帝纪》，中华书局 1965 年版，第 121 页。
② 王充：《论衡》卷二十《佚文》，上海人民出版社 1974 年版，第 321 页。

断怀土之情；高四皓之名，割肌肤之爱。举韩信于行阵，收陈平于亡命，英雄陈力，群策毕举：此高祖之大略，所以成帝业也。[①]

在班彪看来，韩信、英布、项梁、项羽以及王莽在与刘姓相争的过程中都以失败而告终，他们不可谓不勇猛、势强，甚至王莽还短暂地得逞称帝，但他们最终却无一例外地走向失败，这其中一个重要的原因就是天命予汉，而这些妄图"暗干天位"的行为最终是不能得逞的。这就是王命论的一个基本逻辑。但显然《王命论》并不只是讨论符命的问题，还论及人事的因素。高祖之兴，符命的因素固然重要，而"宽明仁恕"、"知人善任"的人事因素也同样重要，终使其"以成帝业"。如果我们把上文所引班彪和隗嚣的那次对话放在一起讨论的话，我们就会发现，班彪所理解的符命与人事的因素是相互联系的，人事的经营是现实的基础，而符命的宣传则在意识形态的层面形成了对刘氏政权强有力的社会认同。新莽末，"卯金修德为天子"的符命观念之所以能深入人心，得助于当时流行的人心思汉的社会思潮，而这种思潮的形成正是刘氏本根未衰，而诸如王莽之枝叶者难成气候的表征。我们还可以举一个更具体的例子来说明新莽末、建武初人心思汉的情况：

> （王遵）父为上郡太守，遵少豪侠，有才辩。虽与嚣举兵，而常有归汉意。曾于天水私与来歙曰："吾所以戮力不避矢石者，岂要爵位哉！徒以人思旧主，先君蒙汉厚恩，思效万分耳！"[②]

王遵之所以愿携家东诣京师，原因正是"人思旧主"，而非单纯地为了功名利禄，正是这种先君蒙汉厚恩，思效万分的想法使得刘氏政权的中兴有了坚实的现实基础，这也是刘氏中兴得以实现的重要的社会基础。在这种社会氛围中，图谶中所言刘氏再受命的宣传就很容易得到社会的认同，这种认同感在士人群体中有着较为明显的体现。

---

① 班固：《汉书》卷一百《叙传》，中华书局1962年版，第4209—4211页。
② 范晔：《后汉书》卷十三《隗嚣列传》，中华书局1965年版，第528页。

东汉建立初期，一些士人在观望权衡之后，毅然选择了东归洛阳，依附光武。以隗嚣为例，隗嚣亡归天水后之所以能名震西州，闻于山东，原因在于他"谦恭爱士，倾身引接为布衣交"。因此，更始败后，"三辅耆老士大夫皆奔归嚣"[①]。这固然和隗嚣的谦恭爱士以及天水一地的相对安定有关，但最为根本的原因则是，在士人看来，隗嚣当时仍然是忠于刘氏王朝的，从以"兴复刘宗"起兵以来，不管是接受更始帝右将军的封号还是亡归天水后自封西州大将军，隗嚣都没有图王不成退而称霸的想法，因此，士人在更始帝败后皆奔天水，也正是出于对隗嚣为汉臣的身份体认。这可以从来后来隗嚣心存异志而士人去之中找到反证。隗嚣真正心存反意是在建武五年（29），虽然在来歙、马援的游说下遣子入朝，但隗嚣最终采纳了部下王元的建议，负其险阨，欲专方面。王元认为：

> "今南有子阳，北有文伯，江湖海岱，王公十数，而欲牵儒生之说，弃千乘之基，羁旅危国，以求万全，此循覆车之轨，计之不可者也。今天水完富，士马最强，北收西河、上郡，东收三辅之地，案秦旧迹，表里河山。元请以一丸泥为大王东封函谷关，此万世一时也。若计不及此，且畜养士马，据阨自守，旷日持久，以待四方之变，图王不成，其弊犹足以霸。要之，鱼不可脱于渊，神龙失势，即还与蚯蚓同。"嚣心然元计，虽遣子入质，犹负其险阨，欲专方面，于是游士长者，稍稍去之。[②]

从王元的分析来看，隗嚣之所以选择欲专方面，和当时局势还不是太明朗有关，所谓"王公十数"，李贤注曰："谓张步据齐，董宪起东海，李宪守舒，刘纡居垂惠，佼强，周建、秦丰等各据州郡。"而且天水完富，士马最强，以函谷关为界，可据阨自守，以待四方之变。就当时的局势来看，这个分析判断是比较客观的，因此，隗嚣采纳了王元的建议，而没有听信于儒生的游说，东向归依光武帝。这个选择所导致的直接结果就是

---

① 范晔：《后汉书》卷十三《隗嚣列传》，中华书局 1965 年版，第 521 页。
② 同上书，第 525 页。

"游士长者,稍稍去之。"李贤注引 "《东观记》曰:'杜林先去,余稍稍相随,东诣京师。'"从 "东诣京师"的明确去向来看,士人归附和离去的选择标准就是所归附的对象是否坚持以中兴汉室为其政治目标。这些士人的到来,对刘秀集团的发展壮大起到了重要的推动作用。

在文学书写中,士人对新兴刘氏政权的认同,不仅仅表现为班固在《汉书》写作中时时将汉之人事与周室进行类比,从而以成康之盛来期许东汉的中兴;而且还表现在东汉初年的论都之争中,班固、傅毅、王景、崔骃等人不约而同地创作辞赋来支持刘氏的东都,反驳西迁的言论。

在伐秦继周思潮下,士人喜欢将本朝的辉煌与周室相比①,这种情况在班固的身上有着充分的体现。班固对周室充满了向往与崇敬,周室成康之盛的历史高度是班固对汉室君王的一种期许标准,他总是习惯于将汉室政治的清明和王朝的辉煌与周王室的类似情况进行对比,由于周王室类似的政治实践在历史发展中已经得到了历史的肯定,成了一种政治清明的表现,那么班固在这里将汉室的情况与之类比,显然就带有褒扬汉室功绩的意味:

> 汉兴,扫除烦苛,与民休息。至于孝文,加之以恭俭,孝景遵业,五六十载之间,至于移风易俗,黎民醇厚。周云成康,汉言文景,美矣!②

> 孝武初立,卓然罢黜百家,表章六经。遂畴咨海内,举其俊茂,与之立功。兴太学,修郊祀,改正朔,定历数,协音律,作诗乐,建封禅,礼百神,绍周后,号令文章,焕焉可述。③

> 昔周成以孺子继统,而有管、蔡四国流言之变。孝昭幼年即位,亦有燕、盖、上官逆乱之谋。成王不疑周公,孝昭委任霍光,各因其

---

① 所谓本朝是指包括西汉在内的刘氏王朝。因为光武所建东汉被认为是刘氏王朝的中兴,而非另受命的新的王朝,所以对西汉的颂扬实际上也是对东汉王朝的赞美。

② 班固:《汉书》卷五《景帝纪》,中华书局1962年版,第153页。

③ 班固:《汉书》卷六《武帝纪》,中华书局1962年版,第212页。

时以成名，大矣哉！①

> 孝宣之治，信赏必罚，综核名实，政事文学法理之士咸精其能，至于技巧工匠器械，自元、成间鲜能及之，亦足以知吏称其职，民安其业也。……功光祖宗，业垂后嗣，可谓中兴，侔德殷宗、周宣矣。②

汉代的文景之治是西汉历史上的一个辉煌阶段，然而班固对文景之治类于周之成康的赞扬，即使在今天看来也是一个很高的评价，而孝武皇帝的系列活动在班固看来也是"绍周后"的行为，即使是孝宣之治，在班固看来也可比作周宣中兴。从这些带着无限推崇的评价中，我们可以看到班固对周室的尊崇和对西汉王室繁盛的无限自豪，这种自豪的情绪既是来自刘氏王室曾经辉煌的历史，同时也是对东汉刘氏王室中兴局面的无限期待。

班固这种追美于周室的思想还表现在《两都赋》的写作上。当西土耆老们试图说服光武帝迁都长安时，班固在对洛阳为周之都城认识的前提下，对迁都一事进行了坚决回应：

> 臣窃见海内清平，朝廷无事，京师修宫室，浚城隍，起苑囿，以备制度。西土耆老，咸怀怨思，冀上之睠顾，而盛称长安旧制，有陋雒邑之议。故臣作《两都赋》，以极众人之所眩曜，折以今之法度。③

这种回应之所以得到当时社会主要权贵阶层的认同，除了实际利益分配的原因外，主要还和班固对周之洛都的体认有很大的关系。在论述东都之盛的时候，班固对洛阳的推崇溢于言表："即土之中，有周成隆平之制焉。不阶尺土一人之柄，同符乎高祖"，而"子徒习秦阿房之造天，而不知京洛之有制也；识函谷之可关，而不知王者之无外也"④。从班固对周

---

① 班固：《汉书》卷七《昭帝纪》，中华书局1962年版，第233页。
② 班固：《汉书》卷八《宣帝纪》，中华书局1962年版，第275页。
③ 萧统编：《文选》，中华书局1977年影印本，第23页。
④ 同上书，第31—35页。

室洛阳的描述中可以看出班固推崇洛阳的侧重点是：成周洛阳带给周室的荣耀是以"制"而不是以"险"，"制"是班固对成周洛阳推崇的切入点。这个切入点的选择既是辩论文体的需要，但更根本的原因则是洛阳在成周时期的王制实践给周室带来了社会的繁荣和历史上的光辉形象。

班固在《两都赋》中表现出的坚定的都洛思想，正是基于对洛阳在这个层面上的认识，而这种"汉承周后"的认识也是当时社会上人们普遍接受的观念。一个盛世的存在对自觉的后继者来说既是一种可资借鉴的历史资源，同时也是力图有所超越的心理焦虑的产生原因。

班固对周王室的尊奉态度也是当时社会的一个缩影，因此他在《两都赋》中对汉承周后的论述很容易地得到社会的认同也是情理中的事情了，如后来傅毅的《论都赋》、王景的《金人论》、崔骃的《反都赋》等，都和班固《两都赋》保持着同一个声音，坚持都洛。这既是《两都赋》能在东汉初年的论都之争中成为一个经典文本的原因，也是士人们对新兴刘氏政权认同在文学书写上的表现。

第三章　文人对东汉政权认同的演变

——以洛阳形象的书写为中心

　　洛阳在东汉文学的发展中具有极其重要的作用，它一方面是东汉文学创作的最主要的地理空间，另一方面，它又成为东汉文学的书写对象，不管是京都赋中的仁德形象还是五言古诗中的奢侈浮华，洛阳作为文学书写的对象进入东汉文学作品，都极大地丰富了东汉文学。文人在此地的豪情奔放抑或浅唱低吟构成了东汉文学的多重音响，在洛阳文学形象的演变过程中，也可以清楚地看到文人对东汉政权认同的思想演变。

第一节　淳滂与仁德：论都之争下的两种洛阳形象

　　东汉初年的论都之争是洛阳作为文学形象走进文学作品的一个契机。此前的洛阳作为一个城市的存在，在西周经历了一段辉煌的时期，在后人的眼里，它无疑成了仁义和道德的化身。因此，在后世"比隆周室"的语言表述中，所追奉的也正是这种意义上的洛阳——一个天命所归的都城，一个依靠仁德支撑的神都，在诸侯的朝拜中，群雄心中所服膺的正是这种得到上天认同的仁德象征。

　　作为一个历史上繁荣的盛世，作为一个道德在治国中最成功的例子，它不仅为后来的统治者所羡慕，也成了在文德和武治的争论中所无法回避的一个历史追溯。东汉初年的论都之争，虽然在其背后暗藏的是关中旧族和新兴王朝之间的利益冲突，但是在论争的表象下，却是表现为象征着依靠武力治理天下的关中长安与象征着文德治理国家的洛阳之间的争论。因此，在论争的过程中，不同的立场，在论述的过程中所体现出来的一个最大的特点就是对周室洛阳的不同处理。

　　刘秀以王室贵胄的身份在新莽末年的群雄争霸中脱颖而出，最后定都洛阳，开启了一个崭新的时代。虽然刘秀在洛阳有着深厚的群众基础，但是作为刘氏皇室的后裔，他对汉室皇运继承的表现依然是众人尤其是关中旧族所拭目以待的。随着时日的推移，刘秀定都洛阳，而不是尊先祖定长安逐渐成了西土耆老们关心的事情。但是东汉初年，由于天下甫定，各地军阀力量的威胁、散兵游寇的存在依然是朝廷首要处理的当务之急，人们虽对定都洛阳有所看法，但并没有人明确地提出这一问题。

　　作为西汉皇室后裔，光武帝第一次行幸长安是在建武六年（30），是年"夏四月丙子，幸长安，始谒高庙，遂有事十一陵"①。但是这次的行幸与其说是专门拜祭先祖不如说战争途中路过长安的顺路拜访。此时隗嚣反于陇右，而巴蜀公孙述屡屡犯事，光武帝此次出幸主要是为了平定陇蜀地区的局势，稳定关中。建武十二年（36），诛公孙述，平定巴蜀，此后又相继用兵陇右，关中遂平。十六年（40），最后一个诸侯卢芳乞降，才最终平定了国内的诸侯武装割据势力，完成了东汉的统一大业。

　　建武十八年（42）二月。光武帝第三次西巡长安，祭拜先陵，并下令大肆修复西园故陵，光武本人也"凄然有怀祖之思"②，这给西土耆老们的迁都之议提供了一个绝佳的契机。作为主张西迁长安的代表，京兆杜陵的杜笃首先提出了这一问题，遂引发了长达二三十年的论都之争。

　　论都之争首先由杜笃提出来，除了当时天下统一格局形成的社会背景之外，和杜笃的性格也有着一定的关系，杜笃"不修小节"，孤傲自恃，"曾居美阳，与美阳令游，数从请托，不谐，颇相恨。令怒，收笃送京师。会大司马吴汉薨，光武诏诸儒诔之，笃于狱中诔之，辞最高，帝美之，赐帛免刑。"③从这两件事的记载看，杜笃是颇为自傲而又敢作敢为的，正是这样的一种性格使得杜笃首先提出了这一颇具争议的话题。

　　尽管杜笃认为提出这一问题的时机已经成熟，但是在行文的过程中，我们依然可以看到他的谨慎，在《论都赋·序》中，杜笃说："即日车驾，策由一卒；或知而不从，久都嵲嵲。臣不敢有所据。窃见司马相如、

---

①　范晔：《后汉书》卷一《光武帝纪》，中华书局 1965 年版，第 48 页。

②　范晔：《后汉书》卷八十《文苑列传》，中华书局 1965 年版，第 2596 页。

③　同上书，第 2595 页。

扬子云作辞赋以讽主上，臣诚慕之，伏作书一篇，名曰《论都》。"① 杜笃所说的"即日车驾，策由一卒"所指即是汉高祖听从娄敬的建议把都城迁至长安的前朝旧事，作为刘氏子弟光武帝也应该遵从祖制定都洛阳，然而事实却是"知而不从，久都峣堮"，李贤注曰："谓光武久都洛阳也。峣堮，薄地也。"从高祖西迁与光武东都的对比中可以看出杜笃对东都洛阳不认可的态度，而"峣堮"一词的使用则进一步表明了杜笃对东都洛阳不满的态度。在这个叙述中，杜笃已经触及了当时社会上一个非常尖锐的话题，但显然"臣不敢有所据"的交代又表明了他提出问题的策略的委婉性。而他对司马相如、扬子云作赋以讽主上的比附，也意在把自己的身份定位为一个谏者的角色。这种角色的定位实际上借助的是汉大赋在司马相如、扬雄时期所形成的接受意识，即汉大赋"劝百讽一"的实际效果。而这种文体渊源的溯求在这里有着文体以外的意味，即在这种文体被认为是用来歌功颂德的，杜笃此处的文体强调为其下文有悖于皇帝意图主张西迁的观点做了很好的掩护，保证了这种实质上的冒犯的"善意性"，这就使得这种冒犯即使得罪了皇上的龙颜也不至于受到太大的打击。因此，杜笃在此处文体预设的说明中，除了暗示他对东都洛阳的不满之外，还表明了杜笃提出这一问题的谨慎态度。但即使有着这样一种文体上"善意"的表现，杜笃的建议还是遭到了否定，他"二十余年不窥京师"② 的结局似乎可以看作这种冒犯的代价。

杜笃提出都城建址问题的契机是建武十八年（42）的光武西幸长安，在《论都赋》中杜笃对此做了详细地描写："皇帝以建武十八年二月甲辰，升舆洛邑，巡于西岳。推天时，顺斗极，排阊阖，入函谷，观厄于崤、黾，图险于陇、蜀。其三月丁酉，行至长安。经营宫室，伤愍旧京，即诏京兆，乃命扶风，斋肃致敬，告觐园陵。凄然有怀祖之思，喟乎以思诸夏之隆。"③ 同样的这件事，在《后汉书·光武帝纪》里记载的就相当简单，"十八年春二月，蜀郡守将史歆叛，遣大司马吴汉率二将军讨之，围成都。甲寅，西巡狩，幸长安。三月壬午，祠高庙，遂有事十一陵。历

---

① 范晔：《后汉书》卷八十《文苑列传》，中华书局 1965 年版，第 2595—2596 页。
② 同上书，第 2609 页。
③ 同上书，第 2596 页。

冯翊界，进幸蒲坂，祠后土。夏四月癸酉车驾还宫。"① 显然杜笃在《论都赋》中夸大了光武帝对西京的感情，光武西巡更多是出于溯祖的礼仪，而非真正的追怀先祖，伤愍旧京（详见第二章所论）。杜笃在对光武这次西巡进行了详细地描写后，笔锋一转写道："是时山东翕然狐疑，意圣朝之西都，惧关门之反拒也。" 在这种 "山东翕然狐疑" 的假设前提下，他借助 "客" 者之口提出对久都渟涔之洛邑的质疑，并随后站在东汉统治者的立场上对这种质疑做出了解释，认为："今天下新定，矢石之勤始瘳，而主上方以边垂为忧，忿葭萌之不柔，未遑于论都而遗思雍州也。""客以利器不可久虚，而国家亦不忘乎西都。" 所谓 "利器"，李贤注引："《老子》曰：'国之利器，不可示人'"②。杜笃征引《老子》语意在说明西都对于国家稳定的重要性，不能久置不都。而与 "利器" 相对的 "渟涔"，李贤注为："渟涔，小貌也。"③ 则杜笃以 "渟涔" 来描述洛阳也意在说明洛阳地小不足以为都。杜笃对 "山东翕然狐疑" 的假设是他下文论述的逻辑起点，这种假设建立在对东汉初年的势力格局的认识上，山东世族和关中旧族的对抗由来已久，而刘秀兵起夺得天下又主要得力于山东世族的支持，这和西汉建国时的情形在表面上是极其一致的，但是杜笃没有看到光武时这种表面上对抗格局的内在变化以及刘秀治国思路的转变，在这种比附于汉高祖刘邦由洛阳而长安的迁都下，杜笃以维护刘氏皇室利益为借口，堂而皇之地提出东汉也应效法先祖西迁长安，这使得即使杜笃对洛阳表现出 "渟涔之洛邑" 的不屑一顾时，光武帝也不便于直接反对。从《论都赋》的篇章结构中，我们可以看到杜笃在提出这一问题时的煞费苦心，借 "客" 之语也曲折地反映出西土耆老在对待定都洛阳的问题上，欲言还怕的微妙心理。今天我们所见到的文献中关于主张西迁的只有杜笃的这篇《论都赋》，恐怕和当时西土耆老们这种心有所想而口却无言的心理不无关系。

杜笃在以东汉统治者的代表自居来解释国家未暇迁都之故时，主要的着眼点却放在了对刘氏先祖丰功伟业的追溯上，在这一叙述中，杜笃充分

---

① 范晔：《后汉书》卷一《光武帝纪》，中华书局 1965 年版，第 69 页。
② 范晔：《后汉书》卷八十《文苑列传》，中华书局 1965 年版，第 2598 页。
③ 同上。

地论说了西都为"守国之利器"的原因。从汉高祖刘邦到汉武帝刘彻，杜笃所追溯的是他们对武力的信奉以及武力在建立和巩固天下一统中所起到的重要作用，这种对西汉武功的描述，目的在于突出关中在军事战略和国家武力统治天下中的非凡意义，所谓"非夫大汉之盛，世藉雍土之饶，得御外理内之术，孰能致功若斯！"的感叹和自豪正是承此而来。而在"德衰而复盈，道微而复章，皆莫能迁于雍州，而背于咸阳"的责问中，则明显地流露出西土耆老的无限优越之感。在这种对"一卒举碢，千夫沉滞"的"帝王之渊囿，而守国之利器"的陶醉中，先王的礼制、成周的仁义则被有意无意地忽略了。

恰恰正是这种不被杜笃所看重的礼制和仁义在班固的《两都赋》中对杜笃式的都城思想构成了致命的一击，而这种以礼制和仁义为论述基点的都城思想，因为切合当时统治者的意图而变得具有了无可置疑的正确性，并成为当时人们论都的主导思想。班固等人正是基于对礼制和仁义的理解，从而在传世的文学作品中塑造了一个和杜笃"淳滂"形象截然相反的法度严明的洛阳形象。

班固《两都赋》的创作具有明确的针对性，他认为当时的社会情况是"海内清平，朝廷无事，京师修宫室，浚城隍，起苑囿，以备制度。西土耆老，咸怀怨思，冀上之睠顾，而盛称长安旧制，有陋洛邑之议。"（《两都赋·序》）面对着这样的情势，班固作《两都赋》的目的就是要"以极众人之所眩曜，折以今之法度"。所谓"众人之所眩曜"指的就是西土耆老对西都的盛赞，而"今之法度"指的是东汉以礼乐制度治国的现实。由着这种目的，班固的《两都赋》的写作构思就是"盛称洛邑制度之美，以折西宾淫侈之论。"

为了衬托东都的制度之美，班固在对西都进行描写的时候，主要取其金城万雉、宫室华饰、后宫窈窕、娱游猎狩之气派排场，在夸富的辞藻里写尽了西汉长安的华丽和奢靡，但是如果联系到杜笃《论都赋》对西都的描写，我们就会发现，杜笃和班固实质上都是各执一词，以己为是。杜笃只写西汉武力的强盛，凸显了一个盛大的王朝气象，而对西汉中后期皇帝享乐淫侈却避而不谈，主要是因为杜笃要突出的是西汉王朝的强盛是因为占据了"一卒举碢，千夫沉滞"的关中。而到了班固的《两都赋》中，地理上的险要已经不再是统治者长治久安所必备的条件了。时至东汉，在西汉"罢黜百家，独尊儒术"数百年的教化下，社会上已经形成了一种礼仪彬彬的接受环境，同时，由于统治者本身的儒学修养，使得东汉的国家统治和巩固已经开始转向了法度和教化，而不是原始的武力震慑和强制统治。在这种前提下，面对西土耆老，咸皆西顾的情势，班固要想对西都进行反驳的话，他必然要重新对西都进行一次叙述，一次不同于西土耆老的西都叙述。西土耆老们所陶醉的是那个依靠强大武力一统天下的西都，而这个武力的一统是刘氏皇室取得天下的至尊模式，承袭刘氏皇统的东汉王朝，无论怎样都是不能对此有异议的，为了维护这种皇统的神圣性，班固不得不避开与西土耆老的正面论争，避开对武力在西汉建国和巩固国家统治中的重要意义，转而到对西汉宫室建筑的华丽和皇帝享乐误国的指责，在这种指责下，目的是为了突出东都的法度和节制。因此，班固对西都的描写就主要是从西汉中后期皇帝不思朝政，恋于宫室美色的"淫侈"入手。

我们不能说杜笃或班固的西都有太过于失实的地方，但是毫无疑问，他们叙述的片面性造成了西都整体形象的失实。然而正是这种失实的形象暗中成就了他们叙述的目的，在褒贬之间，让各自的观点鲜明。

班固在对西都的淫侈进行批判后，转而对东都"奢不可逾，俭不能侈"的符合法度的行为进行了热情的赞扬，在追比先王，仿效成周的叙述中洋溢着"盛哉乎斯世"的无限自豪。和杜笃不同的是，班固在《两都赋》中对东汉王朝的统治权力的历史追溯越过简单的宗族因缘，而直接上继到三皇五帝，这就使得他对洛阳形象的重新定位寻求到了一种历史成功实践的支持。如果说杜笃强调的是东汉王朝刘氏皇统的承继性，那么班固则强调王朝统治的合理性，所谓的合理性也就是符合历史上成功的统治实践，因此，表现在文本中，两者写作策略的根本分歧便集中到系唐统还是接汉绪上。杜笃从东汉王朝血统承继性出发，强调了东汉政治统治对西汉的承袭；而班固则在肯定汉绪一统性的前提下，更强调上继唐统，用唐统来平衡杜笃对汉绪的强调，这就在一定程度上为东汉王朝的政治统治摆脱西汉王制的束缚寻求到了一种可操作的路径：

且夫建武之元，天地革命，四海之内，更造夫妇，肇有父子，君臣初建，人伦实始，斯乃伏羲氏之所以基皇德也。分州土，立市朝，作舟车，造器械，斯轩辕氏之所以开帝功也。龚行天罚，应天顺人，斯乃汤武之所以昭王业也。迁都改邑，有殷宗中兴之则焉；即土之中，有周成隆平之制焉。不阶尺土一人之柄，同符乎高祖。克己复礼，以奉终始，允恭乎孝文。宪章稽古，封岱勒成，仪炳乎世宗。案《六经》而校德，妙古昔而论功，仁圣之事既该，帝王之道备矣。①

在将当朝统治措施与历史上的盛世相比附的过程中，东汉王朝以"仁德"为核心的帝王之道也就明显地优越于西汉武力一统的帝王之术。就都城的建制问题，班固的"即土之中，有成周隆平之制"的比附使得杜笃"守国之利器"的自我炫耀则不免相形见绌。对西周洛阳盛世景象的处理成为了班固和杜笃较量的所在。定都洛阳这个问题在西汉建国之初就已经被论证了一次了，当时对洛阳与长安的分析已经十分清楚，秦地武据，洛地仁德，之所以没能够定都洛阳是因为当时情势的使然，杜笃在处理这一问题时利用的正是刘邦听从娄敬的建议西都长安；而班固则从当初所讨论的问题本身出发，寻求问题的根源，在对本朝统治思路"仁德"的定位后，他提出了比附成周洛阳的可行性。在这里，班固所依据的正是西周洛阳在统治中的成功实践，而成周洛阳时，天下诸侯共朝贺的盛世景观显然契合了光武帝刘秀对帝国盛世局面的期望。正是在当时统治理念的强有力的支持下，班固对洛阳形象的重新塑造才迅速地成为东汉王朝帝都的经典形象。在比隆周室的盛世豪迈中，班固塑造出了一个仁德、法度的洛阳形象，一如他在《两都赋·序》中所说："折以今之法度。"

班固对洛阳的这种形象塑造，成了当时对洛阳形象描述不可变更的典范，针对西土耆老的旧园之思，当时的一些著名的辞赋家大都写过与之相关的文章，如傅毅的《论都赋》、王景的《金人论》、崔骃的《反都赋》，等等。这些文章被通称为"论都赋"。它们的一个共同的特点就是对"西土之富"的不屑一顾，而极力地"颂洛邑之美"。如崔骃《反都赋》中

---

① 范晔：《后汉书》卷四十《班固列传》，中华书局1965年版，第1360—1361页。

说："汉历中绝，京师为墟，光武受命始迁洛都，客有陈西土之富，云洛邑褊小，故略陈祸败之机不在险也。"① 王景的《金人论》也是这种情况，"先是杜陵杜笃奏上论迁都，欲令车驾迁还长安。耆老闻者，皆动怀土之心，莫不眷然仁立西望。景以宫庙已立，恐人情疑惑，会时有神雀诸瑞，乃作《金人论》，颂洛邑之美，天人之符，文有可采。"② 正是基于对东都洛阳的认同，士人们才在他们的赋作中对新都洛阳进行了颂美，这些作品共同构建了东汉初年仁德的洛阳形象！

第二节 从法度到浮华：《二京赋》中洛阳形象的转变

班固对洛阳形象的塑造，成了东汉文学文本中洛阳的经典形象，这一形象在东汉前期具有毋庸置疑的稳定性，这种形象的社会认可得力于政治清明的保证。东汉社会自和帝以降开始发生了变化，清明不再，浮华弥盛，使人们对洛阳形象的认识开始发生了变化，生活于和、安之世的张衡敏锐地发觉了社会竞相浮华的征兆，但毕竟这也只是刚肇其端，因此，此前班固对洛阳经典形象的表述还不足以完全否定。张衡模仿《两都赋》的写作模式在《二京赋》中对洛阳的形象进行了新的阐释，表面上看类同于《两都赋》对洛阳的肯定，但暗中却寄予了作者对社会奢侈浮华倾向的劝告。从班固的解释到张衡的劝告，辞赋的创作立场又回转到了讽谏的道路上。

一 《西京赋》——过去故事的讲述

从杜笃的《论都赋》到班固的《两都赋》、张衡的《二京赋》，他们所关注的重心都是东都洛阳，但他们都讲述了那个刚刚过去的西京，由于不同的创作目的，他们对西京叙述的视角也各不相同，但无一例外的是，西京的描写构成了他们论述东都的华丽背景，在西京、东都的对比张力中，凸显着赋作者各自不同的创作指向。因此，讲述西京的故事，成了他

---

① 费振刚等：《全汉赋校注》，广东教育出版社 2005 年版，第 437 页。
② 范晔：《后汉书》卷七十六《循吏列传》，中华书局 1965 年版，第 2466 页。

们对东京进行褒贬的技术手段。《论都赋》偏向于对西京武力一统下盛世景象的颂扬，借此来隐含地表达出他的"西迁"主张；而《西都赋》则倾向于对西京金城万雉、宫殿苑囿的细腻描写，在对这些实物的华丽描写中透出作者对它们无限逾制的指责。

张衡的《西京赋》也讲述了一个关于西京的故事，只是这个故事的讲述和此前同类故事的讲述相比，技术层面的追求更趋精致。这个故事的写作者是张衡，而故事的叙述者则是凭虚公子，叙述者和作者是两个完全不同的概念，马里奥·巴尔加斯·略特对之进行了区别："叙述者是用话语制作出来的实体，而不是像作者那样通常是个有血有肉的活人……叙述者永远是个编造出来的人物，诗歌虚构的角色，与叙述者讲述出来的其他人物是一样的，但他比其他人物重要。"① 巴尔加斯·略特关于叙述者的理论有助于我们分析张衡与凭虚公子之间的关系，但显然巴尔加斯·略特的理论还未能解决作为有血有肉的作者进入文本中的技术问题，这样我们不得不求助另一个概念的理论支援，即隐含作者。叙述主体既不等同于现实中的作者，也不完全是故事的叙述者，而是指作品中的叙述者和作品中的隐含作者。所谓隐含作者是指作品中"艺术家的隐含形象"。这样，隐含作者就代表作者的立场走进了叙事空间和叙述者一起推动叙事的发展，他们或者合作叙述，或者相互争夺叙述的权力。在这里，我们引进了三个概念：作者、隐含作者与叙述者。其中隐含作者既勾连着现实世界的作者又联系着虚构之境中的叙述者，在由创作的现实世界进入文本的虚构之境中，隐含作者起着桥梁的作用。

在传统的"述客主以首引"的写作模式中，隐含作者和叙述者是相安无事的，在作为叙述者的客者进行叙述时，作为隐含作者的主人则扮演着倾听者的角色，他们仅有的一次交锋几乎无一例外地表现为客者在主者的训导下恍然大悟，而甘拜下风。但是这种带有合作性质的叙述关系到了《西京赋》里则暗中发生了变异。

在《西京赋》中，隐含作者不再安于做一个静静的倾听者，或者是因

---

① ［秘］马里奥·巴尔加斯·略特：《给青年小说家的信》，赵德明译，上海译文出版社2004年版，第46页。

为面对他所预见的危机，他无法再作为一个安静的倾听者，任凭叙述者去费尽心思地组织一个可能依然是"劝百讽一"的故事，这一刻，他动用了作者赋予他的先知般的权力，开始对叙述者的反讽给予直接的点拨，这样，在叙述的层面上就表现为隐含作者对叙述者权力的干预。

这种干预的表现并不明显，但是这种干预却造成了作为叙述者凭虚公子的形象分裂。按照传统"述客主以首引"的模式，隐含作者在简单地介绍完叙述者后，就退回幕后做一个安静的听众，任凭叙述者骄傲地叙述他心中的理想图景，但是这种情况到了《西京赋》中却在暗中发生了变化。隐含作者对叙述者的介绍是"心侈体忕，雅好博古，学乎旧史氏，是以多识前代之载"。在这个介绍中，对叙述者的本性和知识背景作了交代，这个交代也就限定了叙述者将要进行讲述的情感取向和叙述角度，由于其"心侈体忕"，那么他的关注点则必然是王侯豪贵们的华奢生活；同时，他"雅好博古"的修养又给下文对西京铺张扬厉的描写提供了一个合理的预设。而对西京进行华丽的描写正是作者要对之进行批评的目的，因此这个交代在《西京赋》中便显得非常必要。

在《西京赋》中，叙述者在开讲宣言中明确提出了他将要论述的感情立场："秦据雍而强，周即豫而弱。高祖都西而泰，光武处东而约。政之兴衰，恒由此作。"显然作者在这里给了叙述者独立的叙述权力，叙述者也明确表示了他的立场，即对光武都洛的强烈不满，对西京繁华的无限怀念。从这个情感铺垫来看，如果按照叙述者个人的意愿，他对西京繁华的讲述则必然透露出强烈的自豪感。但是，作者却控制了他的情感表达而通过隐含作者强制加入了自己的观点，从而造成了文本叙述中隐含作者和叙述者之间观点的冲突。

这种冲突集中地表现在叙述者对金仙人和上林苑狩猎的叙述上。叙述者对金仙人的描写是在"清渊洋洋，深山峩峩"的太液池美丽图景中出现的，但"想升龙于鼎湖，岂时俗之足慕？若历世而长存，何遽营乎陵墓"的论述则显然与之不相适宜，这个论述的出现中断了凭虚公子自豪情感的连续性。显然，隐含作者在这里干预了叙述者的正常叙述。这种干预在上林苑的狩猎中表现得更加充分，在充分描写了狩猎的壮观后，文章不无讽刺地写道："上无逸飞，下无遗走，攫胎拾卵，蚔蝝尽取。取乐今日，遑恤我后。既定且宁，焉知倾绂。"在这里隐含作者对叙述的干预是不动声色的，但是它却粗暴地破坏了叙述者的讲述节奏和思想情感的连贯性。这种今朝有酒今朝醉的思想固然是实际的情况，但"心侈体忲"的叙述者显然是不会对之予以嘲讽的，这可以从下文"奢泰肆情，馨烈弥茂"中找到叙述者对西京华奢的感情认同。在叙述者看来，甚至就连天子的"微行要屈，辟尊就卑"的行为也是"若神龙之变化，彰后皇之为贵"。①

习惯了《两都赋》上下篇各自独立叙述的人们会在《西京赋》中无法确定地理解凭虚公子对待西京的感情，到底是完全的颂扬还是辛辣的嘲讽？造成这种阅读意外的原因是作者在《西京赋》的叙述中改变了传统大赋的写作模式，他迫不及待地在对西京的叙述中通过隐含作者对叙述的介入表达了自己的观点和评价，隐含作者在叙述者叙述过程中的出现打破了传统大赋写作的宁静，隐含作者不再任由叙述者肆意地讲述，而是在叙述者讲述故事的时候介入了作者对叙述者讲述的故事的评价。这样，在文本中就呈现出了双重观点：叙述者的观点和隐含作者的观点，这种观点在《西京赋》中以一种对立的状态存在着，这种对立表现为隐含作者对叙述者叙述的强势干预，这种干预的存在，导致了叙述者不能充分而流畅地表达自己的情感，从而造成了人物形象的模糊和感情的暧昧不明。

只有将隐含作者和叙述者的立场分离开来，叙述者的性格才是前后统一的，叙述者的形象才是完整的。在这种分离的过程中，我们才能很清楚地看到实际上隐含作者的思想和《东京赋》中安处先生思想是一致的。这和此前《两都赋》的写作模式不同之处在于，《西京赋》的写作对传统的"述客主以首引"模式进行了变革，他不再满足于那种对比式的反讽策略，而是直接通过隐含作者对叙述者叙述的介入表达出自己对叙述事件的评价，这种变革对叙述主体的强调使文本的写作更加倾向于个人情感表达而非政治意识的图解，无疑这对于文学的发展起着积极的推动作用。而张衡在《西京赋》中对西京华奢行为的辛辣的讽刺，则充分地表明了他对社会奢侈问题关注的急切心情。

---

① 费振刚等：《全汉赋校注》，广东教育出版社 2005 年版，第 629—676 页。

二　《东京赋》——欲劝还休的担忧

如果说张衡在《西京赋》中利用隐含作者的介入对王侯奢侈浮华的不满表现了强烈的愤恨，那么到了《东京赋》中当隐含作者开始代表着作者的立场进行叙述的时候，那种显现在《西京赋》中的锐利的批判锋芒却荡然无存，对东京的法度俨然，叙述者和此前京都赋的作者们一样进行了热烈的赞颂，在对东京动中法度的华丽描写中，表达了他对"守位以仁"的政治图景的怀念，也曲折地表达了他对王朝统治奢侈的劝谏。

我们习惯于将张衡《东京赋》中对洛阳形象的华丽描写归之于是汉大赋写作习惯的使然，但是仔细阅读文本我们会发现实际上张衡对东京形象进行赞美的时候，更多的则在暗中寄予了他对这个王朝自章帝时起的奢侈倾向的无限担忧。这种担忧可以从他在文本中对描写对象的处理策略上看出。张衡把秦王朝覆灭的原因归之于"思专其奢，以己莫若"，在对周室都洛的合理性做出肯定后，张衡将描写的主要对象集中于明帝一个人身上，而对于那个刚刚过去的章帝则只字不提。也许正是这个描写对象的处理策略透出了张衡《二京赋》创作的无限玄机，在"论都之争"的名义下，张衡的创作指向是对王侯奢侈现象的批评，《后汉书》本传说："时天下承平日久，自王侯以下，莫不奢侈。衡乃拟班固《两都》，作《二京赋》，因以讽谏。精思傅会，十年乃成。"[1] 而张衡所批评的这种奢侈现象则兴起于章帝朝。有鉴于西汉哀、平外戚之乱，光武对后宫管制严格，后宫也"斫雕为朴"，明帝"聿遵先旨，宫教颇修。"[2] 但尽管如此，外戚豪家的生活也渐趋浮华，连向以严于律己的马皇后家也"车如流水，马如游龙"[3]，更何况其他豪富之家。这种竞相浮华的状态，在章和之时表现尤甚。章帝时，外戚恣纵，窦皇后的兄长窦宪、弟笃、景，"并显贵，擅威权"[4]，和帝永元元年（89）后，窦氏兄弟"竞修第宅，穷极工匠"[5]。以

---

① 范晔：《后汉书》卷五十九《张衡列传》，中华书局 1965 年版，第 1897 页。
② 范晔：《后汉书》卷十《皇后纪》，中华书局 1965 年版，第 400 页。
③ 同上书，第 411 页。
④ 同上书，第 400 页。
⑤ 范晔：《后汉书》卷二十三《窦融列传》，中华书局 1965 年版，第 818 页。

至于后来"密谋不轨",于永元四年（92）"发觉被诛"①。五年后,窦太后薨离人世。自是以后,外戚日恣,每多擅权干政,对东汉中后期的政治走向产生了深远的影响。史载:"孝章以下,渐用色授,恩隆好合,遂忘淄蠹。"② 对窦氏的奢侈行为,章帝有着不可推卸的责任,他虽然并没有将这个王朝弄得乌烟瘴气,但他对王朝统治的不作为则显然是对王侯奢侈的一种纵容,而且此种奢侈之风影响深远。张衡在《东京赋》中之所以对章帝朝的政治统治避而不谈,应该和《二京赋》的这种批评指向有着很大的关系③。

在《东京赋》中,张衡对明帝朝的洛阳进行了正面的描写,在"逮至显宗,六合殷昌"的颂扬中,张衡表达了他对这个王朝曾经无限辉煌的怀念,明帝朝的洛阳虽然也有着"濯龙芳林,九谷八溪;芙蓉复水,秋兰被涯",但是这些美丽的图景在"我后好约,乃宴斯息"的法度俨然中便显得丽而不淫、端庄典雅。即若是"瑰异谲诡,灿烂炳焕"的奇异景观,也是"奢未及侈,俭而不陋。规遵王度,动中得趣"。孟春元日之时,百官朝贺,四方觐见的威严与气度更彰显着王朝中兴时期的盛世景象,在"穆穆焉,皇皇焉,济济焉,将将焉,信天下之壮观也"的赞颂中,洛阳呈现出一派君臣欢乐,上下融和的肃穆景象。这比班固在《两都赋》中对洛阳的颂扬更显得有过之而无不及,但是值得注意的是这种"清风协于玄德,淳化通于自然"的描写是仅指明帝朝的,在这里,与其说张衡在颂扬

---

① 范晔:《后汉书》卷十《皇后纪》,中华书局1965年版,第416页。

② 同上书,第400页。

③ 陆侃如先生以为《二京赋》成于元兴元年（105）,理由是本传说此赋"精思傅会,十年乃成","他十八岁至京,故假定赋成在二十八岁。"（陆侃如:《中古文学系年》,人民文学出版社1985年版,第133页。）而孙文青先生认为《二京赋》应成于永初元年（107）。理由是张衡在京城"连辟公府不就",而甘愿回到南阳太守鲍德身边做一主簿,正是对京城"王侯以下,莫不逾侈"不满的一种间接表达。鲍德于永元十二年（100）至永初二年（108）在南阳太守任上,孙氏推断张衡从鲍德拜南阳太守时即随德之任,而张衡在鲍德幕下做了八年主簿,认为《二京赋》成于是任间,即永初元年（107）。（孙文青:《张衡年谱》,商务印书馆1958年版,第37、48页。）孙说似乎更合理一些。若此,按照"十年乃成"的时间来计算,则张衡始作《二京赋》的时间应该是永元十年（98）,这一年张衡21岁。在此之前,永元五年（94）,16岁的张衡离开了南阳,游于三辅。大约两年后,张衡已从三辅东至京师（陆侃如:《中古文学系年》关于张衡游三辅、京师的推测更合理一些,第122、126页）。这样看来,从永元四年到永元十年六年左右的时间,张衡一直在京畿之地,这些年的见闻,应该主要就是"王侯以下,莫不奢侈"的奢侈之状,而这正是他创作《二京赋》的一个重要原因。

当世的东京，不如说是在怀念东京昔日的辉煌更为恰当，呼唤法度，可能正由于当时法度的缺失。张衡在《东京赋》中通过叙述的剪裁所造成的叙事张力曲折地表达了他对当世奢侈浮华的批评。之后，张衡又写了"祀天郊，报地功"，"躬三推于天田，修帝籍之千亩"，写了西园的猎狩，"驱除群厉"的"大傩"以及东巡岱岳，等等。在宏大的叙述中时刻不忘"仁德"与"节俭"意识的凸显，如在写西园猎狩时"三令五申，示戮斩牲""驭不诡遇，射不剪毛"。正是在这样的一个平衡叙述中，张衡对东京的宏大描写才显得端庄而不淫侈，才突出了东京法度俨然，动中规矩，东京的王朝盛世图景也因之而呈现在文本的叙述中。

在对东京的法度、节俭进行描写后，张衡由衷地表达了他对明帝的赞美，"德宇天覆，辉烈光烛。狭三王之趢趢，轶五帝之长驱。踵二皇之遐武，谁谓驾迟而不能属？"在追比先王的盛世图景中，张衡表达了他对那个逝去的中兴之世的怀念，而正是在这种对过去的怀念里寄予着作者对当时争相浮华、楼台相映的奢侈行为的批判。

在人们习惯于将《东京赋》的华丽描写归之于赋体创作的使然时，却往往容易忽视在《东京赋》这个具体的文本中，张衡写作的无限寓意。在表面上，它是按照传统赋作的写作策略，即通过一种对比的手法来表达讽谏的目的，从而造成一种反讽的效果来理直气壮地批评西京的华奢，其直接攻击的是凭虚公子的"处沃土则逸，处瘠土则劳"的西都思想，但其深层的目的则是警告王侯将相们的奢华之风。在《西京赋》中凭虚公子曾引以为豪的"高祖创业，继体承基，暂劳永逸，无为而治"的安逸享乐思想，显然给了张衡在《东京赋》中对王侯们奢侈行为发难的借口：

　　今公子苟好剿民以偷乐，忘民怨之为仇也；好殚物以穷宠，忽下叛而生忧也。夫水所以载舟，亦所以覆舟。坚冰作于履霜，寻木起于蘖栽。昧旦丕显，后世犹怠。况初制于甚泰，服者焉能改裁。故相如壮《上林》之观，扬雄骋《羽猎》之辞。虽系以隤墙填堑，乱以收置解罘，卒无补于风规，祇以昭其愆尤。臣济岷以陵君，忘经国之长基。故函谷击柝于东，西朝颠覆而莫持。凡人心是所学，体安所习。

鲍肆不知其筬，玩其所以先入。《咸池》不齐度於哇咬，而众听或疑。
能不惑者，其唯子野乎！①

如果说"好殚物以穷宠，忽下叛而生忧"还只是对王侯逾侈的劝谏，
那么"坚冰作于履霜，寻木起于蘖栽"则显然将作者的忧患之情指向更深
远的未来，也许这才是张衡创作《二京赋》最根本的动机。而司马相如、
扬雄"无补于风规，祇以昭其愆尤"的解释也许只是在对凭虚公子叙述权
力干预的注解，这个解释表明了张衡对"劝百讽一"文体冒犯的忌惮，但
它显然更表明了张衡作为一个士人的忧患情怀。

张衡在《东京赋》中通过繁复的文辞描写，塑造了一个法度、节俭的
洛阳形象，在承袭班固《两都赋》的写作模式及其题材的基础上，张衡的
《二京赋》的将"京都赋"的写作推向了"极轨"，使《两都赋》中洛阳
的形象更趋宏伟、壮大，但他在"劝百讽一"的结尾处所表达的"坚冰
作于履霜"的担忧，则使此前塑造的洛阳形象轰然倒塌，也正是这一担
忧，消解了张衡在《东京赋》中对当世洛阳的颂美意图。在形同于《两
都赋》中洛阳仁德形象的描写下，《二京赋》的创作的实际指向则是对
"自王侯以下莫不逾侈"行为的批判。

第三节　富贵与浮华：五言古诗中的洛阳形象

东汉中后期，政治权势与知识分子的分离并逐渐走向了对抗，知识精
英企图以知识权力来制衡政治权力，但却遭到了政治权力的打击，由统治
者发起的"党锢"案，沉重地打击了知识精英对政治权力的强势干预和制
约，但在这场争斗中，统治者的统治权势也一落千丈，无可奈何地走向了
政治衰亡的深渊之中。生活于其中的下层文人在求仕无门的徘徊里，深深
地陷入了孤独的绝望之中，在他们的帝京隅望里，法度俨然的洛阳形象遭
到了彻底的否定，在他们自怨自艾的倾诉声里，呈现的是一个浮华无度的
洛阳形象。

---

①　费振刚等：《全汉赋校注》，广东教育出版社 2005 年版，第 684 页。

一　《五噫歌》：洛阳"仁德"形象的一次失败的颠覆

东汉的中兴得力于光武、明帝的励精图治，虽说东汉的中兴时期也包括章帝在内，但章帝只是一个守成的皇帝，他淡然清心的个人修养迥然有别于光武和明帝对政权的高度热情，然而也正是这种"放手"的政治使得外戚利用政治中饱私囊有了可乘之机。章、和之际，外戚依凭政治权势而迅速发家主要表现在豪宅修建上，梁鸿的《五噫歌》对此提出了直接而尖锐地批评。

梁鸿大约生活于东汉初年，范晔《后汉书·逸民传》里有其本传。"梁鸿，字伯鸾，扶风平陵人也。父让，王莽时为城门校尉，封修远伯，使奉少昊后，寓于北地而卒。鸿时尚幼，以遭乱世，因卷席而葬。"从这段记载中可知梁鸿大约生于王莽覆亡（公元 23）前不久。及长，受业太学，后归乡里，取同县孟氏丑女为妻，夫妇共隐霸陵山中。

梁鸿"家贫而尚节介"，本传载：

> 后受业太学，家贫而尚节介，博览无不通，而不为章句。学毕，乃牧豕于上林苑中。曾误遗火延及它舍，鸿乃寻访烧者，问所去失，悉以豕偿之。其主犹以为少。鸿曰："无它财，愿以身居作。"主人许之。因为执勤，不懈朝夕。邻家耆老见鸿非恒人，乃共责让主人，而称鸿长者。于是始敬异焉，悉还其豕。鸿不受而去，归乡里。①

从这个记载中可以看出，梁鸿的性格是非常耿直的，而正是基于这种性格，梁鸿才会毫无顾忌地表达了他于京师壮丽的宫殿中所看到的人民的辛劳。

梁鸿婚后不久，携孟氏女归隐霸陵山，"以耕织为业，咏诗书，弹琴以自娱"，过着悠闲的隐逸生活。但不知何故，在章帝时，因东出关，路过京师，在洛阳北的邙山上回望金城万雉的洛阳时，那个隐于霸陵山"咏《诗》、《书》"的梁鸿终于还是耐不住他对这个红尘的恋恋深情，基于对

---

① 范晔：《后汉书》卷八十三《逸民列传》，中华书局 1965 年版，第 2765—2766 页。

《诗》、《书》"微言大义"的深谙，基于他认为自己与这个政权的距离，他似乎是肆无忌惮地悲吟出隐藏于华丽宫殿背后的人民的血泪辛酸：

> 陟彼北芒兮，噫！
> 顾览帝京兮，噫！
> 宫室崔嵬兮，噫！
> 人之劬劳兮，噫！
> 辽辽未央兮，噫！①

站在北邙山上，洛阳城的全景尽收眼底，梁鸿在这里看到的是宫殿的崔嵬，这些宫殿不仅包括王侯将相的豪奢的宅邸，而且包括王室的建筑，在《二京赋》中张衡对帝都宫殿的华丽描写始终用"仁德"来加以平衡，这样宫殿的崔嵬便呈现出一种端庄典雅的内涵。而梁鸿在这崔嵬的宫殿中看到的却是广大劳动人民的辛酸血泪，宫殿的豪华和凝结于其中的人民的血泪是成正比例的。梁鸿在这里对帝京华丽宫殿的讥讽正是对人民苦难的申诉和对帝王浮华奢侈的批评。在句末所使用的语气词"兮"和感叹词"噫"字，通过反复的悲吟，加重表现了诗歌对帝京宫殿豪华的无限讽刺，"无穷悲痛，全在五个'噫'字托出，真是创体"②。

在一派王朝中兴的歌颂中，梁鸿出于士人对社会政治的忧患心理，对帝都洛阳"仁德"形象的虚伪进行了无情的揭露。在他的眼里，洛阳的繁华正是建立在对劳动人民盘剥的基础上，那不是帝国强大的标志，也不是东都洛阳的合理性，而是人民受苦受难的罪恶渊薮。梁鸿对洛阳形象的认识对这个仍处于中兴之中的王朝来说无疑是无法接受的。要知道也正是这个时候，以班固为首的大多数文人对帝都的仁德形象正在进行不遗余力的歌颂。在这种文化背景下，梁鸿对洛阳华丽宫殿的否定对统治者来说，不啻是一种无法接受的叛逆行为，"肃宗闻而非之"③ 也许即是对此最好的说明。

---

① 范晔：《后汉书》卷八十三《逸民列传》，中华书局 1965 年版，第 2766 页。
② 张玉榖：《古诗赏析》，上海古籍出版社 2000 年版，第 136 页。
③ 范晔：《后汉书》卷八十三《逸民列传》，中华书局 1965 年版，第 2767 页。

梁鸿之所以大胆地直言当时繁华洛阳背后隐藏的是对劳动人民的盘剥，除了和他本人耿直的性格有关外，还和他对这个社会恋恋不舍有着很大的关系。梁鸿虽然被范晔归入到《逸民列传》中，但从他的表现来看，他的隐逸似乎并没有割断他作为一个士人对政治的牵挂。早在他刚结婚时，"居有顷，妻曰：'常闻夫子欲隐居避祸，今何为默默？无乃低头就之乎？'鸿曰：'诺'。"① 隐居和避祸对举，也就彰显了梁鸿隐居的真实目的，那不是心境如水飘然于俗世之外的潇洒超脱，而是一种无可奈何的被迫选择，在出仕和全身之间，"居有顷"的那段时间里似乎是梁鸿徘徊于其间痛苦抉择的时期吧。事后看来，这段无意中的对白也许是梁鸿日后亡命齐鲁、东吴之间的一句谶语。但是对梁鸿来说，这似乎又显得是那样必然，二十多年的隐居生活并没有割舍他对这个王朝的关注，不然何以北登邙山之时，自然悲吟的竟是对王侯宫殿豪奢的批判？东汉初年的隐逸风气中未尝没有真正的隐士，但是作为一种普遍的社会现象，它在肯定真隐士的高风亮节的同时，也给一些利禄之徒指出了一条走进仕途的终南捷径。梁鸿虽然受到了当时乡里的尊崇，但20年后的邙山"五噫"，似乎消解了他真隐士的身份定位，他在《五噫歌》中对帝京豪华的批判和远离政权的姿态已经充分地说明了：他由拥抱权力而不得转而走向了另一个极端——以对权力的不屑一顾来标识自己对权力的超越和鄙视，通过这种优越感的获得来寻求心理上的平衡，与其说这是一种超凡脱俗的隐逸思想，毋宁说这其实是爱而不能后的一种无可奈何的选择，在鄙视权力的背后深藏着对权力遥不可及的遗憾和叹息。

梁鸿对洛阳仁德形象的讽刺遭到了王朝统治者的强烈不满，"肃宗闻而非之，求鸿不得"。而梁鸿这次悲吟《五噫歌》的直接后果就是改易姓名，"与妻子居齐鲁之间"②。谢苍霖认为："肃宗闻而非之"应作"肃宗闻而悲之"，理由是：首先，章帝秉性宽宏，好儒术，即位以来征辟隐逸，而梁鸿是当时声名远播的隐士，章帝似乎不应该有捉拿梁鸿之举；其次，《五噫歌》虽然揭露了统治者的奢侈，感叹人民的劳苦，但语气却平和，

---

① 范晔：《后汉书》卷八十三《逸民列传》，中华书局 1965 年版，第 2766 页。

② 同上书，第 2767 页。

没有多大的刺激性；最后，《三辅决录》及沈德潜的《古诗源》引《后汉书》均作为"闻而悲之"。据此，谢氏认为应该解读为"章帝闻《五噫歌》而生悲悯（怜悯百姓或兼怜悯作者志怀），因而访求为民请命的梁鸿（甚至可能要授以官职），梁鸿为了躲避征访而改易姓名隐居他乡，这样解读合乎事势情理"①。但是从梁鸿后来的遭遇看，肃宗应该是对他的这种行为进行了打击，而不是悲悯他甚至想给他个一官半职。

　　梁鸿在"肃宗闻而非之，求之不得"后改易姓名，与妻子避居于齐鲁之间，但"有顷，又去适吴"，这不是有些论者常说的"躲避征访"，而应该是躲避灾祸。在他东适吴将行的时候，梁鸿作了一首《适吴歌》：

　　　　逝旧邦兮遐征，将遥集兮东南。心惙怛兮伤悴，志菲菲兮升降。欲乘策兮纵迈，疾吾俗兮作谗。竞举枉兮措直，咸先佞兮唌唌。固靡慚兮独建，冀异州兮尚贤。聊逍摇兮遨嬉，缵仲尼兮周流。儻云睹兮我悦，遂舍车兮即浮。过季札兮延陵，求鲁连兮海隅。虽不察兮光貌，幸神灵兮与休。惟季春兮华阜，麦含含兮方秀。哀茂时兮逾迈，慜芳香兮日臭。悼吾心兮不获，长委结兮焉究！口嚣嚣兮余讪，嗟恓恓兮谁留。②

　　这首诗充分地反映了在统治者的缉捕下梁鸿内心的忧惧与悲凉，"逝旧邦兮遐征，将遥集兮东南"表明了他对故土的依依不舍，和将赴东南寻求栖身之地的茫然无措，正是在这对故土旧地的无限眷恋和他乡茫然的忧惧表明了他"心惙怛兮伤悴"的惶恐。而"疾吾俗兮作谗，竞举枉兮措直"所指的大概就是"肃宗闻而非之"，在这样的政治环境下，他的适吴之举就成为一种实际上的逃窜了，而对吴地他只有"冀异州兮尚贤"了。在对政治无限失望之后，他聊以自慰地描述了一个他所期望的生活图景，"缵仲尼兮周流"，这个美丽生活图景的想象源自于他对这个社会"茂时兮逾迈"的体认，这一认识和他在《五噫歌》中对王朝豪华宫殿的

　　①　谢苍霖：《为〈后汉书·梁鸿传〉辨一字》，《江西教育学院学报》2004年第4期。
　　②　范晔：《后汉书》卷八十三《逸民列传》，中华书局1965年版，第2767页。

批判是相一致的。而这种认识的生成则是因为"悼吾心兮不获，长委结兮焉究！口嚣嚣兮余讪，恓恓兮谁留。"① 渴望有所作为却不被当政者所用，被摒弃于政治之外的抑郁心情转而发展为对这个政权的批判。这种不合时宜的批判在统治者那里看来也许是最不能容忍的攻击，它没有劝谏的语重心长，也没有直谏的一心为公，它只是一己私愤的宣泄，也许正是基于对《五噫歌》的这种性质判断，肃宗才会"闻而非之"，而梁鸿的"恓恓兮谁留"中恐惧的逃窜也就成了这个事件的必然结局。

梁鸿是那个时代特出的隐士，但究其初衷，也许他的隐逸并非本于真心，孟氏女"隐居"、"避祸"的对举，虽是无意之词，但却透出了梁鸿的隐逸和当时政治千丝万缕的关系，但他最终还是没有能摆脱政治的灾难，与其说这说明了当时政治统治的严密，不如说这是梁鸿对政治的眷恋内心不能全身远离政治的必然结果更为恰当。

梁鸿在王朝中兴的盛世景象中解读出宏伟宫殿背后的人民的劳苦，这固然是一种符合思维逻辑的实际情况，但是以为与宫殿的宏伟对举的就必然是人民的劳苦，则不免让人怀疑这其中是否夹私了个人政治失落的哀怨。汉代的社会，尤其是中兴时期的社会呈现的是一派承平的盛世景象，王朝上下对东都洛阳的繁华景象表现了由衷的赞叹，虽然班固的《两都赋》中不免有些夸饰的描写，但是蕴含于其间对盛世溢美的自豪心情却是那样的真实，这种对大一统政权的自豪感绝非简单的装腔作势的文人颂扬，它根源于对这个社会盛世景象的真实体验。甚至意欲对王侯奢侈行为进行讽谏的《二京赋》在对明帝朝东京繁华的描写中也能看到对当时社会盛世繁华的一种真诚肯定，尽管这种肯定在"劝百讽一"的文体模式中被有所削弱。梁鸿在这个时候对宫殿宏伟的指责，显然和王朝上下的一片颂扬之声极不相称，宫殿的华丽既然可以理解为是对劳动人民的盘剥，但在东汉中兴的历史环境中也未尝不可以理解为是这个王朝鼎盛的标志，对比梁鸿的《五噫歌》对宫殿的讽刺，张衡在《二京赋》将东京华丽的宫殿处理成帝国强盛的象征显然就更为客观和冷静！

---

① 李贤注曰："讪，谤也。郑玄注《礼记》曰：'恓恓，恐也。'"（范晔：《后汉书》卷八十三《逸民列传》，中华书局1965年版，第2767页。）

　　不管梁鸿出于哪种动机，他对帝国盛世形象的颠覆最终以失败而告终，这种失败既与他对帝国的理解角度有关，但更多的则是因为这个帝国正处于蒸蒸日上的发展阶段，他对这个王朝盛世景象的颠覆还没有足够的接受环境，还无法引起人们的认同和共鸣。章、和之后，国势委于阉宦及外戚，王朝的统治日益衰败，王侯将相竞相浮华，正直的士人为政权旁落而积极斗争，在知识与政权的斗争中，权势的强大再一次对知识进行了威慑和打击，一些下层文人在仕进无门的京都隅望中，呈现在他们眼中的洛阳便成了一个富贵浮华的象征！

二　五言诗中富贵浮华的洛阳形象

　　东汉中后期，政治权势与知识分子密切合作的黄金时期不复存在，班固时期，文人对大一统政权皇皇巨业的真挚歌颂，在章、和以后的文人看来已经成了一个遥远的神话。外戚力量强大并开始参与到对政权的争夺之中，这使得大一统中央集权制强有力的凝聚力开始减弱，一部分正直的士人不满国家的政权旁落到外戚或宦官的手中，而积极进行维护帝国权力的斗争。同时更多的士人则因外戚、宦官、豪强把持选举而长期沉沦下僚，面对着帝京王侯的浮华和仕途偃蹇的悲凉感受，他们对大一统政权强烈的感情认同也因之转向了对一己情怀的内在关注。面对着王侯豪贵们的奢华生活以及周围同门的政治升迁，他们在无望的守望中自怨自艾地幽怨着，在帝京隅望中洛阳的富贵浮华便成了不可企及的权力象征。

　　东汉章、和以后，外戚和宦官的强大冲散了中兴时期大一统政权强有力的凝聚性，他们不仅自至王侯，而且着力培养自己的势力。与此同时，世族大姓也依靠自己雄厚的经济实力和政治实力，左右选举。豪族操纵选举，并不主要看重被举者的品德和才能，而是"贡荐则必阀阅为前"①。

　　东汉初年对官吏选拔的严肃性自章、和以后每况愈下，这种选官标准的变化表现在学术上便呈现出了知识无用的现实，非但"博士依席不讲"②，诸生也竞相浮华。当时太学之处更像是一个权势交结的场所而非

---

　　①　王符：《潜夫论》，中华书局 1954 年版，第 149 页。

　　②　范晔：《后汉书》卷七十九《儒林列传》，中华书局 1965 年版，第 2546 页。

严肃的学术之地，仇览在太学，"时诸生同郡符融有高名、与览比宇，宾客盈室。览常自守，不与融言。融观其容止，心独奇之，乃谓曰：'与先生同郡壤，邻房牖，今京师英雄四集，志士交结之秋，虽务经学，守之何固？'览乃正色曰：'天子修设太学，岂但使人游谈其中！'高揖而去，不复与言。"① 虽然此处意在塑造仇览作为一个埋头苦读的书生形象，但符融对当时太学现状的描述则足以说明了当时学风的懈散，"朋党相视"而"章句渐疏"②。

朝廷选官标准的变化使当时的大多数士人不再以学识为重，虽然仇览是以苦读而名扬太学的，但是他出名的方式却是靠当时盛行的人物品评，当符融将仇览的与众不同告知当时人物品评大师郭林宗时，"林宗因与融赍刺就房谒之，遂请留宿，林宗嗟叹，下床为拜。"③ 仇览也因之而更加声名远播。一时之间，诸生率以浮华相尚，而儒者之风盖丧，他们在"欢乐难具陈"的良宴会上寄予着类若仇览似的因被"令德"所赏识而平步青云的希望：

> 今日良宴会，欢乐难具陈。弹筝奋逸响，新声妙入神。令德唱高言，识曲听其真。齐心同所愿，含意俱未伸。人生寄一世，奄忽若飙尘。何不策高足，先据要路津？无为守贫贱，轗轲常苦辛。④

良宴会上的"欢乐难具陈"在"人生寄一世，奄忽若飙尘"的生命哀叹中被消解殆尽。人生的短暂和功名的未就交织于心，发之于声，便是"无为守贫贱，轗轲常苦辛"的无奈感叹。诗作者表面上对良宴会充满着无限的热情，在这种热情中，似乎意欲传达出他逸于尘世之外的飘然精神，他对秦筝慷慨、新声入神的故作陶醉，一方面是为了说明他所参与这场宴会的档次之高，不无得意炫耀之意，在当时重"交结"的社会背景下，作为一"贫士"能得以参加一次高规格的集会，这确实是值得炫耀

---

① 范晔：《后汉书》卷七十六《循吏列传》，中华书局 1965 年版，第 2481 页。
② 范晔：《后汉书》卷七十九《儒林列传》，中华书局 1965 年版，第 2547 页。
③ 范晔：《后汉书》卷七十六《循吏列传》，中华书局 1965 年版，第 2481 页。
④ 曹旭：《古诗十九首与乐府诗选评》，上海古籍出版社 2011 年版，第 10 页。

的一件事；另一方面，他的炫耀和陶醉里也深深寄予了他对这种生活的无限向往，经常性地出席这种场合无疑是身份提高的一种标志，在对"令德唱高言"所作出的"齐心同所愿"的心理契合，正是对这种生活向往的表现。

面对着一己的贫贱和人生的短暂，这种欢乐的良宴会却更加凸显了他们对世俗功名的牵挂，"何不策高足，先踞要路津"的反问中表明了他们对功名的无限向往，但仕路为豪贵们所把握的现实又让他们无可奈何，"无为守贫贱，轗轲常苦辛"的自叹里有着多少无奈的辛酸？这是一个末世带给文人必然的结局，他们虽有反抗，但对那个江河日下的东汉王朝来说，这一切的反抗都显得是那样的虚无。基于对自我"贤才"的体认和对王朝落暮的判断，他们将两者之间的关系描述为"有志无时"，面对着报效朝廷的理想和统治昏暗现实之间的矛盾，他们给自己寻找的"命也奈何"（赵岐《歌》）的安慰并不能真正地消除他们心中的郁结：

> 大道夷且长，窘路狭且促。修翼无卑栖，远趾不步局。舒吾陵霄羽，奋此千里足。超迈绝尘驱，倏忽谁能逐。贤愚岂常类，禀性在清浊。富贵有人籍，贫贱无天录。通塞苟由已，志士不相卜。陈平敖里社，韩信钓河曲。终居天下宰，食此万钟禄。德音流千载，功名重山岳。①

自我故作的超迈绝尘并不能慰藉"富贵有人籍，贫贱无人录"的深深失意和内心的愤懑不平，虽然他不相信命运，认为"通塞苟由已，吉士不相卜"，但当现实的仕路不能畅通由己时，他只好将自己的高远情致通过比拟"终居天下宰"的陈平、韩信这些起于微贱而终成大业的历史人物来获得一丝心灵的安慰。在"贤才抑不用"的哀怨里，将一己的抑郁在"抱玉乘龙骥"的浪漫怀想中得以暂时的消遣。

相对于郦炎在一己哀怨里不能自拔来说，同为那个时代清醒的孤独者赵壹对这个社会的认识则更为深刻，虽然面对着"富贵者称贤"的现实，

① 范晔：《后汉书》卷八十《文苑列传》，中华书局1965年版，第2647—2648页。

他也发出了"文籍虽满腹，不如一囊钱"的牢骚，但显然他对造成这种社会现状的根源有着更为清醒的认识：

> 势家多所宜，咳唾自成珠。被褐怀金玉，兰蕙化为刍。贤者虽独悟，所困在群愚。且各守尔分，勿复空驰驱。哀哉复哀哉，此是命矣夫！①

王公贵族们"咳唾自成珠"的现状对士人们进入仕途设下了不可逾越的高高围墙，纵然身若兰蕙的贤者也只能委于百草，化为刍莸。在"群愚"依然汲汲于功名利禄的追逐中，作为一个孤独的清醒者，诗作者在超脱出这种世俗的欲望后，并没有真正地找到精神的寄托，在"此是命亦夫"的长叹中，陷入对这个王朝末世的深深伤悼之中。

但是像赵壹之类清醒的士人在当时看来毕竟是少数的几个。更多的文士们则依然奔走在求仕的道路上，在久居底层，仕进无门的帝京隅望中，洛阳，作为一个权力的象征，便成了他们可望而不可即的地方，在"斗酒相娱乐"的故作洒脱中，醉眼斜窥中流露出的依然是对京城王侯豪贵的无限羡慕：

> 青青陵上柏，磊磊涧中石。人生天地间，忽如远行客。斗酒相娱乐，聊厚不为薄。驱车策驽马，游戏宛与洛。洛中何郁郁，冠带自相索。长衢罗夹巷，王侯多第宅。两宫遥相望，双阙百余尺。极宴娱心意，戚戚何所迫！②

借酒消愁的无奈，故作放达的超脱都不能消解盘踞于士人心中久处下层不得仕进的苦闷，即使宴会上的欢乐依然不能转移他们对帝京华贵豪宅的钦羡。东汉中后期，王侯们争相华奢，竞起豪宅，这不仅是他们生活富足的表现，更是他们势力强大的象征，仲长统在《理乱篇》中深刻地分析

---

① 范晔：《后汉书》卷八十《文苑列传》，中华书局 1965 年版，第 2631 页。
② 曹旭：《古诗十九首与乐府诗选评》，上海古籍出版社 2011 年版，第 8—9 页。

了两者之间的关系:"豪人之室,连栋数百,膏田满野,奴婢千群,徒附万计。船车贾贩,周于四方;废居积贮,满于都城。琦赂宝货,巨室不能容;马牛羊豕,山谷不能受。妖童美妾,填乎绮室;倡讴伎乐,列乎深堂。宾客待见而不敢去,车骑交错而不敢进。三牲之肉,臭而不可食;清醇之酎,败而不可饮。睇盼则人从其目之所视,喜怒则人随其心之所虑。此皆公侯之广乐,君长之厚实也。"①

王侯豪贵们的豪奢生活以及其呼吸成气的威权在士人的眼里都成了权力的现实化表现,学者习惯于从人民的角度对这种华奢生活进行批判,但是我们很少从那些汲汲于功名的士人的角度来看待这一问题,在他们对王侯宅邸的描写中,虽然有着因与之遥远而不可企及的哀怨,但是一旦他们仕途得进,这种讲究排场的风气也便为他们所承袭,他们原先的平民立场的批判也不复再现,而他们也和原来沉沦下僚的生活划清界限。他们曾经所批判的"冠带自相索"也成了他们新的活动原则。因为"夫与富贵交者,上有称誉之用,下有货财之益;与贫贱交者,大有赈贷之费,小有假借之损。"② 实际的利益得失左右着他们对交往对象的选择。在"极宴娱心意,戚戚何所迫"的自我宽慰中,他们以不屑一顾的姿态来表明他们对王侯宅邸的否定,而这种否定却是源于他们爱而不能的哀怨。

马茂元先生用阶级分析的观点分析这首诗,认为诗人对洛阳繁华的描写"隐隐约约地出现了一个极端动乱时代的影子","最后两句的没落预感,普遍存在在腐朽的统治集团日常的繁华生活中,而是诗人透过繁华的现象并通过自己的想象,才把它收摄到笔底,用来结束全篇。"③ 显然在这里对诗人对时代的批判性的前理解控制了解释的角度,即首先假定诗人具有批判性,在这一认识基础上展开分析,得出了诗歌具有强烈的现实批判精神。但是结合当时的社会环境来对这首诗歌进行解读时,可能会是另外一种解释。不否认东汉中后期外戚、宦官介入政治对大一统政权的破坏,并最终将东汉王朝引向了不可救赎的衰亡深渊,但就这首诗创作的出

① 范晔:《后汉书》卷四十九《仲长统列传》,中华书局 1965 年版,第 1648 页。
② 王符:《潜夫论》,张觉校注,岳麓书社 2008 年版,第 391 页。
③ 马茂元:《古诗十九首初探》,陕西人民出版社 1981 年版,第 54 页。

发点来看，他似乎并没有打算在诗歌中寄寓对这个时代的批判，他更多的表达的是一个下层文人意欲仕进而不得的自我宽慰。诗人在"冠带自相索"里所表达的是对王侯们把持选举而自己久不得进的哀怨。这种怀才不遇之感，在东汉中后期外戚和宦官把持选举的社会中得以突出地表现，但是其根本原因则是人才选举制度的确立。选举必然造成一部分人的落选，因此，无论政治清明与否，总会有一些人表现出落选的失意，所不同的是个体的失意会消弭在群体昂扬的进取盛世气象之中，而群体的失意则反映出一个时代知识分子悲凉心绪的精神风貌，它在很大程度上可以预见一个王朝的衰落。无疑，《古诗十九首》的作者们正是后一种情况的代表，正是在这种王朝落暮的悲凉意绪中，他们仕进无门的自怨自艾里不经意地呈现出一个浮华富贵的洛阳形象。

我们以前一直将这些作家当作人民的代言人，他们的诗歌是对统治者奢侈浮华的极力批判，但现在看来似乎并不完全是这样，他们的批判可能是欲得而不能后的哀怨，对于这些诗作者的文人们来说，这些富贵的形象是他们所企求的，而不是他们所批判的。这样看来，这些诗人可能也是这些浮华之徒中的一员，与那些"冠带自相索"的王侯们相比，区别只不过是他们是没有得逞的一员罢了。因此，东汉古诗中浮华的洛阳形象是一种客观的存在而不是有意的批判。正是在这些下层文人欲而不得的哀怨中、在王公贵族纨绔子弟的自我夸耀中，我们看出了那个王朝的浮华之状。这种浮华形象的呈现来自我们对文本的解读，而非文本的本意。也就是说，东汉古诗中的批判性是在文本的接受过程中形成的，而非创作者的本意，这种文本的误读是一种正误现象。以此类观，我们对汉乐府中的一些作品的解读可能也属于这种情况，如《相逢行》：

　　相逢狭路间，道隘不容车。不知何年少，夹毂问君家。君家诚易知，易知复难忘。黄金为君门，白玉为君堂。堂上置樽酒，作使邯郸倡。中庭生桂树，华灯何煌煌。兄弟两三人，中子为侍郎。五日一来归，道上自生光。黄金络马头，观者盈道傍。入门时左顾，但见双鸳鸯。鸳鸯七十二，罗列自成行。音声何嘈嘈，鹤鸣东西厢。大妇织绮罗，中妇织流黄。小妇无所为，挟瑟上高堂。丈人且安坐，调丝未遽央。①

黄金君门，白玉作堂的豪华气派和"兄弟两三人，中子为侍郎"的显赫地位，让道路观者"易知复难忘"。自"黄金为君门"以下都是在写这一富贵人家的豪奢生活及显赫地位。但就诗作者的本意来看，似乎更多的是一种艳羡，当狭路道隘不容车时，路两旁挤满了围观的人们，一个少不更事的少年同处于围观之中的诗作者询问道隘者的身份，而诗作者在开始介绍之前就进行了叙述的铺垫"君家诚易知，易知复难忘"，正是在这种气氛的渲染中，不经意流露出了诗作者的艳羡心理。他们似乎是一边在翘首观望一边在不经意地进行着对话的，正是这不经意的对话姿态，表明了诗作者以及绝大多数围观者的羡慕之情。

这种情况可能和当时"兄弟两三人"的故事广为流传有关，如《长安有狭斜行》：

> 长安有狭斜，狭斜不容车。适逢两少年，挟毂问君家。君家新市傍，易知复难忘。大子二千石，中子孝廉郎。小子无官职，衣冠仕洛阳。三子俱入室，室中自生光。大妇织绮纻，中妇织流黄。小妇无所为，挟琴上高堂。丈人且徐徐，调弦讵未央。②

与之类似的还有《鸡鸣》：

> 鸡鸣高树巅，狗吠深宫中。荡子何所之，天下方太平。刑法非有贷，柔协正乱名。黄金为君门，璧玉为轩堂。上有双樽酒，作使邯郸倡。刘王碧青甓，后出郭门王。舍后有方池，池中双鸳鸯。鸳鸯七十二，罗列自成行。鸣声何啾啾，闻我殿东厢。兄弟四五人，皆为侍中郎。五日一时来，观者满路傍。黄金络马头，颍颍何煌煌。桃生露井上，李树生桃傍。虫来啮桃根，李树代桃僵。树木身相代，兄弟还相忘。③

---

①　郭茂倩：《乐府诗集》，中华书局1979年版，第508页。
②　同上书，第514页。
③　同上书，第406页。

《长安有狭斜行》和《相逢行》的故事差不多，而《鸡鸣》中则是借助这个故事作为哀怨的背景，通过对"兄弟四五人"和睦相处的羡慕抒发了一己"兄弟还相忘"的失意。但是这个故事的讲述和《长安有狭斜行》、《相逢行》却是极其相似。在这些故事的讲述中，呈现在文本中的都是一个富贵之家生活的豪奢与地位的显赫。我们从中可以看出的是，对富贵的羡慕不仅表现于汲汲于功名的士人之中，在当时的整个社会中，这种华贵的生活构成了人们对美好生活向往的理想图景。也就是说这种"黄金为君门"兄弟皆为郎的既富且贵，为生活于底层的人们在构建他们的富贵与地位的理想时提供了一个可以依凭的现实版本。

但也正是在这些为底层人民所艳羡的生活中，我们看出了差距。这种差异显然不符合我们"民为贵"的思维想象，而我们对之不竭批判的理论资源也正源之于此。特别是当这些富贵的获得是通过不正当的手段时，我们更是理直气壮地对之予以批判和谴责。而东汉中后期的外戚和宦官专权的政治现实恰恰给我们提供了一个这样的批评空间，因此我们在对《古诗十九首》诗作者的哀怨报以同情时，对那个造成这种哀怨的王侯们也表达了我们强烈的批评。正是在这些底层人民的可望而不可即的想象里，客观上呈现出了那个时代上层统治者的奢侈享乐的生活图景。

如果说张衡的《二京赋》对这种奢侈浮华的现象还是以一种委婉的方式予以劝谏，那么在东汉中后期的文学文本中，这种奢侈浮华的生活因与实际的政权前途相结合，从而构成了那些沉沦下僚的文人的梦想。对这种生活的想象是和仕途的偃蹇相联系的。这些诗作者并非就是对这种浮华汲汲以求，他们所追求的是仕途得进，而他们对仕途高升的想象却是落实在这种政治高位的现实标志上的。正是他们仕途偃蹇的个人哀叹，发之于诗，不经意间在文本中呈现出一个富贵浮华的洛阳形象。

第四章　郎官与东汉学术及文章

文人在东汉社会并不具有完全独立的社会身份，他是依附于士人的社会身份而存在的。他们从四方会聚洛阳，无论是游学京城还是奔走干谒，作为士人，他们都希望进入仕途，获得荣华富贵或者实现个人"忠君导主"的理想。不管他们后来是位至三公，还是出宰州郡，抑或随侍左右、顾问应对，在他们初入仕途时，通常都是从拜授郎官开始的，"台郎显职，士之进阶"①是对此最好的概括。同时，贬谪官员重新征用时，一般也是先诏至朝廷拜授郎官以为过渡。因此，郎官一职与东汉士人的迁转荣辱、喜怒哀乐关系甚大，而郎官的身份对文人的学术研究和文学创作也有着巨大的影响。

近些年，学界关于秦汉郎官制度的研究已经非常深入，如严耕望的《秦汉郎吏制度考》，安作璋、熊铁基的《秦汉制度史稿》，陈尉松的《汉代考选制度》，黄留珠的《秦汉仕进制度》，杨鸿年的《汉魏制度丛考》，这些著作对秦汉制度的研究都很深入，但同时这些研究中也存在一个共同的问题，就是缺乏对东汉官制独特性的关注。以上这些研究通常多将东汉官制的研究附于西汉官制的研究，认为东汉官制相对西汉官制来说没有太多的变化，并不具有自己鲜明的主体性。这个判断大致上是成立的，但是在一些具体的问题上，西汉、东汉的区别还是非常重要的，比如孝廉为郎的问题，孝廉拜郎是两汉仕进的主要途径，始于武帝，据黄留珠的推测，从武帝元光元年（公元前 134）到东汉结束的 350 年间，两汉共举孝廉的人数在 7.4 万人左右，现具体可考者为 307 人，但问题是西汉可考者仅仅 21 人②。

---

① 范晔：《后汉书》卷五十八《虞诩列传》，中华书局 1965 年版，第 1872 页。
② 黄留珠：《秦汉仕进制度》，西北大学出版社 1985 年版，第 106、141 页。

建立在这种文献不对称关系上的研究所得出的结论是需要审慎对待的。又，西汉的一些虚职到了东汉可能变成了实职，这个变化也很重要，比如大将军下的从事中郎一职，在西汉是郎官给事大将军幕府，而在东汉则变成了实职，也由原来隶属郎中令变而为隶属大将军，并在大将军幕府中扮演了重要的角色。这些细节上的变化在处理一些具体的问题上可能需要具体分析。本章主要辨析东汉郎官制度的独特性及其与东汉官僚体系的关系，在对郎官制度进行研究的前提下，深入研究东汉士人在郎官这个位置上的进退升降对文学发展所起的推动作用。

第一节　东汉郎官的身份辨析

一　汉代郎官的文士化

秦汉郎官制度发展过程中，武帝以孝廉拜郎官的改革是一个标志性的事件，它为文人进入仕途打开了一条制度化的道路。西汉初年，官员选拔多通过军功荫任、输货訾选两种主要途径。这两种选拔方式几乎完全杜绝了下层士人进入官僚系统的可能，使得社会的运转缺乏上层与下层之间的良性互动，容易形成社会阶层的对抗。面对这种情况，汉武帝也陷入深深的困惑之中："今朕亲耕藉田以为农先，劝孝弟，崇有德，使者冠盖相望，问勤劳，恤孤独，尽思极神，功烈休德未始云获也。今阴阳错缪，氛气充塞，群生寡遂，黎民未济，廉耻贸乱，贤不肖浑殽，未得其真。"[1] 针对武帝的困惑，董仲舒给出了自己的看法：

> 陛下亲耕藉田以为农先，夙寤晨兴，忧劳万民，思惟往古，而务以求贤，此亦尧舜之用心也。然而未云获者，士素不厉也。夫不素养士而欲求贤，譬犹不琢玉而求文采也。故养士之大者，莫大乎太学；太学者，贤士之所关也，教化之本原也。今以一郡一国之众，对亡应书者，是王道往往而绝也。臣愿陛下兴太学，置明师，以养天下之士，数考问以尽其材，则英俊宜可得矣。今之郡守、县令，民之师

---

① 班固：《汉书》卷五十六《董仲舒传》，中华书局1962年版，第2507页。

帅，所使承流而宣化也；故师帅不贤，则主德不宣，恩泽不流。今吏既亡教训于下，或不承用主上之法，暴虐百姓，与奸为市，贫穷孤弱，冤苦失职，甚不称陛下之意。是以阴阳错缪，氛气充塞，群生寡遂，黎民未济，皆长吏不明，使至于此也。

夫长吏多出于郎中、中郎，吏二千石子弟选郎吏，又以富訾，未必贤也。且古所谓功者，以任官称职为差，非谓积日累久也。故小材虽累日，不离于小官；贤材虽未久，不害为辅佐。是以有司竭力尽知，务治其业而以赴功。今则不然。累日以取贵，积久以致官，是以廉耻贸乱，贤不肖浑殽，未得其真。臣愚以为使诸列侯、郡守、二千石各择其吏民之贤者，岁贡各二人以给宿卫，且以观大臣之能；所贡贤者有赏，所贡不肖者有罚。夫如是，诸侯、吏二千石皆尽心于求贤，天下之士可得而官使也。遍得天下之贤人，则三王之盛易为，而尧舜之名可及也。毋以日月为功，实试贤能为上，量材而授官，录德而定位，则廉耻殊路，贤不肖异处矣。①

武帝的困惑是上情不能下达，皇帝即便是夙兴夜寐也无法收到政清民和的效果，而上情不能下达的原因是"贤不肖浑殽"，以至于真才难选。针对武帝的这一困惑，董仲舒认为问题的症结在于吏不称职，因此，恩泽不布，黎民未济。而吏不称职的根源在于所选非人，贤士无用以及官场上"累日以取贵，积久以致官"的官员晋升成例。要想上情下达，恩威流衍，就要从官吏选拔上着手改革，选取贤良之士充任官员。而选贤之难在于"士素不厉"，这是一个根本的问题，要想解决这个问题，国家就要亲自着手培养士人，则开太学是解决这一问题的长远规划。

就目前的情况来看，郡守、县令所选非人是造成上下隔绝的主要原因。郡守、县令的主要职责应该是"承流而宣化"的，要以身作则，师范民众，使皇帝德泽广为流布。但是现在这些郡守却没有承担本应承担的责任，所造成的直接结果就是"主德不宣，恩泽不流……是以阴阳错谬，氛气充塞。"为什么这些长吏们不能承担起宣扬圣德、教化下民的责任？原

---

① 班固：《汉书》卷五十六《董仲舒传》，中华书局 1962 年版，第 2512—2513 页。

因在于选举制度的不合理，以往长吏多出于郎中、中郎，而郎中、中郎多出于二千石子弟，或以富訾。通过荫任和訾选的方式所选出的官员非富即贵，他们延续了父兄的前业，使得贵族的统绪得以传承和延续，而这种贵族的传承和延续，使贵族与平民之间的鸿沟不仅没有拉近的可能，而且更拉大了它们之间的差距，因此，贵族子弟占据着郎位，成为未来郡守、县令的后备人选时，民众与政府之间隔膜的出现也就不可避免了。解决这一问题的途径除了以上建议的开太学，培养贤能之外，当务之急是使诸列侯、郡守、二千石在其所管辖的范围内选择贤良者，岁贡朝廷，以充宿卫，且以观大臣之能。若是，则"三王之盛易为，而尧舜之名可及也"。武帝接受了董仲舒的这个建议，于"元光元年冬十月，初令郡国举孝廉各一人"①。

选士以充宿卫，是郎官制度发展中的一个重要变化。在此之前，宿卫官中的士主要以武士为主，其目的是保护国君的人身安全，这是郎官的一个主要职责②。而董仲舒的建议是选贤良者以充宿卫，其目的也发生了改变，贤良为郎，是为了观大臣之能，就是学习大臣的仪礼风范和治国理人的才能，这个变化改变了郎官只为武士所独专的局面，相应的也改变了郎官的职能。自是而后，郎官的文士化是两汉郎官制度发展的一个基本方向，"迄乎东汉，訾选遂除，荫任亦替，三署郎多郡吏与经生，贵族豪富之子弟较少。"③郎官选举的文士化趋向改变了官僚阶层的知识结构体系，相对于之前以军功、荫任选拔的官吏来说，由文士而进阶的官员在行政过程中深深地打下了士人品质的烙印，士人对知识理性的信仰和对理想社会秩序建构的追求在很大程度上具有超越现实的非功利性因素，"天下有道则仕，无道则隐"的传统士人精神中，形而上的"道"的意义要远远大于"仕"的意义，理性的追求和价值的实现是他们对自己的根本要求，在这种认识下，国家的昌盛和臣民的安宁就成了他们证明自己价值存在的具

---

①　班固：《汉书》卷六《武帝纪》，中华书局1962年版，第160页。

②　《后汉书·百官志》："凡郎官皆主更直执戟，宿卫诸宫殿，出充车骑。"（中华书局1965年版，第3575页。）

③　严耕望：《秦汉郎吏制度考》，《严耕望史学论文选集》，台北：联经出版事业公司1991年版，第329页。

体物质形态。正是这样的一种认识使得他们的辞令、文章充满了致君尧舜、忧国忧民的思想，就汉代而言，不管是直言极谏还是劝百讽一的创作技巧，它们的运用或演变都是围绕这一思想的表达进行的。董仲舒正是从士人的文化品格切入这个问题，而非从士的阶级身份进入的。所以，以往单纯从士人群体身份的演变上去探讨这个问题，并不能完整地揭示汉代郎吏制度形成发展，尤其是它与政治之间的互动关系。

二 东汉郎官的选拔与拜任

东汉的统治者非常注重对官员的选拔与管理。作为太学生出身的光武帝，他对士人有种本能的亲近感，在其称帝后，"未及下车，而先访儒雅"①，虽然这被看作统治者笼络士人的一个政治举动，但是这个举动的背后和光武帝本人的太学生经历还是有着千丝万缕的联系。明帝继承了光武的这个传统，垂情古典，游意经艺，"每飨射礼毕，正坐自讲，诸儒并听，四方欣欣"②。这种"盛大、公开的文化活动或许不免有表演之嫌，不过他确实时常满腔热情地以儒士学人自视"③。统治者对儒士身份的体验和认同使他们非常重视对儒士的培养和选取。建武五年（29），天下尚未完全安定，光武帝即着手兴建太学，培养人才，明帝时为功臣子孙，四姓末属别立校舍，章帝会诸儒于白虎，孝和览书林于东观，及邓后称制，也令三署郎以经术得察选。与此相应，他们的求贤诏书也频频下发：建武七年（31）四月，光武下《举贤良方正诏》，要求"公、卿、司隶、州牧举贤良、方正各一人，遣诣公车，朕将览试焉"④。建武十二年（36），光武下《察举诏》："三公举茂才各一人，廉吏各二人；光禄岁举茂才四行各一人，察廉吏三人；中二千石岁察廉吏各一人，廷尉、大司农各二人；将兵将军岁察廉吏各二人；监察御史、司隶、州牧岁举茂才各一人。"⑤明帝《以吴良为议郎诏》："前以事见良，须发皓然，衣冠甚伟。夫荐贤

① 范晔：《后汉书》卷七十九《儒林列传》，中华书局 1965 年版，第 2445 页。
② 范晔：《后汉书》卷三十二《樊准列传》，中华书局 1965 年版，第 1125 页。
③ 于迎春：《秦汉士史》，北京大学出版社 2000 年版，第 289 页。
④ 范晔：《后汉书》卷一《光武帝纪》，中华书局 1965 年版，第 52 页。
⑤ 司马彪撰，刘昭注补：《后汉书志》卷二十四《百官》，注引《汉官目录》，中华书局 1965 年版，第 3559 页。

助国，宰相之职，萧何举韩信，设坛而拜，不复考试。今以良为议郎。"①
章帝《四科取士诏》："自今以后，审四科辟召，及刺史、二千石察举茂
才尤异孝廉之吏，务尽实覆，选择英俊、贤行、廉洁、平端于县邑，务授
试以职。有非其人，临计过署，不便习官事，书疏不端正，不如诏书，有
司奏罪名，并正举者。"② 和帝七年（95）四月，《选郎官诏》："元首不
明，化流无良，政失于民，谪见于天。深惟庶事，五教在宽，是以旧典因
孝廉之举，以求其人。有司详选郎官宽博有谋才任典城者三十人。"③ 虽然
东汉后期曾发生了灵帝"开鸿都门榜卖官爵"的闹剧，但就东汉前中期来
看，官吏选举还是比较制度化的④。

东汉官吏的选取中存在朝野两种不同方式，这两种方式相互交叉构成
了东汉选官的独特性。朝廷通过察举的方式来进行官吏的选拔，而与之相
辅的则是官员掾属的自行辟除制度。辟除制度是高级官吏任用掾属的一种
制度，辟主一般为中央三公九卿和地方州郡长官。《汉旧注》记载："汉
初掾史辟，皆上言之，故有秩比命士。其所不言，则为百石属。其后皆自
行辟除，故通为百石云。"⑤ 从这段史料来看，汉初掾属为皇帝亲自诏命，
则应是朝官，而后来官员自行辟除不能看作官员。掾属一般要通过察举才
能进入官僚系统中。通常他们的举主也是他们的辟主，所以他们被察举的
可能性大大增加，同时，他们察举后的升迁也较其他途径的察举者更为迅
速。崔寔的《政论》中说："三府掾属，位卑职重，及其取官，又多超
卓，或期月而长州郡，或数年而至公卿。"⑥ 但就一般而言，他们大多仍
需经过察举拜郎的环节。所以，整体来看，察举制度是东汉一朝重要的选

　　① 范晔：《后汉书》卷二十七《吴良列传》，中华书局 1965 年版，第 943 页。
　　② 范晔：《后汉书》注引应劭《汉官仪》，中华书局 1965 年版，第 3559 页。
　　③ 范晔：《后汉书》卷四《和帝纪》，中华书局 1965 年版，第 180 页。
　　④ 东汉后期，郎官选举已为势家所把持，选举的公平性几已不复可言。"（黄琬）稍迁五官中
郎将。时陈蕃为光禄勋，深相敬待，数与议事。旧制，光禄举三署郎，以高功久次才德尤异者为茂
才四行。时权富子弟多以人事得举，而贫约守志者以穷退见遗，京师为之谣曰：'欲得不能，光禄
茂才。'于是琬、蕃同心，显用志士，平原刘醇、河东朱山、蜀郡殷参等并以才行蒙举。蕃、琬遂
为权富郎所见中伤。"（范晔：《后汉书》卷六一《黄琼列传》，中华书局 1965 年版，第 2040 页。）
　　⑤ 司马彪撰，刘昭注补：《后汉书志》卷二十四《百官》，中华书局 1965 年版，第 3558—
3559 页。
　　⑥ 严可均：《全后汉文》卷四十六，中华书局 1958 年版，第 727 页。

官制度，而辟除制只是这一选官制度的辅助制度。

察举选官中以察孝廉和茂才为主要方式。据黄留珠的统计，两汉书及汉碑等材料中记载孝廉人数，西汉为 21 人，东汉 286 人。茂才西汉 14 例，东汉 62 例①。这样一个对比至少在表面上可以看出察孝廉和茂才在东汉比在西汉的使用更为普遍和广泛。因此，在这一数据下所得出的结论实际上完全可以看作东汉察举的特征。孝廉和茂才是两个不同级别的官职，相对于孝廉来说，茂才的资历更高，任用更重，孝廉一般要经过拜郎后才能拜茂才。茂才多外出为六百石县令，高于三百石的孝廉郎。

孝廉在经过举主举荐后，一般还要经过考试才能被拜为郎官，以充三署郎。阳嘉元年（132），《孝廉限年令》中规定："郡国举孝廉，限年四十以上，诸生通章句，文吏能笺奏，乃得应选。"② 又，高彪"郡举孝廉，试经第一，除郎中。"③ "（臧）洪年十五，以父功拜童子郎。"李贤注："汉法，孝廉试经者拜郎。"④《汉官仪》："三署谓五官署也，左、右署也，各置中郎将以司之。郡国举孝廉以补三署郎，年五十以上属五官，其次分在左、右署，凡有中郎、议郎、侍郎、郎中四等，无员。"⑤ 这里三署郎虽为中郎、议郎、侍郎、郎中四种，然而实际上在东汉已非如此，光武省并三署郎一般通称为郎中，严耕望在对汉碑碑主除郎情况进行研究后认为，史书中拜"郎"为拜"郎中"之省称。又议郎一职并不在三署郎中，它通常与郎官并称，不由孝廉征拜，据此则郎中主要由孝廉经考试后拜授。黄留珠在对两汉 307 位孝廉的任用情况进行统计后认为孝廉所拜授官职中，既有中央属官（约占 69%，其中郎占 49.1%），也有地方官吏（30.2%）⑥，这个统计数字中有两个问题，一是这一数据主要是基于东汉孝廉的情况统计出来，他更多地反映的是东汉孝廉的任用情况；二是关于郎官所占比例的问题。49.1% 的比例不是东汉孝廉任用情况的真实反映，因为孝廉为郎在东汉是一个普遍的现象，在史书的书写中多从略处理，而直接续为

---

① 黄留珠：《秦汉仕进制度》，西北大学出版社 1985 年版，第 141、168 页。

② 范晔：《后汉书》卷六《顺帝纪》，中华书局 1965 年版，第 261 页。

③ 范晔：《后汉书》卷八十《文苑列传》，中华书局 1965 年版，第 2650 页。

④ 范晔：《后汉书》卷五十八《臧洪列传》，中华书局 1965 年版，第 1885 页。

⑤ 范晔：《后汉书》卷四《和帝纪》，中华书局 1965 年版，第 193 页。

⑥ 黄留珠：《秦汉仕进制度》，西北大学出版社 1985 年版，第 143 页。

升任职官。严耕望在对两汉碑主初除郎的情况进行统计后认为孝廉除郎的情况占 5/6，即 83.3%，这个数据远远高于 49.1%，又"正史文多省略，碑铭务为详尽"①，故严氏的数据更接近东汉孝廉除郎的实际情况。

　　以上研究中实际存在着一明一暗两个问题，一是为何可考的孝廉中西汉仅为 21 位？二是三署郎是否包括议郎在内，即议郎一职是否属于郎官？这两个问题有一个共同的原因，即东汉时期郎官不为人所重，故《汉书》中较少记载相关情况，而议郎一职为郎官中特殊的一类，在诸郎中，唯有议郎不直执戟，而且他只负责顾问应对"无常事，惟诏令所使"②。是为清要之职，且升迁空间较大，故为时人所重。

三　东汉郎官的身份特征及其范畴

　　郎官之得名源于其最初宿卫宫中，近居殿阁廊庑，故蒙"郎"称③。至汉代，仍有"郎"称"廊"意者，宣帝时，"代郡太守任宣坐谋反诛，宣子章为公车丞，亡在渭城界中，夜玄服入庙，居郎间，执戟立于庙门，待上至，欲为逆，发觉，伏诛。"④ 因此，郎官一词的最初含义是非常明确的，就是宿卫宫中，以卫国君。郎的长官在秦为郎中令，在汉为光禄勋，其职责是"掌宫殿掖门户"，其属官为：

　　　　大夫、郎、谒者，皆秦官。又期门、羽林皆属焉。大夫掌论议，有太中大夫、中大夫、谏大夫……郎掌守门户，出充车骑，有议郎、中郎、侍郎、郎中，皆无员，多至千人。议郎、中郎秩比六百石，侍郎比四百石，郎中比三百石。中郎有五官、左、右三将，秩皆比二千石。郎中有车、户、骑三将，秩皆比千石。……谒者掌宾赞受事，期门掌执兵送从……羽林掌送从，次期门。⑤

　　① 严耕望：《秦汉郎吏制度考》，《严耕望史学论文选集》，台北：联经出版事业公司 1991 年版，第 382—383 页。
　　② 司马彪撰，刘昭注补：《后汉书志》卷二十五《百官》，中华书局 1965 年版，第 3577 页。
　　③ 严耕望：《秦汉郎吏制度考》，《严耕望史学论文选集》，台北：联经出版事业公司 1991 年版，第 329 页。
　　④ 班固：《汉书》卷八十八《儒林传》，中华书局 1962 年版，第 3600 页。
　　⑤ 班固：《汉书》卷十九《百官公卿表》，中华书局 1962 年版，第 727 页。

颜师古注郎中令时引："臣瓒曰：'主郎内诸官，故曰郎中令。'"注光禄勋时引"应劭曰：'光者，明也；禄者，爵也；勋者，功也。'如淳曰：'胡公曰勋之言阍也。阍者，古主门官也。光禄主宫门。'师古曰：'应说是也。'"① 而从郎官源流的角度看，胡公关于"光禄勋"的解释更接近郎中令的本意，一言以蔽之，主郎官。虽然郎官之原意只是宿卫宫中，郎中令之职责也是掌宫殿掖门户，但后来郎中令下属发展出来的大夫和期门、羽林已经使郎官的内涵发生了变化，即掌顾问应对的文官和负责守卫安全的武官。武帝元光元年（公元前 134），以孝廉充郎官，则从制度上改变了郎官为武士所充当的局面。是以武帝后郎官来源也自然可分为两种类型：尚武与主文。尽管这两种不同的身份来源在表述上都为"拜郎"，但其内涵却大不相同，尤其是东汉时期，以父兄军功拜郎者仍是很常见的事情②。

> （耿秉）博通书记，能说《司马兵法》，尤好将帅之略。以父任为郎，数上言兵事。……建初元年，拜度辽将军。视事七年，匈奴怀其恩信。征为执金吾，甚见亲重。帝每巡郡国及幸宫观，秉常领禁兵宿卫左右。除三子为郎。③

> （张奂）论功当封，奂不事宦官，故赏遂不行，唯赐钱二十万，除家一人为郎。并辞不受，而愿徙属弘农华阴。④

> （段颎）击窦、举等，大破斩之，获首万余级，余党降散。封颎为列侯，赐钱五十万，除一子为郎中。⑤

> （董卓）桓帝末，以六郡良家子为羽林郎，从中郎将张奂为军司马，共击汉阳叛羌，破之，拜郎中，赐缣九千匹。⑥

---

① 班固：《汉书》卷十九《百官公卿表》，中华书局 1962 年版，第 728 页。

② 以父兄拜郎是基于"公侯子孙，必复其始；贤者之后，宜宰城邑。"（范晔：《后汉书》卷二十七《杜林列传》）的认识，这种做法有时候是为了拉拢人心，如羊续"以忠臣子孙拜郎中"。（范晔：《后汉书》卷三十一《羊续列传》）有时候是为一个家族政治势力的延续，桓郁"少以父任为郎"，他的儿子桓焉也"少以父任为郎。"（范晔：《后汉书》卷三十七《桓荣列传》）以功封侯的张禹死后，"使者吊祭，除小子曜为郎中。"（范晔：《后汉书》卷四十四《张禹列传》）

③ 范晔：《后汉书》卷十九《耿秉列传》，中华书局 1965 年版，第 717 页。

④ 范晔：《后汉书》卷六十五《张奂列传》，中华书局 1965 年版，第 2140 页。

⑤ 范晔：《后汉书》卷六十五《段颎列传》，中华书局 1965 年版，第 2146 页。

⑥ 范晔：《后汉书》卷七十二《董卓列传》，中华书局 1965 年版，第 2319 页。

从上述所引材料来看，以军功拜郎者，其升迁次序即可在武官系统中拜为度辽将军，又有由羽林郎拜为郎中，是以郎官作为东汉官员选拔的对象，其中既包括文官又包括武官。《后汉书志》卷二十五《百官》："本注曰：职属光禄者，自五官将至羽林右监，凡七署。自奉车都尉至谒者，以文属焉。"① 郎官即在七署之中，为五官、左、右中郎将下属官员，有中郎、侍郎、郎中。因此，严耕望先生说东汉郎吏"不以宿卫为要务；其进身多由孝廉与明经，非文吏即儒生"就不是太过恰当，其实在郎官这个官职里既有传统武士，又有通过孝廉与明经选拔的文吏或儒生，比如"永元元年（89）春三月甲辰，初令郎官诏除者得占丞、尉，以比秩为真"。李贤注引："《汉官仪》曰：'羽林郎出补三百石丞、尉自占。丞、尉小县三百石，其次四百石，比秩为真，皆所以优之。'"② 这条材料也是武士出身的羽林郎在郎官属的明证。又三署郎中非文官专属，则据光禄勋掌三署郎选举不预宿卫一事的判断也不准确，东汉光禄勋实际上仍然职事宿卫，杜林代"郭宪为光禄勋。内奉宿卫，外总三署。周密敬慎，选举称平，郎有好学者，辄见诱进，朝夕满堂"③。

郎官之中，虽有文、武官吏，但郎官既然是国家官吏的后备人选，而且自武帝元光元年（公元前134）在郎官署的官员主要是为"观大臣之能"，以出宰州郡，那么朝廷有事，百官上言中，郎官也得预于其中，是以在各种下诏求言或朝政议论的对象中都包括郎官在内。

> ［章帝建初四年（79）］诏下太常，将、大夫、博士、议郎、郎官及诸生、诸儒会白虎观，讲议《五经》同异。④

> ［和帝永元七年（95）］夏四月辛亥朔，日有食之。帝引见公卿问得失，令将、大夫、御史、谒者、博士、议郎、郎官会廷中，各言封事。⑤

---

① 司马彪撰，刘昭注补：《后汉书志》卷二十五《百官志》，中华书局1965年版，第3578页。
② 范晔：《后汉书》卷四《和帝纪》，中华书局1965年版，第168页。
③ 范晔：《后汉书》卷二十七《杜林列传》，中华书局1965年版，第937页。
④ 范晔：《后汉书》卷三《章帝纪》，中华书局1965年版，第138页。
⑤ 范晔：《后汉书》卷四《和帝纪》，中华书局1965年版，第180页。

[桓帝建和元年（147）] 夏四月庚寅，京师地震。诏大将军、公、卿、校尉举贤良方正、能直言极谏者各一人。又命列侯、将、大夫、御史、谒者、千石、六百石、博士、议郎、郎官各上封事，指陈得失。①

虽然凡郎官皆主更直执戟，宿卫诸殿门，出充车骑。但他们在国家事务的讨论中，也有顾问应对的职责，不管是从羽林、期门还是孝廉拜为郎中者，在顾问应对这一职责上理论上都具有同等的权利，郎官得预朝政，并上封事指陈得失的行为就在客观上促进了东汉官员的文士化，这固然是和东汉统治者对儒学重视有关，但是郎官的这种职务行为显然也对此起到了重要的推动作用。

就称谓而言，东汉一些官职中也有"郎"，但与西汉之同名者已有本质不同。西汉郎官通常作为皇帝的家臣给事各卿属官员，以黄门侍郎为例，西汉已有"黄门郎"之称，例以光禄郎给事其中，非黄门自置职，故也称给事黄门侍郎。东汉中期以后，给事之制渐转变，黄门自置侍郎，独立为职，不复由三署郎给事。故《续百官志》有黄门侍郎一职，属少府，极为权要，也有仍称给事黄门侍郎者，虚存给事之号②。是以名号虽为郎，而其实质内容已变，由三署郎给事变为卿属自置之实职。若此类官职不在本章讨论范围之内，但因其易引起概念上的纠纷，故特作此交代。

议郎在东汉的学术进程中扮演了重要的角色，然而就议郎是否为郎官却存有不同的认识。《汉书》卷十九《百官公卿表》中说："郎掌守门户，出充车骑，有议郎、中郎、侍郎、郎中，皆无员，多至千人。"③ 从这条材料中可以看出，议郎与中郎、侍郎、郎中同属郎官，是没有疑问的。但是到了东汉，议郎和郎官并称的现象却常有发生，如上所引章帝建初四年（79）、和帝永元七年（95）、桓帝建和元年（147）的诏令，其中议郎均与郎官并称。据此，似乎可以断定议郎不属于郎官，但《后汉书志》卷二

---

① 范晔：《后汉书》卷七《桓帝纪》，中华书局 1965 年版，第 289 页。
② 详参严耕望《秦汉郎吏制度考》，《严耕望史学论文选集》，台北：联经出版事业公司1991 年版，第 346—347 页。
③ 班固：《汉书》卷十九《百官公卿表》，中华书局 1962 年版，第 727 页。

十五《百官》中的一句话颇耐人寻味：

> 凡郎官皆主更直执戟，宿卫诸殿门，出充车骑。唯议郎不在直中。①

这句话否定的只是议郎不在直中，即不主更直执戟，宿卫诸殿门，出充车骑这些具体的职责，但这句话并没有否定议郎不属于郎官，相反它是在议郎为郎官之一职的前提下来讲议郎不在直中的。因此，议郎应属于郎官范畴。

但问题是为什么议郎会和郎官同时并称？究其原因，应该是与议郎的地位、职责与郎官不同有关。

> 尚书、谏议大夫、侍御史、博士皆六百石，议郎、中谒者秩皆比六百石……郎中秩皆比三百石。②

从地位上看，议郎与博士、谏议大夫的待遇相当，而郎中的官奉则只为议郎的一半，实际上，东汉的郎中基本上可以看作郎官的代名词，因为光武帝省并郎中、中郎、侍郎，通称为郎中，所以从官俸上，议郎和郎官已经有很大差别。而从职责上来看，"凡大夫、议郎皆掌顾问应对，无常事，唯诏令所使"③。议郎的主要职责是掌顾问应对，而且与郎官相比，议郎可以不直执戟。这个职责上的区分使议郎和郎官有着很大的不同。议郎主要职掌顾问应对，还可以从他经常和大夫、博士一起出现上看出。

> [建武二年（26）]三月乙未，大赦天下，诏曰："顷狱多冤人，用刑深刻，朕甚愍之！孔子云：'刑罚不中，则民无所措手足。'其与中二千石、诸大夫、博士、议郎，议省刑法。"④

---

① 司马彪撰，刘昭注补：《后汉书志》卷二十五《百官》，中华书局 1965 年版，第 3575 页。
② 司马彪撰，刘昭注补：《后汉书志》卷三十《舆服》，中华书局 1965 年版，第 3676 页。
③ 司马彪撰，刘昭注补：《后汉书志》卷二十五《百官》，中华书局 1965 年版，第 3577 页。
④ 范晔：《后汉书》卷一《光武帝纪》，中华书局 1965 年版，第 29 页。

　　从下文关于议郎的讨论中，可知议郎具有较为明显的清要特征，然而就随侍左右、顾问应对的职能看，议郎仍然保留了传统郎官居于"廊下"的鲜明特征，这和郎官主体主要由武士充任到文武并存、职能上由单一宿卫宫殿到宿卫宫殿、顾问应对并存的发展趋势是相符合的。尽管议郎的奉秩和身份与一般郎官相比有较大的不同，然而其冗散无定职的特点仍然同于郎官。从这个角度上看，议郎仍然属于郎官的范畴。

四　议郎的清要特征

　　从东汉议郎的征拜和任用上可以看出其清要的特征。所谓清，是指其冗杂之事较少，专职顾问应对，且无常事，唯诏令所使，较为自由；所谓要，是指其颇受尊敬，颇显重要，虽然有时候这种尊重只是表面上的。西汉议郎的征拜以明经为主，① 如翟方进"举明经，迁议郎"②，孔光"经学尤明，年未二十，举为议郎"③。东汉议郎的征拜则名目繁多，据今可考见议郎征拜方式主要有举贤良方正敦朴士、故官或高名者公车征拜、荐举、迁转或其他以军功、术数、治绩等④。（详见本章附表）从议郎的征拜和任用上可以看出，议郎在当时社会上为清要之职。

　　首先，举贤良方正敦朴士者多拜为议郎，这就从议郎的人员选取上保证了议郎的精英性。举贤良方正始于西汉，文、武、昭、宣、成、哀诸帝均有诏书求贤良方正能直言极谏者，东汉光武、章、和、安、顺等帝也频下诏书，诏举贤良方正直言极谏之士，如：

　　　　［光武建武七年（31）］夏四月壬午，诏曰："比阴阳错谬，日月

---

　　① 班固：《汉书》卷十《成帝纪》，中华书局 1962 年版，第 326 页。
　　② 班固：《汉书》卷八十四《翟方进传》，中华书局 1962 年版，第 2411 页。
　　③ 班固：《汉书》卷八十一《孔光传》，中华书局 1962 年版，第 3353 页。
　　④ 就荐举一目，《后汉书》中的叙述不尽可信。赵典"四府表荐，征拜议郎。"李贤注引《谢承书》中说："太尉黄琼、胡广举有道、方正，皆不应。桓帝公车征，对策为诸儒之表。"（范晔：《后汉书》卷二十七《赵典列传》，中华书局 1965 年版，第 947 页。）谢书只提两府，且黄琼初为太尉在永兴二年（154），与范书建和（147—149）初不合。若是，则赵典征拜议郎不在建和初，因此，四府表荐和征拜议郎之间并不是必然的联系，谢书中说太尉黄琼、胡广举有道、方正，赵典不应，征拜议郎是后来桓帝公车征、对策而拜的。因此，范书这句话，将四府表荐和征拜议郎叙述成前因后果的关系，和具体的史事是不相符合的。

薄食。百姓有过，在予一人，大赦天下。公卿、司隶、州牧举贤良、方正各一人，遣诣公车，朕将览试焉。"①

[和帝永元六年（94）] 丙寅，诏曰："朕以眇末，承奉鸿烈。阴阳不和，水旱违度，济河之域，凶馑流亡，而未获忠言至谋，所以匡救之策。癗瘵永叹，用思孔疚。惟官人不得于上，黎民不安于下，有司不念宽和，而竞为苛刻，覆案不急，以妨民事，甚非所以上当天心，下济元元也。思得忠良之士，以辅朕之不逮。其令三公、中二千石、二千石、内郡守相举贤良方正、能直言极谏之士各一人。昭岩穴，披幽隐，遣诣公车，朕将悉听焉。"帝乃亲临策问，选补郎吏。②

诏举贤良方正之士多在日食、地震等自然灾害发生之后，帝王为塞天责，而下诏求贤，以示悔过，所选之士也待以不次之位，而东汉所选贤良方正之士多拜议郎也正是这个原因，议郎虽属于郎官，但与一般郎官相比，不直执戟，不职武事，而是像大夫一样专职应对，较为清要。议郎的这个职业特点实际上也反过来影响了贤良方正之士的对策行为，贤良方正之士多为才学之士，而非类同孝廉为郎者，他们对国家事务非常熟悉，尤其是国家发展过程中的诸多流弊，他们在对策时总是能够根据国家目前所面临的问题展开论证，而且多直言极谏，不避权贵。

相对于孝廉郎来说，文士化的郎官的职业品格在议郎身上有着更加鲜明的体现，虽然他们可能会面临着权贵的打击，但这并不会改变士人们在对策过程中不屈己志、抨击时政、匡国理政的激情。梁太后临朝，有日食之变，诏举贤良方正，荀淑对策，"讥刺贵倖，为大将军梁冀所忌，出补郎陵侯相。"③ 又，梁太后临朝，皇甫规对策，"梁冀忿其刺己，以规为下第，拜郎中。"④ 士人这种敢于直言的传统在举贤良方正对策中

①　范晔：《后汉书》卷一《光武帝纪》，中华书局 1965 年版，第 52 页。
②　范晔：《后汉书》卷四《和帝纪》，中华书局 1965 年版，第 178 页。
③　范晔：《后汉书》卷六十二《荀淑列传》，中华书局 1965 年版，第 2049 页。
④　范晔：《后汉书》卷六十五《皇甫规列传》，中华书局 1965 年版，第 2132 页。

有着很好的传承，左雄拜议郎后，"大臣懈怠，朝多阙政，雄数为言事，其辞深切"①。正是这种不屈服于权贵的正直维系着士人乱世不坠的精神家园。这些士人进入到以议论为职责的郎官系统中，保证了郎官关注国家时政的精神延续，也在实际行动上回应了董仲舒当初以文士充郎官的目的。贤良方正多直士，就从议郎的人选来源上保证了这一职官自身正直不屈、关心时政的政治品格。

其次，故官或有社会清望的人在重新进入朝廷或被委以重任时，多先征拜议郎，然后再迁升高位，比如郑均在位"数纳忠言，肃宗敬重之，后以病乞骸骨，拜议郎"②。这个拜议郎与其说是个实职不如说是个虚职，因为议郎本为清要之职，不职武事，冗散之官，无常事，唯诏令所使。它更像是个荣誉，表彰那些为国家做过贡献的老臣。又如赵典"少笃行隐约，博学经书，弟子自远方至。建和初，四府表荐，征拜议郎，侍讲禁中，再迁为侍中。"③ 桓郁"常居中论经书，问以政事，稍迁侍中。（李贤注引《东观记》'永平十四年为议郎，迁侍中。'）……以侍中监虎贲中郎将。"④ 他们本身或已是忠臣，或清望在外，在未拜议郎之前已经甚有威望，拜为议郎，时政国事，多有诏问，他们的意见对帝王的决策有着很大作用。而且他们职事冗散，多易给人以潇洒自适的印象。所以，征拜这些人充任议郎之职，就在客观上铸就议郎清散的品格。

最后，议郎有着很大的升迁空间，这和他们的举主多为二千石以上高官有关。这种情况不仅表现在皇帝数下的求贤良方正的诏书中，而且在非应求贤诏的荐举中，也比比皆是。比如章帝建初元年（78）三月，山阳、东平地震，皇帝即下诏书"令太傅、三公、中二千石、二千石、郡国守相举贤良方正、能直言极谏之士各一人。"⑤ 永初五年（111），安帝"思得忠良正直之臣，以辅不逮。其令三公、特进、侯、中二千石、二千石、郡守、诸侯相举贤良方正，有道术、达于政化、能直言极谏之士各一人，及

---

① 范晔：《后汉书》卷六十一《左雄列传》，中华书局1965年版，第2015页。
② 范晔：《后汉书》卷二十七《郑均列传》，中华书局1965年版，第946页。
③ 范晔：《后汉书》卷二十七《赵典列传》，中华书局1965年版，第947页。
④ 范晔：《后汉书》卷三十七《桓郁列传》，中华书局1965年版，第1452页。
⑤ 范晔：《后汉书》卷三《章帝纪》，中华书局1965年版，第133页。

至孝与众卓异者，并遣诣公车，朕将亲览焉。"① 这些诏书中所言及的举主，均为中央和地方两千石以上的官员。在非应诏的荐举中，议郎的举主也多为高官，比如桓谭的举主是大司空宋弘、吴良的举主是骠骑将军东平王刘苍、陈蕃由太尉李固荐、崔寔由少府何豹举。议郎的举主们位高权重，所荐举之士在进入仕途后，不仅升迁的空间很大而且升迁的速度也很快②。

在中央属官中，郎官升迁后多被拜为光禄大夫、谏议大夫、尚书、侍中，其中尤以侍中最为常见。比如刘淑"对策为天下第一，拜议郎。……再迁尚书，纳忠建议，多所补益。又再迁侍中，虎贲中郎将。"③ 栾巴"征拜议郎，守光禄大夫，与杜乔、周举等八人徇行州郡。"④ 何休"拜议郎，屡陈忠言，再迁谏议大夫。"⑤ 在地方官上，他们多被拜为州郡太守、刺史，如马融"对策，拜议郎。大将军梁商表为从事中郎，转武都太守。"⑥ 衡方"征拜议郎，右北平大守，……迁颍川大守。"⑦ 不管在中央还是出守地方，议郎几乎都被委以重职，而且升迁迅速，这和以上两个原因，共同成就了议郎一职的清要特点。

处于清要之职的议郎，在对当前时事发表自己的独立政见，意欲廓清宇内，黜退奸佞的行为中彰显了传统士人积极用世的精神品格，他们对国家政事的关心，不仅表现在直言极谏面折圣廷上，而且也表现在学术和文学创作上。

---

①　范晔：《后汉书》卷五《安帝纪》，中华书局1965年版，第217页。
②　东汉门生故吏与举主座师之间关系甚密。宋洪适《隶释》卷七："汉儒开门受徒……其亲受业则曰弟子，以久次相传授则曰门生，未冠曰门童，总而称之，亦曰门生。旧所治官府其掾属则曰故吏。"（文渊阁《四库全书》本）官员荐举，多举自己的掾属，或能报恩者，永平元年，樊鯈"上言郡国举孝廉，率取年少能报恩者，耆宿大贤多见废弃，宜敕郡国简用良俊。"（范晔：《后汉书》卷三十二《樊鯈传》）这就形成了门生故吏对举主座师莫不尽心忠诚的风气，举主座师对门生故吏也极尽提携之力，如桓郁"门人杨震、朱宠，皆至三公。"（范晔：《后汉书》卷三十七《桓荣列传》）他们相互关照，形成了大大小小的利益集团。在这种社会风气下，议郎之举主既然多为位高权重者，则议郎上位之后，迅速升迁自然也是情理中的事了。
③　范晔：《后汉书》卷六十七《党锢列传》，中华书局1965年版，第2190页。
④　范晔：《后汉书》卷五十七《栾巴列传》，中华书局1965年版，第1841页。
⑤　范晔：《后汉书》卷七十九《儒林列传》，中华书局1965年版，第2583页。
⑥　范晔：《后汉书》卷六十《马融列传》，中华书局1965年版，第1971页。
⑦　高文：《汉碑集释》，河南大学出版社1997年版，第308页。

第二节　郎官的文学活动

郎官文士化，使郎官这一职别突破了传统郎官只职武事的局限，贤良为郎的目的虽然是充在宫殿以观大臣之能，锻炼和培养他们的行政能力，但在长期参政议政的行为中——尤其议郎更只主议政不职武事——郎官在学术活动和文学创作上的表现非常突出。虽然理论上，郎官仍主直执戟，宿卫宫中，出充车骑，但在东汉，郎官的主要活动已经集中到参与朝政议论当中去了，在皇帝下诏求言的对象中，郎官通常都被预于其内。因此，郎官在东汉活动的首要特征便是侍中左右，顾问应对，以理政匡国谏主为己任。

一　顾问应对，随侍左右

顾问应对，匡国理政是东汉郎官的首要职责。他们随侍左右，忠勤重慎，如徐防"永平中，举孝廉，除为郎。……职典枢机，周密畏慎，奉事二帝，未尝有过。"[1] 冯豹"举孝廉，拜尚书郎，忠勤不懈。每奏事未报，常俯伏省闼，或从昏至明。肃宗闻而嘉之。"[2] 樊梵"为郎二十余年，三署服其重慎。"[3] 相对于这种行为上的忠贞，郎官在面对社会问题时，敢于直言极谏的精神更能体现出先秦传统士人精神的当时代传承，他们以国为重，所求的不是个人的荣华富贵，甚至不是一家帝王的兴衰，而是王朝社会秩序的稳定和人民生活的安康，这种超越士人具体利益得失，超越一朝一帝兴衰起伏的视野和终极关怀，是先秦传统士人精神的当下复活，它一方面构筑了汉代士人群体的精神风貌，但更为主要的是它作用于当下社会秩序的稳定和民众生活的安宁。这种精神体现在郎官身上就是他们的因事讽谏或直言极谏。杨仁举孝廉拜郎，显宗引见，问"当世政迹。仁对以宽和任贤，抑黜骄戚为先。又上便宜十二事，皆当世急务。帝嘉之。"[4] 高

---

① 范晔：《后汉书》卷四十四《徐防列传》，中华书局 1965 年版，第 1500 页。
② 范晔：《后汉书》卷二十八《冯豹列传》，中华书局 1965 年版，第 1004 页。
③ 范晔：《后汉书》卷三十二《樊梵列传》，中华书局 1965 年版，第 1124 页。
④ 范晔：《后汉书》卷七十九《儒林列传》，中华书局 1965 年版，第 2574 页。

彪郡举孝廉，除郎中，"数奏赋、颂、奇文，因事讽谏，灵帝异之。"① 然而并不是所有的郎官都能直言极谏获得主上的认可和嘉奖，他们的正直有时让他们付出了惨重的代价，甚至生命的威胁。永元元年（89），杜根"举孝廉，为郎中。时和熹邓后临朝，权在外戚。根以安帝年长，宜亲政事，乃与同时郎上书直谏。太后大怒，收执根等，令盛以缣囊，于殿上扑杀之。"② 郎官位卑职重，他们的知识教育所培养出的积极用世的士人情怀，使他们在面对社会发展中种种流弊时不能视而不见，他们充任郎官的主要职责就是"辅国家以道德"，宋弘曾举桓谭为郎，但桓谭未尽到"辅国家以道德"的责任，宋弘对其进行了批评。

> 帝尝问（宋）弘通博之士，弘乃荐沛国桓谭才学洽闻，几能及杨雄、刘向父子。于是召谭拜议郎、给事中。帝每宴谯，辄令鼓琴，好其繁声。弘闻之不悦，悔于荐举，伺谭内出，正朝服坐府上，遣吏召之。谭至，不与席而让之曰："吾所以荐子者，欲令辅国家以道德也，而今数进郑声以乱《雅》、《颂》，非忠正者也。能自改邪？将令相举以法乎？"谭顿首辞谢，良久乃遣之。后大会群臣，帝使谭鼓琴，谭见弘，失其常度。帝怪而问之，弘乃离席免冠谢曰："臣所以荐桓谭者，望能以忠正导主，而令朝廷耽悦郑声，臣之罪也。"帝改容谢，使反服，其后遂不复令谭给事中。③

从宋弘对桓谭的遣责和对皇帝的进言中可以看出，郎官的主要职责应是"忠正导主"、"辅国家以道德"，这是传统士人对自我角色的一种充满自信的期许。这和汉大赋"主文谲谏"的原始动机是相互表里的，不管外在形式是直言极谏还是劝百讽一，其最终的动机都是要通过自己的言行将自己对理想社会秩序的想象作用于当权者——帝王，从而付诸实际的社会实践，完成文人们关于理想社会秩序的实际建构。

但是带着这种理想进入到官僚系统中的文人，他们的理想在付诸实施

---

① 范晔：《后汉书》卷八十《文苑列传》，中华书局1965年版，第2650页。
② 范晔：《后汉书》卷五十七《杜根列传》，中华书局1965年版，第1839页。
③ 范晔：《后汉书》卷二十六《宋弘列传》，中华书局1965年版，第904页。

的过程中，并不是一帆风顺的，有时这种崇高的理想在皇帝那里并没有得到应有的重视，而文人本身的艺术技巧所带来的享乐快感似乎比他们欲辅国家的道德理论更能得到帝王的喜好，尽管上举冯豹和杨仁的例子中，都有皇帝对他们行为的赞许，但"帝每宴，辄令鼓琴，好其繁声"，也不是一个偶然的现象。帝王好繁声的本能与勤于听政、励精图治的理性行为之间一直以来都存有矛盾，《礼记·乐记》中说："魏文侯问于子夏曰：'吾端冕而听古乐，则唯恐卧；听郑、卫之音，则不知倦。"① 又，《孟子·梁惠王下》梁惠王曰："寡人非能好先王之乐也，直好世俗之乐耳。"② 这里魏文侯和梁惠王口中的古乐与先王之乐，虽然也都属于音乐的范畴，但显然它们本身内含的更多的是礼乐制度，是修己正身理国治家的政治说教，而非郑卫之音、世俗之乐能直观地乐人耳目，刺激精神，使人不知倦怠，耽溺其中。礼乐的严肃性和世俗的娱乐性自始都是相携而来的。在历史兴衰荣辱的叙述中，似乎总是两者交替出现、此起彼伏的变奏。枚乘《七发》中的太子被圣人辩士之言霍然触动，似乎可以看成是礼乐文明对世俗享乐的胜利，但显然这更多的只是文人在想象中的一次自我安慰，稍后枚乘之子枚皋"自悔类倡"的叹息就从根本上消解了文士对礼乐理君的盲目自信，因此，东方朔的《答客难》也可以看作对武帝好赋忘礼的无奈注脚。文人希望"忠正导主"的愿望和帝王以"倡优"蓄之的矛盾在桓谭和光武帝之间再次上演，这是势权对知识权力的胜利，也是士人在面对势权时的无奈表现。

在这个事件中，桓谭只是士人理想与势权之间博弈的一颗棋子，他在这场博弈中左右为难的窘境恰恰细致地彰显了文人理想与帝王权力之间的交锋。文人的理想要想付诸实践就必须借助于帝王的权力，而拥有权力的帝王则希望通过手中的权力来满足自身对于享乐的追求，可是文人们却希望将帝王的行为纳入他们理想实践的环节中来，因此，被举荐到皇帝身边的郎官就担负着劝导皇帝励精图治的责任，希望皇帝能够进入他们预先设定的理想社会秩序的实践环节中来，但是相对于举荐者来说，郎官们位卑言轻，他们所要弘扬的大义就很难得以很好地实践。作为比举荐者拥有更多权力的帝王，

---

① 郑玄注，孔颖达疏：《礼记正义》，北京大学出版社 1999 年版，第 119 页。

② 赵岐注，孙奭疏：《孟子注疏》卷二《梁惠王》，北京大学出版社 1999 年版，第 30 页。

他们对身边这些背负着劝导职责的郎官所提出的要求，让郎官更不敢轻易地拒绝。而这些郎官所受到的系统的文艺教育是帝王们所感兴趣的，因此在皇帝的命令下，他们身上具有娱乐因素的才艺远比他们内心里所充溢的道德说教更有机会得以展示。然而，在满足了皇帝娱乐享受的需要时，却也严重地背离了他们最初的神圣职责。因此，汉代文人的社会角色里实际上内含理君与娱主的矛盾，这种矛盾的存在使得他们的初衷和最终的表达（文字或行为的表达）常常貌合神离，虽然文章的背后隐藏着他们对理想社会秩序付诸实践的想象，但是这种想象的表达和最终实践可能性的微乎其微使其退缩到可以忽略不计的地步，因此，文章本身走向了历史的前台，成了被审视的对象，文章娱乐的性质被无限放大，而文章或行为背后所隐藏的"忠君导主"、"辅国家以道德"的初衷却被表象的繁华淹没下去，成了被忽略的对象。

从桓谭的例子中可以看到，尽管在理论描述上郎官主要掌顾问应对，不职武事，在朝中属于清要之官，但在某些具体的事例中，他们的"忠君导主"致君尧舜的理想并不是都能够得以顺利实现，而这其中则是由郎官的文化传统所致，士人们对完美社会秩序的理想建构和出于对知识理性的自信，使他有理由相信他们能够引导着势权朝着正确的方向发展，并能使社会保持着永远的长治久安。所以，充任郎官，侍中左右，顾问应对或主动建言就成了他们在帝王身边存在的最佳理由，他们对自己职责的忠勤谨慎，兢兢业业也是他们践行自我理想的一种外在体现。当君主的行为偏离了正常的社会价值取向时，他们会为自己所坚守的价值理念无畏地进谏主上。郎官的这种价值理念在他们升迁高位后一样如影随形，甚至有增无减，桓灵之世的党锢之祸，实际上是士人的价值理念过分膨胀与权势之间冲突的外在表现，而党人的禁锢和东汉王朝的衰落，也是士人精神和帝国权势两败俱伤的必然结果。

二　校书东观，整齐故事

汉代郎官的文士化使许多郎官专门从事学术活动①。校书郎是东汉时

---

①　成祖明的《郎官制度与汉代儒学》（《史学集刊》2009 年第 3 期）一文，虽然讨论了郎官与汉代儒学的发展关系，但所涉及的儒学仅指武帝时以董仲舒为代表的儒生和宣帝时石渠阁会议的情况，并没有涉及东汉郎官与儒学的关系。事实上，东汉郎官与儒学的关系要较西汉更为丰富和复杂。

期渐趋凸显的一个官职，它并没有明确的上、下级官属，而是一个主要活动在兰台和东观的官职，然而在东汉它是由郎官给事东观还是自置官职在学术研究中似乎仍存有争议。严耕望认为校书郎为郎官给事东观，他只是就东汉校书郎的相关材料推定出这一结论，班固"永平中为郎，点校秘书"，马融"拜为校书郎中，诣东观典校秘书"。又，东观郎也即校书郎，由郎中给事东观校书部①。实际上这一问题杜佑在《通典》中就已经讨论得很清楚了。

> 汉之兰台及后汉东观，皆藏书之室，亦著述之所。多当时文学之士，使雠校于其中，故有校书之职。……又选他官入东观，皆令典校秘书，或撰述传记，盖有校书之任，而未为官也，故以郎居其任，则谓之校书郎。②

以"他官入东观，皆令典校秘书"显然由他官给事东观，有校书之任，而未为官，更证明校书郎并不是一个独立的官职，它是由他官兼领的一个称谓。

这种说法还可以从议郎校定中书的角度进一步予以证明。东观校书者多有郎官身份，许多议郎直接参与东观著作，其中尤以卢植的征拜议郎校书于东观最耐人寻味。

> 卢植……少与郑玄俱事马融，能通古今学，好研精而不守章句。……作《尚书章句》、《三礼解诂》。时始立太学《石经》，以正《五经》文字，植乃上书曰："臣少从通儒故南郡太守马融受古学，颇知今之《礼记》特多回冗。臣前以《周礼》诸经，发起秕谬，敢率愚浅，为之解诂，而家乏，无力供缮写上。愿得将能书生二人，共诣东观，就官财粮，专心研精，合《尚书》章句，考《礼记》失得，庶裁定圣典，刊正碑文。古文科斗，近于为实，而厌抑流俗，降

---

① 严耕望：《秦汉郎吏制度考》，《严耕望史学论文选集》，台北：联经出版事业公司1991年版，第350页。

② 杜佑：《通典》，中华书局1984年版，第155页。

在小学。中兴以来，通儒达士班固、贾逵、郑兴父子，并敦悦之。今《毛诗》、《左氏》、《周礼》各有传记，其与《春秋》共相表里，宜置博士，为立学官，以助后来，以广圣意。"会南夷反叛，以植尝在九江恩信，拜为庐江太守。植深达政宜，务存清静，弘大体而已。岁余，复征拜议郎，与谏议大夫马日磾、议郎蔡邕、杨彪、韩说等并在东观，校中书《五经》记传，补续《汉记》。帝以非急务，转为侍中，迁尚书。①

卢植由庐江太守拜为议郎，目的是为了与议郎蔡邕、杨彪、韩说等校定中书，后帝以非急务，转为侍中，迁尚书。如果仅仅从官秩上讲，六百石议郎远远低于二千石的太守和侍中，可是为什么要拜议郎，在庐江太守位上，卢植并没有犯下错误，因此排除左转的情况，那么只能从拜议郎上来寻找原因。需要注意的是在庐江太守前，卢植是在东观从事校定中书的，从后文"复征拜议郎"上看，则此前卢植在校定中书时其身份也是议郎。这和其他校定中书者多拜郎官的经历类似。似乎这还不能证明校书郎的身份来历。卢植出身当世硕儒马融的门下，能通古今学，则可知其学术水平绝非一般。而且之前也在东观校定中书，"合《尚书》章句，考《礼记》失得，庶裁定圣典，刊正碑文。"正是因为其学术高明、业务熟练，才将其从庐江太守任上调回，复征拜议郎，校定中书。调离庐江太守并不是这个事件的关键，关键是让其校定中书，所以二千石的庐江太守和六百石议郎的官秩高低就不是主要关注的对象，以议郎校书才是主要问题所在。至此，可以说东观著书者多拜郎官，而校书郎既无上下官属，则也不成为一独立官职，是以，校书郎之说乃校书郎中，或校书议郎之省称。

东汉时期校书之业之所以大兴，除了受到前汉末刘向、歆等校定中书的影响外，还和东汉的统治者多重儒术有关，甚至连后宫的邓太后也不例外，"自入宫掖，从曹大家受经书，兼天方、算数。昼省王政，夜则诵读。而患其谬误，惧乖典章，博选诸儒刘珍等及博士、议郎、四府掾史五十余

---

① 范晔：《后汉书》卷六十四《卢植列传》，中华书局 1965 年版，第 2113—2117 页。

人，诣东观雠校传记。"① 事实上，在光武后期，典章乖谬，经意混乱的
情况就已经非常严峻了，以至于中元元年（56），光武亲下诏书针对
"《五经》章句烦多"的问题，"议欲减省。"永平元年（58），长水校尉
樊鯈再次上奏，"欲使诸儒共正经义，颇令学者得以自助。"于是建初四年
（79）太常、将、大夫、博士、议郎、郎官及诸生、诸儒会白虎观，讲议
《五经》同异，帝亲称制临决②。不过，这次会议似乎并没有解决问题，
以至于在建初八年（83）的一份诏书中，皇帝还在忧心于"《五经》剖
判，去圣弥远，章句遗辞，乖疑难正，恐先师微言将遂废绝，非所以重稽
古，求道真也。其令群儒选高才生，受学《左氏》、《谷梁春秋》、《古文
尚书》、《毛诗》，以扶微学，广异义焉。"③ 尽管皇帝的诏书再三强调，但
经义混乱的情况仍然没有得以解决，和帝永元十四年（102），司空徐防在
上疏中依然在忧心忡忡地讨论这一问题：

> 防以《五经》久远，圣意难明，宜为章句，以悟后学。上疏曰：
> "……伏见太学试博士弟子，皆以意说，不修家法，私相容隐，开生
> 奸路。每有策试，辄兴诤讼，论议纷错，互相是非。……不依章句，
> 妄生穿凿，以遵师为非义，意说为得理，轻侮道术，浸以成俗，诚非
> 诏书实选本意。改薄从忠，三代常道，专精务本，儒学所先。臣以为
> 博士及甲乙策试，宜从其家章句，开五十难以试之。解释多者为上
> 第，引文明者为高说；若不依先师，义有相伐，皆正以为非。……"
> 诏书下公卿，皆从防言。④

虽然徐防是在讨论博士弟子不修家法的事情，但根本的原因则是经义
繁多，难以统一的问题。乃至后来发展到"博士试甲乙科，争弟高下，更
相告言，至有行贿定兰台漆书经字，以合其私文者。"⑤ 可见问题严重到

---

① 范晔：《后汉书》卷十《皇后纪》，中华书局 1965 年版，第 424 页。

② 范晔：《后汉书》卷三《章帝纪》，中华书局 1965 年版，第 138 页。

③ 同上书，第 145 页。

④ 范晔：《后汉书》卷四十四《徐防列传》，中华书局 1965 年版，第 1500—1501 页。

⑤ 范晔：《后汉书》卷七十八《宦者列传》，中华书局 1965 年版，第 2533 页。

何种程度，是以，议郎蔡邕"以经籍去圣久远，文字多谬，俗儒穿凿，疑误后学，熹平四年，乃与五官中郎将堂谿典、光禄大夫杨赐、谏议大夫马日磾、议郎张驯、韩说，太史令单飏等，奏求正定《六经》文字。灵帝许之。邕乃自书丹于碑，使工镌刻立于太学门外。"①

　　虽然在校定中书的过程中，也有类若五官中郎将、光禄大夫、谏议大夫等参与进来，但校书主体人员却是郎官。就东汉而言，不管是孝廉为郎还是征拜议郎，其中有才学者多在拜郎之后，使校书东观，如高彪"后郡举孝廉，试经第一，除郎中，校书东观。"②孔子之后，鲁东孔僖，拜郎中，使校书东观。蔡邕先是诏拜郎中，校书东观，后迁议郎，仍在东观校书。窦章以讲读而闻名，太仆邓康荐章入东观为校书郎。崔寔，"大司农羊傅、少府何豹上书荐寔才美能高，宜在朝廷。召拜议郎，迁大将军冀司马，与边韶、延笃等著作东观。"后又"以病征，拜议郎，复与诸儒博士共杂定《五经》。"③东观校书，并不仅仅限于经书范围，包括诸子百家、艺术等都在校定范围，顺帝永和元年（136），"诏无忌与议郎黄景校定中书《五经》、诸子百家、艺术。"李贤注曰："《艺文志》曰'诸子凡一百八十九家'，言百家，举其成数也。艺谓书、数、射、御，术谓医、方、卜、筮。"④由此看来，校书目的虽然主要是统一经义，为王朝的思想统一提供学术上的支持，但对诸子、艺术典籍的校定则更多是出于非功利的学术因素。

　　校书只是东汉郎官在东观活动的一个方面，另一方面，他们还要负责史书的整理和编纂。偏于对本朝史事的整理是东汉史书编纂中的一个显著特征，东汉对史的认识发生了巨大的变化，司马迁通史观念在班固这里遭到了质疑，质疑的起点是刘氏王朝的繁荣与鼎盛完全可以自成史册，而没必要"编于百王之末，厕于秦项之列……故探撰前记，缀集所闻，以为《汉书》。起元高祖，终于孝平、王莽之诛。"⑤先是，班固以私撰国史而

---

① 范晔：《后汉书》卷六十《蔡邕列传》，中华书局1965年版，第1990页。
② 范晔：《后汉书》卷八十《文苑列传》，中华书局1965年版，第2650页。
③ 范晔：《后汉书》卷五十二《崔寔列传》，中华书局1965年版，第1730页。
④ 范晔：《后汉书》卷二十六《伏湛列传》，中华书局1965年版，第898页。
⑤ 范晔：《后汉书》卷四十《班固列传》，中华书局1965年版，第1334页。

下狱，班超诣阙申诉班固所著述意，显宗诏诣校书部，拜为郎，典校秘书，与陈宗、尹敏、孟异共成《世祖本纪》，又撰功臣、平林、新市、公孙述事，作列传、载记二十八篇，奏之。帝乃复使终成前所著书①。在当时撰述《汉记》的并非仅班固一人，安帝时，李尤"受诏与谒者仆射刘珍等俱撰《汉记》。"② 卢植拜议郎，与议郎蔡邕、杨彪、韩说等并在东观，校中书《五经》记传，补续《汉记》。崔寔诏拜议郎，与边韶、延笃等著作东观。"元嘉中，桓帝复诏无忌与黄景、崔寔等共撰《汉记》。又自采集古今，删著事要，号曰《伏侯注》。李贤注：'其书上自黄帝，下尽汉质帝。'"③ 由此看来，著述史事不仅仅是东观郎官的职责，就连皇帝本人都很热衷地参与了进来。

他们不仅注重对前朝史事的整理和著述，而且对本朝史事也同样充满著述的热情，比如明帝与刘苍就光武史事的写作多有交流，"（永平）十五年春……帝以所作《光武本纪》示苍，苍因上《光武受命中兴颂》。帝甚善之，以其文典雅，特令校书郎贾逵为之训诂。"④ 从明帝和东平王刘苍应和以及贾逵为之训诂的行为中，可以看出，他们对本朝史事编纂的热衷。而他们的热衷在很大程度上来自他们颂美汉室的热情。又，元初五年（118），平望侯刘毅以太后多德政，欲令早有注记，上书安帝曰：

----

① 班固《汉书》卷一百《叙传》则自述："永平中为郎，典校秘书。"从上引文献可以看出，班固为郎后并没有立即从事《汉书》的写作，而是先对本朝（东汉）的史事进行整理和书写，书写本朝史事是东观郎官的一个主要职责。而《汉书》同样是在郎官的位置上完成的，但不始于班固拜郎。刘跃进《秦汉文学编年史》认为："若依建初最后一年的建初九年（84）逆推二十年，则班固受诏作书当在永平五年（62）前后。"（商务印书馆 2006 年版，第 392 页。）而《后汉书》本传中，班固在永平五年受诏后与陈宗等共成《世祖本纪》后才迁为郎，典校秘书的，在此之后才又撰功臣、平林、新市、公孙述事，作列传、载记二十八篇，奏之。在这些工作完成后，才是"帝乃复使终成前所著书。"也就是说班固《汉书》的撰写实际上并不是从受诏后才开始的，受诏后是接续前著的。班固《汉书》撰写是从班彪卒后开始的，本传载："父彪卒，归乡里。固以彪所续前史未详，乃潜精研思，欲就其业。"班彪卒于建武三十年（54），若固守孝三年后开始着手《汉书》的撰写，也就是说从中元二年（57）起，二十余年后就是建初四年（78）左右。这正好和本传中所说的"建初中乃成"相吻合。因此，关于《汉书》创作的时间应该是从中元二年起，中间因为告密而中断，后至兰台，迁为郎，典校秘书时，才受诏接此前已经于中元二年开始撰写的工作继续撰写《汉书》，最后成于建初四年前后。

② 范晔：《后汉书》卷八十《文苑列传》，中华书局 1965 年版，第 2616 页。

③ 范晔：《后汉书》卷二十六《伏湛列传》，中华书局 1965 年版，第 898 页。

④ 范晔：《后汉书》卷四十二《光武十王列传》，中华书局 1965 年版，第 1436 页。

"宜令史官著《长乐宫注》、《圣德颂》，以敷宣景燿，勒勋金石，县之日月。"① 不管是《汉书》、《汉记》还是诸如《光武本纪》、《长乐宫注》等的编纂，汉室的鼎盛与繁荣是他们史书写作的努力所在。

三　侍讲禁中，师傅皇子

东汉帝王多重儒，这固然与开国皇帝光武帝儒士出身的经历有关，但更为主要的是自汉武帝时独尊儒术后所形成的社会风气，给东汉社会推重儒术提供了一个良好的背景。不管是光武帝本人"未及下车，先访儒士""数引公卿、郎将讲论经理"的行为，还是明帝尊奉师傅，飨射礼毕，正坐自讲的举动，都说明了作为统治者对儒术的喜爱。邓后被家人戏称为"诸生"，其自入宫掖，从曹大家受经术，昼省王事，夜则诵读，也足以说明儒学影响的深远。作为统治者，他们对儒学的喜好使得他们非常重视对皇子的儒学教育，不管是光武、明、章，还是称制的邓后，他们都非常重视延请名师硕儒，教授皇子及大臣子弟。

名师硕儒在初入京师时，一般先拜为郎官，教授禁中。钟兴"少从少府丁恭受《严氏春秋》。恭荐兴学行高明，光武召见，问以经义，应对甚明。帝善之，拜郎中，稍迁左中郎将。诏令定《春秋》章句，去其复重，以授皇太子。又使宗室诸侯从兴受章句。"② 也有父子相继为郎，入授禁中的。光武时，名儒包咸，"举孝廉，除郎中……入授皇太子《论语》，又为其章句。"后来，包咸的儿子包福也拜为郎中，以《论语》入授和帝③。而父子师徒拜郎授学于禁中的最好例证莫过于桓荣了。

> 建武十九年……显宗始立为皇太子，选求明经，乃擢荣弟子豫章何汤为虎贲中郎将，以《尚书》授太子。世祖从容问汤本师为谁，汤对曰："事沛国桓荣。"帝即召荣，令说《尚书》，甚善之。拜为议郎，赐钱十万，入使授太子。④

---

① 范晔：《后汉书》卷十《皇后纪》，中华书局1965年版，第426页。
② 范晔：《后汉书》卷七十九《儒林列传》，中华书局1965年版，第2579页。
③ 同上书，第2570页。
④ 范晔：《后汉书》卷三十七《桓荣列传》，中华书局1965年版，第1249—1250页。

作为皇帝的老师，桓荣后来受到了明帝极尽尊敬，帝"乘舆尝幸太常府，令荣坐东面，设几杖，会百官，骠骑将军东平王苍以下及荣门生数百人，天子亲自执业，每言辄曰'大师在是'。既罢，悉以太官供具赐太常家。其恩礼若此。"① 后来，桓荣的儿子桓郁更是教授二帝，"（郁）少以父任为郎。敦厚笃学，传父业，以《尚书》教授，门徒常数百人。……帝以郁先师子，有礼让，甚见亲厚，常居中论经书，问以政事，稍迁侍中。（李贤注：《东观记》曰'永平十四年为议郎，迁侍中'也。）帝自制《五家要说章句》，令郁校定于宣明殿，以侍中监虎贲中郎将。永平十五年，入授皇太子经。"② 和帝即位，窦宪欲令少主颇涉经学，上疏皇太后曰："郁，结发敦尚，继传父业，故再以校尉入授先帝。父子给事禁省，更历四世，今白首好礼，经行笃备。又宗正刘方，宗室之表，善为《诗经》，先帝所褒。宜令郁、方并入教授，以崇本朝，光示大化。"③ 由是桓郁迁长乐少府，复入侍讲。桓郁的孙子桓麟在"桓帝初，为议郎，入侍讲禁中，以直道牾左右，出为许令。"④

桓荣的弟子中，除了何汤教授禁中外，张酺也曾讲授宫中。后除为郎，入授皇太子。

> （张酺）少从祖父充受《尚书》，能传其业。又事太常桓荣。勤力不息，聚徒以百数。永平九年，显宗为四姓小侯开学于南宫，置《五经》师。酺以《尚书》教授，数讲于御前。以论难当意，除为郎，赐车马衣裳，遂令入授皇太子。⑤

父子师徒，起于郎官，教授宫中，历数世而不衰，朝野内外，享受尊崇，子弟门人，多登高位，桓荣"其门徒多至公卿"，桓郁门人"杨震、朱宠，皆至三公"，桓焉的弟子中，以"黄琼、杨赐最为显贵"⑥。

---

① 范晔：《后汉书》卷三十七《桓荣列传》，中华书局 1965 年版，第 1252—1253 页。
② 同上书，第 1254—1255 页。
③ 同上书，第 1256 页。
④ 同上书，第 1260 页。
⑤ 范晔：《后汉书》卷四十五《张酺列传》，中华书局 1965 年版，第 1528—1529 页。
⑥ 范晔：《后汉书》卷三十七《桓荣列传》，中华书局 1965 年版，第 1253、1256、1257 页。

就郎官的讲授对象来看，并不仅仅局限于皇太子、皇子，包括四姓小侯，甚至宫人都要通一经义。明帝永平九年（66），为四姓小侯开立学校，置《五经》师。所谓"四姓小侯"，李贤注引："袁宏《汉纪》曰，永平中崇尚儒学，自皇太子、诸王侯及功臣子弟，莫不受经。又为外戚樊氏、郭氏、阴氏、马氏诸子弟立学，号四姓小侯，置《五经》师。以非列侯，故曰小侯。"① 由此可见，宫中讲授对象的范围之广。女主邓太后不仅自己昼夜诵经，而且"诏中官近臣于东观受读经传，以教授宫人，左右习诵，朝夕济济。"② 因此，郎官不仅仅校定中书，而且还担负着侍讲禁中的职责。比如赵典，少独行隐约，建和初，"征拜议郎，侍讲禁内。"③ 又如马融，少在东观典校秘书，因忤邓后而获禁锢，"太后崩，安帝亲政，诏还郎属，复在讲部。"④ 由此可见，郎属之内，也分工明确，有专门讲学之部。

四 应诏作赋，颂美汉室

郎官不仅与东汉学术关系密切，而且也与东汉文学的发展紧密相关。东汉有些著名的文人本身就是以才学而被征召拜为郎的，他们在郎官位置上除了校书东观，另一个主要的职责是通过文学创作来颂美汉室或唱和应酬。郎官之位虽为士人进身之阶，在社会舆论中被目为清要之职，然而由于郎官人数众多，又为冗散之职，快速升迁者固然有之，沉沦下僚者也不乏其人，在面对远大理想与现实处境的尴尬时，他们的浅唱低吟，他们的哀怨所诉，发之于声，成之于文，便构成了东汉文学细腻情绪的内在因素。

东汉文人以才学拜郎者自不在少数，然而以才学拜郎者并不始于东汉，早在武帝时期，司马相如、东方朔、枚皋等皆以才学拜为郎官，随侍左右，应诏作赋，颂美汉室，娱乐主上。司马相如因同郡杨得意荐举，而被武帝征召，作《子虚赋》，"赋奏，天子以为郎。"⑤ 武帝求枚乘而不得，

① 范晔：《后汉书》卷二《明帝纪》，中华书局 1965 年版，第 113 页。
② 范晔：《后汉书》卷十《皇后纪》，中华书局 1965 年版，第 424 页。
③ 范晔：《后汉书》卷二十七《赵典列传》，中华书局 1965 年版，第 947 页。
④ 范晔：《后汉书》卷六十《马融列传》，中华书局 1965 年版，第 1971 页。
⑤ 班固：《汉书》卷五十七《司马相如传》，中华书局 1962 年版，第 2575 页。

恰逢枚乘孽子皋"上书北阙，自陈枚乘之子。上得大喜，召入见待诏，皋因赋殿中，诏使赋平乐馆，善之，拜为郎。"①东方朔也以辩才而拜为常侍郎。然而东汉文人拜郎之目的则与之有所不同，西汉以才学为郎者，多是以其才能游戏、娱乐主上，而东汉以才学拜郎者，多是歌颂太平，褒扬汉室，一为帝王之私欲，一为国家之太平，所指不同，则文章的精神风貌也大有差异。西汉郎官为赋多滑稽嬉戏，而东汉郎官为文多雍容庄重，文风的迁转变化虽然受社会风气变化的影响，然而为文者的身份变化也是其文风变化的一个重要原因。

从郎官的角度来看，武帝时期，东方朔、司马相如、枚皋等文人，虽然以文才拜郎官，随侍帝王左右，但与东汉文人拜郎官不同的是，武帝诏拜为郎置于身边，多以倡优待之；而东汉文人拜郎官却是以国家官员后备人才来看待的，因此，东汉的郎官中，文人就很少有枚皋"自悔类倡"的感受，这是由于郎官之任的不同目的所致。这种身份的变化对文学作品风格的影响也是非常明显的，沈约说："相如巧为形似之言，班固长于情理之说。"②一为形似，一为情理，实际上是两种不同文风的表现，相如之所以选择以子虚乌有、神仙故事来晓谕武帝，缘于其文人侍从身份的制约，武帝本以其才学文章作为消遣娱乐的对象，因此，在以娱乐为旨归的文学创作中就不太可能出现对时政的直接评论，当下正在发生的事件，尤其是政治性较强的事件就更不可能进入到赋的创作中，但类若司马相如的文士本身又具有干政师主的传统士人精神，他们总是身不由己地想对帝王表达一下他们对时政的看法，以期忠君导主，致君尧舜，动机和表达环境的冲突与矛盾，就在客观上形成了文章"巧为形似"的风格，也迫使文人们的文学创作不得不采取"劝百讽一"的大赋写作模式。

东汉时期，文士拜为郎官，是从官员选拔的角度来进行的，他们本身的文学才华是他们被拜为郎官的原因之一，但是与武帝时以文才拜郎不同，他们拜郎的目的本身就是治国平天下的，这就决定了他们文学创

---

① 班固：《汉书》卷五十一《枚皋传》，中华书局 1962 年版，第 2366 页。
② 沈约：《宋书》卷六十七《谢灵运传》，中华书局 1974 年版，第 1778 页。

作的现实风格,他们对时政的直接评论,他们对王朝发展鼎盛局面的歌颂,都可以回落一个个具体的现实事件上。班固自陈创作《两都赋》的背景是:

> 自为郎后,遂见亲近。时京师修起宫室,浚缮城隍,而关中耆老犹望朝廷西顾。固感前世相如、寿王、东方之徒,造构文辞,终以讽劝,乃上《两都赋》,盛称洛邑制度之美,以折西宾淫侈之论。①

尽管在赋的创作传统技巧上,《两都赋》学习司马相如、东方朔等人的创作方法,但其内容上,班固所谈论的却都是东西两都中所发生的具体事例,而它内在的叙述显然也是归旨到颂扬东汉王朝定都洛阳的正确性上,并以此来反驳西宾淫侈,期望都城西迁长安的政治目的。

与西汉拜郎主要以文人名气慕名而拜不同,东汉以才拜郎者,多是文士在对策等活动过程中表现出创作才华后,才会因之授予郎官之位的。贾逵即是在神雀集殿中,对问皇帝解释疑惑的事件中被拜为郎官的。

> 时有神雀集宫殿官府,冠羽有五采色,帝异之,以问临邑侯刘复,复不能对,荐逵博物多识。帝乃召见逵,问之。对曰:"昔武王终父之业,鸑鷟在岐,宣帝威怀戎狄,神雀仍集,此胡降之征也。"帝敕兰台给笔札,使作《神雀颂》,拜为郎,与班固并校秘书,应对左右。②

从这个事件中可以看出,贾逵被拜为郎,一方面固然由于其在对策中所展现的渊博学识,但受笔札而作颂也是拜郎的原因之一。明帝在贾逵对策后,"敕兰台给笔札,令作《神雀颂》",目的是在肯定贾逵的学识渊博后进一步考察其文学创作才能。从两汉皇帝令尚书(兰台)给笔札的记载

---

① 范晔:《后汉书》卷四十《班固列传》,中华书局1965年版,第1335页。
② 范晔:《后汉书》卷三十六《贾逵列传》,中华书局1965年版,第1235页。

中可以看出，"给笔札"的对象多是文学才华出众之士。如献帝颇好文学，常以荀悦、孔融侍讲禁中，又"帝好典籍，常以班固《汉书》文繁难省，乃令悦依《左氏传》体以为《汉纪》三十篇，诏尚书给笔札。辞约事详，论辨多美。"① 祢衡在荆州刘表幕时，"文章言议，非衡不定。表尝与诸文人共草章奏，并极其才思。时衡出，还见之，开省未周，因毁以抵地，表怅然为骇。衡乃从求笔札，须臾立成，辞义可观。"② 是以"笔札"之说，多就文学才华而言，明帝"敕兰台给笔札"目的也是为试贾逵为文作颂的文学才华。在这里，明帝"敕兰台给笔札"而作颂的行为有点类同于武帝"令尚书给笔札"于司马相如。杨得意荐司马相如于武帝，武帝初见司马相如，即令"尚书给笔札"以试其才华，相如当即作《子虚赋》，甚得武帝的喜欢而被拜为郎。这两个故事具有很大的相似性，明帝"敕兰台给笔札"所仿效的正是武帝试司马相如才华的行为。而从其拜贾逵为郎的处理结果，也和武帝拜相如为郎的结果正复相同，因此，在这个事件中，贾逵更主要的是以其文学才华风流出众而特意拜授为郎的。

这还可以从神雀集殿事件中，其他应诏作赋的文人那里寻到进一步的证据。"永平中，神雀群集，孝明诏上神爵颂。百官颂上，文皆比瓦石。惟班固、贾逵、傅毅、杨终、候讽五颂金玉，孝明览焉。"③ 神雀群集发生永平十七年（74），虽然百官应诏颂上，但真正有文学才华能够进入明帝法眼的还是这些身处郎官之位的文人。虽然傅毅是在显宗的时候被拜授为郎的，但也从一个侧面说明了郎官这个位置上有很多文采出众的文学家，他们在自己的文学作品中对这个王朝进行了无尽的歌颂，树立了王朝的光辉形象。

除贾逵外，东汉知名的文学家如马融、杨终等都是以文才拜郎的。延光三年（124），安帝"东巡岱宗，融上《东巡颂》，帝奇其文，召拜郎中。"④ 杨终"坐徙北地，帝东巡狩，凤皇黄龙并集，终赞颂嘉瑞，上述

---

① 范晔：《后汉书》卷六十二《荀悦列传》，中华书局1965年版，第2062页。
② 范晔：《后汉书》卷八十《文苑列传》，中华书局1965年版，第2657页。
③ 王充：《论衡》卷二十《佚文》，上海人民出版社1974年版，第312页。
④ 范晔：《后汉书》卷六十《马融列传》，中华书局1965年版，第1971页。

祖宗鸿业，凡十五章，奏上，诏赍还故郡。著《春秋外传》十二篇，改定章句十五万言。永元十二年，征拜郎中。"① 其他如李胜，"亦有文才，为东观郎，著赋、诔、颂、论数十篇。"②

东汉郎官中，其文学才华出众者，多受诏赋颂。东汉时期，国家每有祥瑞异物，辄令臣下颂上。如班昭入侍宫中，"每有贡献异物，辄诏大家作赋颂。"③ 然而在众臣子所上的赋颂中，一般出类拔萃的还是那些郎官们的作品。如前所述明帝时，神雀群集，百官颂上的文章中只有班固、傅毅、贾逵之徒差有可观。在追美前贤、褒扬臣下时，郎官一般也受命作文，"熹平六年，灵帝思感旧德，乃图画广及太尉黄琼于省内，诏议郎蔡邕为其颂。"④ 而在一些迎来送往的祖别酒会上，赋诗作文的主角通常也都是文采斐然的郎官，高彪除郎中，校书东观，"时京兆第五永为督军御史，使督幽州，百官大会，祖饯于长乐观。议郎蔡邕等皆赋诗，彪乃独作箴……邕等甚美其文，以为莫尚也。"⑤ 郎官们在应诏作赋、祖饯送别中展现了他们超凡出众的文学才能，在这些文学活动中，他们创作出了一些优秀的文学作品，对东汉文学的发展起到了重要的推动作用。

五　郎位不迁，哀怨叹息

郎官是东汉官僚体制中的初始职位，会聚了大量的人才。这些人，有的迅速升迁，有的则长期沉滞于此。他们久处郎官难以升迁的情绪发之笔端，便是一声无奈而哀怨的叹息。

东汉郎官的地位从理论上讲享有很高的清要之誉。虞诩曾在上书中说："台郎显职，仕之进阶。"⑥ 明帝时，"馆陶公主，为子求郎，不许，而赐钱千万。谓群臣曰：'郎官上应列宿，出宰百里，有非其人，在民受其殃，是以难之。'"李贤注引"《史记》曰：太微宫后二十五星，郎

① 范晔：《后汉书》卷四十八《杨终列传》，中华书局 1965 年版，第 1601 页。
② 范晔：《后汉书》卷八十《文苑列传》，中华书局 1965 年版，第 2616 页。
③ 范晔：《后汉书》卷八十四《列女传》，中华书局 1965 年版，第 2785 页。
④ 范晔：《后汉书》卷四十四《胡广列传》，中华书局 1965 年版，第 1511 页。
⑤ 范晔：《后汉书》卷八十《文苑列传》，中华书局 1965 年版，第 2650 页。
⑥ 范晔：《后汉书》卷五十八《虞诩列传》，中华书局 1965 年版，第 1872 页。

位也。"① 《史记·天官书》载:"南宫朱鸟……后聚一十五星,蔚然,曰郎位。"张守节《正义》:"郎位十五星,在太微中帝坐东北。周之元士,汉之光禄、中散、谏议、此三署郎中,是今之尚书郎。"② 延熹七年(164),桓帝南巡,路多拜除郎官,杨秉上书反对曰:

> 臣闻先王建国,顺天制官。太微积星,名为郎位,入奉宿卫,出牧百姓。皋陶诫虞,在于官人。顷者道路拜除,恩加竖隶,爵以货成,化由此败,所以俗夫巷议,白驹远逝,穆穆清朝,远近莫观。宜割不忍之恩,以断求欲之路。③

从明帝所言郎官上应列宿,到杨秉的上书中所说"太微积星,名为郎位"来看,郎官的尊贵来自先王建国,顺天制官,李贤注"顺天制官"曰:"《尚书》曰:'明王奉若天道,建邦设都。'孔安国注云:'天有日、月、北斗、五星、二十八宿,皆有尊卑相正之法。明王奉顺此道,建国设都。'"④ 既然是天命使然,则人间之王就没有随意拜授的权力,是以明帝以此回绝馆陶公主的请求,而杨秉也以此奉劝桓帝谨慎授官。由此则知,郎官之尊贵来自上应列宿,天命使然。

然而郎官的这种尊贵地位,在东汉的社会实际中并没有得到应有的对待,郎官的凄惶之相倒是经常遇见,至于沉滞郎位数十年不得升迁者也大有人在。郎官乃顺天而设之官,本应享有尊贵的地位,而从帝王的角度看,杖打郎官的现象却时有发生,《决录注》载:

> 故事尚书郎以令史久缺补之,世祖始改用孝廉为郎,以孝廉丁邯补焉。邯称病不就。诏问:"实病?羞为郎乎?"对曰:"臣实不病,耻以孝廉为令史职耳!"世祖怒曰:"虎贲灭头杖之数十。"诏问:"欲为郎不?"邯曰:"能杀臣者陛下,不能为郎者臣"。中诏遣出,

---

① 范晔:《后汉书》卷二《明帝纪》,中华书局1965年版,第124页。
② 司马迁:《史记》卷二十七《天官书》,中华书局1959年版,第1300页。
③ 范晔:《后汉书》卷五十四《杨赐列传》,中华书局1965年版,第1773页。
④ 同上。

竟不为郎。①

又

（明）帝性褊察，好以耳目隐发为明，故公卿大臣数被诋毁，近臣尚书以下至见提拽。尝以事怒郎药崧，以杖撞之。崧走入床下，帝怒甚，疾言曰："郎出！郎出！"崧曰："天子穆穆，诸侯煌煌。未闻人君自起撞郎。"②

光武帝令虎贲灭头杖打丁邯欲使其补郎官，而丁邯认为尚书郎向来由令史职补，而自己孝廉出身，耻与令史同级。在对待郎位的候补人员时，光武帝并没有表现出对其应有的尊重，而是以杖打其头的暴力方式来处理，这显然和理论上郎官上应列宿、出宰州郡的光辉形象不相符合。而明帝性褊察，以杖撞郎官药崧。在皇帝的眼里，郎官并没有受到本应尊敬的对待，而在郎官这里他们依然坚持着郎官应该被尊敬的身份待遇，是以药崧回应明帝曰："天子穆穆，诸侯煌煌，未闻人君自起撞郎。"不过这两个事件也充分地说明了在对郎官社会地位的理解中出现尊重与贬抑的悖论。理论上应当受到的尊敬地位，在现实中并没有得到很好的贯彻。郎官不为帝王所重还表现在郎官的待遇微薄上。药崧"家贫为郎，常独直台上，无被，枕枕，食糟糠。帝每夜入台，辄见崧，问其故，甚嘉之，自此诏太官赐尚书以下朝夕餐，给帷被皂袍，及侍史二人。"③

郎官虽然在现实中的社会地位并不受到理论上应有的重视，但郎官试职，本为升迁的过渡阶段，一般以三年为限，所以对大多数郎官来说，似乎还可以接受，然而数十年沉滞于郎官之位不得升迁，则不免有些怨言。安帝永初四年（110），马融拜校书郎中，是时，邓太后临朝，俗儒世士以为文德可兴，武功宜废，马融以为文武之道，圣贤不坠，五才之用，无或

---

① 司马彪撰，刘昭注补：《后汉书志》卷二十六《百官》注引，中华书局1965年版，第2598页。

② 范晔：《后汉书》卷四十一《钟离意列传》，中华书局1965年版，第1409页。

③ 范晔：《后汉书》卷四十一《药崧列传》，中华书局1965年版，第1411页。

可废，于元初二年（115），上《广成颂》以讽谏，"颂上，忤邓氏，滞于东观，十年不得调。因兄子丧自劾归。太后闻之怒，谓融羞薄诏除，欲仕州郡，遂令禁锢之。"① 马融因兄子丧而自劾归，实际上是对久滞为郎的不满。马融滞留东观，为郎十年，固然是由于抵忤当权者的原因，但其他沉滞郎位数十年的也不乏人在，樊梵"为郎二十余年，三署服其重慎。"② 班固永平（58—75）中为郎③，到建初四年（79）前为玄武司马，在郎官的位置上也待了十四五年，所以班固作《答宾戏》有感东方朔、扬雄自论，以不遭苏、张、范、蔡之时的叹息，正是基于这种久处郎位而不得升迁的抑郁心情。

　　班固自为郎后，遂见亲近，面对西土耆老咸皆西顾，质疑东都洛阳合理性时，班固出于对东汉王朝的忠诚和东都洛阳的拥护，奋而为文，作《两都赋》以折"西宾淫侈之论"。这些行为都源自于他对这个新兴王朝的由衷热爱，他希望能在这个中兴的王朝中有所作为，奉献国家的同时也成就自己"忠君导主"、"辅国家以道德"的梦想与追求。"及肃宗雅好文章，固愈得幸，数入读书禁中，或连日继夜。每行巡狩，辄献上赋颂。朝廷有大议，使难问公卿，辩论于前，赏赐恩宠甚渥。"④ 帝王所重，在人臣看来已是升迁的前兆，而陪王左右，难问公卿近于欲与大任之前的试用实践，赏赐恩宠，人臣鲜有过逾，这一切造成了班固对即将高仕的美丽想象。然而事与愿违，时乖命蹇，沉滞郎位，久无升迁，抱怨之情也就在所难免，"固自以二世才术，位不过郎，感东方朔、扬雄自论，以不遭苏、张、范、蔡之时，作《宾戏》以自通焉。"⑤

　　从文体的角度看，《答宾戏》通常和宋玉的《对问》、东方朔的《答客难》以及后来蔡邕的《释诲》等文章归为一类，构成了两汉时期对问体的发展轨迹，《文心雕龙》卷三《杂文》中对这一文体的发展演变进行

---

　　① 范晔：《后汉书》卷六十《马融列传》，中华书局 1965 年版，第 1970 页。
　　② 范晔：《后汉书》卷三十二《樊儵列传》，中华书局 1965 年版，第 1124 页。
　　③ 陆侃如假定班固拜郎在其出狱后一二年间，将之为郎年份定于永平七年（64），而刘跃进则认为应当是永平五年。详见陆侃如《中古文学系年》（人民文学出版社 1985 年版，第 88 页。）刘跃进《秦汉文学编年史》（商务印书馆 2005 年版，第 391 页。）
　　④ 范晔：《后汉书》卷四十《班固列传》，中华书局 1965 年版，第 1373 页。
　　⑤ 同上。

了详细的描述：

> 自《对问》已后，东方朔效而广之，名为《客难》，托古慰志，疏而有辨。扬雄《解嘲》，杂以谐谑，回环自释，颇亦为工。班固《宾戏》，含懿采之华；崔骃《达旨》，吐典言之裁；张衡《应间》，密而兼雅；崔寔《客讥》，整而微质；蔡邕《释诲》，体奥而文炳；景纯《客傲》，情见而采蔚；虽迭相祖述，然属篇之高者也。……原夫兹文之设，乃发愤以表志，身挫凭乎道胜，时屯寄于情泰；莫不渊岳其心，麟凤其采，此立体之大要也。①

刘勰认为这类文体立体大要在于"发愤以表志"，用对道德的信念与坚守来对抗自身的命运乖蹇，用心平气和的心态来面对世事的混乱不堪，不管是东方朔、扬雄，还是班固、崔骃、张衡、蔡邕等，他们对自我的社会身份都是以士人自许的，传统士人积极用世的思想在他们身上有着非常明显的体现，史载东方朔数上书武帝，而终不见用，乃"因著论，设客难己，用位卑以自慰谕。"② 崔骃"善属文。少游太学，与班固、傅毅同时齐名。常以典籍为业，未遑仕进之事。时人或讥其太玄静，将以后名失实。骃拟扬雄《解嘲》，作《达旨》以答焉。"③ 张衡"不慕当世，所居之官，辄积年不徙。自去史职，五载复还，乃设客问，作《应间》以见其志。"④ 蔡邕"闲居玩古，不交当世。感东方朔《客难》及扬雄、班固、崔骃之徒设疑以自通，乃斟酌群言，韪其是而矫其非，作《释诲》以戒厉云尔。"⑤ 从以上诸文本的本事交代来看，他们采用这种设问体的形式进行"设疑以自通"的行为实际上本于他们内心的不安与不自适，不管他们是"未遑仕进"还是"闲居玩古，不交当世"，潇洒身影的背后都深藏着不在高位的焦虑，此地无银三百两的夫子自道是这种焦虑的外在表

---

① 刘勰著，范文澜注：《文心雕龙注》，人民文学出版社1958年版，第254—255页。
② 班固：《汉书》卷六十五《东方朔传》，中华书局1962年版，第2864页。
③ 范晔：《后汉书》卷五十二《崔骃列传》，中华书局1965年版，第1708页。
④ 范晔：《后汉书》卷五十九《张衡列传》，中华书局1965年版，第1898页。
⑤ 范晔：《后汉书》卷六十《蔡邕列传》，中华书局1965年版，第1980页。

现，而不在高位的焦虑源于他们对士人身份的自我体认。《答客难》中，东方朔面对世人以苏秦、张仪都卿相之位来质疑他官不过侍郎，位不过执戟时，他无奈给出"彼一时也，此一时也"的应对，认为苏、张之世，王道崩坏，诸国并立，得士则强，失士则亡，故谈说行焉。而今王朝一统"用之则为虎，不用则为鼠"，纵使苏、张生于当世，也难得掌故，更遑论侍郎。客观地讲，东方朔对士人社会角色变化的分析是符合历史发展实际的，然而即若如此，作为传统士人精神的继承者，他们仍然梦想着通过对自己渊博的学识而升迁高位，位至卿相。崔骃常以典籍为业，张衡久在太史之职，班固专笃志于博学，以著述为业，他们均以渊博的学识从事着各自的学术工作，然而久在此位，不能升迁，仍然让他们感到内心不平，他们在学术上所取得的成就并不能满足他们的理想追求。

东汉郎官本为清要之职，而班固久处此位，却有《答宾戏》的叹息，这一深深的叹息实际上是东汉郎官理论上的清要与实际上不被重视之间的矛盾所致。从这个角度上，《答宾戏》对透视东汉郎官实际的社会身份具有标本的意义。

东汉议郎拜授情况一览表

除郎途径	姓名	原官	迁官	时代	出处
贤良方正敦朴士	刘茂		宗正丞	光武建武三年（27）	八一
	鲁丕		迁新野令	章帝建初元年（76）	二五
	戴封		西华令	光武、明帝	八一
	李育		博士	章帝建初四年（79）	七九
	苏章			安帝时	三一
	马融	郎中、郡吏	从事中郎、武都太守	顺帝阳嘉二年（133）	六〇
	李固			顺帝阳嘉二年（133）	六三
	张奂	梁冀府掾	安定属国都尉	桓帝	六五
	刘淑		尚书	桓帝永兴二年（154）	六七
	刘瑜			桓帝延熹八年（165）	五七
	檀敷		蒙令	桓、灵	六七

续表

除郎途径		姓名	原官	迁官	时代	出处
故官征拜		徐匡			明帝	二七
		郑钧	尚书		章帝	二七
		张敏		颍川太守	殇帝延平元年（106）	四四
		成翊世			顺帝	五七
		左雄			顺帝（新立）	六一
		种暠		南郡太守、尚书	桓帝	五六
		段颎		并州刺史	桓帝延熹四年（161）	六五
		宗慈			桓、灵	六七
		虞诩		尚书仆射	顺帝	五八
		杨琁			灵帝	三八
		赵岐			灵帝中平元年（184）	六四
		陆康	桂阳、乐安太守		灵帝中平元年（186）	三一
征拜	征拜	蔡茂		广汉太守	光武	
		桓荣			光武建武十九年（43）	三七
		淳于恭		侍中、骑都尉	章帝建初元年（76）	三九
		翟酺		侍中	和帝	四八
		郎宗		吴令	安帝建光元年（121）	八二
		蔡玄		侍中	顺帝	七九
		衡方		北平太守	顺帝、桓帝	衡方碑
		赵典		侍中	桓帝建和初（147）	二七
		赵咨		东海相	桓帝	三九
		延笃		侍中	桓帝	六四
		鲁峻		太尉长史、御史中丞	桓帝	鲁峻碑
		皇甫嵩		北地太守	灵帝	七一
		孔昱		洛阳令	灵帝	六七
		杨彪		侍中、京兆尹	灵帝熹平中（175）	五四
		曹操			灵帝中平中（186）	
		阳禹		吴郡太守	献帝永汉元年（189）	五六
		蔡衍	冀州刺史		桓、灵	六七
		卢植	庐江太守		灵帝	六四

除郎途径		姓名	原官	迁官	时代	出处
荐举		桓谭		给事中	光武	二六
		彭闳	郎中		光武、明帝	三七
		皋弘	扬州从事		光武、明帝	三七
		吴良	苍西曹掾		明帝	二七
		刘平		侍中	明帝永平初（58）	三九
		王望		青州刺史	明帝永平初（58）	三九
		王扶			明帝永平初（58）	三九
		陈蕃		乐安太守	安帝	六六
		吕仓		光禄大夫	安帝永初初（107—109）	三二
		黄琼		尚书仆射	顺帝永建中（129）	六一
		栾巴	桂阳太守	守光禄大夫	顺帝末	五七
		崔寔		大将军冀司马	桓帝建和三年（149）	五二
		桓鸾	汲令	病免	桓、灵	三七
		何休		谏议大夫	桓、灵	七九
		谢该			桓、灵	七九
迁转	升迁	刘辅	郎中		安帝	八二
		刘儒	任城相		桓、灵	六七
		巴肃	公府掾		桓、灵	六七
		张驯	公府掾	侍中	灵帝	六〇
		蔡邕	郎中	议郎	灵帝建宁三年（170）	六〇
	左转	王畅			安帝	六一
		王堂	将作大匠	鲁相	顺帝永建四年（129）	三一
		孔融	虎贲中郎将	北海相	灵帝	七〇
		种劭	侍中		献帝	五六
其他	军功	魏朗	九真都尉	尚书	桓帝	六七
	儒学	卫宏			光武	七九
	术数	刘昆	江陵令	侍中、弘农太守	光武	七九
		杨厚		侍中	顺帝永建二年（127）	三十
	外戚	宋杨			章帝建初四年（79）	
	治绩	阳球	平原相	将作大匠	灵帝	七七
		贾琮	京兆令		灵帝中平三年（186）	三一

续表

除郎途径	姓名	原官	迁官	时代	出处
	席广			光武	
	桓郁	郎	侍中	明帝	三七
	丁牧		齐相	明帝	四二
	周栩		上蔡令	明帝	四二
	韦豹			安帝	二六
	刁韪		尚书	安帝	六一
	刘辽			顺帝	七六
	黄景			顺帝永和元年（136）	
	宗资		御史中丞	顺帝末（144）	谢承书
	桓麟		许令	桓帝	三七
	贺纯		江夏太守	桓帝	六三
	皇甫规			桓帝	六五
	郖尊			桓帝延熹二年（159）	三四
	陈禅			桓帝延熹四年（161）	六一
不明事由	王畅			安帝延熹八年（165）	六六
	陈翔	定襄太守	扬州刺史	桓、灵	六七
	李燮			桓、灵	六三
	袁贡			灵帝	五七
	韩说			灵帝	六〇
	张华			灵帝	六〇
	侯祈			灵帝	七二
	罗邵		列侯	灵帝	七二
	伏德		列侯	灵帝	七二
	赵蕤		列侯	灵帝	七二
	吴硕			灵帝	七二
	赵彦			灵帝	七四
	种岱			桓、灵	五六
	卑整			灵帝	十一
	史弼			灵帝光和中（178—183）	六四

说明：

（1）本表文献出处主要是《后汉书》，"出处"栏下数字是《后汉书》卷数。碑文出自高文《汉碑集释》（河南大学出版社1997年版）。

（2）每类中的人物按时代先后顺序排列。无明确说明的以人物活动的大致时段来确定。

（3）"除郎途径"以大类相同而区分，不能确定的以"不明事由"目之。

第五章　幕府与东汉文学

对于东汉文人在京城洛阳的活动地点，以往的研究主要集中在东观与太学上①，然而详其大略，则幕府也是东汉文学活动的重要场所，尤其是文人入幕，对东汉文学的发展起到了非常重要的推动作用。东汉中后期，随着帝国势力的衰落和地方军阀势力的崛起，文人入幕的情况更为常见。动乱不堪的社会状况——尤其是董卓焚烧洛阳宫室后——使洛阳已经完全失去了对文人的吸引，曾经云集的士人也风流云散，流寓他所。在曹操势力尚微时，文人主要流向袁绍、刘表的幕府，如陈琳北在袁绍幕，王粲南依荆州府。随着曹操势力的发展壮大，文人多趋于曹氏，在文人随军出征时，军国书檄多出其手，而在曹操统一北方后，追随曹氏父子的文人则集于邺下，诗酒唱和，创作了大量的文学作品，建安文学因此成为文学史上的重要一环，鲁迅曾誉之为中国文学自觉的时代②。然而学术界对建安文学的研究，往往集中于建安时期，却疏于对建安文学得以生发的幕府环境进行制度上的追溯。文人向幕府流动并聚集成文学团体，最终成就建安文学的鼎盛局面，并非是一朝一夕的事情。文人入幕在东汉一朝一直潜伏发展，后来曹操之所以能聚天下文人于幕中，与此潜流的发展是一脉相承的，它实际上是东汉时期文人入幕在建安时期的延续性体现。

东汉文人入幕是一个有众多著名文人参与的、对后世文学发展产生深远影响的现象。东汉前中期的幕府多置于京师，幕府将军多是把持朝政的权臣，因此，这些文人的活动地点，主要是在京城，这构成了东汉文学发展一道别样的风景。幕府与太学、东观成为东汉文人在京城洛阳活动的主

---

① 参见刘跃进《东观著作的学术活动及其文学影响研究》，《文学遗产》2004 年第 1 期。

② 鲁迅：《魏晋风度及文章与药及酒之关系》，《鲁迅全集》（第五卷），人民文学出版社2014 年版，第 118 页。

要场所，然而三者又有所不同，太学作为太学生的学习场所，它主要是文人修习经书的活动地点，虽然也有文学的创作，但主要以学业为主。东观作为藏书之所，文人于此多从事校书工作，同时兼有修史的职责。而文人入幕，作为将军的僚佐，不仅要给幕主出谋划策，而且甚至亲自操刀，代幕主草拟文书。他们对幕主的感情更多的是知遇之恩，而非仅仅是主上与臣下的关系，因此对幕主不合礼法的行为，他们会一次又一次地上奏，希望幕主能弃邪从正，长命百岁。相对于文人在太学和东观的文学行为，他们的文学创作更具有强烈的个人主观色彩，更能彰显个人的创作才华。因此，与后来建安文学发展的关联性更为紧密。

第一节　从太学、东观到幕府：文人在京城的 主要活动场所

汉武帝时期，罢黜百家，独尊儒术。自此以后，儒学逐渐成为两汉社会思潮的主流，学习、研修儒家经典成为此后文人们的努力所在，而以经术为取士手段的选官制度，成为士人研读经典的根本动力，"自武帝立五经博士，开弟子员，设科射策，劝以官禄，迄于元始，百有余年，传业者浸盛，支叶蕃滋，一经说至百余万言，大师众至千余人，盖禄利之路然。"① 与之相关，国家也非常重视图书的整理工作，"成帝时，以书颇散亡，使谒者陈农求遗书于天下。诏光禄大夫刘向校经传诸子诗赋，步兵校尉任宏校兵书，太史令尹咸校数术，侍医李柱国校方技。每一书已，向辄条其篇目，撮其旨意，录而奏之。会向卒，哀帝复使向子侍中奉车都尉歆卒父业。歆于是总群书而奏其《七略》，故有《辑略》，有《六艺略》，有《诸子略》，有《诗赋略》，有《兵书略》，有《数术略》，有《方技略》。"② 东汉时期，出身于太学生的光武帝对儒学有着浓厚的兴趣，兴太学以教授、建东观以藏书成为光武称帝后所采取的重要的文化建设措施，也是其能致四方学士"抱负坟策，云会京师"的重要原因。

① 班固：《汉书》卷八十八《儒林传》，中华书局 1962 年版，第 3620 页。
② 班固：《汉书》卷三十《艺文志》，中华书局 1962 年版，第 1701 页。

一 东汉文人京城活动的场所之一：太学

太学是东汉文人少时在京城学习的主要场所。许多著名的文人都有少时太学学习的经历，贾逵"自为儿童，常在太学。"① 太学之设，始于武帝。其实早在文帝时，贾山就建议"定明堂、造太学，修先王之道，风行俗成，万世之基定。"② 武帝时，为了改变官吏选拔集中于武士的局面，董仲舒上言武帝养文士为用，"养士之大者，莫大乎太学，太学者，贤士之所关也，教化之本原也。……臣愿陛下兴太学，置明师，以养天下之士，数考问以尽其材，则英俊宜可得矣。"③ 武帝接受了董仲舒的建议，兴建太学。因此，太学设立的主要目的是为国家培养后备人才，这个出发点也就决定了太学生的任务是以学习为主。《后汉书志》卷八《郊祀志》注引："《易传·太初篇》曰：'天子旦入东学，昼入南学，暮入西学，在中央曰太学，天子之所自学也。'《礼记·保傅篇》曰：'帝入东学，上亲而贵仁；入西学，上贤而贵德；入南学，上齿而贵信；入北学，上贵而尊爵；入太学，承师而问道。'"④ 从"太学"的文化渊源上看，太学设立的目的即是"承师而问道"。光武称帝后，对此非常重视，在天下尚未完全安定的建武五年（29）就开始兴建太学，它一方面表明了光武帝对"礼乐分崩，典文残落"现实的深深忧患，同时也表明了他兴建太学的急不可待，这或许可以看作对他太学生经历的一种现实映射。从光武、明、章三代帝王对儒术的喜爱来看，太学的设立固然是国家文化建设的需要，然而，也未尝不可看作他们内心深处的太学生情结作祟的缘故。

太学在东汉的发展是兴盛与衰落交替前进的。光武、明、章、和四帝都很重视太学的教育，明帝除了飨射礼毕，于辟雍上正坐自讲⑤，而且为

---

① 范晔：《后汉书》卷三十六《贾逵列传》，中华书局1965年版，第1235页。
② 班固：《汉书》卷五十一《贾山传》，中华书局1962年版，第2336页。
③ 班固：《汉书》卷五十六《董仲舒传》，中华书局1962年版，第2512页。
④ 《后汉书志》卷八《郊祀志》，中华书局1965年版，第3179页。
⑤ 辟雍成于明帝时，其功能同于太学，翟酺上言："光武初兴，愍其荒废，起太学博士舍、内外讲堂，诸生横巷，为海内所集。明帝时辟雍始成，欲毁太学，太尉赵熹以为太学、辟雍皆宜兼存，故卅传至今。而顷者颓废，至为园采刍牧之处。宜更修缮，诱进后学。"（范晔：《后汉书》卷四十八《翟酺列传》）

功臣子孙、四姓末属别立校舍，自期门、羽林之士，悉令通《孝经》章
句，匈奴亦遣子入学。

及邓后称制，学者颇懈。时樊准、徐防并陈敦学之宜，又言儒职
多非其人，于是制诏公卿妙简其选，三署郎能通经术者，皆得察举。
自安帝览政，薄于艺文，博士倚席不讲，朋徒相视怠散，学舍颓敝，
鞠为园蔬，牧儿薪竖，至于薪刈其下。顺帝感翟酺之言，乃更修黉
宇，凡所造构二百四十房，千八百五十室。试明经下第补弟子，增甲
乙之科员各十人，除郡国耆儒皆补郎、舍人。本初元年，梁太后诏
曰："大将军下至六百石，悉遣子就学，每岁辄于乡射月一飨会之，
以此为常。"自是游学增盛，至三万余生。然章句渐疏，而多以浮华
相尚，儒者之风盖衰矣。党人既诛，其高名善士多坐流废，后遂至忿
争，更相言告，亦有私行金货，定兰台漆书经字，以合其私文。熹平
四年，灵帝乃诏诸儒正定《五经》，刊于石碑，为古文，篆、隶三体
书法以相参检，树之学门，使天下咸取则焉。①

衰败时博士依席不讲，学舍颓敝可牧。兴盛时，游学者至三万余人。
然终是章句渐疏且多以浮华相尚，不复见儒者之风。

东汉文人多有少时游学太学的经历，崔骃"年十三能通《诗》、
《易》、《春秋》，博学有伟才，尽通古今训诂百家之言，善属文。少游太
学，与班固、傅毅同时齐名。常以典籍为业，未遑仕进之事。"② 张衡
"少善属文，游于三辅，因入京师，观太学，遂通《五经》，贯六艺。虽
才高于世，而无骄尚之情。常从容淡静，不好交接俗人。"③ 和贾逵"自
为儿童，常在太学"不同，作为京城之外的文士，少时游太学是他们进入
京城仕宦的一种重要方式，尽管也有类似崔骃、张衡醉心典籍，不以仕进
之事为务者，但是从崔骃作《达旨》以回应时人的讥讽来看，则入太学以
求仕进恰恰是大多数士人游历太学的主要目的。史载崔骃"少游太学，与

① 范晔：《后汉书》卷七十九《儒林列传》，中华书局1965年版，第2546—2547页。
② 范晔：《后汉书》卷五十二《崔骃列传》，中华书局1965年版，第1708页。
③ 范晔：《后汉书》卷五十九《张衡列传》，中华书局1965年版，第1897页。

班固、傅毅同时齐名。常以典籍为业，未遑仕进之事。时人或讥其太玄静，将以后名失实。"崔骃《达旨》中回应道："子苟欲勉我以世路，不知其跌而失吾之度也。……夫君子非不欲仕也，耻夸毗以求举。"①

太学生在太学主要研修《五经》及其他经典著作。"郤袭父业，游太学，通《五经》。"②"（井丹）少受业太学，通《五经》，善谈论，故京师为之语曰：'《五经》纷纶井大春。'"③"（唐檀）少游太学，习《京氏易》、《韩诗》、《颜氏春秋》。"④"（张驯）少游太学，能诵《春秋左氏传》。""（孔）僖与崔篆、孙骃复相友善，同游太学，习《春秋》。""（服虔）少以清苦建志，入太学受业。有雅才，善著文论，作《春秋左氏传解》，行之至今。又以《左传》驳河休之所驳汉事六十条。""（李育）少习《公羊春秋》。沈思专精，博览书传，知名太学。"⑤太学生或通一经，或攻《五经》，孜孜于学是他们在太学学习的主要特征，比如仇览，史载：

> 览入太学。时诸生同郡符融有高名，与览比宇，宾客盈室。览常自守，不与融言。融观其容止，心独奇之，乃谓曰："与先生同郡壤，邻房牖。今京师英雄四集，志士交结之秋，虽务经学，守之何固？"览乃正色曰："天子修设太学，岂但使人游谈其中！"高揖而去，不复与言。⑥

仇览拒绝游谈的事件很具有代表性。仇览之所以苦修经学，导源于他对"天子修设太学"非为游谈之用的认识，这个认识体现了太学设立的初衷是使士人埋首经学的，也许在太学兴盛的时候，有很多像仇览一样的士子，埋头经术，以苦读为务。但同时，符融的观点也代表了太学发展到东汉后期时的真实状况，"京师英雄四集，志士交结之秋，"游谈盛于苦读改

① 范晔：《后汉书》卷五十九《崔骃列传》，中华书局 1965 年版，第 1708—1715 页。
② 范晔：《后汉书》卷八十二《方术列传》，中华书局 1965 年版，第 2717 页。
③ 范晔：《后汉书》卷八十三《逸民列传》，中华书局 1965 年版，第 2764 页。
④ 范晔：《后汉书》卷八十二《方术列传》，中华书局 1965 年版，第 2729 页。
⑤ 范晔：《后汉书》卷七十九《儒林列传》，中华书局 1965 年版，第 2558、2560、2583、2582 页。
⑥ 范晔：《后汉书》卷七十六《循吏列传》，中华书局 1965 年版，第 2481 页。

变了太学设立的初衷，虽然在一定程度上，它仍然是国家后备人才的储备库，但其性质已经发生了重要的变化。进阶仕途不再依于一经，飞黄腾达全凭三寸不烂之舌，以至于品核公卿，裁量执政，"危言深论，不隐豪强。自公卿以下，莫不畏其贬抑，屣履到门。"① 因此，党锢之祸的到来也就在所难免，祸难之后，文人士子或禁锢，或死徙，风流云散，太学为文人京城活动之场所不复重现鼎盛时期的繁华热闹景象。

二　东汉文人京城活动的场所之二：东观

东观是东汉文人活动的又一重要场所，东汉许多著名的文人都有东观著作的经历，文人的东观活动主要是以整理、校勘图书，修纂史事为重心。

东观修建于何时并没有明确记载，据刘跃进先生推论，"东观的建立大约始于光武帝建武（25—56）末年和明帝永平（58—75）初年。"② 东观最主要的功能是藏书与著作。《史通通释》卷十一《史官建置》曰："汉氏中兴，明帝以班固为兰台令史，诏撰《光武本纪》及诸列传、载记。又杨子山为郡上计吏，献所作《哀牢传》，为帝所异，征诣兰台。斯则兰台之职，盖当时著述之所也。自章、和以后，图籍盛于东观，凡撰《汉记》，相继在乎其中，而都谓著作，竟无他称。"③ 章、和以后，由兰台而东观，东汉藏书与著述之场所的转移与史事正相符合，班固、傅毅是明章时期著名的文人，他们都先后被拜为兰台令史。

固弟超恐固为郡所覆考，不能自明，乃驰诣阙上书，得召见，具言固所著述意，而郡亦上其书。显宗甚奇之，召诣校书部，除兰台令史，与前睢阳令陈宗、长陵令尹敏、司隶从事孟异，共成《世祖本纪》。迁为郎，典校秘书。④

建初中，肃宗博召文学之士，以毅为兰台令史，拜郎中，与班

① 范晔：《后汉书》卷六十七《党锢列传》，中华书局 1965 年版，第 2186 页。
② 刘跃进：《东观著作的学术活动及其文学影响研究》，《文学遗产》2004 年第 1 期。
③ 刘知幾撰，浦起龙释：《史通通释》，上海古籍出版社 1978 年版，第 310 页。
④ 范晔：《后汉书》卷四十《班固列传》，中华书局 1965 年版，第 1334 页。

固、贾逵共典校书。毅追美孝明皇帝功德最盛，而庙颂未立，乃依
《清庙》作《显宗颂》十篇奏之，由是文雅显于朝廷。①

章、和以后，文人入东观校书、著作，鲜有拜兰台令史者。

大约从章帝时起，东观藏书已经很丰富了，"元和元年，肃宗诏
（黄）香诣东观，读所未尝见书。"② 而自是以后，文人多在东观进行图书
校定和著作。安帝永初中，太仆邓康荐"（窦）章入东观为校书郎。"③
"（延笃）桓帝以博士征，拜议郎，与朱穆、边韶共著作东观。"④ "（卢
植）岁余，复征拜议郎，与谏议大夫马日磾、议郎蔡邕、杨彪、韩说等并
在东观，校中书《五经》记传，补续《汉纪》。"⑤ 文人在东观的著述，按
其内容分主要是《汉纪》、帝王起居注的修撰，有时候也会奉诏赋颂，以
美朝廷⑥。

三　东汉文人京城活动的场所之三：幕府

东汉幕府与东汉文人的关系，向来未引起人们应有的注意，研究东汉
幕府，多从幕府制度演变的角度去考察，而鲜有幕府与文人关系的论述，
近来虽有关于窦宪幕府与文人关系的研究文章⑦，然而也只是局于窦宪一
府的情况，实际上，文人与幕府的关系，在东汉一朝一直存在，窦宪幕府
文人之所以能够引起一些学者的注意，和宪府文人班固、傅毅、崔骃等为
东汉文学大家有关。然而考察东汉其他将军幕府的文人，也多名流辈出⑧。
所以，东汉文人在幕府中的活动是一个有待深入研究的课题。

---

① 范晔：《后汉书》卷八十《文苑列传》，中华书局 1965 年版，第 2613 页。
② 同上书，第 2614 页。
③ 范晔：《后汉书》卷二十三《窦融列传》，中华书局 1965 年版，第 822 页。
④ 范晔：《后汉书》卷六十四《吴延史卢赵列传》，中华书局 1965 年版，第 2103 页。
⑤ 同上书，第 2117 页。
⑥ 案：文人在东观的活动，第四章"郎官与东汉学术及文章"部分有详细论述，此处从略。
⑦ 叶岗：《窦宪幕府文人考论》，《中州大学学报》2009 年第 4 期；张晨：《窦宪幕府文学
考》，《牡丹江大学学报》2009 年第 7 期。
⑧ 刘德杰以外戚幕府这一概念来讨论东汉幕府与文学，没能关注到东汉幕府的流变与文人
创作演变的关系。详见刘德杰《论东汉外戚幕府文学的兴起与繁荣》，《安徽大学学报》2014 年
第 5 期。

　　东汉前中期的将军幕府和我们通常理解的幕府有所不同，从幕府源流来追溯幕府建置及其功能，则幕府本应远离京城，设于战争前线，然而东汉幕府多置于京城，府主类同三公，甚至有时位于三公之上，在公府辟诏文士的时候，也经常会出现四府连辟、五府同征的情况，其中四府或五府中就有将军一府，方建春因此认为秦汉幕府具有朝廷公府的性质，他将幕府中的属下分为两种类型：幕僚和幕友，"一府之中，既有走正庭门忙碌办事的掾属吏员，也有走小东门出谋划策的宾客幕友。"① 问题是幕府是否在某种程度上具有朝廷公府的性质，幕府在多大程度上保留了原有的军幕特征？

　　东汉幕府的性质判定之所以会出现如此模糊的情况，和东汉将军的设置有关。东汉自和帝时起，外戚干政的现象比较严重，而皇后的父兄通常会因是外戚重家而迅速升迁，官至显位，但鲜有居于三公之位的。三公的任命多是朝中重臣，威名在外，外戚重家本依裙带关系而骤升，若居三公位，很难服众。但由于外戚能够掌控朝廷，因此，必须有一相应职位才行，通常，他们都会被拜为大将军，大将军地位有时位于三公下，有时位于三公上。

　　大将军本来是军事官职，理应在行军打仗的过程中设置，而不是在清平的朝堂中出现，但由于东汉外戚掌权的特殊性，更多的时候，它却是在朝堂上，与三公共同进退，其幕府也类同公府。然而与三公府不同的是，它同时保留了军事幕府招募僚属的特点。大将军履职之后，开府延请天下英才是其一个重要的活动。"及宪迁大将军，复以毅为司马，班固为中护军。宪府文章之盛，冠于当世。"② "大将军梁商初开莫府，复首辟瑗。"③ "大将军何进闻而辟之。州郡以进权戚，不敢违意，遂迫胁玄，不得已而诣之。"④ 从窦宪、梁商、何进等人为大将军后的行为来看，则大将军招募僚属多保留有军事幕府招募僚属的特征，而与三公府朝廷征辟的特征有所区别。

① 方建春：《秦汉时期幕府制度的形成》，《宁夏社会科学》2005 年第 6 期。
② 范晔：《后汉书》卷八十《文苑列传》，中华书局 1965 年版，第 2613 页。
③ 范晔：《后汉书》卷五十二《崔骃列传》，中华书局 1965 年版，第 1723 页。
④ 范晔：《后汉书》卷三十五《郑玄列传》，中华书局 1965 年版，第 1208 页。

　　东汉大将军虽然也有出征打仗的情况，但相对来说，更多的时候则是留在京城。因将军举荐士人多从自己幕僚中推选，因此，在将军幕府中也集聚了一批文士，除了窦宪府中的班固、傅毅、崔骃之外，梁冀府中的马融、朱穆、赵岐、崔寔等，何进府中的荀爽、边让、孔融、陈琳等也是东汉著名的文士。由此可见，东汉幕府实质上也是东汉文人在京城生活的一个重要场所。东汉后期，袁绍、刘表、曹操等也以将军或者丞相的名义建置幕府，虽然他们具体的活动地点已经远离了京师洛阳，但这些幕府和前中期的将军幕府在功能和性质上又存在着千丝万缕的联系，入幕文人与幕主及朝廷之间的互动关系，共同推动了东汉文学的发展。在某种程度上，建安时期文学自觉的潜流实际上已经潜伏在东汉前中期的幕府中。从这个意义上讲，对东汉幕府与文人关系的研究就显得非常必要，因为它是探讨建安文学发展繁荣的一个重要视角。

第二节　东汉幕府制度的演变

　　东汉幕府独特性的形成有着深远的历史渊源，在幕府职能由军事而政治，治所由朔漠向京师的转变过程中，将军府的出现具有重要的历史意义，东汉文人入幕也多是在这层意义进行讨论的。

一　将军与政与幕府职能的公府化转向

　　"幕府"一词的最初意义本为将军行军所舍的"帏帐"，与将军出城御敌的军事行为相关。战国赵之良将李牧"常居代、雁门，备匈奴，以便宜置吏，市租皆输入莫府，为士卒费。"[①] 秦及西汉前期，"幕府"一词本意仍是将军行军征战的暂时居所，并无明显的衍生之意。比如冯唐曾言："夫士卒尽家人子，起田中从军，安知尺籍伍符？终日力战，斩首捕虏，上功莫府。"[②] 又如李广"莫府省文书。"这里所讲的"莫府"均为军幕之意，颜师古注李广此语曰：

---

　　① 司马迁：《史记》卷八十一《李牧传》，中华书局 1959 年版，第 2449 页。
　　② 班固：《汉书》卷五十《冯唐传》，中华书局 1962 年版，第 2314 页。

　　晋灼曰："将军职在征行，无常处，所在为治，故言莫府也。莫，大也。或曰，卫青征匈奴，绝大莫，大克获，帝就拜大将军于幕中府，故曰莫府。莫府之名始于此也。"师古曰："二说皆非也。莫府者，以军幕为义，古字通单用耳。军旅无常居止，故以帐幕言之。廉颇、李牧市租皆入幕府，此则非因卫青始有其号。又莫训大，于义乖矣。"①

　　从原文意以及师古注文来看，"幕府"之义主要是指将军"军幕"。

　　幕府由将军"军幕"衍生出"将军府"的意义是随着将军职能的变化而产生的。《后汉书志》卷二十四《百官》概述了两汉时期将军的演变：

　　初，武帝以卫青数征伐有功，以为大将军，欲尊宠之。以古尊官唯有三公，皆将军始自秦、晋，以为卿号，故置大司马官号以冠之。其后霍光、王凤等皆然。成帝绥和元年，赐大司马印绶，罢将军官。世祖中兴，吴汉以大将军为大司马，景丹为骠骑大将军，位在公下，及前、后、左、右杂号将军众多，皆主征伐，事讫皆罢。明帝初即位，以弟东王苍有贤才，以为骠骑将军；以王故，位在公上，数年后罢。章帝即位，西羌反，故以舅马防行车骑将征之，还后罢。和帝即位，以舅窦宪为车骑将军，征匈奴，位在公下；还复有功，迁大将军，位在公上；复征西羌，还免官，罢。安帝即位，西羌寇乱，复以舅邓骘为车骑将军征之，还迁大将军，位如宪，数年复罢。自安帝政治衰缺，始以嫡舅耿宝为大将军，常在京都。顺帝即位，又以皇后父、兄、弟相继为大将军，如三公焉。②

　　从《百官志》的这段叙述可以看出，两汉将军分为两种情况：一是"主征伐"的领兵将领；二是"常在京都"的尊官，这类"尊官"更多的时候并不领兵打仗，而是积极参与朝中事务。朝中尊官冠以"大将军"名

---

　　① 班固：《汉书》卷五十四《李广传》，中华书局1962年版，第2442页。
　　② 司马彪撰，刘昭注补：《后汉书志》卷二十四《百官志》，中华书局1965年版，第3563页。

号有一个长期的演变过程。按照《百官志》的说法，两者的关联从武帝时即已开始。

武帝时，卫青击破匈奴，王师大捷，"天子使使者持大将军印，即军中拜青为大将军。"① 卫青虽以军功拜大将军，然而他并未太多参与到朝中事务中去，对此，以"和柔自媚于上"的卫青始终有着清醒的认识，

> 苏建尝说责："大将军至尊重，而天下之贤士大夫无称焉，愿将军观古名将所招选者，勉之哉！"青谢曰："自魏其、武安之厚宾客，天子常切齿。彼亲待士大夫，招贤黜不肖者，人主之柄也。人臣奉法遵职而已，何与招士！"票骑亦方此意，为将如此。②

颜师古注苏建语曰："劝令招贤荐士也。"所谓招贤荐士本是朝官的行为，董仲舒在《举贤良方正对》中曾建议武帝，令"诸列侯、郡守、二千石各择其吏民之贤者，岁贡各二人，以给宿卫。"③ 从董仲舒的建议中可以看出，列侯、郡守均岁贡贤士于朝廷，从而保证王朝官员的选拔和后备人才的储备，然而反观卫青的言论，武帝似乎对"亲待士大夫，招贤黜不肖"的权力有着本能的喜好，尤其切齿于权臣养宾客，魏其、武安的遭遇本是不远的故事，卫青引以譬喻，也足以说明他对武帝朝政风向的准确理解与把握。在卫青看来，征伐在外，奋勇杀敌远远胜过朝中的尔虞我诈，是非颠倒。虽然骠骑将军、大司马霍去病有谏立太子事，但他的那封奏疏中仍然表明了大将军的职责权限主要是领军打仗。如果说霍去病的行为是试图以将军身份"敢惟他议以干用事"，但显然此时他仍然清醒地意识到将军之职责的清晰边界为："宜专边塞之思虑，暴骸中野无以报。"④因此，在武帝时期，虽有将军的封号，而将军的职能应仅限于行军打仗，不参与中朝政事。其将军幕府之义也只有"军幕"一层含义。

大将军进入朝廷参与朝政，始于霍光。与卫青、霍去病不同的是，霍

---

① 班固：《汉书》卷五十五《卫青传》，中华书局 1962 年版，第 2475 页。
② 同上书，第 2493 页。
③ 班固：《汉书》卷五十六《董仲舒传》，中华书局 1962 年版，第 2513 页。
④ 司马迁：《史记》卷六十《三王世家》，中华书局 1959 年版，第 2105 页。

光被拜为大将军是在武帝临终托孤的背景下进行的：

> 是时上年老，宠姬钩弋赵婕妤有男，上心欲以为嗣，命大臣辅之。察群臣唯光任大重，可属社稷。上乃使黄门画者画周公负成王朝诸侯以赐光。后元二年春，上游五柞宫，病笃，光涕泣问曰："如有不讳，谁当嗣者？"上曰："君未谕前画意邪？立少子，君行周公之事。"光顿首让曰："臣不如金日磾。"日磾亦曰："臣外国人，不如光。"上以光为大司马大将军，日磾为车骑将军，及太仆上官桀为左将军，搜粟都尉桑弘羊为御史大夫，皆拜卧内床下，受遗诏辅少主。明日，武帝崩，太子袭尊号，是为孝昭皇帝。帝年八岁，政事壹决于光。①

霍光以"出入禁闼二十余年，小心谨慎，未尝有过"而见信武帝，成了临终托孤的第一人选，以至于武帝崩后，8 岁的昭帝继位，"政事壹决于光。"这里武帝在事情未曾明言前赐霍光《周公负成王朝诸侯图》的故事应当引起注意，尽管后来霍光装糊涂不明白武帝的意思，但是谨慎而未尝有过的霍光是不可能不明白武帝的意思的。汉代君臣尤其喜欢以周朝的故事来比拟本朝的人事②，他们对周王朝的典故可以说是相当熟悉，周公摄政使周王朝避免了可能因王幼而诸侯蜂起的劫难，这对武帝和霍光来说都不是一个陌生的典故。元平元年（公元前 74），昭帝崩而无嗣，群臣相谋，欲立先帝所废广陵王，霍光内不自在，"郎有上书言：'周太王废太伯立王季，文王舍伯邑考立武王，唯在所宜，虽废长立少可也。广陵王不可以承宗庙。'言合光意。"③ 这里郎官进言霍光所引用的就是周朝的故事，这个故事对事件的处理很契合霍光的想法。东汉时期，大将军与皇后多谋立新帝，他们的行为所本的也大都是周朝的故事，或者源发于周王朝的西汉霍光的故事，其内在理路本前后相同。因此，从这个意义上讲，霍光以大将军辅政的故事就具有了承前启后的标本意义。一方面，他把周公辅政

---

① 班固：《汉书》卷六十八《霍光传》，中华书局 1962 年版，第 2932 页。
② 详见拙文《班固"周室观"的形成及其表现》，《贵州文史丛刊》2009 年第 2 期。
③ 班固：《汉书》卷六十八《霍光传》，中华书局 1962 年版，第 2937 页。

的故事汉代化，构成了汉代权臣辅政的经典故事，从而限制了后来权臣大权在握时的行为底线。不管是西汉还是东汉，王莽和曹丕敢于突破底线的事例固然在根本上改变了历史发展的轨迹，但是不容否认的是，两汉时期有很多权臣辅政，但终归没有篡权，原因之一是他们多少受到了霍光辅政故事的影响。曹操之所以一直没有篡权，和这种思想有着很大的关系，夏侯惇劝曹操登基称帝，曹操说："'施于有政，是亦为政'。若天命在吾，吾为周文王矣。"① 司马光认为这是明章之世的风俗遗化所致，"以魏武之暴戾强伉，加有大功于天下，其蓄无君之心久矣，乃至没身不敢废汉而自立，岂其志之不欲哉，犹畏名义而自抑也。"② 前朝故事所形成的传统对后世类同的行为多少会起到一定的约束作用。

刘邦曾立下非刘氏不王的盟誓，这个盟誓的意义在于强化了汉朝为刘氏之汉朝的社会意识，在这个背景下，武帝托孤于霍光，在权力的赋予和保留上界限自是分明，可以总揽全局，但必须保证刘氏王室的帝王地位，因此，后来霍光虽然废帝立帝，但终无取而代之的举动。所以，后来王凤、窦宪、梁冀，其虽以大将军的身份左右着帝王的废立，但终归是保证了刘氏王室血统的延续性。

中朝官拜大将军行使的是太尉的职责，这是和出征在外的武官拜大将军的最大不同，因此，被拜为中朝官的大将军，其幕府在一定程度上具有军幕和公府的双重性质。这种情况也是从霍光辅政时开始的。从武帝临终托孤所拜授官员的官职上看，霍光为大司马大将军，金日磾为车骑将军，太仆上官桀为左将军，桑弘羊为御史大夫。四位重臣，三位拜为将军，可见武帝以授予军权委以大任的良苦用心。尤为值得注意的是，霍光所拜授的"大司马大将军"。应劭《汉官仪》：

> 武帝元狩四年，置大司马，以冠将军之号，而无印绶。
>
> 元狩六年，罢太尉，法周制置司马。时议者以为汉军有官侯、千人、司马，故加"大"为大司马，所以别异大小司马之号。

---

① 陈寿：《三国志·魏》卷一《武帝纪》注引《魏氏春秋》，中华书局1959年版，第53页。
② 司马光：《资治通鉴》卷六十八，中华书局1956年版，第2174页。

三司之职，司马主兵。汉承秦曰太尉，武帝改曰大司马，无印绶，官兼加而已。世祖改曰太尉。

太尉在秦和东汉都是三公之一，是一具有独立属性的官职，而非加官，其职责为主掌兵马。武帝时期，将太尉改为大司马，目的是对军权进行重新分配，使原本为实职的太尉成了没有实权的加官，而把军权集中到大将军手中。从卫青的大将军到霍光的大将军，名称虽然没有变化，然而其内容却发生了实质的变化，大将军由原来征伐在外，唯掌军权，"事讫皆罢"的非定职转而为朝中的常职，并且省并了太尉的职责。《后汉书志》卷二十四《百官》：太尉"本注曰：'掌四方兵事功课，岁尽奏其殿最而行赏罚。凡郊祀之事，掌亚献；大丧则告谥南郊。凡国有大造大疑，则与司徒、司空通而论之。国有过事，则与二公通谏争之。"① 这里关于太尉职责的叙述虽然更多的是指东汉时期的情况，但它在一定程度上也表明了太尉一职从设立到后来演变的基本特征。作为朝官，太尉与单纯行军打仗的大将军权力还是有所区别的，他除了负责掌四方兵士功课，岁尽行赏罚外，还有对国家发生的"大造大疑"与司徒、司空二公相与讨论的重要职责，也就是说，作为太尉，他的职责权限比行军在外单纯地暂时性掌有军权的大将军更为宽泛；作为朝官，他能够广泛参与到社会各种问题的讨论和国家各项政策的决定中。因此，武帝改其名号为大司马，将之与大将军一职合并，实质目的还是为了权臣能掌控朝中可能出现的问题，从而保证不管是兵乱还是各种国事的危机，都能有一个人绝对地控制住局面。架空了太尉的权力，转移给大将军，则大将军由原来的外朝官一转而为中朝官，大将军的职责和权限空前地扩大了。将军的幕府也因此由行军在外的军幕转而为参与朝政的公府，尽管在名目上还以幕府称引，实质上所行使的已经是公府的权力。所以，形式上的幕府建置和实质上的公府职能在这里形成了一种奇妙的交叉，构成了幕府在这一时段的特征。这种情况在西汉末年王凤的身上有着更为明显的表现：

① 司马彪撰，刘昭注补：《后汉书志》卷二十四《百官志》，中华书局 1965 年版，第 3557 页。

　　　　元帝崩，太子立，是为孝成帝。尊皇后为皇太后，以凤为大司马
　　大将军领尚书事，益封五千户。王氏之兴自凤始。……王氏子弟皆卿
　　大夫侍中诸曹，分据势官满朝廷。①

　　在王凤这里，大司马大将军连称的情况依然是以大将军为主，大司马
为加官。领尚书事不过是控制了朝政一切大权的另一种说法而已。自武帝
时起，为了削弱丞相的权力，在中朝培植起来的尚书台逐渐成了国家运行
的权力中枢机构，所以王凤以大司马大将军领尚书事和霍光对朝政的掌控
并无什么两样。

　　作为朝官化的大将军在西汉中后期的政治舞台上扮演了极其重要的角
色。而西汉时期大将军对朝政的干预对东汉时期大将军掌控朝政的行为有
着重要的影响。东汉大将军对朝政的参与和控制，其根本的制度因素都可
以溯源到霍光辅政的故事中。本质上讲，东汉幕府的公府化是军政合一的
表现，而幕府的形式建置与将军实权之间的分合是东汉幕府公府化或者东
汉后期公府幕府化变化的内在原因。

二　东汉前中期幕府制度的形成与发展

　　东汉大将军的职责范围并非是直接沿袭西汉大司马大将军的职责范围
发展而来的，它在东汉的发展有一个曲折的过程。

　　东汉初年的将军多单指行军将领，几乎不参与朝政，因此，这个时期
的将军幕府多为单纯的军幕。王莽后期，诸侯并起，窦融联合河西五郡，
以期在乱世中全身保命，窦融因此被推举为大将军，统领五部。在光武给
窦融的赐书中，隗嚣也被称为隗将军。这些将军称谓所指的皆是行军领兵
的将领之意。在光武帝刘秀统领的军队中，以将军而称的简直不胜枚举，
"世祖中兴，吴汉以大将军为大司马，景丹为骠骑大将军，位在公下，及
前、后、左、右杂号将军众多，皆主征伐，事讫皆罢。"② 单是明帝时的
云台三十二功臣中，有将军称号的就有十五人，其中名号杂多，以大将军

---

①　班固：《汉书》卷九十八《元后传》，中华书局 1962 年版，第 4017—4018 页。
②　司马彪撰，刘昭注补：《后汉书志》卷二十四《百官志》，中华书局 1965 年版，第 3563 页。

为主，有建威大将军、骠骑大将军、征南大将军、征西大将军、虎牙大将军、横野大将军，此外还有左、右将军、积弩将军、骁骑将军等。这些将军封号与霍光、王凤的大司马大将军的称号有着本质的不同，光武帝时的这些将军都是领军打仗的将帅，尽管后来他们有些人也奉朝请，但他们和掌有朝政实权的大将军霍光还是有很大的不同，他们的奉朝请只不过是对他们曾经立下赫赫军功的一种感激和尊重，本意并非是让他们过多地参与朝政的议论。

光武帝以及明、章三帝在治国用人上多喜文官，光武帝未及下车，先访儒士，明帝飨射礼毕，正坐自讲，章帝称制于白虎观，这些行为都说明了东汉统治者对文士治国的重视，以及有意对武将参与朝政的抑制。贾复的行为足以说明这个问题：

> 复知帝欲偃干戈，修文德，不欲功臣拥众京师，乃与高密侯邓禹并剽甲兵，敦儒学。帝深然之，遂罢左右将军。复以列侯就第，加位特进。复为人刚毅方直，多大节。既还私第，阖门养威重。朱祐等荐复宜为宰相，帝方以吏事责三公，故功臣并不用。是时列侯唯高密、固始、胶东三侯与公卿参议国家大事，恩遇甚厚。①

李贤注引《东观记》曰："上以天下既定，思念欲完功臣爵土，不令以吏职为过，故皆以列侯就弟也。"表面上说为了不使功臣以吏职为过，实际上是不欲功臣拥众京师，因此，众多的功臣中只有邓禹、李通、贾复参与朝政而已。即使是朝中的功臣邓禹也深明韬光养晦之术，"禹内修文明，笃行淳备，事母至孝。天下既定，常欲远名势。有子十三人，各使守一艺。修整闺门，教养子孙，皆可以为后世法。"② 赵翼在《廿二史劄记》中说："光武诸功臣，大半多习儒术，"③ 虽然是就一些功臣中兴前后的经历而言，但显然贾复对帝意的揣度和他们相应的行为加强了东汉功臣多近儒的形象。因此，在这种背景下，东汉初年的将军，不管其称号为何，大

---

① 范晔：《后汉书》卷十七《贾复列传》，中华书局 1965 年版，第 667 页。
② 范晔：《后汉书》卷十六《邓禹列传》，中华书局 1965 年版，第 605 页。
③ 赵翼著，王树民校证：《廿二史劄记校证》，中华书局 1984 年版，第 91 页。

都只是不参与朝政的将军，将军封号的意义更多的是对这些将领为东汉王朝的建立所做出的贡献的肯定。而在光武帝看来，大司马和大将军虽为一职，但可拆分为二，由两人分别担任：

> 世祖即位……诏举可为大司马者，群臣所推唯吴汉及丹。帝曰："景将军北州大将，是其人也。然吴将军有建大策之勋，又诛苗幽州、谢尚书，其功大。旧制骠骑将军官与大司马相兼也。"乃以吴汉为大司马，而拜丹为骠骑大将军。①

光武帝为了平衡吴汉与景丹的地位，拿出了前朝的典故，那时骠骑将军与大司马相兼，李贤注曰："武帝置大司马，号大将军、骠骑将军也。"不管是骠骑将军还是大将军与大司马相兼，问题在于前朝两者统一的情形在光武帝这里遭到了明确地拆解。大司马为朝官，而骠骑大将军只能是武官系统的统帅。两者泾渭分明，互不相兼。从后来景丹的表现来看，作为骠骑将军的他并没有参与政治的机会，建武二年（26），光武以"富贵不归故乡，如衣绣夜行"为由，令其归封地，离开朝廷。其秋，与其他将军联手"从破五校于羛阳"②，后因疟病死于军旅。因此，东汉初年的将军幕府主要是指军幕之义，与前朝霍光、王凤及其后的窦宪、梁冀的将军幕府与公府相混一的情况都有着本质上的不同。

东汉大将军幕府的公府化进程始于东平宪王刘苍。"永平中，东平王苍以至戚为骠骑将军辅政，开东阁，延英雄。"③光武帝时，骠骑将军与大司马分离，成为两个独立的官职，而明帝拜刘苍为骠骑将军又重新将两者合并为一职。明帝拜授刘苍骠骑将军的目的非常明确，就是欲令其辅朝政，"帝每巡狩，苍常留镇。"④将军参政与否是判断将军幕府是否为军幕的一个重要标准。刘苍开府延英雄，其府不是三公府，而是将军幕府。班固《奏记东平王苍》中说："窃见幕府新开，广延群俊，四方之士，颠倒

---

① 范晔：《后汉书》卷二十二《景丹列传》，中华书局 1965 年版，第 773 页。
② 同上。
③ 范晔：《后汉书》卷四十《班固列传》，中华书局 1965 年版，第 1330 页。
④ 范晔：《后汉书》卷四十二《光武十王列传》，中华书局 1965 年版，第 1433 页。

衣裳。将军宜详唐、殷之举，审伊、皋之荐，令远近无偏，幽隐必达，期于总览贤才，收集明智，为国得人，以宁本朝。"① 刘苍本为文人，相关文献并没有他领兵作战的记载，因此刘苍加骠骑将军称号的本意是取前朝大司马大将军权臣辅政的意思，虽以将军称号参与朝政，但在行政建置上，却是按照将军幕府的管理体系建构的，是以班固有"窃见幕府新开"之说。东汉时期，这种情况并不仅仅出现在刘苍一个人身上，后来参与朝政的大将军，虽然经常会与三公府并称为四府，但其府衙却仍保留着幕府的称谓，如大将军邓骘为求李充为其荐天下英才时说："幸托椒房，位列上将，幕府初开，欲辟天下奇伟，以匡不逮，惟诸君博求其器。"② 议郎蔡邕荐边让于何进曰："伏惟幕府初开，博选清英，华发旧德，并为元龟。"③ 从大将军邓骘与何进的情况来看，虽然他们都曾掌控朝政，但其大将军称号下的府治仍然以幕府称。这就造成了东汉幕府的奇特景观，一方面大将军广泛而深入地参与到朝政中去，成为凌驾于三公之上的权臣，左右着帝王的废立，朝廷上下，望风希旨，权贵显赫，倾动京都，成为实际上最权威的公府。但另一方面，其府第建置却按照将军的幕府组织系统来建构，如窦宪幕府中，班固、傅毅之徒，其职称为中护军、军司马，这些职称显然都是军事幕府系统的职称而非公府的职称。因此，东汉前中期的幕府特点是相当鲜明的，它是实质上的公府性质与表面上的幕府建置的结合体。它并没有完全被公府化，同时它的军幕之义也并不纯粹，也许这就是东汉幕府之于文人的魅力所在。东汉大将军的幕府中通常都会网罗一批天下英杰，而这些文士充于门庭，既有其幕府之幕僚的身份特征，又有其公府掾属的身份标识。

东平王刘苍以宗室之亲直接拜授大将军的情况，在后来的历史发展中并没有延续下去，后来能够左右朝政的大将军多由皇后或皇太后的父兄担任，他们一般都有领兵作战的经历，这也是东汉幕府独具特色的一个原因，即军幕与公府的合二为一。在董卓祸乱京师之前，从邓骘到梁冀，他们都有领兵作战或者卫戍京都的经历，因此，他们后来被拜为大将军和刘

---

①　范晔：《后汉书》卷四十《班固列传》，中华书局1965年版，第1331页。
②　范晔：《后汉书》卷八十一《独行列传》，中华书局1965年版，第2685页。
③　范晔：《后汉书》卷八十《文苑列传》，中华书局1965年版，第2646页。

苍被拜骠骑大将军还是有所区别的，他们的军事经历与其位极人臣后被拜为大将军而不是其他的官职之间有着一定的关系。邓贵人为皇后，邓骘三迁虎贲中郎将，延平元年（106），拜为车骑将军。自和帝崩后，骘兄弟就常居禁中，参与朝政。殇帝崩，太后与邓骘定策立安帝。后邓骘平乱凉部畔羌，虽然兵败而归，然仍以太后故，遣五官中郎将迎拜为大将军。位次三公下，特进、侯上，其有大议，乃诣朝堂，与公卿参谋。邓骘弟邓弘卒，将葬，礼仪如霍光故事①。邓骘拜为大将军，参与朝政议论，其位尚在三公下，而窦宪为大将军后，大将军在朝中的位置已经在三公之上了。窦宪北击匈奴，大胜而归，"诏使中郎将持节即五原拜宪大将军……旧大将军位在三公下，置官属依太尉。宪威权震朝廷，公卿希旨，奏宪位次太傅下，三公上。"② 当时刺史、守令多出其门，窦氏父子兄弟并居列位，充斥朝廷，由是朝臣震慑，望风承旨。如果说邓骘和窦宪都还有外出领兵作战的经历，那么梁商、梁冀父子则完全是由京师卫戍升至大将军的。梁商女被立为皇后，拜梁商为执金吾，两年之后，梁商即被拜为大将军。梁商死后，尚未入葬，顺帝就拜授梁商之子梁冀为大将军。梁冀为大将军，权倾朝野，党同伐异，皇帝废立全在一念之间，因为对质帝的聪慧深感疾恶，竟然伺机将之鸩杀。梁冀在朝，专擅威权，凶恣日积，机事大小，莫不谘决。风气所至，甚至连梁冀妻子孙寿的愁眉、折腰、堕马髻、龋齿笑，都成为京师翕然仿效的对象③。从邓骘到梁冀，他们虽然均有领军作战或卫戍京师的经历，然而他们拜大将军之后，基本上都已经大权在握，威震朝野；他们虽被拜为大将军，但他们所关注的主要问题并非军戎，而是朝廷的日常事务，他们的将军幕府也都在京师，而非朔漠。因此，文人入幕，其主要的活动场所基本上都在京师，这是东汉文人入幕与后来文人入袁绍、曹操幕府的一个最大不同，而他们与幕主之间也非简单的幕僚与府主的关系，由于幕主多为京城权臣，所为之事也多为朝廷之事，所以，作为僚属，他们对幕主的谏议和奏记所关注的内容也就有别于一般军幕僚属的关注对象。东汉前中期文人入幕对文学的影响主要表现在文章内容基本不

---

① 范晔：《后汉书》卷十六《邓骘列传》，中华书局 1965 年版，第 612—615 页。
② 范晔：《后汉书》卷二十三《窦融列传》，中华书局 1965 年版，第 817—818 页。
③ 范晔：《后汉书》卷三十四《梁统列传》，中华书局 1965 年版，第 1180 页。

关幕府之事，而是朝廷之内所发生的各种事务及其处理的方式是否符合既定的政策或道义的规范。随着幕府制度的演进，东汉后期入幕文人的创作内容多转向了对军功的描写。

三　东汉后期公府幕府化特征的生成

自何进为大将军，幕府公府化性质渐趋削弱，幕府性质开始重新回归到军幕的本义。与邓骘、梁冀在太平之世被拜为大将军不同的是，从何进开始，东汉的大将军不得不面对乱世蜂起的贼寇而带兵四处出击，"中平元年，黄巾贼张角等起，以进为大将军，率左右羽林五营士屯都亭，修理器械，以镇京师。"① 后来刘辩即位，何太后临朝，何进与太傅袁隗辅政，录尚书事。这与王凤的辅政，时虽异代，但却何其相似。而"后将军袁隗为太傅"辅政②，不过是充当何进的点缀而已。何进领尚书事，总揽朝政，也是盛极一时，然而召董卓入京却是何进政治生涯中最大的错误，不仅终结了他在朝中威权左右的权臣地位，而且葬送了自己的性命。从此以后，东汉进入到战乱的时代，刘表暂安于荆州，袁绍拥兵于河北，曹操后起，战胜袁、刘，总领天下，东汉末期的历史充满了血腥的杀戮，将军幕府也由东汉前中期公府性质转向具有军幕特征的霸府。

荆州乱，刘表被拜为刺史，初到治所，即请"南郡人蒯越、襄阳人蔡瑁与共谋画。"于是诸贼皆降，江南悉平。李傕入长安，以刘表为镇南将军、荆州牧。在刘表的治理下，荆州"万里肃清，大小咸悦而服之。关西、兖、豫学士归者盖有千数。"③ 其中祢衡、王粲、刘廙、繁钦，悉在其幕，刘表幕中，"文章言议，非衡不定。"④ 虽然在乱世征伐的背景下，刘表的社会身份更多的是以荆州牧为主，但从其初到荆州的作为和后来对文士的重视，他的刺史府已经和幕府没有什么两样。州府的幕府化实际上是东汉末年公府幕府化形成的一个重要源头，构成了东汉末年幕府性质的

①　范晔：《后汉书》卷六十九《何进列传》，中华书局1965年版，第2246页。
②　范晔：《后汉书》卷八《灵帝纪》，中华书局1965年版，第357页。
③　范晔：《后汉书》卷七十四《刘表列传》，中华书局1965年版，第2419—2421页。
④　范晔：《后汉书》卷八十《文苑列传》，中华书局1965年版，第2657页。

独特之处①。

董卓叛乱，袁绍与曹操由京师出逃，袁绍立足于冀州，曹操盘踞于许都。董卓败后，袁绍和曹操的幕僚都曾劝自己的幕主西迎主上，挟天子以令诸侯，兴平二年（195），"沮授说绍曰：'将军累叶台辅，世济忠义。今朝廷播越，宗庙残毁，观诸州郡，虽外托义兵，内实相图，未有忧存社稷恤人之意。且今州城粗定，兵强士附，西迎大驾，即宫邺都，挟天子而令诸侯，稽士马以讨不庭，谁能御之？'"②可惜袁绍无立帝之心，没有迎接天子都邺下，这个机会被曹操抓住，于建安元年（196）迎天子以都许，在代表朝廷处理袁绍的问题上，发生了戏剧性的一幕：

> 于是以绍为太尉，封邺侯。时曹操自为大将军，绍耻为之下，伪表辞不受。操大惧，乃让位于绍。二年，使将作大匠孔融持节拜绍大将军，锡弓矢节钺，虎贲百人，兼督冀、青、幽、并四州，然后受之。③

李贤在注"绍耻为之下"的原因时说："太尉位在大将军上，初，武帝以卫青征伐有功，以为大将军，欲尊宠之，故置大司马官号以冠之。其后霍光、王凤等皆然。明帝以弟东平王苍有贤材，以为骠骑大将军，以王故，位公上。和帝以舅窦宪征匈奴，还迁大将军，在公上。"④实际上，从东汉明帝时起，大将军的地位已经超越了三公的地位，虽然经常在皇帝的诏书中有四府连称的情况，但显然大将军府的权力要远远超过三公府的权力，尤其是职能与之有所交叉的太尉更是在大将军下，这就是袁绍为什么在被拜为太尉不愿接受的原因。

袁绍此时被拜为大将军，其性质同于窦宪、梁冀故事，不是以行军打

---

①　"汉末诸雄不仅有将军号，也同时兼领州牧，从而摄军政大权于一身。曹操先后领有行奋武将军、建德将军、镇东将军、大将军等军号，并一直兼领兖州牧，平袁绍后又领冀州牧，所以他建立的霸府正是在幕府与州府联营的基础上成长起来的。"见张军《曹操霸府的制度渊源与军事参谋机构考论——兼论汉末公府的"幕府化"过程》，《石家庄学院学报》2006年第5期。

②　范晔：《后汉书》卷七十四《袁绍列传》，中华书局1965年版，第2382页。

③　同上书，第2389页。

④　同上。

仗为目的，而是朝廷重臣，仪同三司，位高三公，但是同时，远离许都朝堂的袁绍虽然受拜为朝官，但却更像个远征在外的军事将领，他的掾属实际上等同于军幕僚属，这就是东汉末年官府与幕府相互纠缠的复杂情形。同样的情况也出现在曹操的身上，建安元年（196），天子都许后，曹操自为司空，行车骑将军事，百官总己以听。建安十三年（208），更是罢三公，自为丞相。丞相本以朝官而称，但曹操对于朝廷的行政管理却是以四处征伐叛乱的行为来体现的，南征北战，破杀袁、刘。而在他以司空、丞相身份辅政的行为中，为人所熟悉的却是他身边那些随军征战的谋士文人，建安十三年（208），曹操南征荆州，陈琳、徐干、刘桢、阮瑀都一并随军出征，而作为丞相掾属的应场、刘桢也不免经常随曹操四处出征，①朝官掾属和军幕僚属已经难以分别，而这一切都缘于汉末的战乱世相。文人在其中的颠沛流离以及精神上的寄托与归属，对建安时期的文学风尚和文学精神产生了重要的影响，也昭示了文学发展转轨与新变的迹象。

由于袁绍、刘表、曹操本起于行伍，进而为国家权臣，因此，在战乱频仍的建安时期，他们虽然兼领州牧，位极人臣，但他们的府署显然因袭了军幕的建置，而其府掾在随其南征北战时，其官府掾属实质上等同于幕府僚属。是以入幕文人在这种困境中不得不面临着忠于国家还是忠于幕主的选择，其个人操守以及文章内容也都因此发生了各种不同程度的变化，对后来文学的发展与新变产生了重要而深刻的影响。

第三节 东汉幕府与文人群体的地域走向

东汉定都洛阳，对汉代学术、文学的发展产生了重要的影响，西汉长安盛极一时的学术盛况随着都城的迁徙已经明日黄花，繁华不再，而东都洛阳作为新兴的都城开始成为全国的政治文化中心。从学术发展流变的角度上看，东汉定都洛阳对东晋南北朝南北学术文艺的差别产生了重要的影响②，

---

① 陈寿：《三国志·魏》卷二十一《王粲传》："场、桢各被太祖辟为丞相掾属。"中华书局1959年版，第601页。

② 曹道衡：《东汉文化中心的东移及东晋南北朝南北学术文艺的差别》，《文学遗产》2006年第5期。

这一学术变化的地域转移，整体上看是一个由西向东缓慢发展的过程，然而在具体的时段它的轻重缓急又有着细微的不同，在这个过程中，幕府作为文人的寄身之所，对于文人的迁转流徙和文人群体整体的地域走向起到了重要的作用。

一　东汉前期：从边地到京城

在王莽新朝后期，各地诸侯蜂起，而强者割据一方，形成了某一区域相对安宁的局面，诸侯幕下暂时成了文人在乱世中的寄身之所。先是隗嚣在天水，"三辅耆老士大夫皆奔归嚣。"杜林、班彪等人悉在隗嚣幕中。班彪因数谏隗嚣而不见采用，也离开天水转归陇右依窦融，深受窦融的尊重，常为窦融出谋划策，尤其是窦融在东向归依光武帝刘秀这个重要的选择中，班彪起到了重要的作用，他也因此引起了光武帝的兴趣。

> 彪乃为融画策事汉，总西河以拒隗嚣。及融征还京师，光武问曰："所上章奏，谁与参之？"融对曰："皆从事班彪所为。"帝雅闻彪才，因召入见，举司隶茂才，拜徐令，以病免。[1]

班彪因为在为大将军窦融的从事中郎时表现突出而被光武帝拜为徐令，这是东汉初年将军幕僚进入公府的一个特例。东汉初年，由于光武帝明确地对将军进入公府系统进行限制，因此，东汉建立初期，将军幕府既然是军幕性质不干行政，也就无所谓将军幕僚与公府掾属之间的身份转变关系。

明帝以至亲拜东平王刘苍为骠骑将军，朝中事务多所倚仗，因此，作为将军幕府其性质也就发生了从军幕到公府的重要改变，虽然其外在形态仍是幕府。这一点在班固的《奏记东平王苍》一文中有着明确的表述：

> 将军以周、邵之德，立乎本朝，承休明之策，建威灵之号，昔在周公，今也将军，《诗》《书》所载，未有三此者也。传曰："必

---

① 范晔：《后汉书》卷四十《班彪列传》，中华书局 1965 年版，第 1324 页。

有非常之人，然后有非常之事；有非常之事，然后有非常之功。"固幸得生于清明之世，豫在视听之末，私以蝼蚁，窃观国政，诚美将军拥千载之任，蹑先圣之踪，体弘懿之姿，据高明之势，博贯庶事，服膺《六艺》，白黑简心，求善无厌，采择狂夫之言，不逆负薪之议。窃见幕府新开，广延群俊，四方之士，颠倒衣裳。将军宜详唐、殷之举，审伊、皋之荐，令远近无偏，幽隐必达，期于总览贤才，收集明智，为国得人，以宁本朝。……愿将军隆照微之明，信日昃之听，少屈威神，咨嗟下问，令尘埃之中，永无荆山、汨罗之恨。①

此时刘苍已经拜为东平王，而班固却称为将军，相对于王来说，则将军的称谓更为尊崇，班固将之比作周朝的周公、邵公，这固然是对刘苍的美誉，然而从汉代社会比隆周室的惯性思维来看，这种比照并不显得特别做作，对于东汉王朝来说，刘苍的位置确实可以等同于周、邵之于西周。然而作为臣民的班固对刘苍的期望是什么呢？"为国得人，以宁本朝。"作为将军，身处要位，当以周公的业绩要求自己，明辨是非，求善不止，不管是山野小人还是负薪之徒，只要言有可采，都不应该忽视，唯有如此，才能做到为国得人，安定朝廷。从班固的奏记中可以看出，此时将军幕府的首要责任便是广延英杰，搜罗人才，熟悉尧举皋陶、汤举伊尹的故事，并以此来要求自己，方能尽到将军的职责，使天下英才，无论幽达，悉集朝廷。唯有如此，将军才能从容于朝堂之上，显名当世，流芳千古。在奏记的末尾，班固再次强调了他对刘苍的期望，希望他能够为朝廷延揽人才，使天下十人能学有所用，江湖之上永无叹息之声。为此，班固向刘苍推荐了李育、桓梁、晋冯、郭基、王雍、殷肃六人，这六人都被刘苍收纳到将军幕府中。从刘苍开始，东汉大将军在朝廷中多居显要地位，位比周、邵，而东汉大将军幕府的一个主要职能便是延揽人才，为国得人。正因为东汉幕府的这种特性，所以才成为文人在京师出入的一个场所。

相对于东汉其他的大将军来说，东平王刘苍因至亲而拜为骠骑将军应

---

① 范晔：《后汉书》卷四十《班固列传》，中华书局 1965 年版，第 1330—1332 页。

当属于特例，后来东汉大将军虽然多由掌有实权的皇后的父兄担任，但由于东汉的幕府多具有军幕与公府二而为一的特点，因此，将军幕府中的一些文人也有短暂从军远征的经历。"建初三年，车骑将军马防击西羌，请笃为从事中郎，战没于射姑山。"① "永元初，大将军窦宪出征匈奴，以固为中护军，与参议。北单于闻汉军出，遣使款居延塞，欲修呼韩耶故事，朝见天子，请大使。宪上遣固行中郎将事，将数百骑与虏使俱出居延塞迎之。"② 他们在军幕中不仅参议军事，而且更为主要的是负责军中的文书写作，尤其是刻石立碑、歌颂军功的文饰之举，都需要文人的文学才华来歌颂本已赫赫的军事胜绩。窦宪平定匈奴，北登燕然山时，为了纪汉威德，刻石勒功，令班固作铭：

　　惟永元元年秋七月，有汉元舅曰车骑将军窦宪，寅亮圣明，登翼王室，纳于大麓，惟清缉熙。乃与执金吾耿秉，述职巡御，理兵于朔方。鹰扬之校，螭虎之士，爰该六师，暨南单于、东乌桓、西戎氏羌侯王君长之群，骁骑三万。元戎轻武，长毂四分，云辎蔽路，万有三千余乘。勒以八阵，莅以威神，玄甲耀日，朱旗绛天。遂陵高阙，下鸡鹿，经碛卤，绝大漠，斩温禺以衅鼓，血尸逐以染锷。然后四校横徂，星流彗扫，萧条万里，野无遗寇。于是域灭区单，反旆而旋，考传验图，穷览其山川。遂逾涿邪，跨安侯，乘燕然，蹑冒顿之区落，焚老上之龙庭。上以摅高、文之宿愤，光祖宗之玄灵；下以安固后嗣，恢拓境宇，振大汉之天声。兹所谓一劳而久逸，暂费而永宁者也。乃遂封山刊石，昭铭盛德，其辞曰：铄王师兮征荒裔，勦凶虐兮截海外。敻其邈兮亘地界，封神丘兮建隆碣，熙帝载兮振万世。③

　　窦宪此次征伐的原因本来是因为他犯下滔天大罪，惧怕被诛杀，而自求出击匈奴以赎死罪的，然而在班固的《封燕然山铭》序中他却被说成是"寅亮圣明，登翼王室，纳于大麓，惟清缉熙。"即尊奉圣明君主，尽心辅

---

① 范晔：《后汉书》卷八十《文苑列传》，中华书局 1965 年版，第 2609 页。
② 范晔：《后汉书》卷四十《班固列传》，中华书局 1965 年版，第 1385 页。
③ 范晔：《后汉书》卷二十三《窦融列传》，中华书局 1965 年版，第 815—817 页。

助刘氏王室，使政治清明，奋发前进。显然在序文开篇中即定下了文章的主调，尽管幕主是一个身负重罪、十恶不赦之徒，然而在胜仗之后，匈奴平定的背景下，幕主却被塑造成一个一心为公、尽心为国光辉熠熠的形象，粉饰之意已经尽在不言之中。在这里，战争的惨烈成了王师威武的最好写照，"鹰扬之校，螭虎之士"，若雄鹰之奋飞，似龙虎之出笼，王师北下，扫灭匈奴的气势在这两个比喻中被形象而传神地刻画出来，等到这篇文章传回朝廷，在朝廷众臣传阅的过程中，他们也许无法想象血肉横飞的惨烈之状，但他们一定会想象到汉朝的将兵是如何威武雄壮，军队行进时的长驱直入、势如破竹。文字在信息传递的过程中完成了对战争狂野的重新叙述，征伐中白骨横野的惨烈是不包括汉朝的士兵在内的，他们的伤痛被巨大的胜利喜悦所掩盖，一劳永逸的这场战争"上以抒高、文之宿愤，光祖宗之玄灵；下以安固后嗣，恢拓境宇，振大汉之天声。"所以，四库馆臣认为："班固《燕然山铭》实为贡谀权臣。"① 然而作为文体之铭，其主要功能便是"述其功美，使可称名也。"② 抛开实际的功利关系来看，班固这篇铭文简洁而明了地写出征伐匈奴的整个过程及其意义，功劳显赫的王师，征伐远处北荒的匈奴，剿灭残虏，平定海外。其伟大的意义在于使得汉朝的疆域向北延伸到极远的边界，封土建碣，祭祀山神，使大汉的帝业光耀千秋，振奋万代。这篇文章是对窦宪此次北征匈奴的一次带有粉饰性的总结，对于扩大窦宪在朝廷中的威望具有重要的意义。后来窦氏一门能耀武扬威于朝廷固然拜这次战功所赐，然而班固的《燕然山铭》也起到了推波助澜的作用。文人入幕，虽参中军，然而军国书檄，多出其手。对于幕主功绩的宣扬，对于描摹战争扩大写作题材的美化都起到了一定的作用。

二　东汉中期：云集京师

虽然东汉将军多有出兵在外的经历，但他们绝大多数时间都在京

---

① 《四库全书总目提要》（整理本）卷一百八十七《文选补遗》，中华书局1997年版，第2626页。

② 萧统编，李善、吕延济等注：《六臣注文选》卷五十六《封燕然山铭》，中华书局1987年版，第1031页。

师，因此，文人入幕，也多局于京师，作为将军的僚属，他们寄身于幕府之中，为幕主的日常行政出谋划策。他们有时也会被幕主推荐到朝廷公府中去，吴良在东平王刘苍幕中，甚得刘苍喜爱，刘苍向皇帝推荐吴良曰：

> "臣闻为国所重，必在得人；报恩之义，莫大荐士。窃见臣府西曹掾齐国吴良，资质敦固，公方廉恪，躬俭安贫，白首一节；又治《尚书》，学通师法，经任博士，行中表仪。宜备宿卫，以辅圣政。臣苍荣宠绝矣，忧责深大，私慕公叔同升之义，惧于臧文窃位之罪，敢秉愚瞽，犯冒严禁。"显宗以示公卿曰："前以事见良，须发皓然，衣冠甚伟。夫荐贤助国，宰相之职，萧何举韩信，设坛而拜，不复考试。今以良为议郎。"①

东汉幕府兼有军幕和公府的双重性质，其府位比三公，仪同三司，尤其是窦宪之后，更在三公之上，因此，在皇帝的各种求贤诏书中，大将军与三公都是重要举主，"[（顺帝）汉安元年（142）] 二月丙辰，诏大将军、公、卿举贤良方正、能探赜索隐者各一人。……（十月）诏大将军、三公选武猛试用有效验任为将校者各一人。"② "[（桓帝）建和元年（147）] 夏四月庚寅，京师地震。诏大将军、公、卿、校尉举贤良方正、能直言极谏者各一人。……又诏大将军、公、卿、郡、国举至孝、笃行之士各一人。"③ 而且在史书中关于四府连辟的情况也时有发生，"（赵典）建和初，四府表荐。"李贤注："四府，太尉、司徒、司空、大将军府也。"④ 且四府掾属也能参与政事的讨论，永和二年（137），日南、象林贼势转盛，"帝以为忧，明年，召公卿百官及四府掾属，问其方略……大将军从事中郎李固驳曰……"⑤ 由于能以幕僚转为朝廷服务，因此，文人

---

① 范晔：《后汉书》卷二十七《吴良列传》，中华书局 1965 年版，第 943 页。
② 范晔：《后汉书》卷六《顺帝纪》，中华书局 1965 年版，第 272 页。
③ 范晔：《后汉书》卷七《桓帝纪》，中华书局 1965 年版，第 289 页。
④ 范晔：《后汉书》卷二十七《赵典列传》，中华书局 1965 年版，第 947 页。
⑤ 范晔：《后汉书》卷八十六《南蛮列传》，中华书局 1965 年版，第 2838 页。

入幕在东汉也成为进入仕途的一种重要方式。

（一）东汉文人入幕的方式

东汉将军幕府虽然兼具公府的性质，然而仍以军幕为主，文人入幕所拜授官职不是公府官称，而是幕府僚属职称。文人入幕所拜授的官职以从事中郎与令史为主，其方式以辟为主，表、请、奏记推荐也是较为重要的方式。

东汉文人入幕的主要方式是辟除。辟除是汉代高级官吏任用属吏的一种制度。与皇帝征聘（召）有所不同，公府、州郡一般采用辟除的方式进行人才的选拔，被辟除的属吏的职责是"佐助主官治事"，他们不是朝廷命官，但他们可以由主官荐举，以获升迁，而且往往官至高位①，崔实的《政论》中说："三府掾属，位卑职重，及其取官，又多超卓，或期月而长州郡，或数年而至公卿。"②崔实虽然说的是三府的情况，但类同三府的大将军府在人才辟除上也与之无异。东汉幕府的辟除可分为一般辟除与强辟两种情况。一般辟除的情况较为常见，史书中的记载俯拾皆是：

（朱晖）后为郡吏，太守阮况尝欲市晖婢，晖不从。及况卒，晖乃厚赠送其家。人或讥焉，晖曰："前阮府君有求于我，所以不敢闻命，诚恐以财货污君。今而相送，明吾非有爱也。"骠骑将军东平王苍闻而辟之，甚礼敬焉。③

（吴良）初为郡吏，岁旦与掾史入贺，门下掾王望举觞上寿，谄称太守功德。良于下坐勃然进曰："望佞邪之人，欺诒无状，愿勿受其觞。"太守敛容而止。宴罢，转良为功曹；耻以言受进，终不肯谒。时骠骑将军东平王苍闻而辟之，署为西曹。④

---

① 详参安作璋、熊铁基《秦汉官制史稿》，齐鲁书社 2007 年版，第 818—826 页。
② 严可均：《全后汉文》卷四十六，中华书局 1958 年版，第 727 页。
③ 范晔：《后汉书》卷四十三《朱晖列传》，中华书局 1965 年版，第 1458 页。
④ 范晔：《后汉书》卷二十七《吴良列传》，中华书局 1965 年版，第 942 页。

（杨震）震少好学，受《欧阳尚书》于太常桓郁，明经博览，无不穷究。……不答州郡礼命数十年……年五十，乃始仕州郡。大将军邓骘闻其贤而辟之。①

（陈寔）及后逮捕党人，事亦连寔。余人多逃避求免，寔曰："吾不就狱，众无所恃。"乃请囚焉。遇赦得出。灵帝初，大将军窦武辟以为掾属。②

（应劭）少笃学，博览多闻。灵帝时举孝廉，辟车骑将军何苗掾。③

相对于一般辟除，强辟的情况也较为常见，强辟的对象一般都是不愿出仕的士人，但他们本身又名声在外，成为将军幕府网罗人才的重要对象。对这类士人，幕主的征辟手段一般都具有强制性，因此，大多士人考虑到身家性命的安危，也不得不出来应辟，荀恁的例子最具典型：

荀恁……光武征，以病不至。永平初，东平王苍为骠骑将军，开东阁延贤俊，辟而应焉。及后朝会，显宗戏之曰："先帝征君不至，骠骑辟君而来，何也？"对曰："先帝秉德以惠下，故臣可得不来。骠骑执法以检下，故臣不敢不至。"后月余，罢归，卒于家。④

荀恁，光武征而不至，而骠骑将军"辟而应焉"，两者的区别就是，光武帝以道德诉求作为征辟的主要手段，基本上这种手段不会涉及当事人的人身安危，而且他们的名声在与帝王对抗的冲突中愈发高风亮节。另一方面，光武帝之所以不采取强辟的手段，主要原因在于建国初期为了笼络文人士心，故一般不会采取激进的措施，而且由于光武帝对士人采取怀柔政策，致使四方学士，云会京师，人才济济，对于某些故作标榜或者真心

---

① 范晔：《后汉书》卷五十六《杨震列传》，中华书局 1965 年版，第 1759—1760 页。
② 范晔：《后汉书》卷六十二《陈寔列传》，中华书局 1965 年版，第 2066 页。
③ 范晔：《后汉书》卷四十八《应劭列传》，中华书局 1965 年版，第 1609 页。
④ 范晔：《后汉书》卷五十三《荀恁列传》，中华书局 1965 年版，第 1740—1741 页。

不愿出仕者也没有必要采取强辟的手段。但是骠骑将军以人臣辅治天下，其主要目的在为国得人，所谓"报恩之义，莫大荐士"，所以，对胸怀珠玉之辈者，莫不强而起之，于国家在得人，于自己在报恩，所以他才会不遗余力地为国家网罗人才，置于幕府，荐于朝廷，然后"养志和神，优游庙堂，光名宣于当世，遗烈著于无穷。"①

然而并不是所有的强辟都能成功，总会有一些士人不应幕主的征辟，"（张衡）大将军邓骘奇其才，累召不应。"②"（孔昱）少习家学，大将军梁冀辟，不应。"③申屠蟠可能是表现最奇特的一位了：

> 大将军何进连征不诣，进必欲致之，使蟠同郡黄忠书劝曰："前莫府初开，至如先生，特加殊礼，优而不名，申以手笔，设几杖之坐。经过二载，而先生抗志弥高，所尚益固。窃论先生高节有余，于时则未也。今颍川荀爽载病在道，北海郑玄北面受署，彼岂乐羁牵哉，知时不可逸豫也。昔人之隐，遭时则放声灭迹，巢栖茹薇。其不遇也，则裸身大笑，被发狂歌。今先生处平壤，游人间，吟典籍，袭衣裳，事异昔人，而欲远蹈其迹，不亦难乎！孔氏可师，何必首阳。"蟠不答。④

幕府初开，即予以征辟，两年已经过去了，申屠蟠仍然没有应征，当世彦俊荀爽、郑玄都已经应辟而来，而申屠蟠仍然高节抗志不应征辟，从大将军何进的角度来看，当前的社会状况是"不可逸豫"。然而在申屠蟠看来，或许又是另外一番景象，因此，虽然是同郡人所修劝书，申屠蟠仍然不为所动。有时候，对于连征不应者，幕主也会采取一些非常手段，"大将军何进闻（边）让才名，欲辟命之，恐不至，诡以军事征召。既到，署令史，进以礼见之。"⑤软硬兼施，可谓用心之至。

---

①　范晔：《后汉书》卷四十《班固列传》，中华书局 1965 年版，第 1331 页。
②　范晔：《后汉书》卷五十九《张衡列传》，中华书局 1965 年版，第 1897 页。
③　范晔：《后汉书》卷六十七《党锢列传》，中华书局 1965 年版，第 2213 页。
④　范晔：《后汉书》卷五十三《申屠蟠列传》，中华书局 1965 年版，第 1753 页。
⑤　范晔：《后汉书》卷八十《文苑列传》，中华书局 1965 年版，第 2645 页。

　　然而对于有些士人，即使幕主通过强辟的方式将之征召至幕府，他们通常也会因为不合己意而最终离去，比如杨赐和郑玄的例子：

> 　　（杨赐）少传家学，笃志博闻。常退居隐约，教授门徒，不答州郡礼命。后辟大将军梁冀府，非其好也。出除陈仓令，因病不行。①

> 　　大将军何进闻而辟之。州郡以进权戚，不敢违意，遂迫胁玄，不得已而诣之。进为设几杖，礼待甚优。玄不受朝服，而以幅巾见。一宿逃去。②

　　杨赐和郑玄都因幕府生活非己所好，而选择离开，尽管郑玄离开的方式有些狼狈，然而离开的决心却是非常坚定的，郑玄不受朝服，而“以幅巾见”这个细节很能说明一些问题，不受朝服之意为不愿入朝做官，这个事例也足以佐证东汉幕府是军幕与公府相兼的性质。后来袁绍也“遣使要玄”，面对袁绍的宾客，郑玄娴于应对，以至众人“莫不嗟服”，应劭自赞曰：“故太山太守应中远，北面称弟子何如？”玄笑曰：“仲尼之门考以四科，回、赐之徒不称官阀”。从应劭与郑玄的对答中可以看出，对于郑玄来说，做官并不是他的人生追求，他所孜孜以求的是从事于学术研究。不管是治世还是乱世，总会有一些士人在坚守着学术的园地，为学术的延续而做出自己的努力，对于这类人物，幕僚或者掾属的高仕期待是无法诱惑其离开他们毕生坚守的学术理想的。所以，强辟应召，即使不得已到来，也不会按照幕主的期望去展开他们自己的人生，而是按照自己的理想去经营自己的精神生活。这种坚持对世乱纷扰的建安时期，诸如陈琳之徒的志节和操守来说，都是一种历史反观时的精神参照。从郑玄到陈琳、从东汉中期到东汉后期，这两点之间的变化鲜明地勾勒出了士人的精神走向和文学思想的嬗变路径，清晰地呈现了士人精神家园的失落和文学精神的复杂变化轨迹。

---

① 范晔：《后汉书》卷五十四《杨赐列传》，中华书局 1965 年版，第 1775—1776 页。
② 范晔：《后汉书》卷三十五《郑玄列传》，中华书局 1965 年版，第 1208 页。

表、请也是幕主征召文人的一种方式。如马融、周举，"大将军梁商表为从事中郎。"① 吴祐，"大将军梁冀表为长史。"② "车骑将军马防击西羌，请（杜）笃为从事中郎。"③ "（傅毅）文雅显于朝廷，车骑将军马防，外戚尊重，请毅为军司马。……永元元年，车骑将军窦宪复请毅为主记室。"④

因他人推荐而征召也是幕主征召文人的一种方式。将军幕府新开，一般都会延揽人才，而且由于东汉幕府带有公府性质的特点，作为幕主的将军同时也是朝廷的重臣，为国选士也是他们重要的一项职责。骠骑将军刘苍幕府新开，班固即向他推荐李育等六位文士。

> 窃见故司空掾桓梁，宿儒盛名，冠德州里，七十从心，行不踰矩，盖清庙之光晖，当世之俊彦也。京兆祭酒晋冯，结发修身，白首无违，好古乐道，玄默自守，古人之美行，时俗所莫及。扶风掾李育，经明行著，教授百人，客居杜陵，茅室土阶。京兆、扶风二郡更请，徒以家贫，数辞病去。温故知新，论议通明，廉清修洁，行能纯备，虽前世名儒，国家所器，韦、平、孔、翟，无以加焉。宜令考绩，以参万事。京兆督邮郭基，孝行著于州里，经学称于师门，政务之绩，有绝异之效。如得及明时，秉事下僚，进有羽翮奋翔之用，退有杞梁一介之死。凉州从事王雍，躬卞严之节，文之以术艺，凉州冠盖，未有宜先雍者也。古者周公一举则三方怨，曰"奚为而后己。"宜及府开，以慰远方。弘农功曹史殷肃，达学洽闻，才能绝伦，诵《诗》三百，奉使专对。此六子者，皆有殊行绝才，德隆当世，如蒙征纳，以辅高明，此山梁之秋，夫子所为叹也。（《奏记东平王苍》)⑤

蔡邕对边让深为敬之，以为让宜处高任，于是荐之于何进（《与何进荐边让》）。有时候，甚至连皇帝本人也会向幕主推荐他中意的人才：

---

① 范晔：《后汉书》卷六十《马融列传》，第 1971 页；卷六一《周举列传》，中华书局 1965 年版，第 2028 页。

② 范晔：《后汉书》卷六十四《吴祐列传》，中华书局 1965 年版，第 2102 页。

③ 范晔：《后汉书》卷八十《文苑列传》，中华书局 1965 年版，第 2609 页。

④ 同上书，第 2613 页。

⑤ 范晔：《后汉书》卷四十《班固列传》，中华书局 1965 年版，第 1331—1332 页。

　　帝雅好文章，自见驷颂后，常嗟叹之，谓侍中窦宪曰："卿宁知崔骃乎？"对曰："班固数为臣说之，然未见也。"帝曰："公爱班固而忽崔骃，此叶公之好龙也。试请见之。"骃由此候宪。宪屣履迎门，笑谓骃曰："亭伯，吾受诏交公，公何得薄哉？"遂揖入为上客。①

　　从以上几种方式来看，文人入幕在当时必定是一受到朝野重视的人才选拔方式。由于大将军身处要位，因此，对文人入仕升迁来说也是一条重要的途径。永初元年（107），时遭元元之灾，"（邓）骘等崇节俭，罢力役，推进天下贤士何熙、祋讽、羊浸、李郃、陶敦等列于朝廷，辟杨震、朱宠、陈禅置之幕府，故天下复安。"② 杨震虽然后来位至太尉，其最初本也由邓骘幕府中起步，"（震）年五十，乃始仕州郡。大将军邓骘闻其贤而辟之，举茂才，四迁荆州刺史，东莱太守。"③ 然而并非所有的文人都能随心所欲地进入幕府，从以上诸例可以看出，入幕的文人在个人的基本素养上有一些共同的特征。

　　（二）文人入幕的条件

　　1. 盛名宿儒，冠德州里。从前文所引班固《奏记东平王苍》一文可以看出，文人被幕府征召的首要特点就是盛名宿儒，冠德州里。桓梁七十从心，行不逾矩；晋冯结发修身，白首无违。而申屠蟠更是因为抗志高节，以至何进必欲辟之而后快，连续两年，数为征召。从这些例子可以看出，在社会上享有较高的声誉是他们被征召的一个重要原因。

　　2. 经明行著。虽然宿儒盛名者成为幕府征召的首要对象，然而更多的士人则是以经明修行被幕府所征召。班固向刘苍推荐李育的理由是"温故知新，论议通明，廉清修洁，行能纯备。"推荐殷肃的理由是"达学洽闻，才能绝伦，诵《诗》三百，奉使专对。"又比如袁绍辟郑玄，"绍客多豪俊，并有才说，见玄儒者，未以通人许之，竞设异端，百家互起。玄依方辩对，咸出问表，皆得所未闻，莫不嗟服。"④ 何进、袁绍都曾辟请

────────────

① 范晔：《后汉书》卷五十二《崔骃列传》，中华书局 1965 年版，第 1718—1719 页。
② 范晔：《后汉书》卷十六《邓骘列传》，中华书局 1965 年版，第 614 页。
③ 范晔：《后汉书》卷五十四《杨震列传》，中华书局 1965 年版，第 1760 页。
④ 范晔：《后汉书》卷三十五《郑玄列传》，中华书局 1965 年版，第 1211 页。

过郑玄，主要原因是郑玄为当世大儒，同时从袁绍幕中宾客的表现来看，绝大多数应该都有很高的经学修养，能够难问当世大儒者，其经学素养应该不会太低，这也从侧面反映了当时幕府僚属的征召，其经学修养是一个主要因素。

3. 品行孝廉，忠厚正直。察举孝廉是两汉时期最为重要的官吏选拔途径，幕府征召僚属根本上还是从属于整个国家的人才选拔的，因此，是否具有孝行也是东汉文人入幕的一个重要标准。班固在推荐郭基时理由就是"孝行著于州里"。应劭"灵帝时举孝廉，辟车骑将军何苗掾"。也是以孝行显著而入幕府的。而品行正直忠厚也同样是幕府征召入幕的一个考核标准。吴良为郡吏，太守门下掾王望谄媚太守，这种行为让吴良勃然大怒，连太守也不禁敛容。刘苍闻此，辟吴良入幕府，后荐于朝廷。明帝也知晓吴良的故事，竟直接"设坛而拜，不复考试"①。党锢祸起，众人皆避之唯恐不及，而陈寔认为"吾不就狱，众无所恃"，于是凛然入狱，后被大将军窦武辟为僚属。帝问梁商遗言，梁商对曰："人之将死，其言善也。臣从事中郎周举，清高忠正，可重用也。"② 可见人品的孝廉忠正也是幕府选拔人才的一个重要考核标准。

4. 文才出众。在东汉末期袁、刘、曹的幕府中，文人以文才入幕的情况较为常见，比如祢衡，先是在曹操府中，后被送至刘表处，"文章言议，非衡不定。"后又送于黄祖，"祖亦善待焉，衡为作书记，轻重疏密，各得体宜。"③ 这种情况在东汉前中期的幕府中也较为常见，窦宪为大将军，"班固、傅毅之徒，皆置幕府，以典文章。"④ 崔骃在没有入窦宪幕之前，因为"上《四巡颂》以称汉德，辞甚典美，"而为章帝所赏识，并亲自推荐给窦宪幕府，以至后来窦宪见崔骃时戏之曰："亭伯，吾受诏交公，公何得薄哉。"⑤ 崔骃、傅毅、班固的入幕使得"宪府文章之盛，冠于当世。"⑥ 除了窦宪幕府外，其他的幕府也有以文才征召幕僚的情况，边让

①　范晔：《后汉书》卷二十七《吴良列传》，中华书局1965年版，第943页。
②　范晔：《后汉书》卷六十一《周举列传》，中华书局1965年版，第2028页。
③　范晔：《后汉书》卷八十《文苑列传》，中华书局1965年版，第2657页。
④　范晔：《后汉书》卷二十三《窦融列传》，中华书局1965年版，第819页。
⑤　范晔：《后汉书》卷五十二《崔骃列传》，中华书局1965年版，第1718—1719页。
⑥　范晔：《后汉书》卷八十《文苑列传》，中华书局1965年版，第2613页。

"少辩博，能属文。作《章华赋》，虽多淫丽之辞，而终之以正，亦如相如之讽也。……大将军何进闻让才名，欲辟命之，恐不至，诡以军事征召。既到，署令史。"① 这是一个典型的以作赋闻名而被征召到幕府中的例子。东汉文人入幕，其突出的文学才华也是一个重要的考量标准，班固、傅毅、崔骃虽然在职称上被拜授为幕府中的军事职称，但其本职工作却主要是"以典文章"，这些著名的文学家会集于窦宪的幕中，以至使窦宪的幕府以"文章之盛"的特点而"冠于当世"。可见文人入幕的情况并不是到了东汉后期才突然出现的，它在东汉前中期的幕府中就已经形成了一个传统，这个传统向来不为人们所注意，但它却是东汉末年文人入幕的传统渊源。因此，从这个角度上看，东汉文人入幕的传统作为后来建安文学兴起的先声，对建安文学中文人的价值取向、文风嬗变都起到了重要的导源作用。

当然，有时候对某人的征召并不是按照其中一条标准进行考核的，可能是几条标准综合考虑的结果。比如上文中班固在向刘苍推荐郭基时说："孝行著于州里，经学称于师门。"就是从品行和经学两个方面来衡量郭基的。

（三）东汉文人入幕被拜授的官职

东汉文人入幕一般被拜授为从事中郎、令史、主簿、军司马等军幕系统的职称。《后汉书志》卷二十四《百官》对汉代将军幕府的僚属有简单的记载：

> 长史、司马皆一人，千石。本注曰：司马主兵，如太尉。从事中郎二人，六百石。本注曰：职参谋议。掾属二十九人。（刘昭注补《东观书》曰："大将军出征，置中护军一人。"）令史及御属三十一人。本注曰：此皆府员职也。②

东汉幕府中按照职位重要程度的先后次序依次为长史、司马，从事中

---

① 范晔：《后汉书》卷八十《文苑列传》，中华书局1965年版，第2640、2645页。
② 司马彪撰，刘昭注补：《后汉书志》卷二十四《百官志》，中华书局1965年版，第3564页。

郎，令史三个层次。其中司马一职的情况较为复杂，统而言之，由于部曲的不同层次，依次有军司马、军假司马、别部司马等，这些加别号的司马大都是部曲中的官职，其官秩与司马相比有很大的差距，两者不可相混淆。从东汉实际拜授的情况来看，僚属被拜为从事中郎、司马的情况较为常见。作为幕府的属官，不管他们是以什么样的方式征召而来，当他们被拜授从事中郎、司马等军幕职称时，在将军征伐在外的时候，他们通常都会随同一起征战。比如从事中郎杜笃随同马防出征，结果战死在射姑山。班固为窦宪中护军，随军出征，北至燕然山，勒石立功，以表军绩。但是东汉前中期的幕府，出征在外的情况相对较少，因此文人入幕，虽被拜以军幕属职，然其主要作用是为将军在朝廷中的政务活动出谋划策，或者对将军本身的言行进行劝谏。

比如李固为梁商的从事中郎，就针对梁商的问题进行奉劝，"商以后父辅政，而柔和自守，不能有所整裁，灾异数见，下权日重。固令商先正风化，退辞高满，乃奏记曰……"① 又如朱穆辟梁冀幕，为典兵事，"及桓帝即位，顺烈太后临朝，穆以冀势地亲重，望有以扶持王室，因推灾异，奏记以劝戒冀曰……"后"梁冀骄暴不悛，朝野嗟毒，穆以故吏，惧其衅积招祸，复奏记谏曰：……"② 朱穆先后曾三次奏记梁冀，然而梁冀一意孤行，不曾悔悟，终至获罪。从幕府僚属被拜授的属官职称来看，都是军幕系统的职称而非公府的官职，但由于东汉大将军幕府的特殊性，这些被拜为幕府僚属的官员，在很大程度上又扮演着将军府掾属的角色，为幕主在朝廷中处理行政公务出谋划策。

东汉前中期幕府及其僚属性质归属的复杂情况虽然难以一下子梳理清楚，但其大体而言，他们仍然遵循了军幕系统运行的一些基本规则，这种运作模式对东汉后期公府的幕府化的形成有着直接而深刻的影响。

三 东汉后期：从洛阳到邺下

董卓入洛，京师乱起。袁绍出奔山东，兴兵征讨董卓。洛阳作为帝都

---

① 范晔：《后汉书》卷六十三《李固列传》，中华书局 1965 年版，第 2078 页。
② 范晔：《后汉书》卷四十三《朱穆列传》，中华书局 1965 年版，第 1462、1468 页。

的繁华也到此为止，曾为文人士子追求功名的向往之地，至此，对许多人来说，则唯恐避之不及。洛阳作为政治文化中心的向心力在董卓的一把大火中，湮灭于历史的底层，文人士子的理想和追求在四处飘散的硝烟中也失去了明确的方向，变得虚无和不定。虽仍有一些士人在坚持对刘氏王朝的忠诚，① 但是更多的士人在自身理想和生命安顿之间选择了后者，乱世个体生命的焦灼成了何去何从选择的一个重要标准。曾经是理想实现的繁华京城地，而今已经失去了它的都市魅力和文化凝聚力，风流云散的不仅仅是曾经的富庶繁华，还有如织的士人、如流的文章。

流离京城的文人最后在战乱中汇集到邺下，在一个相对安定的环境中，他们出乎寻常地创作出了大量优秀的文学作品，开创了一个文学发展的新时代。虽然邺下文人集团的文学成就成了建安文学鼎盛时期的代表，然而从洛阳到邺下之间，文人的迁徙流转并不是一条没有曲折的直线。在曹操之前，袁绍和刘表的幕府中，曾经聚集了一大批文人，曹操攻杀袁、刘之后，这些文人多半是作为战争的俘虏而归附曹操的。

袁氏本为东汉大姓豪族，袁绍本人也是少年豪侠，"壮健好结交。……姿貌威容，爱士养名。既累世台司，宾客所归，加倾心折节，莫不争赴其庭，士无贵贱，与之抗礼，辎軿柴毂，填接街陌。"② 袁绍这种养死士的行为虽然为中常侍们所深恶痛绝，其叔父袁隗也多言语相责，然而袁绍并没有打算有所改变，是以如此，袁绍在当时甚得人心。又因不满董卓擅权欲行废立之事，"横刀长揖径出，悬节于上东门，而奔冀州。"③ 从当时的情况来看，董卓以外兵入内，不得人心，而袁绍抗节，以捍卫刘氏王室的尊严，从道义上讲是很得人心的。因此，袁绍兴兵于山东，"豪杰既多附绍，且感其家祸，人思为报，州郡蜂起，莫不以袁

---

① 袁绍兴兵讨董卓，冀州牧韩馥乃谋于众曰："助袁氏乎？助刘氏乎？"治中刘惠勃然曰："兴兵为国，安问袁、董？"虽然在一部分人看来，刘氏王室已经名存实亡，大权旁落，然而在一些士人的思想里，天下仍然是刘氏王朝的天下，不管袁、董还是曹、刘，助与不助的选择就看是否以刘氏王室的根本利益为出发点。而孔融之所以三番两次戏弄曹操，其背后的文化立场还是将自己定位为与曹操地位相平等的汉朝臣子，所以，建安元年，他刚到洛阳的时候，所作的《六言诗三首》对曹操的歌颂是发自内心的赞叹。（刘知渐：《建安文学编年史》，重庆出版社1985年版，第11页。）

② 范晔：《后汉书》卷七十四《袁绍列传》，中华书局1965年版，第2373页。

③ 同上书，第2374页。

氏为名。"① 当时文人硕儒，卢植、陈琳、应劭、崔琰、荀彧等都在袁绍幕中。卢植、崔琰以名儒硕士而闻名，被大将军袁绍辟入幕中；陈琳因何进败而归附袁绍；应劭惧曹操诛诛而奔逃冀州；荀彧因京师乱而出城，文人们以各种不同的原因会集在袁绍幕中，为其征伐而谋划，为其辞令草檄文，"陈琳避难冀州，袁绍使典文章。"② 建安五年（200），袁绍出击曹操，使陈琳为之作檄文以历数曹操的罪状，宣示发兵击曹的理由。《文心雕龙·檄移》中说："陈琳之檄豫州，壮有骨鲠；虽奸阉携养，章实太甚，发丘摸金，诬过其虐，然抗辞书衅，曒然露骨，敢矣攖曹公之锋，幸哉免袁党之戮也。"刘勰较为客观地评价了陈琳的这篇檄文，"壮有骨鲠，""曒然露骨"，语言宏富，确实能够起到"使百尺之冲，摧折于咫书；万雉之城，颠坠于一檄"的效果③。然而袁绍"外宽雅，有局度，忧喜不形于色，而内多忌害。"④ 幕中士人纷纷离开。先是荀彧出京师而归冀州，本怀匡佐汉室之义，然"度绍终不能定大业，初平二年，乃去绍从操。"⑤后来，曹军攻下邺城，陈琳乞降，归附曹操。基本上以前在袁绍府中的文士后来都汇流到曹操幕中。

刘表的情况也与此类似。刘表为荆州刺史，平定江南，"开土遂广，南接五领，北据汉川，地方数千里，带甲十余万。"是战乱中难得的一个安定场所，吸引着在战争中流离失所的士人。

> 初，荆州人情好扰，加四方骇震，寇贼相扇，处处麋沸。表招诱有方，威怀兼洽，其奸猾宿贼更为效用，万里肃清，大小咸悦而服之。关西、兖、豫学士归者盖有千数，表安慰赈赡，皆得资全。遂起立学校，博求儒术，綦母闿、宋忠等，撰立《五经》章句，谓之后定。爱民养士，从容自保。⑥

①　范晔：《后汉书》卷七十四《袁绍列传》，中华书局 1965 年版，第 2376 页。
②　陈寿：《三国志·魏》卷二十一《王粲传》，中华书局 1959 年版，第 600 页。
③　刘勰著，范文澜注：《文心雕龙注》，人民文学出版社 1958 年版，第 378 页。
④　陈寿：《三国志·魏》卷六《袁绍传》，中华书局 1959 年版，第 201 页。
⑤　范晔：《后汉书》卷七十《荀彧列传》，中华书局 1965 年版，第 2281 页。
⑥　范晔：《后汉书》卷七十四《刘表列传》，中华书局 1965 年版，第 2421 页。

在战乱纷仍的背景下，刘表还能重视学术及教育，是很难能可贵的，因此有那么多的士人归附于他，除了关西、兖、豫千余学士之外，当时一些较为著名的文人学士也纷至沓来。王粲"以西京扰乱……乃之荆州依刘表。"① 刘望之"有名于世，荆州牧刘表辟为从事。"② 诸葛亮从父诸葛玄"素与荆州牧刘表有旧，往依之。"③ 诸葛亮也随其到荆州。然而刘表和袁绍，性格上也多相似，"表虽外貌儒雅，而心多疑忌。"④ 所以，士人多惧诛杀而奔逃出走，刘望之见害，其弟刘廙惧，"奔扬州，遂归太祖。太祖辟为丞相掾属，转五官将文学。"⑤ 建安十三年（208），刘表卒，曹操攻打荆州，在王粲等人的劝说下，刘表之子刘琮举州请降。

> 操以琮为青州刺史，封列侯。蒯越等侯者十五人。乃释嵩之囚，以其名重，甚加礼待，使条品州人优劣，皆擢而用之。以嵩为大鸿胪，以交友礼待之。蒯越光禄勋，刘先尚书令。初，表之结袁绍也，侍中从事邓义谏不听。义以疾退。终表世不仕，操以为侍中。其余多至大官。⑥

对曹操来说，这场战争荡平荆州，基本上完成了对北方的统一，这是它最为显著的军事意义。然而这场战争从刘表幕中所获得的士人对曹操来说绝对是一重要的人才补给，以前在荆州的王粲、繁钦等人悉归曹操幕府，最终会集到邺下。王粲归附曹操，在置酒汉滨时，对袁、刘失败而曹操获胜的原因做了如下分析：

> 方今袁绍起河北，仗大众，志兼天下，然好贤而不能用，故奇士去之。刘表雍容荆楚，坐观时变，自以为西伯可规。士之避乱荆州者，皆海内之俊杰也；表不知所任，故国危而无辅。明公定冀州之

---

① 陈寿：《三国志·魏》卷二十一《王粲传》，中华书局1959年版，第598页。
② 陈寿：《三国志·魏》卷二十一《刘廙传》，中华书局1959年版，第613页。
③ 陈寿：《三国志·蜀》卷五《诸葛亮传》，中华书局1959年版，第911页。
④ 陈寿：《三国志·魏》卷六《刘表传》，中华书局1959年版，第212页。
⑤ 陈寿：《三国志·魏》卷二十一《刘廙传》，中华书局1959年版，第614页。
⑥ 范晔：《后汉书》卷七十四《刘表列传》，中华书局1965年版，第2424页。

日，下车即缮其甲卒，收其豪杰而用之，以横行天下；及平江、汉，引其贤俊而置之列位，使海内回心，望风而愿治，文武并用，英雄毕力，此三王之举也。①

王粲认为，是否会用人成了直接关系到事业成败与否的关键因素。王粲在这里对人才地域流动的描述，实际上可以看成东汉末年文人群体地域流动走向的概括。而从文学发展史的角度上看，冀州、荆州的文人会集到曹操幕中，是建安文学得以繁荣的一个重要因素。如果没有曹操对人才的重视，没有为其提供一个相对安定的创作环境，可能在战争的混乱中，东汉末年文人的文学创作就不会有如此高的成就。

这条从洛阳出发的文人群体的迁徙流动，经过袁、刘幕府，最终汇流到曹操的邺都。在战乱纷扰的年代，文人的理想追求和生命安顿之间的冲突，丰富了他们的人生经历，使他们对于人生理想的思考与认识提升到一个更高的层面。作为士人，他们的人生追求和自我价值的实现，相对于曾经安定的京城洛阳，相对于曾经目标鲜明的求仕之路，现在一切似乎都变得不再那么清晰、不再那么确切，刘氏王朝的名存实亡，使他们忠诚于君的思想也不再那么强烈，对握有实权的丞相曹操和五官将曹丕的投靠与甘心效劳，在改变士人内心价值体系的同时，也深深地影响了他们文学创作主旨的变化和文风的嬗变。战乱和疾疫对生命的威胁使他们更在乎此世的光阴，而较少承继传统"杀身成仁"的士人精神。从东汉到曹魏之间文人群体的地域走向，借东汉幕府的变迁而得以窥其一斑。

第四节　文人入幕与东汉文学的嬗变

东汉文人的入幕经历对文学的发展产生了重要的影响。随着幕府特征的演变，入幕文人的士风发生了从忠君到忠主的变化，这一变化深深地影响到了东汉文学精神的变迁。东汉一朝，入幕文人的书写内容大体也经历了以规谏幕主为主到以歌颂武功为主的变化，写作方式也从依经立义转向

---

① 陈寿：《三国志·魏》卷二十一《王粲传》，中华书局 1965 年版，第 598 页。

了自骋其词。文人入幕是影响东汉文学嬗变的重要因素之一。

一　士风变化与东汉文学精神的变迁

东汉幕府前中期的特征是幕府公府化，幕府为其外在形态；而后期则是公府的幕府化，幕府为其实质存在，然而不管其外在形态还是内在本质存在，总之，在东汉时期幕府与公府之间的关系一直相互纠缠。因此，文人入幕在其自身掾属还是僚属的身份认同上，常常难以详细区分，自然他们与幕主之间的关系在一定程度上也类同于公府与掾属之间的主、吏关系。值得注意的是东汉长吏与掾属之间的关系有时候也君臣相称，赵翼在《廿二史劄记》中说："是时郡吏之于太守，本有君臣名分。"[①] 苏洵对古之君臣关系的论述更为详细，"古有诸侯，臣妾其境内，而卿大夫之家亦各有臣。陪臣之事其君，如其君之事天子。……其后诸侯虽废，而自汉至唐，犹有相君之势。何者？其署置辟举之权，犹足以臣之也。是故太守、刺史坐于堂上，州县之吏拜于堂下，虽奔走顿伏，其谁曰不然？"[②] 诸侯、卿大夫皆有其臣，他们之间的关系就像诸侯、卿大夫与天子之间的关系。这种关系实际上是"君君、臣臣；父父、子子"的伦理关系在掾属与长吏关系上的具体体现。这种风气在东汉时期表现得尤为显著，幕府与僚属之间的关系也秉此而来。然而当僚属与长吏之间的关系与臣民与皇帝之间的关系发生冲突时，则在伦理选择上，臣民通常将与皇帝的关系置于与长吏的关系之上。比如在曹操、袁绍相持于官渡时，刘表采取中立观战的态度，并命韩嵩拜谒曹操，观望虚实。下面是两者的一段对话，它很能说明士人在面对忠于幕府还是忠于朝廷时的个人选择。

> 表狐疑不断，乃遣嵩诣操，观望虚实。谓嵩曰："今天下未知所定，而曹操拥天子都许，君为我观其衅。"嵩对曰："嵩观曹公之明，必得志于天下。将军若欲归之，使嵩可也；如其犹豫，嵩至京师，天子假嵩一职，不获辞命，则成天子之臣，将军之故吏耳。在君为君，

---

① 赵翼著，王树民校证：《廿二史劄记校证》，中华书局 1984 年版，第 102 页。
② 苏洵：《嘉祐集》卷十《上皇帝书》，上海古籍出版社 1993 年版，第 286 页。

不复为将军死也。惟加重思。"表以为惮使，强之。至许，果拜嵩侍中、零陵太守。及还，盛称朝廷曹操之德，劝遣子入侍。表大怒，以为怀贰，陈兵诟嵩，将斩之。嵩不为动容，徐陈临行之言。表妻蔡氏知嵩贤，谏止之。表犹怒，乃考杀从行者。知无它意，但囚嵩而已。①

在这个事件中，虽然明知天子都许只不过是曹操"挟天子以令诸侯"的举动，然而即使是名义的皇帝，对韩嵩来说也是应当尊奉的帝王。在君臣关系上，它也一样凌驾于僚属与幕主的关系之上。"成天子之臣，将军之故吏耳"说得已经很明确了，而且在效忠的对象上有着明确的区别，如果接受了朝廷的官职，那么就会一心为君，而不再为故主效力，推而论之，即若在皇帝与故主之间发生冲突时，如果为皇帝任命之臣，则一样会坚定地拥护、支持朝廷的立场，这是东汉君臣伦理关系最明确的表达。当韩嵩被拜为侍中、零陵太守后，他的身份已经不再是刘表的僚属，因此，他的行为也发生了明显的改变，"劝（表）遣子入侍"显然是劝说刘表归附朝廷，而不是拥兵自重，逸于朝堂之外，这个时候韩嵩对刘表的劝说显然是站在朝廷利益的立场上。这让刘表大为恼火，以为韩嵩"怀贰"，将欲斩杀之，从刘表的立场上看，这里的"怀贰"所说的韩嵩没有站在幕主刘表的立场上，这也正应了韩嵩临行前所说的那番话，"在君为君，不复为将军死也。"

这种君臣伦理关系的清楚表达，是韩嵩即使面临被斩杀的危险也依然无为所动的精神支持。刘表虽怒"考杀从行者"以泄愤，但最终也没有杀韩嵩的原因正是因为在当时的君臣伦理关系上，韩嵩的做法完全是正确的，李贤注引"《傅子》曰：'表妻蔡氏谏之曰：韩嵩，楚国之望，且其言直，诛之无辞。'表乃不诛而囚之。"② 从韩嵩的事例中可以看出，僚属对幕府的忠诚是建立在对国家君主忠诚的前提下的，僚属与幕府之间的关系实际上是士人对国家忠诚的具体体现。因此，东汉僚属对幕府不轨行为的奏记劝谏，实际上是忠于君主、保全府主双重目的的体现。

---

① 范晔：《后汉书》卷七十四《刘表列传》，中华书局 1965 年版，第 2422 页。
② 同上书，第 2423 页。

　　东汉后期，国主受制于权臣，先是董卓西迁长安，后是曹操东徙许都，京师残破，国家丧乱，曾经云集于京师的文人士子，于此战乱之际，也风流云散，各依豪强，以求暂安。袁、刘、曹操，兵戈四起，文人入幕，也随之颠簸无定。虽然在有些文士的心中，国君还在，则国家未亡，他们依然认定天下是刘氏之天下，比如孔融于建安元年（196），刚到许都时，对曹操的真情歌颂就很鲜明地体现了这部分人的立场，《六言诗》其三："从洛到许巍巍，曹公辅国无私。"① 诗文对曹操迎接献帝都许充满了无限的感激和期许，但是后来当曹操奸心渐露时，他又对曹操冷嘲热讽，这前后态度转变的根本原因是孔融以拥护刘氏王室为前提，对曹操的行为做出了不同评价。但是像孔融这样拥戴汉室的士人毕竟不是这个时期文人群体的主流了，对流寓于各地幕府中的大多数士人来说，日趋衰微的汉室已经是一个遥远而模糊的记忆，他们对待现世的态度是各为其主。陈琳在袁绍幕时，同乡好友臧洪也奉事于袁绍，臧洪的好友张超被曹操围困时，对属下说如果臧洪知道他身处危难之中的话一定会前来相救，很快臧洪知道了张超的被困，立即求救袁绍发兵相救，而袁绍此时刚与曹操暂且修好，故没有答应臧洪的请求，臧洪于是与袁绍决裂，袁绍随后发兵困臧洪于城中。在这种背景下，袁绍让陈琳修书与臧洪，希望他能重归袁绍。下面是一段臧洪给陈琳回信的节选：

　　　　前日不遗，比辱雅况，述叙祸福，公私切至。以子之才，穷该典籍，岂将阘于大道，不达余趣哉？……每登城临兵，观主人之旗鼓，瞻望帐帏，感故友之周旋，抚弦搦矢，不觉涕流之覆面也。何者？自以辅佐主人，无以为悔；主人相接，过绝等伦。受任之初，志同大事，埽清寇逆，共尊王室。……行矣孔璋！足下徼利于境外，臧洪投命于君亲；吾子托身于盟主，臧洪策名于长安。子谓余身死而名灭，仆亦笑子生死而无闻焉。本同末离，努力努力，夫复何言！②

---

①　俞绍初辑校：《建安七子集》，中华书局 2005 年版，第 4 页。
②　范晔：《后汉书》卷五十八《臧洪列传》，中华书局 1965 年版，第 1887—1890 页。

这封信写于兴平二年（195），时献帝尚在长安。"比辱雅况"是频频赐函的意思，这不是臧洪收到的第一封劝降信，但从臧洪回信的内容看，这应当是最动情的一封信，并且还是自己的同乡所写，于公于私，言辞恳切至理。臧洪在回信中说陈琳遍览典籍不应该阍于大道，不知道他的志向所在，所谓大道就是忠君卫主，这是东汉前中期士人们不言自明的志向所在，而现在能坚持的人却已经不多了。此时，期望"共尊王室"的臧洪是士人理想主义的坚守者，而陈琳"各为其主"的选择则代表了士风新变后文士们的价值取向。他们已经和背经乖义的府主一起忘记了自己埽清寇逆，匡扶王室的远大理想。"行矣孔璋"的哀伤，对臧洪来说或许是更深的疼痛，本同末离的同乡旧好，最终在残酷的现实面前没能坚持住士人的根本志向，最终选择了缴利于境外而托身于盟主。只有自己一个人还在困城之中艰难地坚持着士人的高远理想，守护着士人最后的尊严。

从韩嵩到陈琳，东汉后期，士风转变的首要观察点就是对王室认同与否的问题，传统士人精神尊崇王室、致君尧舜的特点在东汉末期的战乱中逐渐被一些士人所放弃，在臧洪看来很多士人已经转向以缴利为其人生的追求，在殉节和身家性命的保全上，士人更倾向于选择后者，因此，臧洪为匡扶刘氏王室而不惜对抗袁绍最终被杀的壮举，在这种士风转向的背景下就尤其显得悲壮和苍凉。但大势若此，变化已始，任是臧洪之流的文士终也无可奈何。

东汉末期，士风的这种变化从传统士人精神的价值取向上看固然应该批判，不过，陈琳所代表的这个时期的士风的转向和取舍在后世的文化批判中得到了有限度的原谅：

> 不屈二姓，夷、齐之节也。何事非君，伊、箕之义也。自春秋已来，家有奔亡，国有吞灭，君臣固无常分矣。然而君子之交绝无恶声，一旦屈膝而事人，岂以存亡而改虑。陈孔璋居袁裁书，则呼操为豺狼；在魏制檄，则目绍为蛇虺。在时君所命，不得自专，然亦文人之巨患也。[1]

---

[1] 王利器：《颜氏家训集解》卷九《文章》，中华书局1993年版，第258页。

颜之推以为战乱之际，君臣无常分，所以君子之交成了士人人际交往的最高准则，陈琳曾流寓于袁、曹，而檄伐前主，这种行为本为士人所不齿，然而从君子之交的原则来看，在时君所命，不得自专，似乎可以为之开脱，颜之推虽然对陈琳委命时君不得已的处境予以理解，但却以之教训子孙，此"亦文人之巨患也"。

东汉后期士风的转向，使幕府僚属与府主的关系成为了最为重要的一种社会关系。当皇帝的权威已经失去其应有的威慑和尊严，在很多僚属的心目中，府主便成了他们唯一效忠的对象，以前维持士人与府主以及帝王之间关系的君臣大义被君子之交的原则所代替。帝王威权的缺席使府主成了僚属心目中的终极象征，不事二君的原则既然已经失去其适用的环境，那么对府主的忠诚或背叛也就必然相生相辅地存在于同一个人身上，因此，我们会看到陈琳"栖身冀州，为袁本初草檄，诋操，心诚轻之，奋起怒气，词若江河。及穷窘归操，预管记室，移书吴会，即盛称北方，无异《剧秦美新》。文人何常，唯所用之。"① 身在其幕，对幕主的感情是真实的，而风云际会，时事转变，流寓他所时，背叛旧主的说法在保全身家性命的仓皇中也就失去了对士人良知的谴责力度。在这种背景下，陈琳所写的不管是《为袁绍檄豫州》还是《檄吴将校部曲文》都不足为奇。而从文学的角度看，《为袁绍檄豫州》一文充分地展现了陈琳的文学才华，它也因此成了传世不朽的杰作。客观地讲，在群雄逐鹿的战乱年代，无论袁、曹，实际上无所谓谁对谁错。作为袁绍幕僚的陈琳，其檄文的写作必然是要服务于战争的需要，声讨曹操实际上是为袁绍的出兵寻找社会舆论的支持。因此，在抛开对文章道德价值取向进行审判的情况下，文学才华和语言技巧在这类文章的写作中就被推到了前台，成了我们解读这类文章的欣赏对象，当然这也是推动东汉后期文章新变的内在原因之一。

二 从规谏府主到歌颂武功

从整体来看，东汉入幕文人的创作内容发生了从前期以规谏府主为主

---

① 张溥著，阴孟伦注：《汉魏六朝百三家名家集·陈记室集》，中华书局 2007 年版，第97 页。

到东汉后期以歌颂武功为主的变化。由于东汉前中期幕府的府主多为外戚父兄，他们一旦得位，鲜有不张扬恣肆的，因此，作为僚属的文士多有奏记劝谏的文章。崔骃在窦宪府，会帝崩，窦太后临朝，宪以重戚出内诏命。崔骃献书诫之曰：

> 传曰："生而富者骄，生而贵者傲。"生富贵而能不骄傲者，未之有也。今宠禄初隆，百僚观行，当尧舜之盛世，处光华之显时，岂可不庶几夙夜，以永众誉，弘申伯之美，致周邵之事乎？语曰："不患无位，患所以立。"昔冯野王以外戚居位，称为贤臣；近阴卫尉克己复礼，终受多福，郑氏之宗，非不尊也；阳平之族，非不盛也。重侯累将，建天枢，执斗柄。其所以获讥于时，垂愆于后者，何也？盖在满而不挹，位有余而仁不足也。汉兴以后，迄于哀、平，外家二十，保族全身，四人而已。《书》曰："鉴于有殷。"可不慎哉！
>
> 窦氏之兴，肇自孝文。二君以淳淑守道，成名先日；安丰以佐命著德，显自中兴。内以忠诚自固，外以法度自守，卒享祚国，垂祉于今。夫谦德之光，《周易》所美；满溢之位，道家所戒。故君子福大而愈惧，爵隆而益恭。远察近览，俯仰有则，铭诸几杖，刻诸盘杅。矜矜业业，无殆无荒。如此，则百福是荷，庆流无穷矣。[①]

文章先从经传上"生富贵而能不骄傲者，未之有也"入手，告诫窦宪生而富贵勿多骄傲，然后就切入到论述的主题，即窦宪初登尊位，应戒骄傲之心。作为国之重臣，应当向历史上那些辅助君主使国家隆盛的人学习，达到周公、绍公那样的业绩，周公辅政的故事是两汉社会君臣熟知的故事，不管是臣僚的劝谏、臣子的自我期许，谦逊尽职、辅佐主上的周公都是汉代大臣们的光辉榜样，甚至在皇帝对臣子的褒誉之词，拟比周公也是对臣子重大功绩的肯定。因此，模范周公在两汉社会已经成为一个习以为常的说法，任何伟大人物的经典故事一旦成了众人谙熟的典故，它本身的原始意义所具有的启蒙功能就会相应地减弱，崔骃也许知道这个道理，

---

① 范晔：《后汉书》卷五十二《崔骃列传》，中华书局 1965 年版，第 1719—1721 页。

所以他接着又举了前朝冯野王和本朝阴兴的故事，以之来晓谕窦宪，希望窦宪能向这些人学习，做个位尊而不骄的国家辅政大臣。这是通过正面的例子，为窦宪的辅政寻找到的学习对象。接下来，崔骃又从反面的事例入手，举出了史丹、王凤，他们虽然位尊爵隆，盛极一时，然而却获讥于时，遗臭万年，个中道理在于他们不知谦逊，地位尊崇而仁义不足。总揽前朝外戚共二十余家，而能够保族全身的却不过四家而已，这个对比不能不引起注意。文章立意于劝谏窦宪模范周公，做个不骄主上的能够流芳百世的辅臣。所举的例子都非常符合窦宪所处的现实的情况，而是非成败的关键在于"盖在满而不挹，位有余而仁不足。"这就为窦宪具体的行为指出了可供遵循的原则。文章接着又追溯了窦氏家族史的兴盛，将窦氏家族长盛不衰的原因归结到"内以忠诚自固，外以法度自守。"正所谓"谦德之光，《周易》所美；满溢之位，道家所戒"，实际上还是在劝谏窦宪要谦恭行事，不要富贵骄傲。唯有如此，才能福禄常享，而喜庆无止。

从崔骃对窦宪的劝谏中，可以看出，崔骃是希望窦宪能够做一个对王朝兴隆昌盛起到重要作用的大臣，崔骃的这个思想是东汉前中期僚属对府主与国家关系的基本认识，他们对府主的规谏是以国家的兴盛发展为前提的，希望府主能够在这个认识前提下去开展自己的日常行政工作和享受自己的生活，而不是无视这个前提的存在，无视的后果就是家破人亡，前朝的故事已经充分地证明了这一结论。可见在许多人的心目中，国家的权威是权臣不能触犯的底线，这是东汉前中期僚属们进谏府主的一个基本认识，也是文章写作的基本指导思想。同样，这一点也是东汉前中期僚属们奏记文章的最主要的特点。然而崔骃的劝导并没有对窦宪起到多大的作用，"宪擅权骄恣，骃数谏之。及出击匈奴，道路愈多不法，骃为主簿，前后奏记数十，指切长短。宪不能容，稍疏之。"① 若是窦宪能够听从崔骃的谏议，或许不至于落个被诛杀的下场。

与崔骃奏记窦宪类似的是朱穆劝谏梁冀，"桓帝即位，顺烈太后临朝，穆以冀势地亲重，望有以扶持王室，因推灾异，奏记以劝戒冀。"② 朱穆

① 范晔：《后汉书》卷五十二《崔骃列传》，中华书局1965年版，第1722页。
② 范晔：《后汉书》卷四十三《朱穆列传》，中华书局1965年版，第1462页。

先是辟梁冀幕府，典兵事，甚见亲任，所以才有后来对梁冀的劝谏。崔骃和朱穆劝谏府主的时间都是在皇太后掌权，府主位尊爵重时，虽然后来窦宪、梁冀都因不轨而伏法，但是从时间段上看，在其初掌大权的时候，他们的行为并非已经到了十恶不赦的地步，但是无论崔骃还是朱穆，他们劝谏的言辞中，却无一例外都含有深深的担忧，这固然是士人居安思危的惯性思维模式，但从其言辞的恳切中可以看出他们对府主的深厚情谊，希望国家能够强盛，府主能够全身长命。与窦宪相同的是，梁冀也听不进朱穆的劝谏，后来朱穆出为侍御史，而梁冀依然"骄暴不悛，朝野嗟毒，穆以故吏，惧其衅积招祸，复奏记谏曰……冀不纳，而纵放日滋，遂复赂遗左右，交通宦者，任其子弟、宾客以为州郡要职。穆又奏记极谏，冀终不悟。报书云：'如此，仆亦无一可邪？'穆言虽切，然亦不甚罪也。"[1] 即使已经成为故吏，朱穆仍然对梁冀忠心耿耿，希望梁冀能有所悔悟，不要因衅招祸，然而梁冀的回信中却鲜明地表达了其迷途不知返的一意孤行。虽然朱穆一而再、再而三的奏记让梁冀很生气，但知其本意是为己好，也没有怪罪朱穆。

不过相对于朱穆来说，崔琦就没有那么幸运了，"冀行多不轨，琦数引古今成败以戒之，冀不能受。乃作《外戚箴》。……琦以言不从，失意，复作《白鹄赋》以为风。"在梁冀的诘责中，崔琦对曰："今将军累世台辅，任齐伊、公，而德政未闻，黎元涂炭，不能结纳贞良，以救祸败，反复欲钳塞士口，杜蔽主听，将使玄黄改色，马鹿易形乎？"[2] 面对崔琦义正词严的指斥，梁冀无以为对。后来梁冀竟因此捕杀了崔琦。

梁冀的暴戾是众所周知的，但从其存朱穆杀崔琦的行为上看，朱穆的劝辞和劝的行为都是较为柔和的，既能表达自己的观点，同时又能让府主知道自己的频频上书，实际上是出于对府主自身安危的考虑，这样即便是所上之言不为采纳，然也不至于过恨于心。而崔琦之所以遭到杀戮之祸，一个主要的原因是其言语过于讥刺，而言语的讥刺则来自对皇权的依恃和对权臣的过分轻视，也就是说在朱穆和崔琦的奏记文章中，其出发点有着

---

① 范晔：《后汉书》卷四十三《朱穆列传》，中华书局1965年版，第1469页。

② 范晔：《后汉书》卷八十《文苑列传》，中华书局1965年版，第2619、2622页。

很大的不同，尽管两者都是在皇权至高无上这一前提下劝诫府主，但朱穆的落脚点是关心梁冀的仕途和身家性命的安危，为府主而深虑，辅臣正则国家兴是朱穆的论述逻辑；而崔琦则是以皇权的至高无上来压制梁冀，其落脚点在于强调皇权对梁冀的规范作用，而忽略了梁冀作为权臣的自身感受，辅臣必须服从君主的权威是崔琦的认识，而这点和梁冀总揽朝政大权的实际不相符合，再加上崔琦犀利的言辞，招致梁冀的反感以至于追杀也自然在情理之中了。

东汉后期士风发生了很大的变化，府主成了僚属文士忠诚的终极对象。他们的文章创作更多地服从于府主的征伐需要，歌颂府主的武功、指斥敌手的不德、拉拢中间势力的支持、营造有利于府主的社会舆论等是他们进行文学创作的一个重要内容。下面以陈琳的《为袁绍檄豫州》一文为例来分析东汉后期文人入幕后的文学创作情况。

《为袁绍檄豫州》的写作目的在于联合刘表、刘备三面夹击曹操，所以文章开篇就说："盖闻明主图危以制变，忠臣虑难以立权。"就是说明主在国之危亡的关头应当裁制应变之计，而忠臣在国难当头则应当采取权宜之法。虽然"明主图危以制变"与"忠臣虑难以立权"是对举而言的，但从当时的实际情况来看，文章的主要目的显然是在"忠臣虑难以立权"上，文章为什么首先要强调忠臣应当在危难的当头采取权宜之法？在下面紧接着所举的关于赵高和吕氏把持朝政的例子上就可以看出他实际上是在说曹操"挟天子以令诸侯"一事，挟持皇帝，以危社稷，这就是目前国家遇到的最大困难，既然国君本身的行动已经受到限制，那么化解这个危机的责任就责无旁贷地落到各位忠臣的头上。面对着曹操的横权侵国，所有的忠臣贤士都应该起来共同讨伐他，这就是文章写作的主要目的。文章开篇就鲜明地摆出目前朝廷面临的主要问题，并指出了解决这一问题的方法及责任承担者。

檄文之作在于制造声威，打压对手，拉拢其他势力，所以文章开篇就给刘表、刘备等军阀势力戴上一顶忠臣的帽子，而把曹操定位为像赵高、吕氏之类窃国的乱臣贼子，从而以保卫皇室的名义号召天下，起兵攻打曹操。这不仅为袁绍出师攻伐曹操找到了合理的理由，而且也将其他的势力置于道义坚守者的一面，即使不能起到拉拢这些势力的作用，至少也能在道义上限制他们与曹操兵合一处。从两军对垒的作战角度上，这不啻是一个非常巧妙的攻心战，而从文章写作的角度看，文章巧妙的结构也不禁令人拍案叫绝。

文章从袁、曹两人的对比出发，以捍卫王室、清除奸臣为檄文的中心话题，既打压曹操的士气又拉拢了人心，可谓一举两得，从文章的写作构思上看，这个结构是非常巧妙的。文章揭发了曹操三世出身低劣，无信忘恩，而操本人则是"赘阉遗丑，本无令德，僄狡锋协，好乱乐祸"。"赘阉遗丑"是说曹操出身于巧佞的宦官之家，而"好乱乐祸"一词则生动地塑造了曹操唯恐天下不乱的邪恶心理，传神地丑化了曹操的社会形象。下文在写曹操贪残时又说曹操将士发掘梁孝王的墓穴掠取金宝，更为甚者说曹操竟然"特置发丘中郎将，摸金校尉，所过隳突，无骸不露。"这个说法本是无中生有，诬人太甚，以至于连刘勰都看不过去了，说："陈琳之檄豫州，壮有骨鲠；虽奸阉携养，章密太甚，发丘摸金，诬过其虐，然抗辞书衅，皦然露骨矣。"[1] 刘勰虽然从檄文写作的角度上肯定了陈琳高超的写作技巧和文章的文学价值，但认为其揭露曹操的隐私、安插莫须有罪名的做法，未免有些言过其实。相对曹操的忘恩负义，文章的另一面则是写幕府袁绍于曹操数有恩义，先是与操"同谘合谋"，即袁绍为盟主，而曹操为行奋武将军一事。本来曹操应该知恩图报，但结果却是令人失望的，"愚佻短虑，轻进易退，伤夷折衄，数丧师徒"。类似的事件，陈琳历历尽数，在檄文中，曹操不仅不义而且无能，而袁绍则是仁至义尽，恩宥不绝的。通过对袁绍有恩于曹操，而曹操数次以德报怨的铺垫描写，为下文进一步揭露曹操的不义之举埋下伏笔。

在檄文中，曹操最大的不义就是胁迫幼主，卑侮王室，专制朝政，以宪群僚：

> 操便放志专行，胁迁当御省禁，卑侮王室，败法乱纪，坐领三台，专制朝政，爵赏由心，刑戮在口，所爱光五宗，所恶灭三族。群谈者受显诛，腹议者蒙隐戮，百僚钳口，道路以目，尚书记朝会，公

---

[1]　刘勰著，范文澜注：《文心雕龙注》，人民文学出版社1958年版，第378页。

卿充员品而已。①

　　在尊奉王室的问题上，袁绍和曹操的谋士们对他们各自幕主所作的分析基本都是相同的，初平三年（192），毛玠劝曹操"'兵义者胜，守位以财，宜奉天子以令不臣。'……太祖敬纳其言。"② 兴平二年（195），沮授也曾劝说袁绍"挟天子而令诸侯，畜士马以讨不庭，谁能御之"，只不过"帝立既非绍意，竟不能从"③。最终曹操得以实现"奉天子以令不臣"。为了粉饰这段历史，陈琳在檄文中代袁绍做出的解释是"时冀州方有北鄙之警，匪遑离局，故使从事中郎徐勋就发遣操，使缮修郊庙，翊卫幼主"。将曹操主动的行为说成是袁绍的授意而为，目的还是为了突出袁绍的深明大义和曹操自专王朝的卑鄙无行。正因为曹操不仁不义，所以袁大将军才要发动征伐，以讨不义。文章的行文顺理成章，水到渠成地得出了讨伐不义势在必行的结论。而由袁绍来负责这个具体的讨伐行动是因为袁绍幕府的军事实力完全有能力胜任这一伟大的任务：

　　　　幕府奉汉威灵，折冲宇宙，长戟百万，胡骑千群，奋中黄、育、获之士，骋良弓劲弩之势。并州越太行，青州涉济、漯，大军泛黄河而角其前，荆州下宛、叶而掎其后，雷震虎步，并集虏庭，若举炎火以焚飞蓬，覆沧海以沃漂炭，有何不灭哉？④

　　绍军南下，荆州北击，南北合力围攻，则曹操必败无疑，这种军事策略一般是不会公开宣讲的，但陈琳将之写入檄文的目的并不是寄望刘表会与他们并军行事，更多的只是在舆论上将刘表置于忠臣的位置上，为其可能归附曹操设下必要的舆论障碍。事实上，刘表在这次战争中采取了中立

---

　　① 俞绍初辑校：《建安七子集》，中华书局 2005 年版，第 58 页。（案：《为袁绍檄豫州》一文，《文选》卷四十四、《后汉书》卷七十四《袁绍传》、《三国志·魏》卷六《袁绍传》注引《魏氏春秋》、《艺文类聚》卷五十八，皆有收录，然而各个文本，文字差异，句子错乱者莫衷一是，本书从俞绍初先生辑校整理本。下引文同此。）
　　② 陈寿：《三国志》卷十二《毛玠传》，中华书局 1964 年版，第 374 页。
　　③ 范晔：《后汉书》卷七十四《袁绍列传》，中华书局 1965 年版，第 2382—2383 页。
　　④ 俞绍初辑校：《建安七子集》，中华书局 2005 年版，第 59 页。

的立场，当然这并不是陈琳一纸檄文的功劳，而是各自利益的使然，但陈琳将刘表说成袁绍的盟友，理论上能够起到瓦解荆州与曹操合作的效果。从文章的构思上，这也是作者巧心的体现，陈琳善于布局文章，排布事件若将军临阵，井然有序。加之以语言上所营造的声威，"若炎火以焚飞蓬，覆沧海以沃爈碳，有何不灭哉？"炎火对飞蓬，其势不可挡；沧海对爈碳，势力相差的悬殊，令人想起螳臂当车，不自量力的故事，以至于大兵未发而那种大军分麾而进、势如破竹的情形已经状若目前。"使声如冲风所击，气似爈枪所扫，奋其武怒，总其罪人。"① 与此相对应的则是敌军的萎靡与不堪一击：

> 又操军吏士，其可战者皆出自幽冀，或故营部曲，咸怨旷思归，流涕北顾。……若回斾方徂，登高冈而击鼓吹，扬素挥以启降路，必土崩瓦解，不俟血刃。②

檄文中说曹操军中战斗主力部队都是来自幽冀之地，均有思乡之情，而无心于冲锋陷阵，只需要开启受降的城门，他们必然会蜂拥而至，不动刀枪而曹操军队就可以土崩瓦解。蔑视敌军的目的实际上也是为了壮大自己的声威，鼓舞己方的士气。檄文最后重申了曹操的罪过，"外讬宿卫，内实拘执"，挟持王室，以阖天下，"虽有忠义之佐，胁于暴虐之臣，焉能展其节？"因此袁将军起兵的目的就是"惧其篡逆之盟，因斯而作。"整篇文章，紧紧围绕着袁强曹弱，袁义曹逆而展开，层层对比，逐步推进，最后复申袁绍发兵的大义是捍卫王室，以除奸佞。喻古说今，辞正义畅，成为檄文中的经典文本而广为流传。

陈琳的这篇檄文从道德人品的层面看多招非议，但陈琳的身份是袁绍的幕僚，他的文章只能是歌颂府主，虽然这种歌颂是以贬斥曹操的方式实现的。袁、曹二人本来皆无尊崇王室之心，然而有趣的是，陈琳为袁绍所作的檄文中也祭出了皇权，把皇权置于尊崇的地位，在这个前提下展开对

① 刘勰著，范文澜注：《文心雕龙注》，人民文学出版社1958年版，第378页。
② 俞绍初辑校：《建安七子集》，中华书局2005年版，第60页。

曹操的口诛笔伐。但是，和东汉前期僚属对府主的奏记中所提到的皇权不同，这里的皇权并不具有实际上的尊崇地位，它已经无法规范臣子的行为，对僚属与府主的关系也失去了相应的约束作用。它的出现，只是袁绍攻打曹操的一个借口而已。

皇权的衰落和权臣的独大，改变了文士僚属们文章的精神风貌。他们的歌颂中再也不必顾及朝廷的尊严，缺乏了皇权的参照，府主的功绩似乎更加赫赫烈烈。建安四年（199），袁绍攻打公孙瓒，大获全胜，陈琳作《武军赋》以颂之。武军，是指古代战争胜利者堆积敌人的尸体封土为垒，以彰显武功。从人道主义的立场看，这种杀戮应当是非常惨烈而残酷的一件事情，但是从胜利者的角度看，这恰恰是武功的体现，陈琳在赋中描述袁绍军队的雄壮时，大力铺排，舌灿生花，先后细致地特写了剑、铠、弩、弓、矢等战争中精良的武器装备，尤其是对战马的描写："马则飞云绝景，直鬐骦骦，走骏惊飚，步象云浮。敛鞚则止，受衔斯游。驳龙紫鹿，文的䯀鱼。"① 其中飞云、绝景、直鬐、骦骦、走骏、步象、驳龙、紫鹿、文的、䯀鱼都是名马，文章是想通过对这些名马的罗列来比附袁绍军马的俊健，若非博学之士，估计很难全部明了，那么文章的表意功能就可能会受到一定程度的限制。不过这不应该是陈琳的错误，这只不过是汉赋的流弊而已，注重名物的罗列向来是大赋创作惯用的手法，张连科说："《武军赋》在写作手法上受汉赋影响较大，它尽情铺张，强力夸张，有种雄壮向上，所向无敌的气势。"② 对府主武功的歌颂，陈琳不是唯一的例子。王粲入曹操幕后，建安十四年（209），他随曹操征伐东吴时，对曹军强大的军容和旺盛的斗志进行了不遗余力地歌颂。

> 于是迅风兴，涛波动，长濑潭渨，滂沛汹溶，钲鼓若雷，旌麾翳日，飞云天回，□□□□。苍鹰飘逸，递相竞轶。凌惊波以高骛，驰骇浪而赴质。加舟徒之巧极，美榜人之闲疾。白日未移，前驱已届。群师按部，左右就队。轴轳千里，名卒亿计，运兹威以赫怒，清海隅

---

① 俞绍初辑校：《建安七子集》，中华书局 2005 年版，第 39 页。

② 吴云等：《建安七子集校注》，天津古籍出版社 2005 年版，第 140 页。

之蒂芥。济元勋于一举，垂休绩于来裔。(《浮淮赋》)①

风动涛涌，旋涡翻滚着浪花，在波澜壮阔的水面上，曹军鼓声如雷，旌旗遮云蔽天，苍鹰在上空盘旋，此所谓苍鹰，不应看成是实写，而是文学的虚构，用来映衬或象征着勇猛的武士。士兵的舟船在水里竞流而进，舟船的制作极尽工巧，而船工驾船的技术也相当娴熟。因此，一日之间，先发部队已经抵达目的地，左右分列，秩序井然，在茫茫的水面上，舟船相连，蔓延千里。声势浩大而壮观，以此勇武之师，一举攻克海角的一个微小的地方自然不在话下。文章格调明快，语言生动简洁，表达了未战之前，曹军对战胜孙权的自信。

任何时期，文章精神风貌的变化，都会有其深层的社会心理因素，中国传统诗学的核心理论讲"诗者，志之所之也，在心为志，发言为诗。"在这种诗学观念中，文本与心志本是二而一的东西，所不同的只是呈现形式的不同。因此，社会风气的转变必然会影响到人之心志的变化，体现于外在的文本形态，就是文学精神风貌的变迁。从东汉幕府的演变对幕主及其僚属心态的影响来看，文人由于对王室尊崇而形成的顺从、谨固心态渐而转向了只忠于府主缺乏是非观念的心理，整个社会主体价值体系的坍塌，模糊了是与非的界限，使缴利求安的心理成了许多文士尊奉的价值观念。因此，文章的主题精神也发生了本质的变化，即由忠君尊主到缴利歌颂。这是东汉幕府僚属文章主题精神变化的一条主要线索。

三　从依经立义到自骋其词

汉魏文学变迁，建安时期诚为一转折时期，开后世文学之先河。刘师培认为魏晋文学大略可分两类，一派清峻简约，文质兼备，一派文章壮丽，摅采骋词，而两派渊源所自分别为孔融、王粲与阮瑀、陈琳。是以魏后文学新变，实肇始于建安②。然而文学的新变，必然有其长久积累的内在诱因。从幕府僚属文人文章发展的角度看，文章创作中，现实针对性的

---

①　俞绍初辑校：《建安七子集》，中华书局 2005 年版，第 99 页。

②　刘师培：《中国中古文学史讲义》，上海古籍出版社 2000 年版，第 32 页。

增强是东汉后期文章变化的一个主要动因，缘经说事、微言大义已经失去其强烈的现实事件的参与能力。随着东汉中后期经学的衰落和处理具体事件的现实需要，文章写作更多地倾向于直抒己意。至于慷慨骋词者，则是这种走向的夸张呈现。如果说此前的文章以表达自己内心世界的想法为侧重，那么此时文章的创作更强调以参与事件、推动事件发展的需要为重点，自己内心世界的情感不再与文章外在的文本呈现构成简单、直接的对应，则创作才华和写作技巧也就成为文章写作的重点关注对象，走向文学创作的前台，成为被审视、被学习、被欣赏的对象。在汉末战乱征伐中，师出无名的理屈词穷转而寻求骋词夸势的掩盖，这固然推动了文学创作技巧的探索与进步，然而在这背后，却是士人主体精神的溃败。

　　两汉经学兴盛与衰落的内在因素是士人与大一统国家政权之间的相互制衡。士人所拥有的知识权力与帝王所掌握的国家势权之间总是相互纠缠交织，此消彼长。秦汉中央集权的大一统政权并没有完全从根本上消除士人对先秦士人为"帝王师"的追念与怀想，虽然高祖刘邦不喜儒，"诸客冠儒冠来者，沛公辄解其冠，溺其中"①。甚至破口大骂"乃公居马上得之，安事《诗》《书》"，然而出于对知识理性的自信，陆贾依然据理力争，在陆贾的一番辩驳之后，高祖面有惭色的表现实际上是势权在知识权力面前的自惭形秽。而士人经营知识权力的方式就是树立经典，通过对经典权威的建构，从而赋予知识权力与势权博弈的资本。武帝以后，知识权力与势权的同谋表现在学术上就是经学的兴盛，表现在政治统治中就是以经取士成了国家选拔人才的主要方式之一。而士人参与政治、经营知识权力的主要方式就是将经学原典植入自己的政治话语中，通过经典不正自明的权威来加强个人话语的说服力量。比如朱穆《奏记大将军梁冀》一文：

　　　　穆伏念明年丁亥之岁，刑德合于乾位，《易》经龙战之会。其文曰："龙战于野，其道穷也。"谓阳道将胜，而阴道负也。今年九月，

---

　　①　班固：《汉书》卷四十三《郦食其传》，第 2105 页；卷四十三《陆贾传》，中华书局1962 年版，第 2113 页。

天气郁冒，五位四候，连失正气，此互相明也。夫天地大验，善道属阳，恶道属阴，若修正守阳，摧折恶类，则福从之矣。穆每事不逮，所好唯学，传受于师，时有可试。愿将军少察愚言，申纳诸儒，而亲其忠正，绝其姑息，专心公朝，割除私欲，广求贤能，斥远佞恶。夫人君不可不学，当以天地顺道，渐渍其心。宜为皇帝选置师傅及侍讲者，得小心忠笃敦礼之士，将军与之俱入，参劝讲授，师贤法古，此犹倚南山坐平原也，谁能倾之！今年夏，月晕房星，明年当有小厄。宜急诛奸臣为天下所怨毒者，以塞灾咎。议郎、大夫之位，本以式序儒术高行之士，今多非其人，九卿之中，亦有乖其任者，惟将军察焉。①

　　朱穆劝谏的目的是希望梁冀能够"专心公朝，割除私欲"，亲贤远佞，尽心辅助王室。然而朱穆却是从《易》经中的龙战之会说起，以《易》推之，明年将会是阳盛阴衰，阳为善道，而阴为恶道，所以要修正守阳以从善，从善就是要专心公朝，为国纳贤士良人，这就是朱穆这篇奏记的逻辑思路。本于经意而演说人事是士人惯用的修辞方式，它能够通过经典的权威来规范具体的人事行为，从而维持社会持续的发展与稳定，这就是经学对社会发展所起作用的路径。同样，它也构成了文章写作的内在逻辑，成了文人惯用的依经立义的写作方式。这种写作模式在经学昌明的时代，是整个士人群体文章写作的基本模式。在东汉中后期文学的发展过程中，伴随着经学的衰落，士人的文章写作也渐渐摆脱了对经学的依赖，文辞言语也更倾向于发于己心。这对文学创作技巧和文学语言的发展来说，无异于脱去了一层沉重的枷锁。东汉后期，文人入幕是文士们在乱世中赖以生存的基本方式，这些文士成了东汉后期文学发展的主体，而他们的文学创作更多是和他们幕府的僚属身份有关，因此，这成为本书选择幕府作为研究东汉文学嬗变切入点的重要原因。

────────────

　　① 严可均：《全后汉文》卷二十八《奏记大将军梁冀》，中华书局1958年版，第629页。（案：此文《后汉书》卷四十三《朱穆传》及袁宏《后汉纪》卷二十，均有选入，然两文略有差异，严可均综而辑校，是为本文。又，自"今夏起"后，袁宏《后汉纪》别为一篇，云"穆意欲言宦官，恐冀漏泄之，复附以密记。"此文或为两篇，而范晔合二为一，总为《奏记》。）

　　汉代经学兴盛与衰落的内在力量是知识权力与势权之间关系的聚合分离，士人通过知识权力与势权的对话，借势权的行政力量来实现士人治理天下、造福黎民的理想。而东汉自和帝起，外戚和宦官轮换掌控朝政的现实，破坏了知识权力与势权的合谋，而外戚和宦官掌控势权并没有兼治天下的雄心，他们只是希望通过对势权的掌控来谋求自身现实的利益，这就在客观上使士人利用势权的力量来实现自我理想的通途受到阻断，尽管党锢之祸前是东汉士人主体精神高昂的一段时间，但在皇帝与外戚的合围中，他们昙花一现的登场和谢幕，未尝不可看作士人主体精神在东汉时代的回光返照。势权对知识权力的抛弃，从根本上瓦解了经典的权威，当曾经的圣典沦为仅仅是一部经书，那么它被"禄利"之徒抛弃的命运也就在所难免了。

　　势权的旁落和军阀的坐大，左右了文人群体的流向与归属，东汉后期文人入幕，传统士人杀身成仁的理想追求已被身家性命的安顿所取代，立足经典，规范君臣行为、维持社会秩序理想运行的努力已经转而变成了对府主忠诚的再三表达和对幕府武功的不尽歌颂。因此，这个时期文人的文学创作已经较少受到经学规范的约束。当创作逃离对经学的依附，文学的精神面貌也发生了巨大的变化，文学的风格也由和缓以典雅转而为慷慨以骋词。

　　刘师培在谈到建安时期文学的主要特点时，将这一时段的文学特征归纳为以骋词为主。"东汉之文，均尚和缓。其奋笔直书，以气运词，实自衡始。《鹦鹉赋序》谓：'衡因为赋，笔不停辍，文不加点。'知他文亦然。是以汉魏文士，多尚骋词，或慷慨高厉，或溢气坌涌，此皆衡文开之先也。"① 祢衡肇始，而陈琳随其后。建安二十年（215），陈琳随曹操西征张鲁，军队获胜，陈琳代曹洪（曹操从弟）修书向曹丕报捷，这本是一篇非常优秀的文章，然而让后人更感兴趣的倒不在文章本身的艺术价值，而是曹洪笨拙的表演。这本是陈琳代笔之作，但是曹洪却说是自己努力写就的，而且此地无银三百两地说本来打算让陈琳代写，但是陈琳很忙，所以就自己动手写了这篇文章，"亦欲令陈琳作报。琳顷多事，不能

　　① 刘师培：《中国中古文学史讲义》，上海古籍出版社 2000 年版，第 22 页。

得为。念欲远以为欢，故自竭老夫之思，辞多不可一一，粗举大纲，以当谈笑。"① 曹洪这种掩耳盗铃的表白根本经不起曹丕法眼的审视，《文选》卷四十一《为曹洪与魏文帝书》李善注引："《文帝集序》曰：'上平定汉中，族父都护，还书与余，盛称彼方土地形势，观其辞如陈琳所叙为也。'"② 钟惺对曹洪这种做法更是肆无忌惮地予以嘲讽："洪答书置辩，仍出陈手，未数行便云：'欲令陈琳作报，琳顷多事，故自竭老夫之思。'予每读至此，辄大笑腹痛，不能终篇。"③ 钱锺书说："陈琳《为曹洪与魏太子书》，按显然代笔，而首则申称：'亦欲令陈琳作报。琳顷多事，不能得为。念欲远以为欢，故自竭老夫之思；'结又扬言：'故颇奋文辞，异于他日。怪乃轻其家丘，谓为倩人，是何言欤？'欲盖弥彰，文之诽也。"④ 曹洪偷鸡不成蚀把米的做法固然给文学史话平添了一段笑料，然而反过来也正说明陈琳的文章在当时就已经名声在外了，《典略》载："琳作诸书及檄，草成呈太祖。太祖先苦头风，是日疾发，卧读陈琳所作，翕然而起，曰：'此愈我病。'数加厚赐。"⑤ 陈琳的文章以气势取胜，以骈词为特点，比如《为曹洪与魏太子书》中描写战争快速前进的盛况：

　　汉中地形，实有险固，四岳、三涂，皆不及也。彼有精甲数万，临高守要，一人挥戟，万夫不得进，而我军过之，若骇鲸之决细网，奔兕之触鲁缟，未足以喻其易。虽云王者之师，有征无战，不义而强，古人常有。故唐虞之世，蛮夷猾夏，周宣之盛，亦雠大邦，《诗》、《书》叹载，言其难也。斯皆凭阻恃远，故使其然。是以察兹地势，谓为中才处之，殆难仓卒。来命陈彼妖惑之罪，叙王师旷荡之德，岂不信然！是夏、殷所以丧，苗、扈所以毙，我之所以克，彼之所以败也。不然，商、周何以不敌哉！昔鬼方聋昧，崇虎谗凶，殷辛

① 俞绍初辑校：《建安七子集》，中华书局 2005 年版，第 55 页。
② 萧统编：《文选》卷四十一《为曹洪与魏文帝书》，中华书局 1977 年影印本，第 585 页。
③ 钟惺：《题五弟快为予书游牛首古诗三首与茂之后》，《隐秀轩集》，上海古籍出版社 1992 年版，第 577 页。
④ 钱锺书：《管锥编》，中华书局 1979 年版，第 1040 页。
⑤ 陈寿：《三国志·魏》卷二十一《王粲传》，中华书局 1959 年版，第 601 页。

暴虐，三者皆下科也。然高宗有三年之征，文王有退修之军，盟津有再驾之役，然后殪戎胜殷，有此武功。焉有星流景集，飙奋霆击，长驱山河，朝至暮捷，若今者也。①

这篇文章写得气势奔放，言辞爽朗，理正意畅，将曹军获胜的喜悦淋漓尽致地描绘出来，让人读来有种神清气爽、意气风发的感觉。刘师培认为："孔璋之文，纯以骋词为主，故文体渐流繁富。"② 这也是刘师培对建安时期书檄文的总体评价，"骋词以张势。" 文章首先讲到当地地理环境的险要特色，"一人挥戟，万夫不得进"，况且对方还有数万精兵的把守，但是即使是如此，我军依然能够迅速地击破敌方，比惊骇的鲸鱼冲决细细的渔网，狂奔的犀兕撞破糟杇的鲁缟还要轻松容易，通过这两个夸张的比喻，就把曹军高涨的士气以及攻杀敌军的快意形象地描绘了出来。文章接着叙以曹军浩荡的恩德，认为这就是夏、殷丧国，苗扈毙命，我军获胜而敌军失败的原因。"夏殷所以丧，苗扈所以毙，我之所以克，彼之所以败也。"语言简洁有力，气势豪爽劲迈，充分展现了曹军在面对敌军时的轻松和战胜敌军的自信。高宗、文王在面对有地理优势的敌人时也不能够长驱直入，迅速取胜，而我军杀敌之快如流星飞逝、飙风惊魂、骇雷电击，长驱直入、跨山越河，晨兵早起而捷报暮传。所谓骋词使气，于此可见。

当文人摆脱了经学的束缚，从温柔谨固的心态中解放出来，文人的才情才能得以自然奔放。在战乱四起，各事其主的时期，缺少了主流社会意识形态对文学创作的束缚时，文人将更多的才力转移到对文章布局的巧妙构思和对文辞尽心竭力的润色上，对文学创作艺术的进步和发展起到了积极的推动作用，建安文学能够成为开启一个文学时代风气的标志性时期，和这个时期文人的处境以及特殊的社会环境有着密切的关系。而将之放置到东汉幕府发展源流中去观察文学新变的内在因素就会发现，在两汉经学渐趋式微的背景下，文人对国家主流社会价值形态的认同与否定构成了东

---

① 俞绍初辑校：《建安七子集》，中华书局 2005 年版，第 55 页。
② 刘师培：《中国中古文学史讲义》，上海古籍出版社 2000 年版，第 23 页。

汉文学发展演变的内在动力。文章创作因其功用指向的不同，而先后呈现出重思想和重技巧两个不同的发展路径①，在后世文学的发展中，这两种不同的发展路径都具有重要的探索价值，而两者渐趋融一的发展成就了后世文学创作的辉煌。

---

① "盖东汉之文，虽多反复申明之词，然不以隶事为主，亦不徒事翰藻也。"刘师培：《中国中古文学史讲义》，上海古籍出版社 2000 年版，第 26 页。

第六章 党锢之祸、鸿都门学与文学

　　本章旨在通过东汉末年两起政治事件——党锢之祸与鸿都门学论争——来讨论文学书写中的政治性诉求这一问题。我们不排斥东汉时期文学抒情性特征已经出现这一说法，但显然在我们对东汉文学观念的理解中，这不是东汉时期文学功能的主体特征。作为后之所谓一代之文学的汉赋，如果说它一直以"劝百讽一"的婉谏方式表达创作主体的政治性诉求的话，那么，党锢之祸中士人放弃这种政治言说的方式直接以具体行动的方式表达个人的政治见解，则说明文章辞令精神的缺失和参与政治功能的进一步弱化，也即文、道疏离的进一步加大。而鸿都门学关于辞赋选士的论争则同样反映出了辞赋小道与士人志经王室的身份使命之间的背离与冲突。这两起政治事件中，士人对文章功能的认识既是传统文章观念的反映，同时又为文学的新变埋下了伏笔。

　　东汉文章的主流观念是儒家的文学观念，它具有强烈的事功特征。相对于文章的外在形态和表现手法，这种观念更注重文章内在的表意功能，这和汉儒在解诗中对《诗经》"诗者，志之所之也"的认识是相互表里的。汉人的解诗行为与作赋实践实际上是汉代士人对理想政治图景的两种不同表达方式，在终极目标的追求上，两者殊途而同归。汉代士人对汉赋的功能认识是希望汉赋能够承担起讽谏君主的作用，从而使主上的行为能够符合士人对社会秩序的理想构想，这种认识与"《诗》'经'精神把鞭笞的对象指向统治者的荒淫、奢侈、暴虐、残忍"是相互表里的，"说大赋最能体现汉代的时代精神，指大赋的创作自身便是《诗》'经'精神的第一次文学贯彻。"① 不管是解诗的行为还是作赋的实践，士人对文本本

---

① 　萧华荣：《中国诗学思想史》，华东师范大学出版社1996年版，第46、51页。

身的兴趣并不是其创作的最终目的，他们对修辞的强调目的在于自我意见的成功表达，因此，"劝百讽一"写作模式的演变就蕴含了文人向上表达自我意见时丰富的内心情感变化，他们对这种写作模式的批判正是他们对自我表达方式不满的外在体现。汉代士人这种致君尧舜、志经王室的思想是对春秋士人各事其主思想的继承，尽管大一统的格局使士人失去了选择各事其主的自由，但效忠君主的思想却并未改变。虽然在大一统的政治格局中，士人面对的是"用之则如虎，不用则如鼠"的窘局，但他们仍然坚持"苟能修身，何患不荣"的信仰①。因此，不管是解诗的行为还是作赋的实践，本质上，士人文本写作的深层目的都是为了表达自己对政治的见解，或者是理想政治形态的描述。这和先秦士人的辞令行为有着内在的一致性。春秋时期，"'辞令'的含义不是'辞'与'令'二词意义简单的叠加……'辞令'的义项主要是继承了'辞'的含义，从语言学的角度来说它是个'偏义复词'，重点在'辞'而不在'令'。它不仅仅包含形式上动态的言说之'说'，也包括意在使言说对象信服，遵从说者意愿的明确目的性。它实际上是言说者以语言为主要载体，以动作、表情为辅助手段，结合言说的场合、对象，以实现言说目的为终极目标富于艺术性和创造性言说的通称。"②

辞令的精神贵在言说目的的准确表达，而非言说本身（言说的行为或作为言说工具的文本），汉代士人对大赋"劝百讽一"创作模式批判的原因也正在于它不能有效地表达创作者的自我见解，由此可见，汉代士人对文章的期待和春秋士人对辞令的要求具有内在的一致性，即言说目的的准确表达，而非文章形式上的亦步亦趋。在达到这一目的的过程中，两者外在表现形态上的区别是，先秦士人侧重于具体的行为表达，微言相感的辞令通常表现在交接邻国的具体行为中；而汉代士人则侧重于通过文本写作以上书的形式来表达自己的见解。

对文章表意功能的重视超过对文章形态的关注是汉代文章观念的一个基本特征，这个特征所强调的恰恰是对行为目的的重视。正是在这个意义

---

①　班固：《汉书》卷六十五《东方朔传》，中华书局 1962 年版，第 2865 页。

②　陈彦辉：《春秋辞令研究》，中华书局 2006 年版，第 9 页。

上，党锢事件中，士人在表达自我政见时，对行为的热衷和对文章的抛弃以及士人对鸿都门学以诗赋取士的批评，都鲜明地表达了文章写作与行为目的之间的密切关系，在他们看来，文章是行为的一种延伸，文章本身不具有独立存在的价值，当文章不能承担起延伸行为的作用时，文章的被批判或被抛弃便自然是情理之中的事情了。

第一节　辞令精神与文章形式
——文学书写的政治性诉求

秦汉大一统政治格局的形成，使先秦士人们"游说诸侯以显名"① 的想法成了一个遥远的绝响。秦大一统政权为了对士人进行有效的管理，试图通过焚书的行为断绝士与知识主要载体——书籍的关系，这在李斯的《议烧诗书百家语》中有着详细的记载：

> 异时诸侯并争，厚招游学。今天下已定，法令出一，百姓当家则力农工，士则学习法令辟禁。今诸生不师今而学古，以非当世，惑乱黔首。丞相斯昧死言：古者天下散乱，莫之能一，是以诸侯并作，语皆道古以害今，饰虚言以乱实，人善其所私学，以非上之所建立。今皇帝并有天下，别黑白而定一尊。私学而相与非法教，人闻令下，则各以其学议之，入则心非，出则巷议，夸主以为名，异取以为高，率群下以造谤。如此弗禁，则主势降乎上，党与成乎下。禁之便。臣请史官非秦记皆烧之。非博士官所职，天下敢有藏《诗》、《书》、百家语者，悉诣守、尉杂烧之，有敢偶语《诗》、《书》者弃市。以古非今者族。②

先秦时期，游学之士之所以盛行，是因为诸侯并争，需要拉拢士人来壮大自己的势力，苏秦相六国，"秦兵不敢窥函谷关十五年"③。而驺衍

---

① 司马迁：《史记》卷六十九《苏秦列传》，中华书局 1959 年版，第 2276 页。
② 司马迁：《史记》卷六《秦始皇本纪》，中华书局 1959 年版，第 255 页。
③ 司马迁：《史记》卷六十九《苏秦列传》，中华书局 1959 年版，第 2262 页。

"适梁，惠王郊迎，执宾主之礼。适赵，平原君侧行撤席。如燕，昭王拥
彗先驱，请列弟子之座而受业，筑碣石宫，身亲往师之。"以至于司马迁
不无感慨地说："其游诸侯见尊礼如此，岂与仲尼菜色陈、蔡，孟轲困于
齐、梁同乎哉！"① 在诸侯纷争之际，得士则昌、失士则亡似乎成了各诸
侯的共识，因此，他们对士人表现出了充分的尊重，甚至以师礼视之，这
使士人在其所效忠的诸侯面前获得了充分的人格尊严，也造就了他们议论
时政、进言劝谏君主的传统。然而秦以后大一统至高无上的权威从根本上
否定了他们言论自由的可能性，以古非今，以非当世，惑乱黔首的做法是
大一统政权所不能容忍的，于迎春说："高揭道义、凭依经典的儒士们的
以古非今、口出'妖言'，一定程度上可以认为，是士人以其阶层优越，
并承袭战国的精神自由、文化任意风气，而欲对新统治者施以批判性影响
的结果。"②

　　针对这个问题，李斯给出的解决办法是将士人与知识进行分离，这对
一贯以掌握知识而自恃的士人来说无疑是一个沉重的打击。然而短暂而亡
的秦王朝虽然对士人进行了沉重的打击，但并没完全消弭士人议论时政的
精神传统，这给士人在汉初的游学诸侯留下了一脉孤种。许结认为汉初划
地封疆的藩国使战国养士之风复起，而其文士多具战国纵横家游说之风，
故其作家与文学表现出流动性。而文士流动本身，既渊承战国时期世卿制
度衰落、客卿制度流行的风气，又说明了文士自我意识的增长在不断冲击
着藩国文学的地域限囿③。虽然邹阳、枚乘之徒以娱游子弟事吴王，然而
他们对吴王不轨行事均有劝谏，"吴王以太子事怨望，称疾不朝，阴有邪
谋，阳奏书谏。为其事尚隐，恶指斥言，故先引秦为谕，因道胡、越、
齐、赵、淮南之难，然后乃致其意。"④ 同样，枚乘所作的《七发》也充
满了劝谏的意味，这些藩国的游士并未失去士人干主的精神传统，不管是
上书直谏还是作赋讽谕，在他们身上都体现了先秦士人精神的汉代延续。
作为以辞赋创作而著称的司马相如，在其临死时留下的不是他赖以成名的

---

① 司马迁：《史记》卷七十四《孟子荀卿列传》，中华书局1959年版，第2345页。
② 于迎春：《秦汉士史》，北京大学出版社2000年版，第28页。
③ 详见许结《汉代文学思想史》，南京大学出版社1989年版，第81—82页。
④ 班固：《汉书》卷五十一《邹阳传》，中华书局1962年版，第2338页。

赋作，而是一部关乎国之大计的封禅书。在所忠奉武帝命前往求相如书时，"其妻对曰：'……长卿未死时，为一卷书，曰有使者来求书，奏之。无他书。'其遗札书言封禅事。"① 尽管武帝是以辞人待相如的，但相如本人却并不以辞人自视，他所创作的大量辞赋，实际上也暗含着他自己作为一个士人对武帝的劝谏，尽管扬雄讥讽其为"靡丽之赋，劝百风一"，然而在司马迁看来，"相如虽多虚辞滥说，然其要归引之节俭，此与《诗》之风谏何异。"②

由此可见，汉代辞赋创作中，相对文章形式来说，文章的事功特征更为重要，重视对文章言说目的的强调是汉代辞赋批评的主要特点，而汉赋内蕴的这种批判精神实际上可以追溯到先秦辞令的精神传统。

一　辞令精神的传承：从行为到文本

注重汉赋的讽谏特性，并将这种讽谏特性的生成上溯到《诗》经"主文而谲谏"的特征是汉代赋学批评的主导意见。《汉书·艺文志·诗赋略》曰：

> 传曰："不歌而诵谓之赋。登高能赋，可以为大夫。"言感物造端，材知深美，可与图事，故可以为列大夫也。古者诸侯卿大夫交接邻国，以微言相感，当揖让之时，必称《诗》以谕其志，盖以别贤不肖而观盛衰焉。故孔子曰："不学《诗》，无以言"也。春秋之后，周道浸坏，聘问歌咏不行于列国，学《诗》之士逸在布衣，而贤人失志之赋作也。大儒孙卿及楚臣屈原离谗忧国，皆作赋以风，咸有恻隐古诗之义。其后宋玉、唐勒，汉兴枚乘、司马相如，下及扬子云，竞为侈丽闳衍之词，没其风谕之义。是以扬子悔之，曰："诗人之赋丽以则，辞人之赋丽以淫，如孔氏之门人用赋也，则贾谊登堂，相如入室矣。"③

---

①　司马迁：《史记》卷一百一十七《司马相如列传》，中华书局1959年版，第3063页。
②　同上书，第3037页。
③　班固：《汉书》卷三十《艺文志》，中华书局1962年版，第1756页。这段话通常被认为是班固赋学观念的体现，但《艺文志·序》中说刘向、刘歆父子总群书而奏《七略》，（转下页）

　　这段话描述了汉赋从《诗》中生成的过程。春秋之前，周旋于诸侯国之间的大夫，必须具备的才能之一就是"登高能赋"，其具体表现形态就是"不歌而诵"，因此赋在这里是一种行为，那么赋的行为对象又是什么呢？"古者诸侯卿大夫交接邻国，以微言相感，当揖让之时，必称《诗》以谕其志。"联系上文，这里所谓"称《诗》以谕其志"实际上就是赋《诗》言志，而赋《诗》言志的目的则是"别贤不肖而观盛衰"，《左传》襄公二十七年："郑伯享赵孟于垂陇，子展、子西、子大叔，二子石从。赵孟曰：'七子从君，以宠武也，请皆赋，以卒君贶，武亦以观七子之志。'"①这种赋《诗》言志的行为不仅仅是别贤不肖而观盛衰，而且对诸侯国之间的政治关系有着非常重要的影响，《左传》襄公十六年："晋侯与诸侯宴于温，使诸大夫舞曰：'歌必类《诗》，'"齐高厚之《诗》不类，荀偃怒且曰：'诸侯有异志矣，'使诸大夫盟高厚，高厚逃归。于是叔孙豹、晋荀偃、宋向戌、卫宁殖、郑公孙虿、小邾之大夫盟曰：'同讨不庭'。"②赋《诗》不类是有异志的表现，齐高厚因赋《诗》不当而招来横祸的事件说明赋《诗》的行为不单单只是外交场所里言辞的交锋，它实际上承担了周王室或诸侯王国意志的表达功能。孔子说："不学《诗》，无以言。"孔子对《诗》的强调和春秋赋《诗》言志所强调的侧重点是一致

（接上页）"今删其要，以备篇籍。"师古注："删去浮冗，取其指要也。"案：刘鼐云："刘向明不歌而颂"（第 134 页），已经指明了这段文字不完全代表班固的意见。章学诚似乎说的更为具体一些："诗赋一略，区为五种，五种之后，更无叙论，不知刘班之所遗耶？抑流传之脱简耶？"（《校雠通义》卷三《汉志诗赋》）张舜徽《汉书艺文志通释》中也如是认为。今人马积高也说："《汉志》所云实本于刘向，非班氏一人之见，在某种意义上可说是代表汉人的看法。"这个观点是较为稳妥的。而汪春泓则从刘向、歆父子与《汉书》的关系入手，考订"署名班固撰《汉书》其真实的成书历程。"认为班氏父子共同依照刘向、刘歆蓝本来结撰《汉书》，在遴选人物入史传的问题上未能另起炉灶；而且"像《五行志》和《艺文志》主要出于刘向、刘歆之撰述。"（《论刘向、刘歆和〈汉书〉之关系》，《古籍整理研究学刊》2009 年第 5 期。）与此相应的是冷卫国的观点，"'不歌而诵谓之赋'//虽然出自刘向的《别录》，但实际上并非刘向的原创而是刘向据旧所传闻之言而传之，《诗赋略序》反映的也是刘氏父子而并非班固的赋学观念。"（《刘向、刘歆赋学批评发微》，《文学遗产》2010 年第 2 期）这个说法和马积高的说法可以相互参看。从本书在随后的分析中，也可以看出班固在《两都赋·序》和《诗赋略》中的赋学认识存在明显的不同，因此，本书认为《诗赋略》中的赋学批评应当是刘向、刘歆父子的观点，宽泛地说这种观点可以看作是西汉士人赋学观念的代表，但不能完全看成班固的观点。

①　杨伯峻：《春秋左传注》，中华书局 1990 年版，第 1134 页。
②　同上书，第 1026—1027 页。

的，都是强调《诗》的现实功用而非写作技巧。尽管在赋《诗》过程中"往往断章取义，随心所欲，即景生情，没有定准。"尽管"春秋时的赋诗虽然有时也有献诗之义……但外交赋诗却都非自作，只是借诗言志。"①即使是"'献诗陈志'，亦非陈述己志，而是公卿列士按照其职务要求向天子陈献宗族的或封国的社会情绪和政治情感，当然也包括民间的风俗与情感，供天子行政参考。尽管这种陈献中也可能有献诗者个人的情绪与情感纠缠其中，然而它不是个人行为而是其职务行为却是肯定的。"② 显然赋《诗》行为并没有参与到对《诗》的创作中去，因此赋《诗》言志的主要意义在于其称引《诗》时意义的无限阐释，这种阐释本身并没有抛弃对《诗》句的依赖；又因为它发生在诸侯国之间的外交关系中，所以其阐释原则具有鲜明的政治性。

　　《春秋》之后，聘问歌咏不行于列国，因此，学《诗》之士，逸在布衣，而贤人失志之赋作。问题一，贤人作赋是对《诗》句在文本中的直接引用还是对《诗》句的抛弃另作新词？《诗赋略》并没有交代这之间的过程转换，后来刘勰看到了这个问题，他从史实中找到郑庄之赋《大隧》和士芳之赋《狐裘》，从而得出了"词自己作"的结论③。这个论证对由赋

---

① 朱自清：《诗言志辨》，《朱自清古典文学论文集》，上海古籍出版社 1980 年版，第 207—208 页。

② 王齐洲：《"诗言志"：中国古代文学观念发生的一个标本》，《清华大学学报》2010 年第 1 期。

③ 刘勰在《文心雕龙》中说："诗有六义，其二曰赋。……昔邵公称公卿献诗，师箴赋。传云：登高能赋，可为大夫。诗序则同义，传说则异体，总其归途，实相枝干。刘向云明不歌而颂，班固称古诗之流也。至如郑庄之赋大遂，士芳之赋狐裘，结言短韵，词自己作，虽和赋体，明而未融。及灵均唱骚，始广声貌。然赋也者，受命于诗人，拓宇于楚辞也。"（刘勰著，范文澜注：《文心雕龙注》，人民文学出版社 1958 年版，第 134 页。）他首先承认了赋与《诗》六义之"赋"的关系，也谈到了赋《诗》言志的行为，紧接着他就试图综合这两种说法："诗序则同义，传说则异体，总其归涂，实相枝干。"范文澜注解这句话时说："《诗》、《序》同义，谓赋与比兴并列于六义；传说异体，谓《周语》以赋与诗箴谏，《毛传》以赋与誓说诔别称，有似乎自成一体也。然要其归，皆赋诗陈事，非有大殊异，故曰实相枝干。"（范文澜：《文心雕龙注》，第 137 页）从这种带着调和意味的语气中，可以看出刘勰已经充分地意识到这两种不同赋之渊源的内在矛盾，他希望调和两者，但他自觉不自觉地还是表达了"词自己作"的观点。范文澜注引《左》隐元年《传》："公入而赋'大隧之中，其乐也融融。'姜出而赋'大隧之外，其乐也洩洩。'"《正义》："赋诗谓自作诗也。中融外洩，各自为韵，盖所赋之诗有此辞，《传》略而言之。"又《僖》五年《传》："士芳退而赋曰'狐裘尨茸，一国三公，吾谁适从！'"杜注："士芳自作诗也。"（范文澜：《文心雕龙注》，第 138 页。）从郑庄、士芳所赋来看，赋诗言志的行 （转下页）

《诗》言志到自作辞言志的转换具有重要的理论意义。它明确地揭示了赋由对《诗》文本的过分依赖到抛弃《诗》文本的转变，从而为赋壮大其辞解去了发展的枷锁，这也是后来驰骋大赋出现的原因之一①。

问题二，作为贤人失志之赋作的代表人物孙、屈，他们赋作"咸有恻隐古《诗》之义"中的"义"是指赋《诗》言志意义上的"义"还是作《诗》言志意义上的"义"？赋《诗》言志主要不在《诗》句的意义而是其赋的过程所衍生的意义，这个意义由于关系国家的实际利益从而具有强烈的政治讽谕色彩。所以对于义的理解也就是对志的内涵的把握。

从《诗赋略》的论述逻辑来看，他所强调的实际上是赋《诗》行为对后来赋的产生的影响，失志贤人曾是学《诗》之士，学《诗》之士对于《诗》意义的强调是在它的政治讽谕功能上，而非它的写作技巧。那么当这样的一个创作主体来进行赋的创作时，很显然赋《诗》言志对于政治讽谕意义的追寻必然影响到贤人作赋时意义赋予的角度，贤人作赋是因为聘问歌咏不行于列国，因此，他对于政治意义的追寻就无法体现在实际的行动中，"失志而赋作"实际上是志不能付诸实际行动转而诉求于文本表达的一种妥协，显然妥协的只是表达方式而非意义内容，因此，贤人失志而赋作就在这个意义上与赋《诗》言志的行为联系了起来。贤人作赋是在赋《诗》言志而不能的背景下的无奈选择，因此，赋的产生从形式讲是志

（接上页）为还在，但所赋的内容已经脱离了对《诗》句的依赖，刘勰所谓"词自己作"准确地把握了从赋《诗》言志的行为到赋文本转变的关键环节，也在刘向论述的基础上进一步描述了赋之发生主要是赋《诗》言志行为的文本化过程，而非是作《诗》之技法的赋的延伸。

① 尽管从赋诗之行人到作赋之贤人之间，纵横家是一个重要的中介，《汉书》卷三十《艺文志》曰："从横家者流，盖出于行人之官。孔子曰：'诵《诗》三百，使于四方，不能专对，虽多亦奚以为？'又曰：'使乎，使乎！'言其当权事制宜，受命而不受辞，此其所长也。"（第1740页）许结先生说："行人之官与纵横家流皆重辞令，惟前者处春秋尚礼氛围，尤重天子及邦国间外交礼仪，而后者当诸侯争霸，僭越非礼之世，故说辞虽健，然多朝秦暮楚，无礼仪可言。"（许结：《从"行人之官"看赋之源起暨外交文化内涵》，《南京师范大学文学院报》2003年第4期）综上观之，则纵横家被批评缘于其无礼仪可言，而就说辞来讲，纵横家同样是"受命而不受辞"，在言说目的性的追求上，同行人、贤人并没有什么不同，因此，在辞令重视言说目的性这个问题上，三者一脉相承，并无改变。贤人之赋虽然在重礼仪、尚文辞上回归到春秋行人的品质上，但就辞令言说对目的性的强调，并没有太大的改变。辞令的这种特征也就借此构成了汉代文章内在的精神品质。

之表达方式的改变；而从内容上讲，贤人所关注的内容仍然是赋《诗》主体公卿大夫们称《诗》以谕的志；从创作手法上讲，他所承袭的是赋《诗》行为中的各种表达技巧而非《诗》文本的创作经验。因此，从赋《诗》言志行为中发展而来的赋就继承了春秋卿大夫交接邻国时辞令表达以实现言说为目的的创作精神，汉大赋"劝百讽一"的创作模式正是这种意图在大一统政治格局中的艰难表达。虽然汉大赋呈现出来的主要是劝的表象，但其创作动机的"讽"和先秦辞令以实现言说为目的的修辞精神却是一脉相承的。正是对实现言说目的的苦苦追求，汉大赋创作模式才出现了"劝百讽一"自相矛盾的尴尬。而这个尴尬的表象正是内在辞令精神的继承和外在文章形式的不相符合。

对"贤人失志而赋作"的认识同样表现在汉代士人对屈原赋的评价上。司马迁对屈、宋赋差别的评论尤其值得玩味：

> 屈原既死之后，楚有宋玉、唐勒、景差之徒者，皆好辞而以赋见称；然皆祖屈原之从容辞令，终莫敢直谏。①

屈、宋文章之上下有别的根本原因在于，宋玉之徒只是继承了屈原从容辞令的行为，这是宋玉等人以赋见称的侧面，而屈原之所以受到司马迁"其文约，其辞微，其志洁，其行廉，其称文小而其指极大，举类迩而见义远"的高度评价，深层的原因在于屈原从容辞令的行为内蕴着"直谏"的道的诉求，而这种以道规势的冲动正是古之士人的精魂所在，在《诗赋略》看来，宋玉之徒与屈原的境界差别正在于此。春秋战国时期，士人之所以能够获得各国君主以师礼事之，在于士为当时道的承担者。"在相互争霸的形势之下，各国君主都尽量争取具有声望的知识界领袖，以增强自身的政治号召力"，"战国君主的'尊师重道'主要只说明一个问题，即政统需要道统的支持，以证明它不是单纯地建立在暴力的基础之上。"②而士人必须通过对"道"的尊严的坚守来维护"道"

---

① 司马迁：《史记》卷八十四《屈原列传》，中华书局1959年版，第2491页。
② 余英时：《士与中国文化》，上海人民出版社2003年版，第93、95页。

与"势"之间的对话关系①，因此，《诗赋略》中说屈原作赋以风，咸有
恻隐古《诗》之义，而宋玉之后则没其讽谕之义，正是批评了宋玉之后，
作赋之士，只习从容辞令的行为，而失去了行为本身所应体现的对道义的
坚守和对势的规范的努力。清程廷祚在《骚赋论》中说："赋与骚虽异
体，而皆原于诗。……骚之近于诗者，能具恻隐，含风喻。……至于赋
家，则专于侈丽闳衍之词，不必裁以正道，有助于淫靡之思，无益于劝戒
之旨，此其所短也。"② 讽喻有否正是屈、宋高下的区别所在，人们尊屈
抑宋的批评反映的正是对文章干政意义的强调。

二　辞令精神的消弭：班固对文章功能的重新定义

上文中引述的司马迁对屈赋的评价遭到了班固的辩驳：

> 《大雅》曰：既明且哲，以保其身。斯为贵矣。今若屈原，露才
> 扬己，竞乎危国群小之间，以离谗贼。然责数怀王，怨恶椒、兰，愁
> 神苦思，强非其人，忿怼不容，沉江而死，亦贬絜狂狷景行之士。多
> 称昆仑、冥婚宓妃虚无之语，皆非法度之政，经义所载。谓之兼
> 《诗》风雅，而与日月争光，过矣！然其文弘博丽雅，为辞赋宗。后
> 世莫不斟酌其英华，则象其从容。自宋玉、唐勒、景差之徒，汉兴，
> 枚乘、司马相如、刘向、扬雄，骋极文辞，好而悲之，自谓不能及

---

① 余英时说："春秋战国之际，以'道'自任的知识分子出现以后，首先便面临着如何对
待政治权威的问题。……从知识分子的一方面说，道统与政统已分，而他们正是道的承担者，因
此握有比政治领袖更高的权威——道的权威。"（《士与中国文化》，第89页）《孟子·尽心上》：
"古之贤王好善而忘势，古之贤士何独不然？乐其道而忘人之势，故王公不致敬尽礼，则不得亟
见之。"余英时对此分析道："孟子在这里正式提出了'道'与'势'（即政统）的关系问题，而
且很明显地把'道'放在'势'之上。"（《士与中国文化》，第90页）韩星的说法也许更具有概
括性："先秦儒者有明确的'道统'意识，并与君主所代表的'政统'形成两个相涉而又分立的
系统。在儒学道统思想发展史上，孔子以前王圣统一，政统与道统合一。然而自孔子以后，王圣
分而为二，则以师儒为道的承担者，政统与道统不再合一，以政统言，王侯是主体；以道统言，
则师儒是主体。……思孟学派把'道统'与'政统'的分立具体化为'道'与'势'、'德'与
'位'的分立，认为'道高于势'、'德尊于位'。"（韩星：《先秦儒家道统意识与批判精神》，
《陕西师范大学学报》2014年第3期。）秦汉大一统后，"道"、"势"对话的平衡结构已经不复存
在，在"道"、"势"对话的过程中，"势"权占有绝对的优势，"道"的优越性更多的时候只存
在士的想象中。

② 程廷祚：《青溪集》，《金陵丛书》本。

也。虽非明智之器，可谓妙才者也。①

　　班固对屈原行为的批评和对其文辞的欣赏恰足以说明班固对待赋的观点。《诗赋略》中对屈、宋之不同的辨析，以及司马迁对屈原赞赏的角度，都意在说明屈原从容辞令的行为内含着传统士人对道的坚守和对势的劝谏，至于其文辞的欣赏则是从属于这一前提的。而班固批评了屈原从容辞令的行为，尤其是对屈原"数责怀王"的不满，这和班固生活的时代士人与势权之间的相对和谐关系有着密切的关系。出身于太学生的光武帝非常注重协调与士人的关系，其"未及下车，先访儒士"的行为足以让刚从混乱的战争中摆脱出来的士人欣喜不已，而且光武的继承者明帝在这个问题的表现上比之光武更是有过之而无不及，他对太傅桓荣的尊重和飨射礼毕，正坐自讲的行为使其更像是一个喜好诗书的士人。章帝同样如此，"及肃宗雅好文章，（班）固愈得幸，数入读书禁中，或连日继夜。"② 统治者与士人之间的合欢关系，使班固对王朝统治者充满了无限的好感，因此，班固对屈原的批评未尝不折射着自身对帝王优厚士人的感激之情和知遇之恩。在大一统的背景下，士人与帝王之间的这种感情使得士人所代表的道甘愿臣服于势的统治而失去自身与势平等对话的精神操守。这和先秦士人与君主之间的关系大不相同，屈原虽然忠于怀王，但其忠贞无私，直言极谏的个性却鲜明地表达了自己的志，也即士人所坚守的道。

　　另一方面，班固对屈原文辞的肯定来自屈原之后，宋玉、枚乘、司马相如等人的作赋实践。他们从容辞令的行为尽管还无奈地内含着"劝百讽一"的动机，然而即若是如此，在《两都赋·序》中也被班固所忽略，他所理解的辞赋的作用已经完全没有了针对帝王的劝谏之意。如果说此前大赋的创作目的是劝谏君王勤于行政，那么《两都赋》的阅读指向则转向了以西土耆老为代表的臣民，创作目的自然也转向了代天子立言，风告天下东都的可行性。在这个意义上，《两都赋》成为了帝王意志的体现，成

---

① 班固：《离骚序》，《楚辞》，《四部丛刊》本。
② 范晔：《后汉书》卷四十《班固列传》，中华书局 1965 年版，第 1373 页。

了"宣上德"而非寄讽谕的作品。

> 或曰："赋者，古诗之流也。"昔成、康没而颂声寝，王泽竭而诗不作。大汉初定，日不暇给。至于武、宣之世，乃崇礼官，考文章。内设金马、石渠之署，外兴乐府、协律之事，以兴废继绝，润色鸿业。是以众庶悦豫，福应尤盛，《白麟》、《赤雁》、《芝房》、《宝鼎》之歌，荐于郊庙。神雀、五凤、甘露、黄龙之瑞，以为年纪。故言语侍从之臣，若司马相如、虞丘寿王、东方朔、枚皋、王褒、刘向之属，朝夕论思，日月献纳。而公卿大臣御史大夫倪宽、太常孔臧、大中大夫董仲舒、宗正刘德、太子太傅萧望之等，时时间作。或以抒下情而通讽谕，或以宣上德而尽忠孝，雍容揄扬，著于后嗣，抑亦《雅》《颂》之亚也，故孝成之世，论而录之。盖奏御者千有余篇，而后大汉之文章，炳焉与三代同风。且夫道有夷隆，学有粗密，因时而建德者，不以远近易则，故皋陶歌虞，奚斯颂鲁，同见采于孔氏，列于《诗》《书》，其义一也。稽之上古则如彼，考之汉室又如此。斯事虽细，然先臣之旧式，国家之遗美，不可阙也。臣窃见海内清平，朝廷无事，京师修宫室，浚城隍，而起苑囿，以备制度。西土耆老，咸怀旧思，冀上之眷顾，而盛称长安旧制，有陋洛邑之议。故臣作《两都赋》，以极众人之所眩曜，折以今之法度。①

班固虽然在《汉书·艺文志》中保存了刘向对赋之起源的论断，但是班固并没有认同刘向赋本于赋《诗》行为的论断，"或曰：赋者，古《诗》之流也"的疑问虽然没有明确指出怀疑的对象，但是从后文"王泽竭而诗不作"另立新说的宣言中，还是能明确看出他与刘向论断的不同。班固说完"王泽竭而诗不作"后，接着就是叙述武宣之世崇礼官的行为，而崇礼官则是王泽流衍的外在体现，在这个前提下，班固将西汉时期司马相如、董仲舒等人的赋作行为都纳入对这种王泽流衍的歌颂范畴中。按照班固的这个逻辑，赋之作是对"王泽竭而诗不作"的回应，是接续《诗》

---

① 萧统编：《文选》，中华书局 1977 年版，第 21—22 页。

而对汉王朝王泽流衍的歌颂，班固的这个逻辑到此还只停留在对汉赋兴起原因的表层叙述上。接着他将上述逻辑的落脚点归结道："作《两都赋》，以极众人之所眩曜，折以今之法度。"以此来批驳"陋洛室之议"。显然班固所说的"王泽竭而诗不作"只是为下文歌颂汉王朝王泽流衍提供的一个托词，这才是他真正的目的。而且班固在《两都赋·序》中并没有按照历史的本来面貌去描述西汉辞赋发展的历史事实，他所说的司马相如、枚皋之徒"朝夕论思，日月献纳"，并不符合他在《汉书》中对西汉赋的认识。

　　班固在《汉书》中选录了 19 篇汉赋，其中《史记》中选录的 7 篇汉赋班固都予以选入，司马迁选的这 7 篇汉赋都是以讽谏性作为其标准的，比如司马相如的《子虚赋》、《哀二世赋》、《大人赋》、《难蜀父老》，司马迁都详细地交代了它们的讽谏特性。如果说《汉书》对《史记》所选赋的全盘接受是"因《史记》之旧而增损其文"的话①，那么在他所选的 19 篇赋中，除了因《史记》的 7 篇外，其余还剩下的 12 篇中，扬雄赋就选了 7 篇，其中《甘泉赋》、《河东赋》、《羽猎赋》、《长杨赋》等都明确标明它们的讽谏性②。这和司马迁的选赋标准是一致的，即强调赋的讽谏作用。现在，反观他在《两都赋》中对司马相如等人的赋的叙述完全看不到一点讽谏的影子，这种矛盾是如何出现在班固身上的？这种矛盾的背后又有着怎样的动机？

　　从《两都赋·序》的内部逻辑来看，班固通过叙述这样一个赋之歌颂的传统，其目的是通过这样一个逻辑推理来说明自己对东汉王朝盛世景象进行歌颂的必要性、合理性。出于对自己歌颂刘氏王朝的需要，班固对赋本身讽谏特性公然忽视的背后动机是他作为一个知识分子被帝王所欣赏的无尽感恩。东汉王朝统治者的儒者身份拉近了自身与士人之间的关系，士人对这个中兴的王朝充满了无尽的期望。就班固个人来说，受到章帝的器

---

　　①　《钦定四库全书总目》（整理本）卷四十五《班马异同》，中华书局 1997 年版，第 620 页。
　　②　《甘泉赋》："正月，从上甘泉，还奏《甘泉赋》以风。"《河东赋》："成帝追观先代遗迹，思欲齐其德号，""雄以为临川羡鱼，不如归而结网，还，上《河东赋》以劝。"《校猎赋》：十二月，帝出校猎，雄"因《校猎赋》以风。"《长杨赋》：上亲临长杨馆观射。"是时，农民不得收敛。雄从至射熊馆，还，上《长杨赋》，聊因笔墨之成文章，故借翰林以为主人，子墨为客卿以风。"以上《汉书》卷八十七《扬雄列传》。

重也是其不遗余力地歌颂东汉王朝的一个重要原因。正是与大一统政权之间的这种亲密关系，使得班固对这个中兴的王朝充满了无尽的感激，因此，面对西土耆老试图说王西迁都城时，他站在刘氏王室的立场上，对此做出了坚决的反对，并对东都洛阳进行了热情洋溢的歌颂。为此，他不惜违背赋学发展源流的实际状况，为了自己歌颂王朝的需要而片面地将《诗》颂王泽与赋之起源联系起来。这个改变就将刘向的赋源于赋《诗》言志的行为转而接续到作《诗》言志的创作技巧上，从而消解了文章内蕴的辞令精神。

从赋《诗》言志到"词自己作"到孙卿、屈原"作赋以风"，在这个发展阶段中，赋的内容是服从于赋的行为目的的，辞令存在的价值在于实现言说的目的，而辞令本身则缺乏独立存在的价值。自宋玉之后，言辞的内容成了书写的主要目的，相反，辞令的行为目的却退却到微不足道的地位。汉代赋学批判中反复强调赋的讽谏性，实际上正是在强调赋的行为目的，在他们看来，"贤人失志而赋作"这一转变中，改变的是辞令的言说方式和文本形态，而不变的是辞令的行为目的性，也就是说，在对讽谏性强调的观念中，赋的文本实际上被看作辞令文本形态的变异，在内在的辞令精神上两者是相同的，即都具有行为目的性功能。在汉代士人看来，就是赋应当承担起对帝王行为进行规劝的责任，并期望赋的言说能够达到这一目的，这和先秦士人希望道能规范势的想法具有内在的一致性，也是两者精神的相通所在。但事实却是大赋一直没能承担起士人所期待的那种讽谏效果，[①] 当文章不能承担起表达士人志愿的时候，士人是对文章创作模式进行改革还是直接抛弃文章，用具体的行动来表达自己的意愿？

第二节 志之所之：从文本到实践
——"党锢"事件中的文学映像

汉大赋的衰落，内在原因是赋政治讽谕的辞令精神的缺失，这种辞令精神在汉赋批评中集中地表现在"劝百而风一"这一问题的讨论上。按照

---

① 萧统编：《文选》，中华书局1977年影印本，第66—67页。

刘勰的理解，"风"正是汉赋大体所在："文虽新而有质，色虽糅而有本：此立赋之大体也。"而不识大体者"遂使繁华损枝，膏腴害骨，无贵风轨，莫益劝戒"①，因此，在刘勰看来，虽然汉赋的外在表现为"义尚光大"而其大体则在于"风轨"与"劝戒"。汉赋这种品格的形成与汉代士人对自我身份的体认和文章特性的认识有关。在汉代士人看来，他们在文章中寄以讽谏的动机，源自于他们认为赋作是士人与君主之间的一种沟通工具，而非单纯地供主上娱乐。士人身份体认和文章对话功能的工具性认识决定了汉代文章强烈的事功特征。如果把汉大赋的讽谏寄托看作士人试图与君主对话的努力，那么放弃赋作中的讽谏寄托则未尝不可看作士人对大赋对话功能丧失的失望，也是士人与君主不能有效地进行对话的外在表征。从汉赋辞令精神演变的轨迹来看，士人对辞赋的态度一直是希望辞赋能承担起讽谏君王的责任，然而东汉中后期随着士人与大一统政权的分离，辞赋沟通士、君的作用也随之减弱。张衡的《二京赋》的创作是针对"天下承平日久，自王侯以下，莫不奢侈"而作，但显然他并没有收到讽谕的效果，外戚干政，"政事渐损，权移于下"的情况愈演愈烈②。在这种背景下，张衡"宣告抒情小赋的诞生"③的《归田赋》正看作汉代士人与大一统政权的渐趋疏离。通过大赋沟通士、君的做法越来越不被士人所看重，而党锢之祸中，士人抛弃工具性的文章转而寻求具体的实际行动来表达自我意见表明了汉赋辞令精神的消弭，一代之文学消歇的原因也于此可以有更好的观察。东汉中后期的党锢之祸虽是一起政治事件，但在这起事件中，士人与君主之间的对话方式为汉赋的衰落提供了一个新的视角。

一　党锢之祸的实质：士、君冲突

党锢之祸是东汉末年桓灵时期的一起重要事件，就其表面来看，是士人与宦官之间的斗争，而其深层的原因，一如党人贾彪所言："要君致衅。"

---

① 刘勰著，范文澜注：《文心雕龙注》，人民文学出版社 1958 年版，第 136 页。

② 范晔：《后汉书》卷五十九《张衡列传》，中华书局 1965 年版，第 1910 页。

③ 袁行霈主编：《中国文学史》（第二版）第一卷，高等教育出版社 2005 年版，第 209 页。

> 先是岑晊以党事逃亡，亲友多匿焉，彪独闭门不纳，时人望之。彪曰："《传》言'相时而动，无累后人'。公孝以要君致衅，自遗其咎，吾不能奋戈相待，反可容隐之乎？"于是咸服其裁正。①

岑晊遭到追捕的原因是他违背了皇帝的赦令，按照自己的价值标准，私自诛杀与中官和外戚交通的张汎：

> 宛有富贾张汎者，桓帝美人之外亲，善巧雕镂玩好之物，颇以赂遗中官，以此并得显位，恃其伎巧，用执纵横。晊与牧劝璆收捕汎等，既而遇赦，晊竟诛之，并收其宗族宾客，杀二百余人，后乃奏闻。于是中常侍侯览使汎妻上书讼其冤。帝大震怒，征璆，下狱死。晊与牧亡匿齐鲁之间。②

相对于大多数党人面对来自朝廷的苛责而从容赴义，岑晊与张俭等是为数不多的几个选择逃命的士人，与陈蕃、范滂等人相比，他们的行为与舍生取义的传统士人的做法不免相左，然而贾彪对他们的批评并没有停留在这个简单的道德审判上，而是深刻地意识到岑晊的行为实质上是士人所代表的道统对政统的挑衅。赦令是统治者用来缓和与臣民关系的一种手段，在上古三代的相关文献中就有关于赦令的记载："一赦曰幼弱，再赦曰老旄，三赦曰蠢愚。"③ 秦朝一统天下，由于秦始皇本人"刚毅戾深，事皆决于法"，因此秦朝"久而不赦"。但汉代君主赦令的颁布则较为常见④，汉代的"赦免特权实际上成为一种由最高统治者掌握的灵活有效的调控机制，它使得汉朝中央政权在应对社会危机、平衡政治斗争等方面表现出极大的灵活性和高效性。"⑤ 同时，赦令的颁布也是用来彰显皇帝恩

---

① 范晔：《后汉书》卷六十七《党锢列传》，中华书局 1965 年版，第 2216 页。
② 同上书，第 2212 页。
③ 《周礼注疏》卷三十五，文渊阁《四库全书》本。
④ 据杨国誉、晋文统计西汉、东汉的赦令次数分别为 86 次、88 次，其中西汉以武帝的赦令次数最多，高达 18 次，当然这和武帝在位时间较久也有很大关系。而东汉则以桓、灵二帝的次数最多，分别为 14 次、20 次。见杨国誉、晋文《汉代赦制略论》，《学海》2004 年第 3 期。
⑤ 邰文玲：《赦令与汉代政治的良性运行》，《河北学刊》2007 年第 7 期。

威的一种手段。作为朝廷的行政命令，它具有至高无上、不容置疑的权威性，任何的对抗和抵触都是犯法干上的行为。然而岑晊却在大赦令下达之后，依然毫不留情地诛杀了张汜，"并收其宗族宾客，杀二百余人，后乃奏闻。"这种公然对抗朝廷的做法让皇帝大为震怒。延熹九年（166），李膺再次违抗皇帝赦令，终于引起了第一次党锢之祸的发生：

> 时河内张成善说风角，推占当赦，遂教子杀人。李膺为河南尹，督促收捕，既而逢宥获免，膺愈怀愤疾，竟案杀之。初，成以方伎交通宦官，帝亦颇谇其占。成弟子牢修因上书诬告膺等养太学游士，交结诸郡生徒，更相驱驰，共为部党，诽讪朝廷，疑乱风俗。于是天子震怒，班下郡国，逮捕党人，布告天下，使同忿疾，遂收执膺等。其辞所连及陈寔之徒二百余人，或有逃遁不获，皆悬金购募。使者四出，相望于道。①

岑晊和李膺之所以在赦令下达之后，仍然违抗赦令而行诛杀，直接的原因是犯者确实是罪孽深重，不过岑晊"收其宗族宾客，杀二百余人"、李膺"愈怀愤疾"的行为不免有假公以泄私愤的嫌疑。从其诛杀的对象来看，张汜也好，张成之子也好，实际上他们都与宦官、外戚多有交通，而宦官却是士人最为深恶痛绝的对象，因此，他们过激的做法背后不免深藏着士人与宦官之间势不两立的仇恨。所以，这两起事件的矛盾可以解读为是士人与宦官的矛盾，而士人与宦官之间的矛盾则源自于与皇帝对话的权力的争夺。

在士人自我价值实现的期待中，"志在忧国"、"志经王室"、"慨然有澄清天下之志"、"慨然有董正天下之志"等是他们的理想追求，而现实却是"陛下委任近习，专树饕餮，外典州郡，内干心膂。"② 在政统与道统分离后，以道统自觉承担者的士人一直在努力地与政统保持着对话，不管是春秋时期与君主的师友关系，还是大一统之后志经王室、忠君导主的

---

① 范晔：《后汉书》卷六十七《党锢列传》，中华书局 1965 年版，第 2187 页。
② 范晔：《后汉书》卷六十九《窦武列传》，中华书局 1965 年版，第 2240 页。

理想追求，在士人的心理期待中，唯一能够与政统就王朝的发展和天下的安宁进行对话的只有自己，而且他们认为优先于政治秩序的文化秩序的建构和维护更为重要，但是不管外戚还是宦官，都是以逐利为目的的，强调个人享乐而全无天下之志，这和士人们所坚守的价值原则恰恰相反，因此，我们看到在东汉中后期，反对宦官和举荐士人构成了忠臣奏章的一体两面。阳嘉二年（133），李固在地动、山崩、火灾之变后的对策中就谈到了这一问题：

> 尚书出纳王命，赋政四海，权尊势重，责之所归。若不平心，灾眚必至。诚宜审择其人，以毗圣政。……此天下之纪纲，当今之急务。陛下宜开石室，陈图书，招会群儒，引问失得，指摘变象，以求天意。其言有中理，即时施行，显拔其人，以表能者。则圣听日有所闻，忠臣尽其所知。又宜罢退宦官，去其权重，裁置常侍二人，方直有德者，省事左右；小黄门五人，才智闲雅者，给事殿中。如此，则论者厌塞，升平可致也。①

对士人群体来说，重要的是保证士人与君主接触，并时时向君主进言谏议，使得王朝的统治者能够按照士人的理想去行政，而不是与宦官们在一起，只专注于自己的享乐，置天下黎民苍生于不顾。从这个层面上来看，李固所谈到的招会群儒与罢退宦官便是同一个问题的不同方面，而士人与宦官争夺与皇权之间的对话权力自然成了整个争论的焦点。所以，《党锢列传》中许多事件的叙述点完全集中在了士人与宦官的斗争上，宦官成了《党锢列传》叙事支点。

尽管东汉中后期，外戚和宦官轮流把持政权，而且地方豪强势力也在不断地壮大和发展，但士人与外戚、豪强的矛盾在《党锢列传》中并没有明显的体现，甚至在与之相关的其他党人的单独列传中，同样没有太多的表现。在《党锢列传》中，叙述到党人与豪强之关系的有宗慈、夏馥、范滂、羊陟、苑康等人的传记。在面对豪强的问题上，宗慈、夏

---

① 范晔：《后汉书》卷六十三《李固列传》，中华书局 1965 年版，第 2076—2077 页。

馥采取了回避的态度。宗慈"为修武令，时太守出自权豪，多取货赂，慈遂弃官去。"①夏馥"同县高氏、蔡氏并皆富殖，郡人畏而事之，唯馥比门不与交通，由是为豪姓所仇。"②也许他们没有对抗权豪的能力，所以他们以回避的方式来表明自己不与之同流合污的士气与志节。而慨然有澄清天下之志的范滂在举谣言时，奏"刺史、二千石权豪之党二十余人"③。同样，羊陟为河南尹时，"禁制豪右，京师惮之。"④在面对郡内豪姓多不法时，太山太守苑康"奋威怒，施严令，莫有干犯者。"⑤尽管在这些人物传记中都叙述到了士人与豪强的关系，但相对于士人与宦官的矛盾，这些几乎都是一笔带过，而无过分的渲染与强调，这与对士人和宦官之间矛盾的叙述恰恰是相反的。

如果说士人与豪强的矛盾是被叙述者有意无意地忽略，那么，士人与宦官的对立冲突则是史传叙述者刻意强调的结果。这种刻意不仅表现在篇幅所占的比重较大，而且更为充分地体现在字里行间的刻意强调。《党锢列传》中共为21位党人立传，其记录直接与宦官交锋的有11位，21位传主中几乎都有与反宦行为相关的叙述，这不能不让人怀疑史传叙述者的动机。其中尤其值得注意的是，有两处在对人物身份进一步介绍时，居然以宦官亲眷为标志，蔡衍为冀州刺史，"中常侍具瑗托其弟恭举茂才，衍不受，乃收赍书者案之。又劾奏河间相曹鼎臧罪千万。鼎者，中常侍腾之弟也。腾使大将军梁冀为书请之，衍不答，鼎竟坐输作左校。"⑥如果说对行为当事人之一具瑗的"中常侍"身份进行强调，看上去还不算太过突兀的话，那么，对河间相曹鼎身份的进一步介绍中所说的"中常侍腾之弟"就显然是刻意地在强调曹鼎与宦官的关系，这一介绍无疑是有意地突出士人与宦官之间的冲突。同样的叙述动机还体现在《陈翔传》中，陈翔"举奏豫章太守王永奏事中官，吴郡太守徐参在职贪秽，并征诣廷尉。参，中常侍璜之弟也。"⑦如果

---

① 范晔：《后汉书》卷六十七《党锢列传》，中华书局1965年版，第2202—2203页。
② 同上书，第2201—2202页。
③ 同上书，第2204页。
④ 同上书，第2209页。
⑤ 同上书，第2214页。
⑥ 同上书，第2209页。
⑦ 同上书，第2213页。

只是一个孤例的话，也许还有过度阐释的嫌疑，而这两个例子足以说明，《党锢列传》的叙述者在有意地凸显士人与宦官的矛盾，尤其当我们结合前面对士人与豪强矛盾的叙述分析，我们更能坚信叙述者的动机是故意把党事的兴起和党人所遭受打击的谴责对象都置于宦官这一角色上。为什么？是范晔没能真正抓住党锢之祸发生的深层原因还是对某些问题有意识地回避？

回到贾彪对岑晊"要君致衅"的批评上，党人被禁锢，固然和反宦的行为相关，然而，《党锢列传》的叙述者并没有真正理解党人之所以被禁锢的深层原因，显然对于贾彪的评论，叙述者并没有给予太多的重视。我们可以从《党锢列传》的《序》及《赞》中看出，叙述者突出宦官贪残的修辞目的在于凸显党人志经王室、忠心为公的士人精神品格。这从《党锢列传》的赞语中可以清楚地看出：

> 赞曰：渭以泾浊，玉以砾贞。物性既区，嗜恶从形。兰茞无并，销长相倾。徒恨芳膏，煎灼灯明。①

渭、泾，玉、砾的物性区别分别对应着党人与宦官，李贤注曰："言渭以泾浊，乃显其清，玉居砾石，乃见其贞。……从形谓形有善恶也。以谕彼李膺等与宦竖不同，故相憎疾。"而对于党人的落败和宦官的小人得志，叙述者不无伤感地说兰茞不能并存，小人道长，君子道消，只恨芳膏在其燃烧之后方能显现出其高贵的品质。这无疑是在为蒙冤的党人招魂，为其慷慨的志节嗟叹。

但是将党人与宦官简单地分类，并不能揭示党锢事件悲剧的深层原因。《党锢列传》序开篇就引用了孔子的"性相近也，习相远也"的论断作为整篇文章叙述的基调，人以群分是叙述者区分党人与宦官的一个基本观念。"逮桓灵之间，主荒政缪，国命委于阉寺，士子羞与为伍，故匹夫抗愤，处士横议，遂乃激扬名声，互相题拂，品核公卿，裁量执政，婞直之风，于斯行矣。"② 士人与宦官之间确实是界限分明，两者因为"习相

---

① 范晔：《后汉书》卷六十七《党锢列传》，中华书局 1965 年版，第 2218 页。
② 同上书，第 2183—2185 页。

远"的缘故自然不会相互交通，但这并不是说不与宦官相来往的士人们就一定是以结党的方式出现，所以叙述者将党人之起因归结到房、周两家的朋党之争是不恰当的。

> 桓帝为蠡吾侯，受学于甘陵周福，及即帝位，擢福为尚书。时同郡河南尹房植有名当朝，乡人为之谣曰："天下规矩房伯武，因师获印周仲进。"二家宾客，互相讥揣，遂各树朋徒，渐成尤隙，由是甘陵有南北部，党人之议，自此始矣。后汝南太守宗资任功曹范滂，南阳太守成瑨亦委功曹岑晊，二郡又为谣曰："汝南太守范孟博，南阳宗资主画诺。南阳太守岑公孝，弘农成瑨但坐啸。"因此流言转入太学，诸生三万余人，郭林宗、贾伟节为其冠，并与李膺、陈蕃、王畅更相褒重。学中语曰："天下模楷李元礼，不畏强御陈仲举，天下俊秀王叔茂。"又渤海公族进阶、扶风魏齐卿，并危言深论，不隐豪强。自公卿以下，莫不畏其贬议，屣履到门。①

从上面的叙述来看，无论是周福、房植还是宗资、成瑨，他们的宾客相互讥揣，各树朋党都是有一个具体的党派实体的，他们各自朋党的相互攻击与后来党人与宦官之间的冲突有着很大的不同，罗宗强先生认为"党人的形成，其实是士人对于政权持一种共同的批评态度必然导致的结果。"② 实际上，事情远非如此简单，宦官只是为了凸显党人的忠君品格而寻求的叙事支点，党人的目的并不仅仅是停留在对政权的批评上，在某种程度上，他们试图重构一种新的文化秩序来代替旧的文化秩序，从而瓦解在他们看来已经满目疮痍的政治秩序。源于周、房宾客的朋党之争，给党人提供的可资借鉴的只是他们让人生畏的以谣言而褒贬的方式，褒贬之议直接左右着公卿、士人的仕途升迁，而谣言褒贬的方式流入太学，进而在京城形成的议论之风对王朝的政治秩序造成了巨大的冲击。从这个角度上看，牢修上书诬陷李膺养士结党不是没有道理，"膺等养太学游士，交

---

① 范晔：《后汉书》卷六十七《党锢列传》，中华书局 1965 年版，第 2185—2186 页。
② 罗宗强：《玄学与魏晋士人心态》，天津教育出版社 2005 年版，第 13 页。

结诸郡生徒，更相驱驰，共为部党，诽讪朝廷，疑乱风俗。"而天子震怒对之进行打击的行为更进一步地推动了这种标榜风气的兴盛，"自是正直废放，邪枉炽结，海内希风之流，遂共相标榜，指天下名士，为之称号。"共相标榜的原因是政治秩序规范力量的大大减弱，中央王朝的威信既然已经失去了其应有的作用，则知识权威就试图在民间重构一套新的理想秩序，因此，党锢之祸实质上是士人理想化社会形态的一次失败的实践。

周、房、宗、成宾客谣言相攻，以寓褒贬的方式在太学中被进一步地发扬光大，充分利用，"天下楷模"、"不畏强御"、"天下俊秀"等称谓所标榜是士人领袖在士人中的模范作用，对于大一统的政权来说，尽管在不同时期，它给道统自由言论的空间大小不同，但显然它并不希望道统在政统之外另树新的权威，道统必须无条件地服从于政治的大一统，这是毋庸置疑的，然而，太学，可以说是士人精英会集的地方，却掀起了一股相互标榜、更相褒重的风气，士人领袖在政治领袖皇帝之外树立了一种新的威信，这种威信严重地威胁了政治领袖唯我独尊的地位，进而威胁到国家统治的稳定，所以不管是桓帝还是灵帝，闻之暴怒就是情理中的事情了。从太学而延伸到整个社会，这种风气愈演愈烈，"三君"、"八俊"、"八顾"、"八及"、"八厨"，诸种称号，竞相而出，严重地威胁了中央政权的大一统局面。所谓君、俊、顾、及、厨之称号，均有丰富的含义。

> 君者，言一世之所宗也。
> 俊者，言人之英也。
> 顾者，言能以德行引人者也。
> 及者，言其能导人追宗者也。
> 厨者，言能以财救人者也。[①]

君者，一世之所宗，至少在士人群体中，三君的位置相当于世俗社会中皇帝的位置，而且由于士人的心中向来有道统优越于政统的意识，所以三君的位置在士人的心目中也许要远远高出俗世里帝王的位置，而下面依

———————————

① 范晔：《后汉书》卷六十七《党锢列传》，中华书局 1965 年版，第 2187 页。

次俊、顾、及、厨都是统一在君者之下的，并且他们之间构成了一种相互递接的层次关系，顾者以德引人，及者，导人追宗，最不济的厨者，以财救人。在由君到及的范围内，主要是在思想领域内建构道德的文化宗奉原则，而厨的行为，则从人的最基本的温饱问题上入手，来树立自己的威信，达到笼络人心的目的。所以，从这个逻辑层次上看，党人的相互标榜确实有着一套严密的组织，它和世俗社会的皇权统治秩序构成了两个完全独立的系统，并且由于它更能从思想上获得底层民众的认可，因此，大大地降低了皇权的社会统治力，故此引起了皇帝的震惊和恼怒。

> 是时朝庭日乱，纲纪颓弛，膺独持风裁，以声名自高。士有被其容接者，名为登龙门。及遭党事，当考实膺等。案经三府，太尉陈蕃却之。曰："今所考案，皆海内人誉，忧国忠公之臣。此等犹将十世宥也，岂有罪名不章而致收掠者乎？"不肯平署。帝愈怒，遂下膺等于黄门北寺狱。膺等颇引宦官子弟，宦官多惧，请帝以天时宜赦，于是大赦天下。膺免归乡里，居阳城山中，天下士大夫皆高尚其道，而汙秽朝廷。①

又

> （范）滂后事释，南归。始发京师，汝南、南阳士大夫迎之者数千两。同囚乡人殷陶、黄穆，亦免俱归，并卫侍于滂，应对宾客。滂顾谓陶等曰："今子相随，是重吾祸也。"遂遁还乡里。②

由于朝政的腐败，王朝威信的降低，以正直的品行而著称的士人领袖在士人的心目中远比世俗社会中的皇帝更值得尊重和顶礼膜拜，"天下士人皆高尚其道，而汙秽朝廷"足以说明李膺在士人心目中的地位。而对于刚被朝廷释放的犯人，范滂得到的却是士人热情的迎接，这可以充分地说

---

① 范晔：《后汉书》卷六十七《党锢列传》，中华书局 1965 年版，第 2195 页。
② 同上书，第 2206 页。

明士人在朝廷之外已经公然重构一个新的统治秩序，实际上还在党锢之前，李固就已经享受过这种待遇，"及出狱，京师市里皆称万岁。"① 士人认同的是他们心目中的精神领袖，这种认同加强了他们对世俗皇帝权威的不屑一顾。尽管对士人领袖的追捧对领袖人物来说是一种危险，他们本人对此也有着清醒的认识，"今子相随，是重吾祸也。"而李固受到京师市里的拥戴，也让梁冀感到如坐针毡，"畏固名德终为己害，乃更据奏前事，遂诛之。"同样，在李膺高名远播的时候，荀爽也忧心忡忡地写信劝告他"屈节以劝乱世"，不过在李膺看来，作为一个士人，就应该"事不辞难，罪不逃刑，"而这正是李膺等人所理解的"臣之节也。"② 而范滂之母"既有令名，复求寿考"的大义之举，所折射的也正是士人自我价值体认的品质之一。对臣节的信守和对士义的认同是士人明知其不可为而为之的内在精神动力。坚持对理想社会的追求固然是值得赞赏的，但他们在追求士人理想社会秩序时却忽略了大一统政权最高权威皇帝的感受，与帝王缺乏足够的对话是士人最大的失策。因此，党锢之祸的本质不是士人与宦官的矛盾，而是道统与政统的冲突，是在大一统政治统治失去统治效力时，道统的独自狂欢并试图颠覆政统的失败之举。

二 从书写到行为：士、君对话方式的变迁

从张衡到党人，士人已经渐渐失去了对君主微言相劝的耐心，士人与君主的关系也日趋疏离，这种关系在文学中的映照就是曾经被用来作为沟通士人与君主关系的文章，其创作也由强烈的工具色彩而转向了自我感情的抒发，尽管在情感内容上，还较偏重于士人的政治志向，但其作为沟通士人与君主的工具功能的消失，对大赋创作的转型起了根本的推动作用。从"劝百讽一"的微言大义到直言极谏的上疏，士人进谏君主的迫切心理一览无余，而上疏的无效最终迫使士人采取了具体的行动来表达自己的志向，在士人志向的表达中，文学被迫进行了转型。

同样是劝谏君主外出校猎，扬雄采用劝百讽一的赋，而陈蕃则采取直

---

① 范晔：《后汉书》卷六十三《李固列传》，中华书局1965年版，第2087页。
② 范晔：《后汉书》卷六十七《党锢列传》，中华书局1965年版，第2197页。

言极谏的上书方式。《汉书》本传载扬雄《校猎赋》，其序曰：

> 其十二月羽猎，雄从。以为昔在二帝三王，宫馆台榭沼池苑囿林麓薮泽财足以奉郊庙，御宾客，充庖厨而已，不夺百姓膏腴谷土桑柘之地。女有余布，男有余粟，国家殷富，上下交足，故甘露零其庭，醴泉流其唐，凤皇巢其树，黄龙游其沼，麟麟臻其囿，神爵栖其林。昔者禹任益虞而上下和，屮木茂；成汤好田而天下用足；文王囿百里，民以为尚小；齐宣王囿四十里，民以为大：裕民之与夺民也。武帝广开上林，南至宜春、鼎胡、御宿、昆吾，旁南山而西，至长扬、五柞，北绕黄山，濒渭而东，周袤数百里，穿昆明池象滇河，营建章、凤阙、神明、馺娑，渐台、泰液象海水周流方丈、瀛洲、蓬莱。游观侈靡，穷妙极丽。虽颇割其三垂以赡齐民，然至羽猎田车戎马器械储偫禁御所营，尚泰奢丽夸诩，非尧、舜、成汤、文王三驱之意也。又恐后世复修前好，不折中以泉台，故聊因《校猎赋》以风。①

扬雄少"尝好辞赋"，先是拟司马相如赋，又感屈原投江而死，作《反离骚》等。成帝好辞赋，扬雄因而得侍左右②。元延二年（前11）十二月，成帝出行校猎，场面奢侈而宏大，扬雄上此赋以讽谏。相对西汉前期赋的创作，扬雄的《校猎赋》连同此年正月、三月所上的《甘泉赋》、《河东赋》等都具有非常明显的讽谏意图。作为成帝的随从人员，看到皇帝的奢华，出于士人内心规谏君主的责任承当，扬雄引古喻今，对成帝进行了委婉的劝谏。从二帝三王对待宫馆台榭、沼池苑囿、林麓薮泽"足以奉郊庙、御宾客、充庖厨而已"说起，落脚于"不夺百姓膏腴谷土桑柘之地"，后面讲成汤与文王也是按照这样的逻辑，归结到一点上就是"裕民之与夺民"的关系，而下文讲武帝沼池苑囿的广大，其实正是对成帝奢侈浮华校猎行为的担心，所谓"又恐后世复修前好，不折中以泉台"其意正在于此。尽管扬雄的劝谏之意溢于言表，然而在作赋的过程中，他采取的

---

① 班固：《汉书》卷八十七《扬雄传》，中华书局1962年版，第3540—3541页。
② "孝成帝时，客有荐雄文似相如者，上方郊祀甘泉泰畤、汾阴后土，以求继嗣，召雄待诏承明之庭。"（班固：《汉书》卷八十七《扬雄传》，第3522页）

仍然是劝百讽一的模式，在极力铺排校猎的宏大场面后才在文章的最后写到了帝王对这种行为的醒悟。"奢云梦，侈孟诸，非章华，是灵台，罕徂离宫而辍观游，土事不饰，木功不雕，承民乎农桑，劝之以弗迨，俪男女使莫违；恐贫穷者不遍被洋溢之饶，开禁苑，散公储，创道德之围，弘仁惠之虞……未皇苑囿之丽，游猎之靡也，因回轸还衡，背阿房，反未央。"① 只是皇帝似乎对这种寓讽于劝的方式已经产生了抗体，辞赋的讽谏功能很难起到预期的目的，这也是扬雄晚年对赋作"壮夫不为也"的感慨原因。

> 或曰："赋可以讽乎？"曰："讽乎！讽则已，不已，吾恐不免于劝也。"②

扬雄的哲学思想是以玄为中心的，玄表现在社会人事上就是道，"在扬雄的心目中，社会人事之'道'的内容主要是儒家伦理思想支配下的治国修身之道。"这样扬雄就建立起了一个明道、征圣、宗经的认识和行为体系，所以，文学的最高理想，也是最终目的，就是明道。因此，扬雄对文学的认识是"文学的目的不在于审美，不在于娱悦，文学本身并无独立的价值，这种文学观本身是功利主义的。"③ 扬雄早年喜好辞赋和晚年放弃辞赋创作的内在原因就是辞赋是否能起到经世致用的作用。对于心怀忠君导主、志经王室的士人来说，他们重视的不是文章本身的文学价值，而是它是否能够担当起表情达意、规谏君主的责任，如果文章不能承担起这个最基本的使命，那么士人对文章的抛弃和重新寻求其他表达方式就在所难免了。

相对于扬雄用赋的形式来温和地对成帝校猎的行为进行规谏，陈蕃对桓帝"幸广成校猎"的行为则采取了激烈的直言极谏的上疏方式，对桓帝不顾人民生活疾苦、国家统治困厄的现实困难而骋心娱乐的行为，进行了直言不讳的批评。

---

① 班固：《汉书》卷八十七《扬雄传》，中华书局1962年版，第3553页。
② 扬雄撰，汪荣宝疏：《法言义疏》卷二《吾子》，中华书局1987年版，第45页。
③ 参见王青《扬雄评传》，南京大学出版社2000年版，第281—284页。

延熹六年，车驾幸广成校猎。蕃上疏谏曰："臣闻人君有事于苑囿，唯仲秋西郊，顺时讲武，杀禽助祭，以敦孝敬。如或违此，则为肆纵。故皋陶戒舜'无教逸游'，周公戒成王'无盘于游田'。虞舜、成王犹有此戒，况德不及二主者乎！夫安平之时，尚宜有节，况当今之世，有三空之厄哉！田野空，朝廷空，仓库空，是谓三空。加兵戎未戢，四方离散，是陛下焦心毁颜，坐以待旦之时也。岂宜扬旗曜武，骋心舆马之观乎！又秋前多雨，民始种麦。今失其劝种之时，而令给驱禽除路之役，非贤圣恤民之意也。齐景公欲观于海，放乎琅邪，晏子为陈百姓恶闻旌旗舆马之音，举首嚬眉之感，景公为之不行。周穆王欲肆车辙马迹，祭公谋父为诵《祈招》之诗，以止其心。诚恶逸游之害人也。"书奏不纳。①

校猎并非不可以，但校猎的目的不在娱乐，而是"顺时讲武，杀禽助祭，以敦孝敬。"君主校猎是为了表率臣民的，要体现出以正风俗的社会效果，否则，即为肆纵。陈蕃认为太平君主虞舜、成王尚且有节，而桓帝德不及先王而且还面临着三空之厄，所以更不应该"扬旗曜武，骋心舆马之观"，作为皇帝应当心系社稷，与民农时，不以恶逸游以害人。但是桓帝并没有听进陈蕃的这番肺腑之言，"书奏不纳"，留给陈蕃的只是无尽的扼腕叹息。相对于扬雄对成帝校猎行为温婉的讽谏，陈蕃之所以敢直言极谏，和此时士人对皇帝与社稷关系的认识有关。

士人忠君导主，志经王室，目的是希望通过规谏君主的行为，来达到"董正天下"、"澄清天下"的终极目的，所以在士人看来，天子固然是俗世社会里的最高权威，但天子是受命于天的，相对于"君执其常为一国主"，则"天执其道为万物主"②，因此，汉儒的认知世界中，君主并不是终极的权威，当君主的言行不能符合儒家伦理对君主的规范期望时，士人往往寻求更高的权威——天来作为士人与君主冲突的裁量者，士人以尊崇天道的原则而非君主至上的原则来处理他们在尘世中的事务，这在陈蕃其

① 范晔：《后汉书》卷六十六《陈蕃列传》，中华书局1965年版，第2162—2163页。
② 《春秋繁露》卷十七《天地之行》，文渊阁《四库全书》本。

他的言论中也有着鲜明的体现，君主既然是代表天意来管理人间世的事务的，那么君主与社稷之间就必然不是完全等同的，社稷的安宁是属于天道的范畴，而人君则必须服从于这一大原则，所以，这个认识也就决定了士人与君主之间的关系。

> 时封赏逾制，内宠猥盛，蕃乃上疏谏曰："臣闻有事社稷者，社稷是为；有事人君者，容悦是为。今臣蒙恩圣朝，备位九列，见非不谏，则容悦也。夫诸侯上象四七，垂耀在天，下应分土，蕃屏上国。高祖之约，非功臣不侯。而闻追录河南尹邓万世父遵之微功，更爵尚书令黄俊先人之绝封，近习以非义授邑，左右以无功传赏，授位不料其任，裂土莫纪其功，至乃一门之内，侯者数人，故纬象失度，阴阳谬序，稼用不成，民用不康。臣知封事已行，言之无及，诚欲陛下从是而止。……陛下宜采求失得，择从忠善。尺一选举，委尚书三公，使褒责诛赏，各有所归，岂不幸甚！"①

在这封奏疏中，陈蕃还谈到了关于后宫多采女的问题，皇帝倒是听从了陈蕃关于这个问题的谏议，"为出宫女五百余人。"但仍"赐僮爵关内侯，而万世南乡侯。"这个处理的结果就等于否定了陈蕃对事社稷与事人君的那番道理。事社稷者，以社稷为重，其实也就是要规谏君主的行为，使其应当为社稷的发展和苍生黎民的安宁服务，与之相对，人君不应鼓励那些以容悦君主为目的的行为。不仅天子，连同诸侯都上象四七，因此，人间世的君臣行为都在天道统筹的范围内，所以，君臣应当联合起来共行天道，而所谓的天道也就是君臣有序，各有所归，共同维护社稷的安宁。桓帝没接受陈蕃关于这个问题的谏议正反映出君臣之间的矛盾。

陈蕃的这个谏议实质上是在强调忠臣在社稷中的作用，而所谓忠臣也就是那些持有儒家观念的士人。延熹九年（166），李膺因党事下狱，陈蕃再次上疏极谏："臣闻贤明之君，委心辅佐；亡国之主，讳闻直辞。故汤武虽圣，而兴于伊吕；桀纣迷惑，亡在失人。由此言之，君为元首，臣为

---

① 范晔：《后汉书》卷六十六《陈蕃列传》，中华书局 1965 年版，第 2161—2162 页。

股肱，同体相须，共成美恶者也。伏见前司录校尉违法李膺、太仆杜密、太尉掾范滂等，正身无玷，死心社稷。以忠忤旨，横加考案，或禁锢闭隔，或死徙非所。杜塞天下之口，聋盲一世之人，与秦焚书坑儒，何以为异？"① 陈蕃认为君臣一体，同体相须，共成美恶，是以君主应当重视臣、重用臣，才能达到社稷安宁的目的。李膺等人"死心社稷，以忠忤旨"的认识正反映了士人对自己忠诚对象的调整，他们所忠于的并不是君主，而是道之所统的社稷，而"以忠忤旨"所反映的正是君主与社稷之间的冲突，在这种冲突中，忠臣选择了忠于社稷，而对抗君主的行政命令，这就是士人对自我使命的基本认识，所以在桓、灵之世，才会有那么多的士人敢于公然违抗皇帝的赦令，而对那些十恶不赦之徒进行诛杀的行为，其背后的力量正是来自士人对道的忠诚和对君主命令有限度地遵奉。当李膺等人将社稷之重置于君权之上时，也就突破了贾彪"要君致衅"中臣以君命为是的君臣关系。随着君主的行为越来越偏离士人的期待，士人与君主之间的分歧也越来越大，陈蕃的这道奏疏彻底惹恼了皇帝，"帝讳其言切，讬以蕃辟诏非其人，遂策免之。"这可以看作士人与君主之间关系的彻底决裂。士人对君主失望之后，转而寻求在政统之外重构新的道统。君臣之间对话的失败，使得沟通工具的文章也失去了其存在的价值，士人更倾向于将自己的意志表达在具体的行为中，这无疑是对汉代文章所内蕴的辞令精神的一次悲壮的致敬。

　　从赋以婉谏，到疏以直言，到抛弃文本选择用行动来表达自我的意见，不同表达方式的选择，内在的原因是士人与君主之间关系亲疏的变化。在文学转型过程中，文章的表意功能是我们观察的一个支点。汉代文章的事功特点可以看作行动的文本化呈现，因此，文章用来达到言说目的的辞令功能就成了文章演变过程中一个不易变化的因素，不管是劝百讽一还是直言极谏，文章的事功特点都是汉代文学的一个基本特征。借此，我们从士人与君主沟通的行为变化中，观察文章的演变，看到文学在汉代发展的种种细微之处。士人最终摆脱了文章的束缚，直接通过具体的行动来表达自己的意愿，这种做法可以说是对汉代文章内蕴的辞令精神的一次被

---

① 范晔：《后汉书》卷六十六《陈蕃列传》，中华书局 1965 年版，第 2166 页。

迫的、无奈的回归。

小结

道统与势统之间亲疏关系的变化很大程度上决定了士人与皇帝沟通之间的文体选择。从赋到疏，不同文体内蕴的感情的深浅反映了士人与君主之间关系的微妙变化。尤其表现在张衡之后，文人与君主之间的对话关系上。从班固对赋体创作模式的改变，到张衡对赋的讽谏性的回归，道统与势统关系的变化明显地影响了文章写作模式的选择。从赋体到疏体，道统与势统的关系已趋分裂，士人对君主的谴责已经公开而不再是留有情面，这是东汉文体变化的一个重要的内在因素。

当赋不再被看作士人与君主之间的沟通工具时，赋的创作目的也便发生了变化。《归田赋》实际上是张衡政治情怀的自言自语，当赋的言说对象发生改变后，赋之内在的性质也由讽谏转向了抒情，在某种程度上，张衡《归田赋》的创作实际上类同于屈原的《楚辞》，都是对君主失望之后的一种情绪发泄，是政治情怀的一己表达。显然，从言说对象的转移上看，《归田赋》可以看作士人与君主之间对话失败后的产物，然而这种被迫的转向却意外地成就了文学发展的新变。

另一方面，在士人看来，君主与社稷是可以分离的。而道统的价值追求在于社稷——以人民大众的生命安顿为主体的共同体，而不是人君个体的奢侈享乐，君主是要服务于社稷的，是臣民之首，是天子，代表天意来安顿社稷的，而非可以自由享乐的超越道之规范的独立存在，所以，无论西汉还是东汉，废帝的事情屡见不鲜，其背后的知识支援正是道统所建构的"惟天子受命于天，天下受命于天子"①的伦理秩序。因此，当君主的行为不能代表天意，也即偏离了士人的价值期待时，反君而忠社稷的行为自然会不可避免地发生。由于前朝君主的废立主要由符合士人期待的、具有较高社会威望的重臣来主持，因此，废立的和平状态得以保持。而东汉中后期，把持政权的宦官、外戚与士人的价值追求并不相符，所以大多数由外戚、重臣所主持的废立行为就不能得到士人的认同，因此，士人与

---

① 《春秋繁露》卷十一《为人者天》，文渊阁《四库全书》本。

帝王之间的对话难以进行，而讽谏的辞赋或者表达己见的上疏渐趋被士人所抛弃，他们转而开始用自己的实际行动来将士人的理想追求付诸实施。相反，帝王的俗世法律规范则被置之度外，道统试图在政统的俗世秩序外重建一新的统治秩序，这种理想看上去很美，但不免因缺少规范的约束而易使社会流于混乱的状态。党锢之祸是这种行动的高潮表现，原来用文章的形式来表达的意见，现在转而抛弃了文章的这一中介，直接进入到行动中去，当文章不能有效地表达狂热士人的意见，则其被搁置的命运便不可避免了。

第三节　鸿都门学文学史意义再审视

党锢之祸是士人与君主之间的一次失败对话，士人由于其自身缺乏实体的组织而惨败，"当是时，凶竖得志，士大夫皆丧其气矣。"① 然而士人并没有放弃与君主就王朝的发展走向而展开道统与政统的继续对话，在随后关于鸿都门学取士的问题，两者再次展开了交锋。

鸿都门学事件是东汉末年灵帝在鸿都门设学并以书画辞赋为取士标准从而遭到了士大夫集体反对的一起政治事件。因为鸿都门学以书画辞赋取士，而辞赋又是"一代有一代之文学"中汉代文学的代表，所以，近些年，这一事件在古典文学研究领域中受到了前所未有的关注。关于这一问题的一些意见认为，鸿都门学极大地提高了文士的社会地位，打破了汉代传统士人群体的构成格局，带动了各文化势力的变迁升降。这一历史变化对曹魏文人、文学的发展变化产生了直接的推动，是曹魏之世"文学自觉"的前奏②。蓝旭认为鸿都门学的意义关键不在"文士社会地位的提高"，而是文学与政治的分离，但他同样认为这是文学独立的反映③。张新科对以上两种观点进行了反驳，他认为鸿都门学"并非文学集团，从文学地位、文学观念、文学创作及其影响来看，鸿都门学不能代表那个时代

---

① 范晔：《后汉书》卷六十九《窦武列传》，中华书局1965年版，第2244页。
② 王永平：《汉灵帝之置"鸿都门学"及其原因考论》，《扬州大学学报》1999年第5期；张朝富：《"鸿都门学"的建立与汉末"文人群落"重组》，《青海社会科学》2008年第3期。
③ 蓝旭：《鸿都门学之争与汉末文人群体的文学观念》，《山东师范大学学报》2002年第3期。

的文学风气，更不是魏晋文学自觉的前奏。"① 孙明君试图摆脱文学对这一问题的纠缠，他认为鸿都门学士是当时社会士人、宦官之外的第三种势力②，不过更为彻底的则是赵国华的观点，"对于鸿都门学的认识，显然不能单纯地理解为教育问题，或者是思想、文学艺术问题，而主要是政治问题，具体一点说是选举问题。"③ 赵氏之说固然摆脱了文学对此问题的纠缠，把握了整个事件的核心问题，但显然他并没有充分地讨论辞赋作为取士标准与东汉后期儒学、文学发展之间的关系。钱志熙从文学与儒学以及选举制度的关系来讨论鸿都门学，然而在辨析"文学"与儒学的关系时，现代"文学"概念与汉代"文学"概念及儒学三个概念相互纠缠的情况也在一定程度上干扰了钱文对此问题的探讨深度。

> 文章并非汉儒必具的修养；而是一直被认为是可有可无，有时甚至被视为无益身心与治道的末艺。……汉代儒林对于文学一直有一种强固的保守观念。这是汉代纯文学遭遇尴尬境地的根本原因。④

这种说法虽然看似有文献上的推理依据，但是并不符合汉代的实际，在整个论述逻辑中，作者显然被现代"文学"观念纠缠不休，从作者以儒学与文艺两者的关系来架构这部分论述，就会发现，他实际上已经充分地意识到儒学对立面的"文学"在命名上的困难，因为，"文学"一词在汉代社会指的就是儒学，如果对现代"文学"观念不加辨析地使用，那么就必然导致"文学"这一名词在汉代社会实际指称意义的质疑，作者采用文艺这个更为宽泛的概念来表达现代"文学"的观念，也许正是基于这种考虑。而其后来的论述中，还是使用了文学的现代性意义，接着又立即强调说是"纯文学"。两汉时期，作为儒学对立面的，今之文学意义的存在，缺乏一个合适的命名，一方面固然是中国古代文

---

① 张新科：《文学视角中的"鸿都门学"——兼论汉末文风的转变》，《陕西师范大学学报》2005 年第 1 期。

② 孙明君：《第三种势力——政治视角中的鸿都门学》，《学习与探索》2002 年第 5 期。

③ 赵国华：《汉鸿都门学考辨》，《华中师范大学学报》2000 年第 3 期。

④ 钱志熙：《"鸿都门学"事件考论——从文学与儒学关系、选举及汉末政治等方面着眼》，《北京大学学报》2008 年第 1 期。

艺理论与现代"文学"概念的内涵和外延难以一一严格对应，但同时，问题的主要原因是当时"文学"观念的模糊性造成了如今表达时左右为难的尴尬处境。也就是说"文学"或者"非文学"的二元对立并不能完整地描述出当时的"文学"情况，"文学"或"非文学"的对立是站在现代学术立场上假想的一种对立关系。在汉代文章文本中所呈现的主要内容是"道"，是对"道"的形象的建构与维护，一切的修辞方法和修辞目的都是从属于士人群体的这个伟大命题的，因此，我们固然承认汉代文章"文学性"的存在，但是必须指出它在技术层面的存在状态以及"文学"修辞工具的身份特征。

"文学性"的存在既然是从属于"道"的表达，那么修辞的工具性存在则自然是"道"之实践的行为呈现方式。虽然从文学的层面有限度地承认它的文学性，① 但究其实质来说，它在精神上仍然具有辞令的本色，变化的只是体现形式由口头的言说到文章的写作，由行为到文本。因此，汉末士人对鸿都门学的猛烈抨击就其内在实质来看，是文章的辞令精神与修辞工具本末问题的冲突。

一　鸿都门学争论的实质

灵帝光和元年（178）二月，"始置鸿都门学生"。李贤注曰："鸿都，门名也，于内置学。时其中诸生，皆敕州、郡、三公举召能为尺牍辞赋及工书鸟篆者相课试，至千人焉。"② 鸿都最初本为藏书之所，《后汉书·儒林传序》曰："及董卓移都之际，吏民扰乱，自辟雍、东观、兰台、石室、宣明、鸿都诸藏典策文章，竞共剖散，其缣帛图书，大则连为帷盖，小乃制为滕囊。"③ 由此可见，鸿都设置的最初目的本是藏书之所，大约法律之类的书籍就藏于其中，延光三年（124），皇太子废为济阴王，来历同光

---

① "这个时期（案：东汉时期）在人的心目中，实用性文体与抒情性文体并没有明显的区分，都为他们所重视，甚至在某种程度上说，那些应用性文体更能得到时人的重视。"（马建智：《中国古代文体分类研究》，中国社会科学出版社2008年版，第68页。）案：汉代所谓"文学"实际上是裹挟在"非文学"中的，即应用性文体，应用性文体受到时人的重视，从另一个方面说明了文章的辞令精神要远远重于文章的修辞技巧或者抒情需要。

② 范晔：《后汉书》卷八《灵帝纪》，中华书局1965年版，第340—341页。

③ 范晔：《后汉书》卷七十九《儒林列传》，中华书局1965年版，第2548页。

禄勋役讽、持书御史龚调等十余人，"俱诣鸿都门证太子无过。龚调据法律明之，以为男、吉犯罪，皇太子不当坐。"①

鸿都门由藏书之所转而为与太学、东观相对的学府，缘于灵帝自造《皇羲篇》时的招会人才。

> 初，帝好学，自造《皇羲篇》五十章，因引诸生能为文赋者。本颇以经学相招，后诸为尺牍及工书鸟篆者，皆加引召，遂至数十人。侍中祭酒乐松、贾护，多引无行趣势之徒，并待制鸿都门下，憙陈方俗闾里小事，帝甚悦之，待以不次之位。又市贾小民，为宣陵孝子者，复数十人，悉除为郎中、太子舍人。②

灵帝 12 岁由藩国入主朝廷，登基后由杨赐为师负责教其读书。帝初好学，其自造《皇羲篇》也可看作积极向学的表现，《皇羲篇》究竟是一部什么样的书，由于文献较少记载，已不得而知，据今人赵国华考证《皇羲篇》是一部新编字书③，从"本颇以经学相招"来看，《皇羲篇》的内容应当和经学关系甚大，为了编好这部字书，灵帝招引了一些能为文赋的太学生参与其中，这个行为至少在杨赐看来是不会反对的。问题出在后来招引的参编人员已经是鱼龙混杂，不复独是诸生，其能为尺牍及工书鸟篆者也都招引了进来。这些人不以经术为业，无行趣势，憙陈方俗闾里小事，以此取悦于皇上，并获得赏赐，甚者拜赐官爵。皇帝随意拜赐官爵，尤其对象又是不学无术、投机谄媚之徒，这种选取官吏的行为在士大夫们看来是不能接受的，蔡邕首先上封事，表明自己的看法：

> 臣闻古者取士，必使诸侯岁贡。孝武之世，郡举孝廉，又有贤良、文学之选，于是名臣辈出，文武并兴。汉之得人，数路而已。夫书画辞赋，才之小者，匡国理政，未有其能。陛下即位之初，先涉经术，听政余日，观省篇章，聊以游意，当代博弈，非以教化取

---

① 范晔：《后汉书》卷十五《来历列传》，中华书局 1965 年版，第 591 页。
② 范晔：《后汉书》卷六十《蔡邕列传》，中华书局 1965 年版，第 1991—1992 页。
③ 赵国华：《汉鸿都门学考辨》，《华中师范大学学报》2000 年第 3 期。

士之本。而诸生竞利，作者鼎沸。其高者颇引经训风喻之言；下则
连偶俗语，有类俳优；或窃成文，虚冒名氏。臣每受诏于盛化门，
差次录第，其未及者，亦复随辈皆见拜擢。既加之恩，难复收改，
但守奉禄，于义已弘，不可复使理人及仕州郡。昔孝宣会诸儒于石
渠，章帝集学士于白虎，通经释义，其事优大，文武之道，所宜从
之。若乃小能小善，虽有可观，孔子以为"致远则泥"，君子故当
志其大者。①

　　蔡邕是从国家人才选取的角度来讨论这个问题的，通过对古今选士标
准的分析，认为鸿都门学生所擅长的书画辞赋，非为大道，不能匡国理
政。相对于古者以诸侯岁贡的方式取士，以及武帝以孝廉、贤良、文学取
士来说，灵帝以书画辞赋取士违背了先王以教化为取士标准的根本原则，
因此，蔡邕建议灵帝应该像宣帝、章帝重视经术，以经术作为取士的标
准，从而求得国家的长治久安。

　　蔡邕的这番言论并没有被灵帝所采纳。光和元年（178），灵帝设置鸿
都门学，并画孔子及七十二弟子像。从后来阳球的奏章中可以看出，灵帝
还为"鸿都文学乐松、江览等三十二人图象立赞，以劝学者。"灵帝在鸿
都门学中画孔子及其弟子像以劝诸生本不足为奇。问题是他居然也给乐
松、江览等人画像，这是很不可思议的事情。在汉代社会中能够图画形象
的都是一些有功之臣，或者其行为足以示范天下的人，比如"熹平六年，
灵帝思感旧德，乃图画广及太尉黄琼于省内，诏议郎蔡邕为其颂云。"②
又如前朝"（金）日磾母教诲两子，甚有法度，上闻而嘉之。病死，诏图
画于甘泉宫，署曰'休屠王阏氏。'"③ 而乐松、江览等不过是"俛眉承
睫，徼进明时"之徒④。熹平三年（174），灵帝欲造毕圭灵琨苑，杨赐上
疏以为不可，"书奏，帝欲止，以问侍中任芝、中常侍乐松。松等曰：'昔
文王之圃百里，人以为小；齐宣五里，人以为大。今与百姓共之，无害于

---

①　范晔：《后汉书》卷六十《蔡邕列传》，中华书局 1965 年版，第 1996—1997 页。
②　范晔：《后汉书》卷四十四《胡广列传》，中华书局 1965 年版，第 1511 页。
③　班固：《汉书》卷六十八《金日磾传》，中华书局 1962 年版，第 2960 页。
④　范晔：《后汉书》卷七十七《酷吏列传》，中华书局 1965 年版，第 2499 页。

政也。'帝悦，遂令筑苑。"① 由此可见，乐松等人专以取悦皇帝而全无社稷之心，这在士大夫们看来是应当予以口诛笔伐的。尤其需要注意的是灵帝为鸿都文学图像立赞的人数是三十二人，这个数目当是别有用意的，它实际上对应了明帝在南宫云台为东汉开国将领所图画的人数，"永平中，显宗追感前世功臣，乃图画二十八将于南宫云台，其外又有王常、李通、窦融、卓茂，合三十二人。"② 东汉开国功臣显然不仅仅只有这三十二位，显宗选人的这三十二位应该是具有追念往昔、示范来者的深层意义，而对有可能给后世留下不好影响的人物，虽也可能军功卓著，但也不予入选，比如马援，"显宗图画建武中名臣、列将于云台，以椒房故，独不及援。"③ 东汉初年，光武、明帝严格禁止外戚参与朝政，马援未能入选三十二位人选，正是因为身为外戚的缘故。可见，图像之事是很严肃的一件事情，因此，在显宗看来，图画形象的主要目的便在于示范来者，期望通过这种示范作用，永保汉室的长治久安。灵帝图像乐松等三十二人在某种程度上有仿照明帝图像云台三十二将的意图，他希望这种不同于以往以孝廉、贤良、文学为标准的选拔方式能够成为常制。灵帝的这种心思固然看起来很是荒唐，然而放在党锢之祸的背景下来看，也有他不得已的苦衷，士人们那种与政统决绝的表现以及另树新的思想文化统治中心的决心都让皇帝很难再对他们有丝毫的好感并产生信任和依赖。尽管灵帝用来应对士人缺席后的选取行为很是幼稚，但是显然维系王朝的正常运行是灵帝不得不面对的一个现实问题，所以，从这个角度上说，拜授官职的行为是不可能没有的。问题的另一方面是，拜授的对象是谁？士人的缺席使得灵帝只能另寻别的群体，这个时候，他因编字书而招会的那些有些文墨的鸿都学士成了他选取才士的对象。"其诸生皆敕州郡、三公举用辟召，或出为刺史、太守，入为尚书、侍中，乃有封侯赐爵者，士君子皆耻与为列焉。"灵帝的这种做法遭到了杨赐的激烈反对，光和元年（178），虹霓昼降嘉德殿，七月，诏杨赐与蔡邕于金商门问以应对，杨赐与蔡邕分别上疏，均言

---

① 范晔：《后汉书》卷五十四《杨赐列传》，中华书局 1965 年版，第 1783 页。
② 范晔：《后汉书》卷二十二《朱景王杜马刘傅坚马列传》，中华书局 1965 年版，第 789—790 页。
③ 范晔：《后汉书》卷二十四《马援列传》，中华书局 1965 年版，第 851 页。

及鸿都门学的问题。

> 鸿都门下，招会群小，造作赋说，以虫篆小技见宠于时，如欢兜、共工更相荐说，旬月之间，并各拔擢，乐松处常伯，任芝居纳言。郄俭、梁鹄俱以便辟之性，佞辩之心，各受丰爵不次之宠，而令搢绅之徒委伏畎亩，口诵尧舜之言，身蹈绝俗之行，弃捐沟壑，不见逮及。冠履倒易，陵谷代处，从小人之邪意，顺无知之私欲，不念《板》、《荡》之作，虺蜴之诫。殆哉之危，莫过于今。幸赖皇天垂象谴告。《周书》曰："天子见怪则修德，诸侯见怪则修政，卿大夫见怪则修职，士庶人见怪则修身。"惟陛下慎经典之诫，图变复之道，斥远佞巧之臣，速征鹤鸣之士，内亲张仲，外任山甫，断绝尺一，抑止槃游，留思庶政，无敢怠遑。冀上天还威，众变可弭。①

又，蔡邕上疏：

> 夫宰相大臣，君之四体，委任责成，优劣已分，不宜听纳小吏，雕琢大臣也。又尚方工技之作，鸿都篇赋之文，可且消息，以示惟忧。《诗》云："畏天之怒，不敢戏豫。"天戒诚不可戏也。宰府孝廉，士之高选，近者以辟召不慎，切责三公。而今并以小文超取选举，开请托之门，违明王之典，众心不厌，莫之敢言。臣愿陛下忍而绝之，思惟万机，以答天望。圣朝既自约厉，左右近臣亦宜从化。人自抑损，以塞咎戒，则天道亏满，鬼神福谦矣。②

杨赐所痛心疾首的是相对于口诵尧舜的搢绅之士，鸿都群小竟然受到了皇帝的重视，小人邪意，蛊惑君主，对国家社稷来说是非常危险的，"殆载之危，莫过于今。"如今面对上天的垂告，皇帝应该采取紧急措施，辞退鸿都"佞巧之臣"速征"鹤鸣之士"，这样方可求得上天的原谅，还

---

① 范晔：《后汉书》卷五十四《杨赐列传》，中华书局1965年版，第1780页。
② 范晔：《后汉书》卷六十《蔡邕列传》，中华书局1965年版，第1999页。

威于君。实际上，杨赐所关注的也是国家取士对象的问题，即皇帝应该重用经学之士，而不应该委任小人。蔡邕再次上疏，所表达的也还是同一个意思，宰相大臣与君主是休戚相关的，应当重视宰府选士，而不应该以才之小者的书画辞赋作为选士的标准。但他们显然忽视了士人在灵帝心目中的形象，士人所标榜的与朝廷相对抗的道统，对王朝来说是一个致命的威胁，在这种情况下，灵帝是不可能选用这些带着党锢"流毒"的士人进入王朝官僚系统中的。孙明君认为鸿都门学的设立不是针对党人，而是针对东观清流，其理由是：

> 《后汉书·酷吏·阳球传》曰："今太学、东观足以宣明圣化。愿罢鸿都之选，以消天下之谤。"这里直接提出了鸿都之选的对立面——太学和东观人士。太学生和东观士人都属于清流士人。①

这个说法是有待商榷的，从史载原文意来看，太学、东观与鸿都门的较量在于是否宣明圣化，而鸿都之谤在于以诗赋、书画取士，诗赋、书画本为消遣娱乐的审美艺术，而非经国大业的经学，这是两者对立的本质所在。在士人看来，应当罢诗赋、书画的选取标准，坚持以经学修明来作为取士的标准，问题的实质在于此，而非清流与浊流的区别。士人强调宣明圣化，实际上是强调"道"对"势"的导师意义，而灵帝通过鸿都门选士，恰恰是要避开"道"对"势"的干预。

自和帝后，外蕃入主朝廷，成为帝王，他们与光武、明、章三帝在帝统和学统上都产生了断裂和分歧，光武、明、章对待"势"的态度是开放的，在某种程度上，可以说，光武、明、章本人的经学修养使他们在帝王身份之外，还兼有儒者的身份，因此，在他们自身双重身份的背景下，"道"与"势"的对立冲突并不明显，帝王本身对"道"的体认使"道"在指导"势"时并未遇到什么太大阻碍，而"势"接受"道"的指导也并没有觉得自己的权威受到什么威胁。这一切与帝王本身的双重身份多有关系。不管是"道"还是"势"两者统一于帝王之身，使帝王的形象更

① 孙明君：《第三种势力——政治视角中的鸿都门学》，《学习与探索》2002 年第 5 期。

加完美，而帝国的权力秩序也得以更为畅通地运行。"道"与"势"的相辅相成，相互合作，共同推动整个社会的进步与发展。不管征伐的武将还是熟谙经术的士人，他们都完全被统摄在同一个威权下，他们之间没有形成所谓的对立与冲突，这是东汉前三朝的情况。而后和帝由外藩入主朝廷，他本身并没有太多的经学修养，而其政治统治又不得不接受"道"的指导，同时，作为外藩入主，就比明、章二帝要更为在乎"势"，这就好比平民与贵族对待同一块面包的不同感受。明、章子承父业的自然过渡，在为太子时就已经清楚了后来的所有，所以登基之后，对于早就属于自己的权力，他们绝不会像和帝因骤然得之而过分地爱惜。

因此，和帝即位之后，对"势"的过分玩赏和爱惜就必然会拒绝士人以"道"导之，任何凌驾其上的行为都是难以容忍的。"道"与"势"的分离也自然在所难免。后来外戚与宦官轮流把持政权，就更加促使了"道"与"势"的分离。

回到灵帝以诗赋、书画辞赋为选士标准的问题上。如果说传统以经学取士是"道"干预"势"的一种主要方式，那么此时，灵帝对其弃置不用，也是对"道"抛弃的表现，这是士人所不能接受的，理论上讲，它从根本上否定了士人进入仕途的可能。传统士人"道"的优越感在此打压下荡然无存，转而进入惊恐万分的内心体验。"天下之谤"的实质是士人对"道"导引"势"的权力的呼吁。而党锢之祸，则使灵帝完全丧失了对士人的信任，因此，围绕着鸿都门取士标准的争论实质上是道统与势统之间矛盾的外在体现，鸿都门学的问题本此而来，它是"道"与"势"彻底决裂的直观反映。而士人对鸿都门学以书画辞赋取士标准的争论正是党锢之祸后士人对政治不屈不挠地进行参与的表现。

二　"诗赋取士"的争论与汉代文学之关系

从蔡邕的观点看，传统取士的标准是岁贡，所谓"岁贡"，李贤注引"《尚书大传》曰：'古者诸侯之于天子，三年一贡士。一适谓之攸好德，再适谓之贤贤，三适谓之有功。'"① 而汉室之兴也赖于对这一标准的贯彻

---

① 范晔：《后汉书》卷六十《蔡邕列传》，中华书局 1965 年版，第 1996 页。

执行，按照这一标准来看，书画辞赋既无关德贤，更遑论有功，和通经释义相比，不过是小能，虽有可观，但缺乏理人及仕州郡的能力。蔡邕的这段话表明了他对辞赋的态度，也深深地反映出了东汉中后期士大夫们的辞赋观，具有典型的代表意义。有的学者认为，蔡邕在这里对辞赋创作的不以为然和他本人大量创作辞赋的实际存在矛盾，并将这种矛盾的原因解释为："蔡邕把政治活动与汉赋创作界定为两个不同层面的社会形态，政治活动是高尚的、严肃的、庄重的，必须用儒家经学来支撑；而汉赋创作则是任性的、恣意的、自由的，可以尽情抒写自己的人生体验甚至浪漫幻想，以点缀丰富多彩的生活。"并认为这"反映了汉赋批评滞后于汉赋创作的历史事实，但同时也透露出文学即将与其他社会科学分离、文学自觉时代即将到来的曙光。"①

蔡邕的这段话中从表面上确实存在着如上述所说之矛盾，但是通观两汉赋学批评，则矛盾的双方实则内里相同。汉赋的创作并非如上所说是"任性的、恣意的、自由的。"它从一开始就承担着"主文谲谏"的神圣使命。它的创作是严肃而认真的，司马相如作《子虚》、《上林》赋"意思萧散，不复与外事相关"，"几百日而后成"②。张衡同样也是如此，"衡乃拟作班固《两都》，作《二京赋》……精思傅会，十年乃成"③。司马相如和张衡是西汉和东汉两大著名的赋家，他们的创作态度足以说明赋体创作在两汉时期的严肃性，这种严肃的背后实质上是因为赋家在赋体创作中寄予了作者的讽谏意图，尽管这种讽谏的意图在汉赋铺张扬厉的叙述中被湮灭殆尽，只落下"劝百讽一"、尤若"曲终奏雅"的尴尬，但尽管如此，作为赋家，他们基于士大夫的自我体认，并没有放弃这种对政治介入的方式，在他们的眼里赋只是一种工具，一种表达自己对时事看法的工具，并通过它对皇帝不合理的行为予以讽谏，尽管这种讽谏掩盖的是那样的隐蔽。但是他们辞赋创作的动机却明白无误地表明了他们在辞赋创作中对政治的热衷。对文章内蕴的辞令精神的重视是汉代文人创作的一个重要

---

① 踪凡：《蔡邕与鸿都门学的汉赋观》，《贵州社会科学》2002 年第 1 期。

② 刘歆：《西京杂记》（四部丛刊本）（关于本书作者及所收赋真伪问题，请参看马积高《历代辞赋研究史料概述》，中华书局 2001 年版，第 43 页。）

③ 范晔：《后汉书》卷二十四《张衡列传》，中华书局 1965 年版，第 1897 页。

特征。比如司马相如，相如死后留下的不是他赖以成名的赋而是一部封禅书，在相如的心里，封禅之类事关国家政事之书方才有流传于后世的价值，可见在相如心中也是深怀强烈的士大夫情怀的。而张衡的《二京赋》的创作动机也是"时天下承平日久，自王侯以下，莫不逾侈。衡乃拟班固《两都》，作《二京赋》，因以讽谏。"①

虽然赋家在赋体创作中寄予了深刻的政治寓意，希望君王能够识谏而改，从而出现国泰民安的盛世局面，天下太平是历代士人所竭力追求的一种理想社会形态。但是赋家的这番良苦用心并没有得到君主的识察，"孝武皇帝好仙，司马长卿献《大人赋》，上乃仙仙有凌云之气，孝成皇帝好广宫室，扬子云上《甘泉颂》，妙称神怪，若曰非人力所能为，鬼神力乃可。成皇帝不觉，为之不止。"② 在皇帝的眼里，辞赋只不过是供用来玩赏娱乐的罢了，枚皋是一个极好的例子。作为皇帝的侍从，"上有所感辄使赋之，"但这种赋作的娱乐性指向，并不为枚皋所认同，"皋赋辞中自言，为赋不如相如，又言为赋乃俳，见视如倡，自悔类倡也。"③ 这种受诏作赋的行为类同俳优，为士人所不齿。他们对于赋的认识是赋作应该承担着讽谏的作用。在"罢黜百家，独尊儒术"的社会政治思想下，汉赋的创作和解经的行为具有内在的同构性，作为从各事其主的战国游士到开始认同君主专制政体的士大夫，士人此时关注的并不是文本的文学性，他们所凭借的文本实质上是其思想的表现形式、物质实体，他们对表达技巧的追求只是为了更好地表达他们的政治见解，此时的士人依然沉浸在战国游士恣意表达政见的流风余韵里，不是他们无暇顾及文本的文学性，而是他们根本就没有考虑文本的文学性，我们今天所谓的文本的文学性，在他们的眼里恰恰是不屑一顾，甚至是竭力避免的，因为他们认为这种文学性使文本失去了高尚的意义而沦落为类同俳优的地位。

这种对类同俳优地位的警惕不仅是赋作者本人所竭力避免的，而且士人群体都对此保持着高度的警惕，他们时刻不忘维护赋体所承担的讽谏责任，对任何可能导致这种文体沦为娱乐工具的行为都予以坚决地制止。

---

① 范晔：《后汉书》卷五十九《张衡列传》，中华书局 1965 年版，第 1897 页。

② 王充：《论衡》卷十四《谴告》，上海人民出版社 1974 年版，第 226 页。

③ 班固：《汉书》卷五十一《枚皋传》，中华书局 1962 年版，第 2367 页。

上（汉宣帝）令襃与张子侨等并待诏，数从襃等放猎，所幸宫馆，辄为歌颂，第其高下，以差赐帛。议者多以为淫靡不急，上曰："不有博奕者乎，为之犹贤乎已！辞赋大者与古诗同义，小者辩丽可喜，辟如女工有绮縠，音乐有郑卫，今世俗犹皆以此虞悦耳目，辞赋比之尚有仁义风谕，鸟兽草木多闻之观，贤于倡优博奕远矣。"顷之擢襃为谏大夫。①

"议者多以为淫靡不急"是基于赋作的歌颂化倾向和去讽谏性而言的，但是皇上对赋作的辩护则让士大夫们无话可说，在"辞赋大者与古诗同义"的堂皇招牌下，肯定了赋作的"小者辩丽可喜"，虽然"贤于倡优博奕远矣，"但也不过只是止于"鸟兽草木多闻之观"而已。据此，我们可知在汉代的赋学批评中实质上存在两个向度，即在士人看来，辞赋是与古诗同义的具有讽谏性的政治言论；而在皇上看来，辞赋只不过是"辩丽可喜"的娱乐性工具。对辞赋功能认识不同，构成了汉赋批评的内在张力。虽然汉大赋在班固时代由于君主儒者出身的缘故，致使政统与道统的合作，从而出现了辞赋与政治的蜜月合欢时期，但是到了张衡的时代辞赋的社会地位又恢复到了西汉时期的状态，这种情况一直持续到致使东汉名存实亡的董卓之乱。蔡邕对鸿都门学的批评就是在辞赋的这种格局中生发的。

作为一个关心国家政事的士人，蔡邕在此时发表的关于辞赋的论断却没有和传统士人保持一致，为辞赋的讽谏功能据理力争。事实上，在这里蔡邕虽然批评的是辞赋但指向却是宦官和由宦官引进的待制鸿都门下的群小。书画辞赋本身并没有是非之辩，蔡邕本人也非常精通书画辞赋，但是当书画辞赋被一些无行之徒用来作为进身之阶时，便具有了类同倡优的世俗性质了。蔡邕所批评的也正是这种被鸿都门下群小所利用的书画辞赋，而这种批评的指向是不通经术的无行之徒。"诸生竞利，作者鼎沸"，辞赋的创作已经失去了其原来的神圣意义，而沦落为追名逐利的工具，作为思想传统的士人，蔡邕对此是深恶痛绝的。

---

①　班固：《汉书》卷六十四下《王襃传》，中华书局 1962 年版，第 2829 页。

在此前所引蔡邕给灵帝的那道奏疏中，蔡邕将辞赋的性质直接定位为"当代博弈，非以教化取士之本"，所谓"当代博弈"是承汉宣帝为大赋娱乐性辩解时的譬喻而言，虽然皇帝认为辞赋贤于倡优博弈远矣，但也还是在"辩丽可喜"的娱乐性范畴，蔡邕在此处直接将辞赋说成"博弈"，实质上是对皇上对辞赋态度的一种不满，既然已经如此看待，那就没必要再遮遮掩掩的了，他把皇帝对辞赋类同倡优的暧昧表达直接化的现实原因是灵帝以书画辞赋的名义招会了一些不通经术的肖小之辈，这是对辞赋娱乐化的最有力的支持，同时他们"或窃成文，虚冒名氏"的肆意所为也是对辞赋创作严肃性的一种侮辱，而这恰恰是士人所极力避免的。如果说汉宣帝当初的言论是利用了大赋的讽谏性来委婉地肯定它的娱乐性的话，那么此处蔡邕则是对汉宣帝言论的反利用。承借着他对辞赋"当代博弈"的定位，蔡邕对汉灵帝已经造成的结果寻求的补救办法是"既加之恩，难复收改，但守俸禄，于义已弘，不可复使理人及仕州郡。"既然以娱乐的目的把这些人招会进来，就让他们在自己的职责内活动吧，万不可授予官职，给予行政权力。从中我们看到的是士人对"冠履倒易，陵谷代处，从小人之邪意，顺无知之私欲，不念《板》《荡》之作，虺蜴之诫。殆哉之危，莫过于今"①的现实的深深忧患，对士人所应承担的道义责任的坚守，对辞赋创作动机去讽谏化的无限忧虑。

三　鸿都门学的文学史意义辨析

蔡邕是东汉后期著名的辞赋家，从他对鸿都门学的批评来看，他对辞赋的基本认识依然是强调辞赋"主文谲谏"的政治功能，而这种辞赋观则代表了当时士人对辞赋的认识和创作思想。在这种文化背景下，鸿都门学"笔不点牍，辞不辩心，假手请字，妖伪百品"的创作态度自然成了人们口诛笔伐的攻讦对象，而"罢鸿都之选，以消天下之谤"也正是这种现实情况的真实写照。

在质胜于文的汉魏时期，这种文学观念依然受到士人的肯定，而鸿都群小则仍是被批评的对象，刘勰在《文心雕龙》中说："降及灵帝，时好

---

① 范晔：《后汉书》卷五十四《杨赐列传》，中华书局1965年版，第1780页。

辞制，造皇羲之书，开鸿都之赋，而乐松之徒，招集浅陋，故杨赐号为欢兜，蔡邕比之俳优，其馀风遗文，盖蔑如也。"所谓"蔑如"周振甫注"状无，指不足称道"①。从《文心雕龙》中看，鸿都门学的辞赋因其创作主体的"浅陋"在当时和以后都成为士人鄙夷的对象，效仿写作更是无从说起。可见鸿都门学的辞赋创作并未在后来的文学写作中产生大的影响。后世对鸿都门学的批评也并未涉及鸿都门学士的辞赋创作，即使在诗文中出现的"鸿都"也是指藏书府意义上的鸿都门，如徐陵在《玉台新咏·序》中说："但往世名篇，当今巧制，分诸麟阁，散在鸿都。"② 又如庾信在《预麟趾殿校书和刘仪同》中写道："芸香上延阁，碑石向鸿都。诵书征博士，明经拜大夫。"③

后世对鸿都门学的批评之一是开榜卖官的政治腐败。宋叶时《礼经会元》中载："东汉（按：指东汉政府开销）始出少府，钱属之司农，非不可也，然宫中私用一切于司农取之，而司农不应其求。章和以来，不能堪此，遂于宫中自立一监，命奄人主之。桓灵之君，每叹天子无私财，而开鸿都卖爵以为私藏矣。"④ 但是类似这样的批评只是对东汉末世世风日下的一种凭吊，而简单地将其原因归于桓、灵二帝的贪婪，没有深入地论述这种卖官鬻爵的深层社会原因。

后世与鸿都门学相关的批评争论，主要集中在熹平石经的考证和书法源流的追溯上，众家纷纭，各是己说。

熹平四年（175），汉灵帝于洛阳太学门外立石刻经，正定经文，蔡邕是这件事的主要负责人。

> 邕以经籍去圣久远，文字多谬，俗儒穿凿，疑误后学……奏求正定《六经》文字，灵帝许之，邕乃自书丹于碑，使工镌刻立于太学门外。于是后儒晚学，咸取正焉。及碑始立，其观视及摹写者，车辆日

---

① 周振甫：《文心雕龙今译》，中华书局 1986 年版，第 402 页。
② 徐陵编，吴兆宜注：《玉台新咏笺注》，中华书局 1985 年版，第 13 页。
③ 《文苑英华》卷三百一十一，文渊阁《四库全书》本。
④ 叶时：《礼经会元》卷二上，文渊阁《四库全书》本。

千余乘，填塞街陌。①

立石刻经对于当时混乱的说经情况来说无疑有着统一思想的作用，有利于儒家经典的校勘和传播。从当时"观视及摹写者，车辆日千余乘，填塞街陌"的盛况来看，也确实达到了刻石立经的目的。但是在后世相关的批评中，关于石经的位置却有着两种不同的说法，一种说法是立于太学门外，而另一种则认为是立于鸿都门外。如《周易注疏·御制读周易"枯杨生稊"辨诘》中载："唐国子学石经，本汉鸿都之遗，最为近古。"② 又如清郑方坤《经稗》载："桓帝时，使蔡邕书十三经，刻石立鸿都门，观者日车以数千辆，而《左氏》在焉。"③ 郑氏"十三经"之说已误，而直言"刻石立鸿都门"亦难令人信服。这种说法遭到了一些学者的激烈反对，清杭世骏《石经考异》"鸿都非太学"辨析曰："全祖望《鲒埼亭偶记》云《北魏书·江式表》谓：蔡邕刻石太学，后开鸿都诸方献篆，无出邕者。则鸿都固非太学，而又可见。师宜官诸人之尽逊于邕也，邕以劾鸿都学生被谴，而谓石经出于鸿都，真大舛也。"④ 《钦定四库全书考证》"东京建武讫鸿都建安"条也表达相同的观点："案，以汉太学石经称鸿都石经误，始于唐张怀瓘《书断》，而宋黄伯思《东观余论》，晁公武《石经考异》等书因之。今参考《后汉书·灵帝纪》、《蔡邕传》、《阳球传》及《洛阳伽蓝记》、《水经》'穀水注'、《魏书》、《北史·江式传》汉之待制鸿都与刻石太学判然两事，亦判然两地。"⑤ 按此，则石经不当立于鸿都门外，信矣。

与刻石立经相关的另一批评则是关于蔡邕的书法。唐张彦远《法书要录》载："左中郎将陈留蔡邕，采李斯曹喜之法，为古今杂形，诏于太学，立石碑刊载五经，题书楷法多是邕书也。后开鸿都，书尽其能，莫不云集，于时诸方献篆，无出邕者。"⑥ 张彦远认为蔡邕刻石时是用楷书写就

---

① 范晔：《后汉书》卷六十《蔡邕列传》，中华书局 1965 年版，第 1990 页。
② 《御制读周易"枯杨生稊"辨诘》，《周易注疏》，文渊阁《四库全书》本。
③ 郑方坤：《经稗》卷十一，文渊阁《四库全书》本。
④ 杭世骏：《石经考异·鸿都非太学》，文渊阁《四库全书》本。
⑤ 《钦定四库全书考证》卷十九，文渊阁《四库全书》本。
⑥ 张彦远：《法书要录》卷二，文渊阁《四库全书》本。

的，而清顾蔼吉则认为汉人传经则多用隶书写就，"隶辨之作，窃为解经作也。字不辨则经不解，古文邈矣。汉人传经多用隶写，变隶为楷益失本真。及唐开元，易以俗字，名儒病其芜累。余因收集汉碑间得刊正经文……后于北海孙氏见中郎石经残碑经典释文，所云本又作者，皆碑中字也。退古崇时相仍已久，学者在今日得复鸿都之旧亦难矣。"①

近世关于鸿都门学的文学批评始于 20 世纪 50 年代范文澜先生的《中国通史》，范氏说："汉灵帝在政治上是一个极昏暴的皇帝，在文学艺术上却是一个有力的变革者。他召集辞赋家、小说家、书法家、绘画家数十人，居鸿都门下，按才能高下受赏赐。保守派首领杨赐斥责这些人是'群小'，是'欢兜共工'；又一首领蔡邕斥责他们是小才，是俳优。因为汉灵帝想利用变革派来对抗太学名士，所以不顾保守派的反对，待变革派以不次之位，让他们做大官。这样，文学与艺术在变革派的影响下，开始出现了新的气象，也就是说，质胜于文的旧作风开始变为文质相称的新作风。这种新作风表现在文学上，就是两汉至南北朝文学史上最突出的'以情纬文'，'以文纬质'的建安文学。"② 同样，范氏的这番言论也体现在他的《文心雕龙注》中，在该注中他说："案东汉辞质，建安文华，鸿都门下诸生其转易风气之关键与。"③ 范氏从革命论的角度以建安文学的繁盛追溯到了鸿都门学的"文学"行为，这种对鸿都门的审视思维，在后来的一些关于鸿都门学的论文中也有出现④。通过上文的分析我们知道，这种革命起源的寻求多少带有一厢情愿的意味，事实上，它和鸿都门学的实际作用及其影响多有出入。同样，陈寅恪先生关于"东汉之季，其士大夫宗经义，而阉宦则尚文辞"的一番言论也成了今人论述鸿都门学开魏晋文学之先声的理论支持。陈氏说：

东汉中晚之世，其统治阶级可分为两类人群。一为内廷之阉宦。

---

① 顾蔼吉：《隶辨·序》，文渊阁《四库全书》本。
② 范文澜：《中国通史》（第二卷），《范文澜全集》，河北教育出版社 2002 年版，第325—326 页。
③ 刘勰著，范文澜注：《文心雕龙注》，人民文学出版社 1958 年版，第 681 页。
④ 冯伦：《"鸿都门学"与汉末文学风气变迁之关系》，《福建商业高等专科学校学报》2006 年第 2 期。

一为外廷之士大夫。阉宦之出身大抵为非儒家之寒族，所谓"乞匄携养"之类。其详未易考见，暂不置论。主要之士大夫，其出身则大抵为地方豪族，或间以小族，然绝大多数则为儒家之信徒也。职是之故，其为学业，则从师受经，或游学京师，受业于太学之博士。其为人也，则以孝友礼法见称于宗族乡里。然后州郡牧守京师公卿加以征辟，终致通显。故其学为儒家之学，其行自必合儒家之道德标准，即仁孝廉让等是。质言之，小戴记大学一篇所谓修身齐家治国平天下一贯之学说，实东汉中晚世士大夫自命为其生活实际之表现。……然则当东汉之季，其士大夫宗经义，而阉宦则尚文辞。士大夫贵仁孝，而阉宦则重智术。盖源源已异，其衍变所致，自大不相同也。①

陈氏所论主要在强调曹魏政权的文化渊源，而鸿都学士与阉宦之间并无必然联系，不能简单地画上等号，所以以陈氏此论来佐证鸿都门学开魏晋文学之先声未免有些远。

也有人从蔡邕对辞赋的批评出发，认为蔡邕承认辞赋的娱乐性作用实际上是辞赋文学性的回归，"如果说东汉初期文学地位的提高是以歪曲文学的功能、牺牲文学的审美价值为代价，那么蔡邕以否认文学匡国理政的功能为理由贬低其地位，却更接近文学的真实面貌。易言之，文学的边缘化所体现的是其功利价值的丧失，从而显示着文学独立的观念。"② 对东汉文学的这种认识显然是建立在辞赋在东汉文学中得以承认的前提下。从蔡邕对鸿都门学批评的真实动机和辞赋在东汉的实际情况来看，对鸿都门学在文学上的这重意义的理解便显得有些牵强附会。

以书画辞赋作为取士标准的鸿都门学在当时就遭到了士人的猛烈抨击，而其后也没有在文学领域里产生影响，我们今天对鸿都门学文学史意义的关照，则是因为，在 20 世纪的古典文学研究中，汉赋被认为是汉代文学的代表，在这个前提下，以辞赋为取士之标准的鸿都门学则自然成为研究者寻求辞赋在汉代经学笼罩下文学自觉和独立的有力论据。而当我们

---

① 陈寅恪：《书世说新语文学类钟会撰四本论始毕条后》，《金明馆丛稿初编》，生活·读书·新知三联书店 2001 年版，第 48 页。

② 蓝旭：《鸿都门学之争与汉末文人群体的文学观念》，《山东师范大学学报》2002 年第 3 期。

对鸿都门学在当时和以后对"文学的影响"进行梳理后，我们发现事情并非如此，鸿都门学在当时和以后几乎没有对文学的发展产生过任何影响。因此，作为一个历史事件，鸿都门学的影响更多的是在政治上而不是在文学上。

小结

中国古代士人在君权绝对的封建政治伦理秩序中努力地坚守着为天下黎民苍生请命的士人职责，他们对社会进步的积极关注，对政治清明的追求，恰恰体现了最为宝贵的士人精神，这些包含着丰富人文关怀的政治情怀正是中国吏治思想的优秀遗产。

对士人来说，这种理想既是他们毕生努力追求，甚至不惜牺牲生命去追求的价值信仰，也是他们对现实世界进行持续关注的精神力量，构成了他们生活的核心内容，在承认这个前提下去认识文学在他们生命中的价值与意义，才能真正揭示出文学的社会地位及其在传承演变中创作主体的思想变化与文学精神风貌之间内在的深层联系，这便是本章写作的目的。

参考文献

班固：《汉书》，中华书局 1962 年版。

安作璋、熊铁基：《秦汉官制史稿》，齐鲁书社 2007 年版。

曹道衡、刘跃进：《先秦两汉文学史料学》，中华书局 2005 年版。

曹道衡、沈玉成：《中古文学史料丛考》，中华书局 2003 年版。

曹道衡：《汉魏六朝辞赋》，上海古籍出版社 1989 年版。

曹道衡：《汉魏六朝文学论文集》，广西师范大学出版社 1999 年版。

曹道衡：《中古文学史论文集》，中华书局 1986 年版。

曹虹：《中国辞赋源流综论》，中华书局 2005 年版。

曹旭：《古诗十九首与乐府诗选评》，上海古籍出版社 2011 年版。

曹旭：《诗品研究》，上海古籍出版社 1998 年版。

曾大兴：《中国历代文学家之地理分布》，湖北教育出版社 1995 年版。

陈来：《古代宗教与伦理——儒家思想的根源》，生活·读书·新知三联书
　　店 1996 年版。

陈立：《白虎通疏证》，中华书局 1994 年版。

陈彦辉：《春秋辞令研究》，中华书局 2006 年版。

陈寅恪：《金明馆丛稿初编二编》，上海古籍出版社 1980 年版。

程章灿：《赋学论丛》，中华书局 2005 年版。

程章灿：《魏晋南北朝赋史》，江苏古籍出版社 1992 年版。

褚斌杰：《中国古代文体概论》（增订本），北京大学出版社 1990 年版。

戴燕：《文学史的权力》，北京大学出版社 2002 年版。

杜佑：《通典》，中华书局 1984 年版。

范晔：《后汉书》，中华书局 1965 年版。

费振刚：《全汉赋校注》，广东教育出版社 2005 年版。

傅刚：《文选版本研究》，北京大学出版社 2000 年版。

傅刚：《昭明文选研究》，中国社会科学出版社 2000 年版。

龚克昌：《汉赋研究》，山东文艺出版社 1984 年版。

顾颉刚：《史林杂识初编》，中华书局 1963 年版。

郭建勋：《汉魏六朝骚体文学研究》，湖南教育出版社 1997 年版。

郭绍虞：《照隅室古典文学论集》，上海古籍出版社 1983 年版。

郭维森、许结：《中国辞赋发展史》，江苏古籍出版社 1996 年版。

郭英德：《中国古代文体学论稿》，北京大学出版社 2005 年版。

洪兴祖：《楚辞补注》，中华书局 1983 年版。

胡阿祥：《魏晋本土文学地理研究》，南京大学出版社 2001 年版。

胡适：《白话文学史》，上海古籍出版社 1999 年版。

黄留珠：《秦汉仕进制度》，西北大学出版社 1985 年版。

蒋善国：《尚书综述》，上海古籍出版社 1988 年版。

雷家骥：《两汉至唐初的历史观念与意识》，书目文献出版社 1987 年版。

李浩：《唐代关中士族与文学》，中国社会科学出版社 2003 年版。

李浩：《唐代三大地域文学士族研究》，中华书局 2002 年版。

林传甲、朱希祖、吴梅撰，陈平原辑：《早期北大文学史三种》，北京大学
　　出版社 2005 年版。

凌稚隆：《史记评林》，天津古籍出版社 1998 年版。

刘季高：《刘季高文存》，上海古籍出版社 2009 年版。

刘师培：《中国中古文学史讲义》，上海古籍出版社 2000 年版。

刘勰著，范文澜注：《文心雕龙注》，人民文学出版社 1958 年版。

刘义庆撰，余嘉锡笺疏：《世说新语笺疏》，中华书局 1983 年版。

刘毓庆：《历代诗经著述考》，中华书局 2002 年版。

刘跃进：《秦汉文学编年史》，商务印书馆 2006 年版。

刘跃进：《秦汉文学论丛》，凤凰出版社 2008 年版。

刘知幾撰，浦起龙释：《史通通释》，上海古籍出版社 1978 年版。

刘知渐：《建安文学编年史》，重庆出版社 1985 年版。

陆侃如、冯沅君：《中国诗史》，作家出版社 1956 年版。

陆侃如：《中古文学系年》，人民文学出版社 1985 年版。

逯钦立：《汉魏六朝文学论集》，陕西人民出版社 1984 年版。

逯钦立：《先秦汉魏晋南北朝诗》，中华书局 1983 年版。

罗宗强：《玄学与魏晋士人心态》，天津教育出版社 2005 年版。

骆鸿凯：《文选学》，中华书局 1989 年版。

马积高：《赋史》，上海古籍出版社 1987 年版。

马积高：《历代辞赋研究史料概述》，中华书局 2001 年版。

马茂元：《古诗十九首初探》，陕西人民出版社 1981 年版。

马自力：《中唐文人之社会角色与文学活动》，中国社会科学出版社 2005
    年版。

欧阳询：《艺文类聚》，上海古籍出版社 1965 年版。

皮锡瑞：《经学历史》，中华书局 1959 年版。

浦铣：《历代赋话》，上海古籍出版社 2007 年版。

司马迁：《史记》，中华书局 1959 年版。

隋树森：《古诗十九首集释》，中华书局 1955 年版。

孙星衍：《尚书今古文疏证》，中华书局 1986 年版。

孙星衍等辑：《汉官六种》，中华书局 1990 年版。

陶秋英：《汉赋之史的研究》，中华书局 1939 年版。

万光治：《汉赋通论》，巴蜀书社 1989 年版。

王国维：《观堂集林》，中华书局 1959 年版。

王利器：《吕氏春秋注疏》，巴蜀书社 2002 年版。

王青：《扬雄评传》，南京大学出版社 2000 年版。

王瑶：《中古文学史论》，上海古籍出版社 1982 年版。

王运熙：《乐府诗述论》（增补本），上海古籍出版社 2006 年版。

王运熙：《文心雕龙探索》，上海古籍出版社 1986 年版。

吴承学：《中国古代文体形态研究》，中山大学出版社 2000 年版。

吴树平校注：《东观汉纪校注》，中华书局 2008 年版。

萧涤非：《汉魏六朝乐府文学史》，人民文学出版社 1984 年版。

萧华荣：《中国诗学思想史》，华东师范大学出版社 1996 年版。

萧统编：《文选》，中华书局 1977 年版（影胡刻本）。

徐陵编，吴兆宜注：《玉台新咏笺注》，中华书局 1985 年版。

徐兴无：《谶纬文献与汉代文化构建》，中华书局 2003 年版。

徐兴无：《刘向评传》，南京大学出版社 2005 年版。

许结：《赋体文学的文化阐释》，中华书局 2005 年版。

许结：《汉代文学思想史》，南京大学出版社 1988 年版。

严耕望：《严耕望史学论文选集》，台北：联经出版事业公司 1991 年版。

严可均：《全上古三代秦汉三国六朝文》，中华书局 1958 年影印版

阎步克：《士大夫政治演生史稿》，北京大学出版社 1996 年版。

扬雄撰，汪荣宝疏：《法言义疏》，中华书局 1987 年版。

杨伯峻：《春秋左传注》，中华书局 1990 年版。

杨权：《新五德理论与两汉政治——"尧后火德"说考论》，中华书局
　　2006 年版。

于迎春：《汉代文人与文学观念的演进》，东方出版社 1997 年版。

于迎春：《秦汉士史》，北京大学出版社 2000 年版。

余英时：《士与中国文化》，上海人民出版社 2003 年版。

俞绍初辑校：《建安七子集》，中华书局 2005 年版。

詹福瑞：《汉魏六朝文学论集》，河北大学出版社 2001 年版。

张伯伟：《钟嵘诗品研究》，南京大学出版社 1993 年版。

张溥：《汉魏六朝百三家集》，上海古籍出版社 1994 年版。

章樵：《古文苑》，《四部丛刊》本。

赵敏俐：《周汉诗歌综论》，学苑出版社 2002 年版。

赵翼著，王树民校正：《廿二史劄记校正》，中华书局 1984 年版。

郑玄笺，孔颖达疏：《毛诗正义》（标点本），北京大学出版社 1999 年版。

郑州大学古籍所：《中外学者文选学论集》，中华书局 1998 年版。

钟嵘著，陈延杰注：《诗品》，人民文学出版社 1980 年版。

周勋初：《周勋初文集》，江苏古籍出版社 2000 年版。

周长山：《汉代地方政治史论：对郡县制度若干问题的考察》，中国社会科
　　学出版社 2006 年版。

朱晓海：《汉赋史略新证》，陕西人民出版社 2004 年版。

朱自清：《朱自清古典文学论文集》，上海古籍出版社 2009 年第 2 版。

踪凡：《汉赋研究史论》，北京大学出版社 2007 年版。

［美］本尼迪克特·安德森：《想象的共同体：民族主义的起源与散布》，
　　吴叡人译，上海人民出版社 2005 年版。

［日］冈村繁：《汉魏六朝的思想与文学》，陆晓光译，上海古籍出版社
　　2002 年版。

后　记

　　天气转凉，银杏渐黄的季节是一个适合回忆的季节，可日复一日的忙碌却让人已渐渐忘却如何回忆，只有在某个午夜梦回的时候，才会从心随性地想起过往的人和事，想起曾经的失落与快意，悲伤或欣喜。

　　从小学到大学，我的父母和老师几乎很少给我一种纪律约束的感觉，在成长的过程中，他们只是看着我，却从不喋喋不休地对我进行说教，甚至在我无心向学的时候，他们也只是轻轻一声叹息。多年以后，他们的那一声叹息成了我最珍贵的回忆，我一次又一次地想起，只为品味其中饱含的深深的爱意。是他们的爱让我不至于歧路遐远，是他们的爱让我一直读书至今。

　　在我过往的学习和研究中，我的师友和家人不仅给了我精神上的鼓励，也给了我物质上的大力支持，正是他们的帮助，才让我能安心读书。我要特别感谢硕、博导师徐国荣先生和巩本栋先生。徐老师领我入门，不仅在学习上教我如何读书，而且在生活上也给了我很大的帮助。他曾对我说："做事赶早不赶晚。"这句话对我此后的学习和生活产生了深远的影响。巩老师在我们刚入门时，即以"敬业、乐群、勤奋、谦虚"教导我们。三年博士阶段的学习中，印象最深刻的就是每两周一次的见面会，我最初是怕见老师的，因为书读的不好的缘故，每次见面结束，就像宝玉见完贾政后"一溜烟地去了"。现在想想再也没有那么多的机会和时间当面向老师请教了，很多事情，也许只有在失去以后，才知道去珍惜。感谢参加博士论文开题或答辩的南京师范大学文学院陈书录、程杰二先生及南京大学文学院的莫砺锋、张宏生、程章灿、曹虹、徐兴无等老师，他们课堂上的精彩讲授或对博士论文的批评指点都让我受益匪浅。此外，我还要感谢傅刚老师，傅老师不以我愚钝，慨然允我到北京大学做访问学者。感谢我的同门师兄弟张明华、何诗海、刘湘兰、吴崇明、沈章明、岳乾、郑利峰、贾丹丹、黄威、谢海林、王竞、龚方琴、唐志远、郝敬、李晓黎、江曙，等等。感谢给了我很多帮助的室友陈昌强，感谢在南京工作的高中旧友张艺文、时培好。感谢单位领导袁桂娥副校长、文学院杨宏亮书记、何梅琴院长对我工作的支持与理解。此外，我也要感谢我的家人。我的父母都是农民，他们尽其所能供我从小学一直读到博士，其中的艰辛自是不难想象。结婚以来，我的岳父母也对我们这个小家庭贴补甚多。爱人王蓓蓓为了我的学业和工作，牺牲了自己的理想和追求，甘愿承担起繁重的家务和照看孩子的重任，尤其是在我情绪低落时给了我很多鼓励，在过往的岁月里，爱人宜家宜室的生活剪影渐趋沉淀为内心永恒的记忆和感动。我的女儿田方逸的出生给我带来了无比的欢乐，在繁忙的生活中，她的一个动作、一个表情足以让我释去一天的劳累，看她安然入睡，是身为人父最开心的事，唯愿她快乐健康地成长！

最后，我要特别感谢编辑郭晓鸿女士、慈明亮先生，他们对本书结构和文字表述的中肯意见，使本书避免了一些低级错误。尤其让我感激不尽的是，他们对工作的热情和对我的鼓励，重新激起了我对书稿修改和调整的勇气，本书绪论中关于"文学"、"文人"观念的阐释即是在与之交谈、受其建议而写就的。

博士论文的完成只是一个学习阶段的结束，踏入到工作岗位以后，新的挑战才刚刚开始，面对学生，要做到无愧于心，唯有更加刻苦努力地读书研究，方能知识详备、条理清晰、逻辑严密地给他们讲好一堂课，方能更好地让学生明白学习、学术与民族国家命运的关系。巩师曾评说陈寅恪先生："我们以为尤值得提出的是，陈寅恪先生那份对中国优秀的传统思想文化的继承与创新之责任的自觉担当。有没有这种担当，也许与某一具体的研究和著述的关系不大，但这种担当和胸襟是切切实实地规定着学问的规模和气象的。"（《中国现代学术演进——从章太炎到程千帆》，北京大学出版社 2009 年版）余虽不敏，愿以斯言以自勉。

田瑞文

2015 年 3 月 25 日改定